Nanberry
black brother white

세상 끝,
호주 원주민 소년의 멸종기

난베리

재키 프렌치 지음 ─ 김인 옮김

내인생의책

이 책에 등장하는 비범한 인물들과
그들의 이야기를 발견하도록 도와주신 모든 분들께

그리고 왈라가 호수 공동체의 아이들에게
사랑을 담아

워렌(시드니만), 많은 물고기와 축제의 계절(1788년 1월 26일)

항구는 에뮤베리처럼 푸르고, 잔물결은 햇빛에 일렁거렸다. 연기 냄새, 생선 굽는 냄새가 산들바람에 실려 왔다. 난베리는 발가락 사이로 파고드는 모래 진흙을 느끼며 물결이 허리께를 간지럽힐 때까지 물속으로 걸어 들어갔다. 그다음 깊은 숨을 들이쉬고는 물속으로 뛰어들었다.

신천지가 펼쳐졌다. 머리 위에서 햇빛이 황금빛 파편으로 떠돌았다. 난베리는 물의 표면을 보기 위해 물고기처럼 꿈틀거리며 몸을 뒤집었다. 난베리는 눈 깜짝할 사이에 주위의 공기가 바닷물로 바뀌는 이 순간을 무엇보다도 사랑했다.

마침내 허파에 통증이 몰려오기 시작했다. 난베리는 단번에 햇빛 속으로 솟구쳐 올랐다.

바닷가에서 여자아이 하나가 다른 아이가 던진 공을 잡으며 난베리에게 소리쳤다.

"어이, 빈손이네! 납작굴 딴 거는 어디로 갔어?"

뒤틀린 잔가지와 깃털을 엮어 만든 공을 잡고 소리친 아이는 난베리의 동생인 야갈리였다.

함께 있던 여자아이들이 깔깔거리며 웃었다. 여자아이들 뒤로 나무들과 개펄을 가르며 개울물이 파도를 향해 흐르고 있었다.

난베리는 씩 웃었다. 납작굴 따위를 누가 찾는대? 아낙네들은 낮은 카누를 타고 바다로 나가 그물과 낚싯줄을 끌어당기고 있었다. 콜비 삼촌 역시 엄청나게 큰 고등어를 작살로 잡아 놓았다.

여자아이들은 다시 공놀이를 계속했다. 난베리는 바닷물을 헤치며 뭍으로 걸어 나오기 시작했다.

"마이굴!(낯선 사람이야!)"

난베리는 야갈리가 가리키는 쪽으로 몸을 돌렸다.

한순간 난베리는 자신이 꿈을 꾸고 있다고 생각했다. 지난 팔 년간은 난베리에게 익숙한 것들뿐이었다. 전사들과 늙은 아낙들은 세상의 온갖 중요한 것들을 다 알고 있었다. 하지만 아무도 이런 것을 입에 올린 적은 없었다.

거대한 카누 여러 척이 바다를 가르며 다가오고 있었다. 마치 수면 위로 헤엄치는 법을 배운 고래 무리 같았다. 카누 가운데에서 튀어나

온 기다란 작대기에서 거대한 가죽이 펄럭거렸다.

노를 젓지 않는데도 어떻게 카누가 움직이지? 조상의 영혼이 그렇게 만들었나?

여자아이들은 공을 모래밭에 내팽개치고 숲으로 달려갔다. 하지만 난베리는 진흙과 바닷물이 발가락 사이에 파고든 대로 가만히 서서 커다란 카누들을 구석구석 훑어보았다.

"난베리! 구위!(빨리 와!)"

콜비 삼촌이 난베리에게 성큼성큼 다가갔다. 콜비 삼촌은 전사이자 엄마의 동생이었다. 전사가 부른다면, 더군다나 그 전사가 엄마의 동생이라면 그대로 따르는 것이 마땅했다. 난베리는 첨벙거리며 뭍으로 나온 다음 그 기이한 카누들을 바라보기 위해 다시 몸을 돌렸다.

콜비 삼촌이 소리쳤다.

"숲으로 들어가."

콜비 삼촌은 나무줄기 사이로 거의 눈에 띄지 않게 꼼짝 않고 서 있는 아낙들과 아이들을 가리켰다.

이번에는 난베리가 움직이지 않았다.

"저게 뭐야? 유령 카누야?"

"나도 몰라. 하지만 저런 걸 전에 본 사람들이 있어."

"누군데?"

"꼬마들은 몰라도 돼."

난베리는 여전히 꼼짝하지 않았다.

콜비 삼촌은 희미하게 웃었다. 콜비 삼촌은 기이한 카누 무리로 다시 눈길을 돌렸다.

"남쪽에서 달려온 사람이 말했어. 거대한 카누가 엄청나게 무리지어 자기네 마을로 왔다고 하더라. 거대한 카누가 구름과 유령의 나라인 하늘과 바다 사이의 수평선을 가르고 온 거야. 거대한 카누가 그 부족의 바닷가로 몰려들었지. 카누에 탄 것들은 유령처럼 피부가 하얬지만 사람처럼 물을 찾았어. 그리고 쾨쾅 소리를 내는 기다란 막대기로 사냥을 했지."

거대한 카누가 미끄러지듯 바다를 가로질러 더욱 가까이 다가와 있었다.

"가라니까!"

콜비 삼촌이 다그쳤다.

이번에는 난베리도 삼촌 말을 따랐다.

전사들은 작살을 흔들며 바다로 성큼성큼 걸어갔다. 조개껍데기로 만든 삐죽삐죽한 창끝이 햇빛에 반짝였다.

"지리야! 와리! 와리!(이곳에서 빨리 꺼져!)"

커다란 카누는 전사들을 독침도 없이 앵앵거리는 꿀벌 보듯 아랑곳하지 않고 전사들 앞으로 곧장 다가왔다. 다음 순간, 카누는 여전히 바닷가에서 멀리 떨어져 있는데도 그 자리에 멈추었다. 난베리는 나무 사이로 그 광경을 뚫어져라 지켜보았다.

사람들의 모습이 눈에 들어왔다. 얼굴은 하얬고 파란색, 빨간색, 갈색빛이 도는 회색을 띤 이상한 동물 가죽을 몸에 두르고 있었다. 목소리는 바람결에 속삭이는 유령 소리가 아니라 사람 목소리처럼 들렸다.

하얀 유령 중 몇몇이 전사들을 훑어 보았다. 아무도 전사들의 경고에 답하지 않았고 어떤 인사도 하지 않았다. 난베리는 생각했다. 우리가 유령 취급 받는 꼴이군. 우리가 사라져 버릴 거라고 생각하나 봐.

거대한 카누들은 계속 미끄러지듯 움직였다. 전사들은 다가오지 말라고 다시 외쳤다. 하얀 유령들은 소리 내어 웃더니 시선을 돌렸다. 콜비 삼촌은 다른 전사들에게 뭐라 중얼거렸다. 전사들은 다시 나무들 사이로 숨어들어가 아낙들과 아이들에게 따라오라고 재촉했다. 하얀 유령들이 그다음 무슨 일을 벌이든 그곳에서 멀리 떨어져 있는 것이 최선이었다.

삶은 늘 그러했듯 철따라 흘러가기 마련이다. 유령들 또한 배를 타고 제 갈 길을 갈 것이다.

난베리는 여전히 나무 뒤에서 상황을 엿보며 미적거리고 있었다. 난베리는 자신이 바다의 일부가 되었다고 생각했었다. 하지만 거대한 카누들은 마치 흰꼬리수리가 바람을 좌지우지하듯 파도를 정복했다. 나도 저렇게 파도를 탈 수만 있다면 얼마나 좋을까. 나도 바닷가의 파도와 하늘 사이를 미끄러지듯 나아가면서 파란 수평선 너머의 세계를 볼 수만 있다면.

그렇지만 난베리는 다른 누구도 아닌 난베리였다. 이곳이 난베리의 집이었고 카디걸족은 난베리의 부족이었다.

이제 산들바람에 이상한 냄새, 아득히 먼 세계를 떠올리게 하는 냄새가 실려 왔다. 난베리는 창백한 사람들이 엄청나게 굵은 밧줄을 갖고 부산스레 움직이는 모습을 마지막으로 쳐다본 뒤 가족과 합류하기 위해 달려갔다.

텀바롱(식량이 있는 곳, 현재 달링 항구), 주머니쥐의 털이 가장 촘촘하고 훈제된 물고기와 통통한 얌이 풍족한 계절(1789년 4월 13일)

바람은 노파의 웃음처럼 나무들 사이를 스치며 낄낄거렸다. 밤이 깊어가며 그림자가 짙어지자 난베리는 불 곁으로 다가갔다. 여자아이들과 아낙들은 노래를 부르며 그날 잡은 물고기를 말리기 위해 연기에 쐬어 줄에 매달았다.

커다란 카누는 떠났지만 하얀 유령들은 남았다. 그들은 계절이 여러 차례 바뀌도록 머물렀다.

난베리는 그토록 멋진 카누에는 위대한 전사들이 타고 있을 것이라 예상했었다. 그렇지만 그들은 볼품없는 이상한 종족으로 덩치가 작고 등은 굽었으며 얼굴은 파리하고 초췌했다.

하얀 유령들은 나무를 베어 쓰러뜨렸다. 그들은 커다란 오두막을 지었다. 그들은 오두막에서 악취가 풍길 지경이 되도록 일 년 내내 그곳에 살았다. 그 무리의 여자들은 낚시하는 법을 몰랐고 굴을 따서 알맹이는 버리고 껍데기만 챙겼다.

하얀 유령들은 카디걸족의 카누와 창을 훔쳤다. 유령들은 카디걸족 여자들을 공격하려 했다. 카디걸족 여자들은 유령들과 맞서 싸우다 달아났다. 유령들 때문에 개울마저 냄새나고 더러워졌다. 하얀 유령의 엄마들은 자식들에게 물을 깨끗하게 관리하는 것이 얼마나 중요한지 말해 주지 않았단 말인가?

어떻게 사람들이 이토록 멍청할 수 있지? 그들이 콜비 삼촌을 사로잡았을 때 — 아마도 콜비 삼촌에게 카누 만드는 법을 배우려고 했던 것 같은데 — 콜비 삼촌은 쉽사리 도망쳐 나올 수 있었다.

난베리는 하얀 유령들이 다른 부족의 전사인 아라바누를 납치해서 감금했다는 사실을 이미 들어 알고 있었다. 그렇지만 아라바누는 카디걸족이 아니었다. 아라바누가 하얀 유령의 거주지에 머무는 데에는 그만의 이유가 있을지도 몰랐다.

카디걸족 전사들은 하얀 유령의 거주지를 공격하면 어떨지 논의했지만 당분간은 내버려 두기로 결정했다. 땅은 넓었다. 하얀 유령들은 조막만한 땅을 차지했을 뿐이었다. 당장은 땅이 훼손되고 있지만, 유령들이 떠나고 나면 땅은 원래대로 회복될 것이다.

어쩌면 하얀 유령들은 그저 사라져 버릴지도 몰랐다. 먹거리를 사냥하고 물을 깨끗하게 관리하는 법과 같은 기본적인 것도 잘 모르는 사람들이 어떻게 살아남을 수 있겠는가? 하얀 유령들의 거주지를 피해 다니기는 쉬웠다. 그쪽 사냥꾼들은 물총새 떼보다도 시끄러웠다.

난베리는 하얀 유령들이 끼룩거리는 새들처럼 나뭇가지에 주르륵 앉아 있는 모습을 상상하며 싱긋 웃었다.

이모가 난베리를 보며 씩 웃었다.

"얘야, 뭔가 먹을 걸 생각하고 있지?"

난베리도 이모를 보며 씩 웃어 주었다. 난베리는 요즘 늘 배가 고팠다. 난베리는 키가 곧 어른처럼 커지려고 그런 것이었으면 싶었다.

이모는 불 근처의 흙무더기에 뾰족한 막대기를 찔러 넣어 흙 속에서 익고 있던 얌을 넝쿨째 꺼냈다.

"꼬마야, 이걸로 배를 채워라. 우리들은 물고기를 먹어서 배불러."

난베리는 다른 사람들이 얌을 먹고 싶어 하지 않는지 확인해 보려고 주위를 둘러보았다. 찬바람이 불기 전, 동물과 식물 뿌리들이 살찌는 계절, 청명하고 황금빛이 넘실거리는 요즘은 얌 ― 벙구도 그렇고 ― 이 딱 제철인 때였다.

그렇지만 남자들은 어제 사냥에서 잡은 바다가랑, 즉 캥거루 고기 남은 것을 한껏 먹은 상태였다. 아낙들과 아이들은 카누 안에 작은 불을 피워서 갓 잡은 생선을 구워 온종일 야금야금 먹었던 것이다.

하얀 유령들이 그물로 물고기를 너무 많이 잡았으므로 올해에는 어획량이 더 적었다. 그렇더라도 그 바닷가를 아는 사람들은 알겠지만 물고기는 여전히 많았다.

난베리는 얌을 하나 집어 들고 손가락 사이로 돌려서 베어 물기 좋을 때까지 식혔다. 얌의 겉은 불과 재의 열기로 바삭거렸고 안쪽은 뜨겁고 달콤하고 맛났다.

이모가 웃었다.

"쟤 좀 봐. 고래를 한 마리 다 먹고 나서도 씨앗이 든 빵과 무화과를 무더기로 먹어치울 기세인걸."

야갈리가 말했다.

"걸신 들렸나 봐."

난베리는 그들을 무시했다. 이모와 누이들이 비웃을 때면 무시하는 것이 상책이었다. 난베리는 얌을 하나 더 집어 들고 달콤한 맛을 즐겼다.

이모가 신음했다.

난베리의 엄마는 연기를 쏘이려 매달고 있던 물고기 너머로 이모를 바라보았다.

"무슨 일 있어?"

이모는 고개를 저었다.

"나도…… 나도 몰라. 갑자기 그러네. 도끼로 머리를 얻어맞은 기분이야."

난베리의 엄마는 다른 아낙과 눈빛을 교환했다. 그 아낙은 어둠 속으로 사라지더니 이윽고 두 손 가득 이파리를 들고 돌아왔다. 아낙은 이파리를 불에 던져 넣은 다음 두 팔로 이모를 얼싸안았다.

"연기를 맡아 봐."

아낙은 이모를 달래듯 말했다. 그러고는 작고 불그스름한 송진 덩어리를 내밀었다.

"이건 유칼립투스나무의 수액으로 만든 거야. 곧 기분이 좋아질 거야."

이모는 몸을 떨며 불 쪽으로 몸을 구부렸다. 이모는 송진 덩어리를 씹기 시작했다. 갑자기 이모는 움찔했다.

"뜨겁네."

이모는 웅얼거렸다.

"너무 뜨겁잖아."

난베리는 여전히 한 입 가득 얌을 문 채 이모를 바라보았다. 이모는 아까만 해도 열이 없었다. 난베리는 이모를 더 자세히 살펴보았다. 이모의 피부는 벌레가 수액을 빨아먹고 난 나뭇잎처럼 얼룩얼룩했다. 배와 가슴팍의 어두운 피부에 얼룩 반점들이 하얗게 두드러졌다.

모기에 물리거나 쐐기풀에 찔린 자국이 아니었다. 난베리는 그렇게 생긴 하얀 반점을 한 번도 본 적이 없었다. 느닷없이 두려움이 몰려와 소름이 끼쳤다. 이모의 피부에 있는 게 유령의 반점인가?

이모는 다시 신음을 냈다.

"뜨거워. 너무 뜨거워."

난베리의 엄마는 야갈리에게 고갯짓을 했다. 야갈리는 나무껍질로 만든 그릇에 물을 가득 담아와 이모의 몸에 물을 뿌리기 시작했다.

난베리의 엄마는 말했다.

"자렴. 자고 나면 좋아질 거야."

이모는 숨을 헐떡이기 시작했다.

난베리는 울부짖는 소리에 잠에서 깼다. 얼굴을 문지르며 오두막 바깥을 바라보았다. 이모의 시체가 엄마의 무릎에 누여 있었다. 이모의 눈은 하늘을 응시하고 있었다. 반점은 그사이 더 번져 있었다. 반점이 이모의 몸 전체에 진물을 흘리며 울고 있는 듯했다. 이모는 이미 죽었는데도 반점은 여전히 살아 있는 것만 같았다.

난베리는 그쪽으로 달리기 시작했다. 콜비 삼촌이 난베리의 어깨를 그러쥐며 외쳤다.

"안 돼. 물러서."

난베리는 순순히 물러섰다. 난베리는 아낙들이 얇게 무덤을 파고 이모를 그 안에 누이는 모습을 지켜보았다. 난베리의 주위에 전사들이 이미 창을 모아 두었다. 이제 아낙들은 가죽과 망토 그리고 가죽 바구니와 손도끼와 어망을 잔뜩 챙겨 들었다.

떠나야 할 시간이었다. 사람이 죽은 곳에 머무는 법은 없었다. 죽은 자의 이름을 말하는 법도 없었다. 이를 지키지 않으면 죽은 자의 영혼 이 자신의 이름을 부르는 자 역시 무덤으로 끌고 들어갈지 몰랐다.

사방은 고요했다. 웃는물총새조차 근처에 사람이 있다고 알리기 위해 울던 소리를 멈추었다. 사람이 이토록 빨리 목숨을 잃는 병은 어떤 것이든 아무도 본 적이 없었다. 난베리는 이모의 무덤을 마지막 으로 바라보았다. 울퉁불퉁한 흙무더기에 나무 이파리가 그늘을 드 리우고 있었다.

콜비 삼촌이 말했다.

"애야, 가자."

콜비 삼촌은 충격에서 헤어나지 못한 채 어두운 눈빛을 띠었다.

난베리는 부드러운 병구 가죽 깔개와 칼을 집어 들었다. 전사들은 창을 들고 나무 사이로 성큼성큼 걸어 들어갔다. 아낙들과 아이들이 뒤따랐다.

그들은 개울과 죽음으로부터 멀리, 하얀 유령의 거주지로부터 더 욱 멀리, 바다 쪽으로 걸었다.

난베리는 기뻤다.

그리 멀리 가지도 않았는데 난베리의 엄마가 멈춰 섰다. 엄마는 아기인 난베리의 여동생을 내려놓았다. 엄마는 고개를 내저으며 속삭였다.

"뜨거워. 뜨거운걸."

아기는 울기 시작했다. 아기의 얼굴 역시 불그스름했다. 눈은 충혈되어 있었고 온몸에 땀이 배어나고 있었다.

난베리의 할아버지는 창을 내려놓고 자신의 가슴팍에 하얀 물집이 잡힌 것을 빤히 내려다보았다. 한 시간 전만 해도 가슴팍에는 전사로서 얻은 흉터와 머리카락을 꼬아 만든 줄에 독수리 깃털을 꽂아 놓은 것뿐이었다. 지금은 악마의 손이 하얀 진흙으로 할아버지의 가슴팍에 장식이라도 해 놓은 듯했다.

콜비 삼촌은 친족 한 명 한 명을 바라보았다.

난베리는 생각했다. 누가 또 하얗게 물집이 잡혔나 살펴보고 있구나. 누가 또 열병에 걸렸는지 확인하고 있는 거야.

난베리는 자신의 가슴팍과 손을 내려다보았지만 아무런 이상이 없었다.

콜비 삼촌이 야갈리를 가리켰다. 모두들 야갈리를 바라보았다. 난베리는 야갈리의 턱 바로 밑에 하얀 물집 자국 세 개가 도드라져 있는 것을 보았다.

난베리는 생각했다. 아직은 세 개뿐이야. 하지만 곧 더 많아지겠지.

야갈리가 외마디 비명을 질렀다. 야갈리는 엄마에게 달려가 마치 그 사태에서 벗어나려는 듯 손으로 자신의 얼굴을 감싸 쥐었다.

콜비 삼촌은 다른 전사에게 웅얼거렸다.

"떠나야 해."

콜비 삼촌은 명령했다.

"가자. 병이 퍼지기 전에 서둘러야 해. 아픈 사람들은 여기에 남겨 둔다."

콜비 삼촌의 얼굴은 돌처럼 굳어 있었다. 부족민의 안전을 지키기 위해 아픈 마음 따위는 외면할 줄 아는 사람. 그런 사람이 전사였다.

콜비 삼촌이 옳았다. 콜비 삼촌이 옳다는 것을 난베리도 알고 있었다. 이 이상한 병은 어찌나 빨리 퍼지고 치명적인지 다 같이 그대로 머문다면 며칠 지나지 않아 부족 전체가 몰살당할지도 몰랐다.

그렇다 해도 난베리는 떠날 수 없었다. 다른 사람들이 걸음을 옮기기 시작하는 순간에도 난베리는 키 작은 나무처럼 붙박이로 서 있었다.

콜비 삼촌이 소리쳤다.

"난베리, 빨리 와."

난베리는 대답하지 않았다. 콜비 삼촌이 나도 그 병에 걸렸다고 생각하라지. 콜비 삼촌이 다른 사람들을 데리고 떠나는 것이 옳았다. 그러나 난베리는 전사가 아니었다. 나도 병에 걸린다면 앞으로도 전사가 되는 일은 없겠지. 하지만 내가 이곳에 남아 가족을 돌봐야 마땅하지. 전사는 옳은 일을 하기 위해서는 고통 따위는 무시해야 했다.

난베리는 부족 사람들이 나무들 사이로 희끄무레해지는 광경을 지켜보았다. 같이 수영하던 동무들, 공포와 연민에 젖어 이따금씩 뒤돌아보는 이모들의 모습이 보였다. 이윽고 그들이 완전히 자취를 감추었다. 그다음에야 난베리는 무릎을 꿇고 앉아 가족을 부축했다. 엄마는 이미 일어설 기운도 없는 상태였다.

가족이 이대로 죽도록 놔둘 수는 없어!

혹시 열을 식혀 주면 병이 나을지도 몰라. 할아버지도 같은 생각을 하는 듯 난베리에게 속삭였다.

"바닷가로 가자."

난베리는 막냇동생을 안아 올렸다. 동생의 몸은 불덩이 같았다. 할아버지는 엄마와 야갈리가 비틀거리며 파도 쪽으로 걷도록 도왔다.

한 걸음, 한 걸음, 한 걸음…… 할아버지는 난베리의 엄마와 야갈리를 부축하느라 휘청거렸다. 바닷가까지 그 짧은 거리가 지금까지 어떤 여행보다도 길게 느껴졌다.

난베리는 품속의 아기를 내려다보았다. 하얀 물집이 가슴팍 전체에 퍼지고 있었다.

마침내 물가에 다다랐다. 엄마와 할아버지와 야갈리는 얕은 물가에 앉아 파도에 시원하게 무릎을 적셨다. 엄마가 아기를 건네받으려 두 팔을 내밀었다. 조막만한 아기는 울음을 터뜨렸다. 이제는 엄마의 얼굴에도 물집이 잡혀 있었다. 할아버지의 가슴팍에도 물집이 잡힌 자리에서 진물이 흐르고 있었다.

난베리는 애써 울음을 참았다. 난베리는 할아버지가 고개를 숙이고 상쾌한 바닷물로 열을 이겨 보려는 듯 머리 위로 물을 되풀이해서 끼얹는 모습을 지켜보았다. 엄마는 아기를 젖은 모래에 눕혀 파도가 아기의 몸을 어루만지게 했다.

난베리는 주먹을 움켜쥐었다. 시원한 물에 몸을 식히면 다들 좋아질 거야! 그래야만 돼! 그렇지만 한편으론 먹을 것이 필요했다. 식량과 마실 물이 없으면 죽는 거니까. 가족을 돌볼 힘이 남아 있는 사람은 이제 난베리뿐이었다.

난베리는 창을 가지고 있지 않았다. 전사들만 창을 가질 수 있었다. 난베리가 성년식을 치르며 앞니를 쳐서 빼내기까지는 아직 여러 번의 여름이 지나야만 했다. 하지만 그곳까지 비틀거리며 오다가 난베리는 벙구가 사는 나무를 보았다. 커다란 나무였는데 줄기에 긁힌 자국이 남아 있는 것을 보면 벙구가 나뭇가지가 썩어서 생긴 구멍에 매일 잠자러 가느라 어디로 기어 올라갔는지 알 수 있었다. 벙구는 곤히 자느라 잠에서 깨어났을 땐 이미 늦겠지.

꼭 전사만 벙구, 즉 주머니쥐를 잡으란 법은 없었다. 난베리도 얌을 캘 수 있고 불에 구울 수도 있었다.

난베리는 가족을 살펴보았다. 엄마는 눈을 감고 있었지만 여전히 막냇동생을 붙잡고 있었다. 야갈리는 몸 전체에 번지고 있는 물집을 보지 않으려는 듯 두 손으로 얼굴을 가리고 있었다. 할아버지는 파도를 바라보며 말이 안 되는 말을 웅얼거리고 있었다.

"금방 돌아올게요."

난베리는 가족이 자신의 말을 알아들었으리라 생각하진 않았다. 난베리는 덤불로 달려갔다.

기억했던 대로 가 보니 벙구가 사는 나무가 있었다. 난베리는 나무 줄기를 두 팔과 두 다리로 감싸 안고 무릎으로 몸을 밀어 올리길 여러 번 한 끝에 첫 번째 가지에 다다랐다. 난베리는 계속 나무를 타고 올라가 나무 구멍 옆에 이르렀다.

그런 구멍에는 뱀이나 도마뱀이 자고 있을 때도 있었다. 그렇지만 난베리는 벙구가 할퀸 자국을 보고 그 구멍이 안전하다는 것을 알았다. 뱀은 커다란 벙구의 집 근처에 얼씬거리지 않기 때문이다.

난베리는 나무 구멍 안으로 손을 뻗었다. 부드러운 털이 만져졌다. 난베리는 벙구가 용써 볼 틈도 없이 목을 비틀어 구멍에서 꺼냈다. 벙구의 머리가 몸 위로 축 늘어졌다.

벙구의 등에서 이파리가 쌓인 땅 위로 뭔가 툭 떨어졌다. 난베리는 아래쪽을 내려다보았다. 아직 어린 아기 벙구였다. 아주 작은 아기처럼 분홍빛 피부는 아니었고 잿빛 털이 나 있었다. 얼이 빠진 아기 벙구는 크고 까만 눈을 휘둥그레 뜬 채 가만히 있었다.

난베리는 나무에서 미끄러져 내려오면서 생각했다. 아기 벙구는 살코기가 많지 않을 것이다. 난베리는 돌아가기로 했다.

죽은 고사리와 풀 사이에 아기 벙구를 놓아둔 채 난베리는 얼룩덜룩 드리워진 나무 그림자 사이를 달렸다.

가족은 같은 자리에 그대로 앉아 찰싹거리는 파도에 팔다리를 적시며 졸고 있었다. 늦은 오후였다. 나무의 그림자가 바닷가에 줄무늬를 그리고 있었다.

난베리는 떠내려 온 나뭇가지와 마른 풀을 모았다. 지난번 태풍에 밀물이 들어온 흔적 너머에 나동그라져 있던 것들이었다. 난베리는 마른 풀에 불이 붙을 때까지 불을 지피는 뼈 — 천천히 타는 석탄을 담아둔 속이 빈 뼈 — 를 갖다 댔다. 이어 마른 나뭇가지를 불에 던져 넣은 후 벙구의 가죽을 벗겼다. 난베리는 벙구를 막대기에 꽂은 다음 막대기 아래를 돌로 괴어서 고기가 불에 익도록 두었다.

가만히 앉아 있는 난베리 주위로 땅거미가 드리워졌다.

어떻게 삶이 이토록 느닷없이 바뀔 수 있지?

전에는 일을 같이 할 사람들이 늘 곁에 있었고 그들의 노래와 다정한 몸짓과 웃음소리에 일은 가뿐해지곤 했다. 이제 바닷가에서 가족을 돌 볼 사람은 오로지 자신뿐이었다.

평생토록 계절은 때맞춰 왔다. 가을 밤하늘 높이 별자리가 에뮤 새 모양으로 빛날 때면 항구에는 물고기가 몰려들었다. 우기가 오면 은엽수와 에파크리스 관목이 열매를 맺고 무화과가 통통해졌다. 찬바람이 불면 조개가 가장 맛날 때였다. 그리고 벽오동 나무줄기가 최고로 탄력이 좋을 때여서 바구니나 고기잡이 그물을 만들기에 그만이었다. 그다음에는 바로 유칼립투스 수액이 흐르는 철이어서 아낙들은 그물을 수액에 담가 더 질기게 만들 수 있었다.

태양의 고도가 높아지면 파라마타 지역까지 강을 거슬러 올라가 새 카누를 만들기 위해 유칼립투스나무의 껍질을 벗겼다. 아카시아 꽃이 피면 물고기가 다시 한 번 떼 지어 몰려들어 낚싯줄을 끌어올리기가 무거울 지경이었다.

분쟁을 끝내야 할 때가 있고, 장어를 마음껏 먹으러 서쪽으로 가야 할 때가 있고, 벌의 다리에 노란 꽃가루가 보송보송한 걸 보고 계절이 바뀐 걸 알고 벌집을 막대기로 찌르면 달콤한 꿀이 흐르겠구나 싶은 때가 있는 것이다.

모든 게 다 때가 있지. 난베리는 생각했다.

그러니까 지금은 죽음을 맞이할 때인 거야.

달이 떴다. 난베리는 엄마의 입가에 고기를 내밀었다. 할아버지도 고기를 먹도록 달래 보았다. 야갈리는 고개를 저을 뿐이었다.

"물."

야갈리가 속삭였다.

어떻게 물을 깜빡 잊고 있었지? 난베리는 엄마가 그물을 드리웠던 곳까지 달려가 접시 두 개를 가져왔다.

바닷가 근처에는 개울은커녕 샘조차 없었다. 하지만 난베리는 자신이 태어나기도 전에 번개를 맞고 반쯤 타버린 나무를 본 적이 있었다. 그 나무에 빗물이 고여 있을 것이다. 난베리는 나무에 기어 올라가 접시에 물을 채운 후 물이 쏟아지지 않도록 조심하며 나무에서 내려와 바닷가로 달려갔다. 나무가 달빛 아래 파란 그림자를 드리우고 있었다.

할아버지는 벌컥벌컥 물을 마시더니 몸을 떨기 시작했다.

"춥구나."

할아버지는 중얼거렸다.

"추워."

난베리는 희망이 솟는 것을 느꼈다. 시원한 물이 병을 물리치는 걸까? 난베리는 할아버지를 불 곁으로 부축한 다음 물을 가지고 엄마에게 다가갔다. 엄마는 먼저 동생에게 접시의 물을 먹인 다음 자신도 마셨다.

썰물이었다. 파도는 바다 쪽으로 멀어져 갔다. 엄마는 아기를 안은 채 젖은 모래에 누웠다. 야갈리는 엄마 곁에 옹송그리고 있었다. 난베리는 시원한 모래 위로 늘어지듯 누웠다. 태양이 입맞춤한 듯 몸이 화끈거렸다.

난베리는 가족 중 누군가가 열에 들떠 헛소리를 할 때마다 깨어나느라 선잠을 잤다. 난베리는 내일이면 아낙들이 웃고 노래를 부르며 카누를 타고 바다로 나가리라고 꿈꿨다. 꿈에서 아이들은 바닷가에 앉아 마음껏 먹었고 그러는 동안 겨울에 물고기 떼가 바닷가 가까이로 몰려들지 않을 때를 대비해 잡아 놓은 물고기가 불에 훈제되고 있었다. 난베리는 내일이면 부드럽고 파란 바닷물 속에서 다시 수영하게 되리라 생각했다. 난베리는 눈을 떴다. 햇빛이 작살처럼 눈을 찔렀다. 난베리는 가까스로 주위를 둘러보았다.

하늘은 잿빛이 되다가 불그스레해지더니 이윽고 눈부시게 파래졌다. 야갈리가 사라지고 없었다. 난베리는 간신히 몸을 일으켰다. 왜 몸이 꼭 해파리같이 느껴지지? 난베리는 야갈리를 찾아 황급히 주위를 둘러보았다. 다른 사람들을 찾으러 덤불로 들어갔나, 아니면 열을 식히려고 바다로 헤엄쳐 나갔나? 하지만 바닷가는 파도에 씻겨 야갈리의 발자국조차 남아 있지 않았다.

"검나?"

난베리는 할아버지에게 소리쳤다.

"위앙가?"

난베리는 엄마를 불렀다. 그렇지만 할아버지와 엄마는 열에 들떠 정신이 혼미한 채 공허한 눈빛으로 뭐라 웅얼거릴 뿐이었다.

난베리는 자신의 손과 팔과 다리를 내려다보았다. 하얀 물집이 퍼져 있었다.

　난베리는 가까스로 일어섰다. 더 아파서 움직일 힘이 없어지기 전에 마실 물을 떠와야 했다. 야갈리도 찾아야 했다. 그렇지만 다리가 고래 지방으로 변해 버린 것처럼 힘이 없었다. 난베리는 모래 위로 주저앉았다.

2 | 화이트 의사

카클 베이(현재 달링 항구), 1789년 4월 14일

　고칠 수 있는 병은 많지. 외과의사인 화이트는 죄수인 두 명의 조수와 함께 나무 사이로 터벅터벅 걸으며 생각했다. 하지만 어리석은 건 고칠 수도 없어. 화이트 아래쪽으로 카클 베이가 햇빛에 빛났다.

　화이트는 코웃음을 쳤다. 뉴사우스웨일스라니!

　화이트는 할 수 있는 일은 다 했다. 화이트와 필립 선장은 열한 척의 배에 거의 팔백 명에 달하는 죄수를 태우고 왔다. 불쌍하고 굶주린 죄수들은 감옥에 갇혀 있느라 허옇게 뜬 얼굴에 허약한 몸으로 지구의 반을 건너왔다. 한 선단이 그렇게 긴 항해를 한 역사가 없었다. 항해 도중에 죽은 사람은 스물네 명뿐이었다. 잉글랜드 감옥에 갇혀 있다가 죽어 나갔을 사람에 비하면 훨씬 적었다.

　기적이었다. 기적은 화이트 의사 덕분이었다.

의무실의 책임자로서 화이트 의사는 죄수들이 잉글랜드에서건 카나리아 제도의 테네리페 섬에서건 아프리카 남단의 희망봉에 있는 케이프타운에서건 신선한 음식을 먹어야 한다고 고집했다. 과일 주스 때문에 입안이 따끔거린다며 제대로 안 먹는 죄수들은 채찍으로 얻어맞았다. 거의 알려지지 않은 바닷길로 가는 항해였다. 마지막으로 케이프타운 항구에 들른 뒤, 도무지 끝날 기미가 보이지 않는 항해를 다시 떠났다.

나라라고 하기에는 너무 형편없는 이 땅에 착륙한 다음 날, 화이트 의사는 진료실용 텐트와 환자를 위한 텐트를 세우도록 했다. 신선한 채소를 기르기 위해 울타리를 둘러 정원을 만들도록 했다. 괴혈병으로 잇몸이 붓고 이가 빠지고 너무 오래 배를 타 일어설 힘도 없는 불쌍한 죄수들은 약 대신 신선한 음식이 필요했다. 그런데도 죄수들이 제대로 안 먹을 때면 화이트는 때리겠다고 협박해야 했다.

화이트 의사는 나뭇가지를 제치며 다시 한 번 코웃음을 쳤다. 얼간이들 같으니라고! 죄수들 대다수는 도시 길바닥에 널린 스튜와 쓰레기 같은 음식과 빵밖에 몰랐다. 신선한 과일을 먹으면 죽을 것이라 생각했다.

신선한 음식 덕에 목숨을 구했건만, 죄수들과 해병들은 멍청하고 게을러서 신선한 식량을 스스로 길러먹을 줄을 몰랐다.

시드니만에 소규모의 이주민 정착지가 생긴 지 이제 일 년이 넘었다. 집을 짓고 밭을 가꾸어 수확하고 양과 소와 닭이 새끼치기에 충분한 시간이었다. 그런데 실제로는 어떠한가? 화이트는 고개를 내저었다.

대다수는 여전히 배급 식량에 의지했다. 그런데 소금에 절인 고기는 어찌나 단단한지 칼로 자를 수가 없어서 구우려면 구이용 갈퀴에 꽂아 불 위에 들고 있어야 했다. 시큼한 밀가루에는 밀보다도 바구미가 더 많았고 콩은 바싹 말라 있었다.

괜찮은 사람들은 손가락으로 꼽을 수 있었다. 일과 걱정 때문에 스스로를 혹사하는 필립 총독, 왓킨 텐치와 워터하우스 선장이 다였다. 나머지는 죄수들만큼이나 나빴다. 로스 소령은 거짓말쟁이이자 사고뭉치였다. 심지어 화이트 의사의 조수인 발메인은 의사인 화이트에게 예의를 전혀 지키려고 하지 않았다.

화이트 의사는 생각했다. 외롭군. 너무도, 뼛속까지 외로워.

해병들은 죄수를 감시하거나 치안을 유지하는 데 관심이 없었다. 그들은 프랑스에서 쳐들어오거나 원주민이 공격할 경우에 대비해 머물고 있었다. 하지만 그런 문제는 발생하지 않았기 때문에 해병들은 와인이나 럼주 배급량이 턱없이 적다고 불평하며 여기저기서 빈둥대고 있었다. 옥수수나 양배추를 기르려고 손가락 하나 까딱하는 놈은 없고 모두들 자신이 할당받은 죄수들에게 밭을 일구는것부터 장화를 벗기는 것까지 모든 일을 다 시켰다.

밭주인이 먹고 살 만큼 수확이 좋은 밭은 거의 없었다. 소도 대부분 제멋대로 돌아다니다 덤불로 사라져 버리고 없었다. 바로 이러한 이유 때문에 화이트 의사가 이곳에 오게 된 것이었다. 신선한 채소와 자생적으로 나는 과일을 구해 정착지의 식량 배급에 도움을 주고, 그런 채소와 과일에 독이 있는지 자신이 먼저 먹어 보는 것이 일이었다. 다행히도 정말 위험한 종류는 화이트가 작년에 먹어 보았던 '토종 콩' 딱 한 가지뿐이었다. 그걸 먹은 다음 화이트는 보름 동안 요강을 가까이 두어야 했다.

화이트 의사는 자신의 양쪽에 있는 죄수들을 바라보았다. 둘 다 햇빛에 타긴 했지만 너무 말라 보였다. 하지만 미나리 이파리, 토종 양배추와 사르사, 그날 그가 따오라고 시켰던 명아주, 심지어는 그가 어젯밤 잡아 놓은 생선을 정해진 양만큼 챙겨 먹은 사람은 둘 중 아무도 없을 것이라고 그는 생각했다. 이 바보들은 몸에 좋은 신선한 생선이나 명아주 대신 오래전에 소금에 절인 돼지고기나 바구미가 바글거리는 밀가루만 먹으려고 들었다.

그래도 의사는 병원에 있는 죄수 환자들만큼은 반드시 제대로 먹도록 했다. 죄수들은 제대로 먹거나 아니면 채찍을 맞아야 했다.

죄수 한 명이 동료에게 뭔가 중얼거렸다. 화이트 의사는 손을 들어 조용히 하라는 신호를 보냈다. 말소리에 새들이 놀랄까 싶어서였다. 이 땅은 다른 건 몰라도 과학자에게는 천국이나 다름없었다. 지금은 새들이 겨울을 나기 위해 북쪽으로 이동할 때였다. 어떤 새를 보게 될지 누가 알겠는가.

더 나이 먹은 죄수 — 말랐지만 억세 보이는 서른 살 가량의 남자인데 평생 굶주렸는지 사람보다는 원숭이처럼 보였다. — 가 말없이 잔디가 수북한 곳을 가리켰다.

화이트 의사는 눈을 가늘게 뜨고 바라보았다. 새인가?

아니었다. 길짐승이었다. 덩치가 작았고 바닥에 널브러져 있었다. 의사는 죄수들에게 뒤로 물러서 있으라고 손짓한 다음 앞쪽으로 조용히 걸음을 옮겼다.

작은 짐승은 움직이지 않았다.

화이트 의사는 작은 뭉치의 솜털과 골격을 내려다보았다. 그것은 단지 새끼 주머니쥐였다. 의사는 이곳에서 주머니쥐의 새로운 종을 세 가지 발견했지만 미국의 주머니쥐와 너무 비슷해서 현재 쓰고 있는 책에 설명할 만한 가치는 없었다.

새끼 주머니쥐는 잼 병에 넣을 수 있을 만큼 작았다. 혹시라도 배가 들어와서 따끈따끈한 보급품을 내려놓고 자신의 편지와 표본을 잉글랜드로 실어 간다면 그곳에서 누군가 흥미를 보일 수도 있을 것이다.

화이트 의사는 덩치가 작은 죄수에게 손짓했다.

"명아주를 담아 놓은 자루에 같이 넣어 둬."

죄수는 고개를 끄덕였다. 죄수는 몸을 숙여 새끼 주머니쥐를 집어 들었다.

"선생님…… 아직 살아 있는데요."

"살아 있다고?"

화이트 의사는 주머니쥐를 자세히 들여다보았다. 길고 가느다란 털 아래에서 작은 짐승의 심장이 뛰고 있었다. 생긴 모양은 어른 주머니쥐와 크게 다르지 않았다. 고양이같이 생긴 얼굴과 끄트머리가 하얀 긴 꼬리를 갖고 있었는데 앞쪽 털은 하얬고 뒤쪽 털은 까만색에 가까웠다.

화이트 의사는 어깨를 으쓱해 보였다.

"집에 도착할 즈음에는 죽어 있겠는걸. 그냥 자루에 넣어 두라고. 병원에 필요한 야채를 최소한이라도 확보하려면 적어도 네 자루는 더 있어야 하니까."

3 │ 마리아

마리아는 부엌의 난롯불에 얹힌 까만 솥을 들여다보았다. 화이트 의사가 어제 해질 무렵 총으로 잡은 야생오리와 밭에서 난 감자에다 순무, 파스닙을 넣고 스튜를 끓이는 중이었다.

마리아는 화이트 의사가 시킨 대로 나중에 신선한 야채를 솥에 더 집어넣은 다음, 난로 바닥에서 석탄불에 타지는 않지만 요리하기에 는 충분히 뜨거운 자리에다 배급 밀가루로 신선한 소다빵을 구울 생 각이었다.

마리아는 총독을 제외하면 화이트 의사와 자신이 이주민 정착지 에서 가장 잘 먹고사는 사람들이라고 생각했다.

마리아는 할머니에게 푸딩 만드는 법과 솔기 깁는 법을 배웠다. 할 머니가 돌아가신 뒤에는 보육원에서 밀가루와 미음을 먹으며 컸는데, 어느 날 귀부인이 찾아와 마리아를 부엌 하녀로 데려가겠다고 했다. 하지만 그 여자는 진짜 '귀부인'은 아니었다. 할머니가 쓰던 표현을 빌자면 그 여자는 '남자들의 날뛰는 정욕'을 부추겨 뒷길로 남자를 유혹한 다음 마리아에게 남자의 주머니를 털게 했다.

그런 다음에도 먹을 수 있는 것은 고작 싸구려 스튜뿐이었다. 마리아는 그 안에 든 작은 뼈는 쥐 뼈가 분명하다고 생각했다.

마리아는 늘 배가 고팠다. 한 번이라도 굶은 적이 있으면 아무리 먹어도 진짜 배 부르는 법은 없다고 마리아는 생각했다. 점심으로 차가운 캥거루 고기와 뜨거운 감자를 양껏 먹고 아침으로는 옥수수 푸딩과 굴 파이를 먹었는데도 지금 마리아는 배가 또 고팠다.

마리아는 다시 스튜를 저었다. 냄새가 좋았다. 마리아는 화이트 의사가 오리 고기를 먹는 동안 이를 부러뜨리는 일이 없도록 미리 오리에서 총알을 빼 두었다. 총알은 녹여서 다시 쓸 수 있었다. 화이트 의사는 잉글랜드에서 보급선이 도착하는 날이 올지는 모르겠지만 그때까지는 총알을 귀하게 여겨야 한다고 마리아에게 말해 두었다.

어릴 때 굶주려서인지 마리아는 체구가 작았다. 열다섯 살이었지만 열 살 정도로밖에 보이지 않았다. 다행이었다. 마리아가 어리고 연약해 보였던 통에 잉글랜드의 재판관은 마리아를 교수대로 보내 목을 매달아 처형하는 대신 고작 십사 년의 징역형을 선고했던 것이다.

마리아는 교수대 위에서 사형수들이 올가미가 목을 조여 올 때 죽음의 나락으로 떨어지면서 다리를 버둥거리며 비명 지르는 모습을 본 적이 있었다. 마리아는 적어도 그런 처지는 면한 셈이었다.

감방에서는 오래된 빵이 전부였는데, 빵이 짚 위로 던져지면 사람들이 달려들어 더 많이 먹으려고 싸웠다. 배 안은 스튜와 비스킷이 하루에 두 번씩 주어졌으니 그나마 더 나은 형편이었다. 다만 마리아는 공포와 멀미에 시달리느라 제대로 먹을 수 없었다. 마리아는 바닷물이 나무로 만든 배 안으로 스며드는 동안 음산한 어둠 속에서 떨었고 배가 엄청난 파도에 흔들릴 때면 숨을 죽였다.

시드니만에 오자 한결 좋았다. 시드니만은 이제 시드니 타운으로 불리고 있지만 사실 타운이라고 하기엔 아직 멀었다.

필립 총독은 좋은 사람이었다. 총독은 어린 범죄자들을 노퍽섬으로 보내 '남자들의 날뛰는 정욕'에서 떼어 놓았다. 시드니만에는 남자 죄수가 거의 육백 명, 해병이 이백오십 명 가까이 있었는데 여자아이와 여자는 고작 이백 명뿐이었다. '남자들의 날뛰는 정욕'을 나 몰라라 하지 않는 이상, 시드니만은 아이나 여자가 있을 곳은 아니었다.

필립 총독이 마리아를 화이트 의사에게 보낸 것은 잘한 일이었다. 화이트는 '날뛰는 정욕'이 없었다. 화이트가 바라는 것은 요리 잘하고 집 청소를 깨끗이 하고 제복을 잘 수선하는 것뿐이었다. 그런데 마리아는 정착지의 여자아이들 중 누구보다도 요리와 바느질을 잘했다. 게다가 성격까지 깔끔했다.

잭슨항은 창살 없는 감옥과 다를 바 없고 죄수들은 배정받은 대로 주인을 모셔야 했다지만 화이트 의사 같은 사람에게 배정되는 행운은 아무도 누리지 못했다.

문이 열렸다. 주인인 화이트 의사가 신발 깔개에 발을 굴러 장화의 진흙을 털어 내면서 들어서자 마리아는 무릎을 굽혀 인사했다. 덩치 큰 론이 따라 들어오더니 탁자 위에 채소 자루를 던져 놓았다. 론은 화이트 의사에게 굽실거리며 인사하고 밖으로 나갔다.

주인은 난롯가의 의자에 앉았다. 의자는 정착지에서 만들어진 것으로 다리는 뒤틀리고 일그러져 있었다. 하지만 팔걸이가 있었고 충분히 안락했다. 그 집에 있는 유일한 의자였다. 주인이 없을 때에는 마리아가 그 의자에 앉았다.

마리아는 무릎을 꿇고 주인의 장화를 벗겼다. 마리아는 론이 장화를 닦도록 밖에 두었다. 그다음 말린 사르사 꽃이 한 움큼 들어 있는 찻주전자에 솥의 물을 부어 주인이 좋아하는 허브 차를 만들었다. 주인은 술을 취하도록 마시는 사람이 아니었다. 주인은 고개를 끄덕여 고마움을 표한 다음 자신의 공책을 집어 들었다.

마리아는 생각했다. 말을 할 기분이 아니시군. 어쨌든 아랫사람한테는 말이야.

마리아는 야채가 든 자루를 열어 보았다. 샘파이어에는 모래가 끼어 있었다. 샘파이어를 씻어야 할 텐데, 론이 근처에 없으면 개울에 가서 물을 더 길어 와야 했다. 그런데 어찌 된 일인지 론은 물을 긷거나 나무를 해 와야 할 때면 근처에 없기 일쑤였다. 그렇다면 어쩔 수 없이 마리아가 직접 길러 와야 했다.

"으악!"

마리아가 뒤로 물러섰다.

주인이 고개를 들었다.

"무슨 일이니?"

"뭔가 움직였어요. 자루 안에서요. 눈이 까맣고 큰 놈인데 털이 나 있어요!"

주인은 자신의 공책 쪽으로 눈길을 돌렸다.

"그냥 주머니쥐야. 새끼지."

"사람을 무나요?"

주인은 처음으로 흥미를 보였다.

"무는지 안 무는지 잘 모르겠는데. 난 그게 지금쯤 죽어 있을 줄 알았지."

"죽은 것 같지 않았어요."

"내가 보지."

주인은 자루 안을 들여다보았다. 마리아는 주인의 어깨너머로 살펴보았다.

주머니쥐는 공포 어린 까만 눈을 휘둥그레 뜨고 마리아를 빤히 쳐다보았다. 마리아는 생각했다. 조금은 고양이같이 생겼네. 털이 까맣고 하얀 고양이. 할머니도 저렇게 생긴 고양이를 길렀지. 할머니가 무릎께까지 버터 바른 빵을 쌓아 두고 고양이에게 먹이는 동안 고양이는 할머니 무릎에 앉아 가르랑거렸지. 커다란 라이스 푸딩이 난롯가에서 익어 가던 모습이 떠올랐다.

정착지에서도 장교 두어 명이 고양이를 기르고 있었지만 마리아가 본 적은 없었고 단지 총독의 개가 총독을 여기저기 따라다니는 걸 봤을 뿐이었다. 마리아는 이곳에서 고양이가 새끼를 친다 해도 자신 같은 사람에게까지 돌아올 몫은 없으리라 생각했다.

이런, 바보 같으니! 마리아는 중얼거렸다. 고양이를 가져서 어쩌려고? 내 앞가림이나 잘 하자고. 더 생각할 것도 없어.

화이트 의사는 자루에서 주머니쥐를 꺼내 들었다. 자그만 짐승은 의사의 손 안에 잠시 가만히 누워 있더니 뒷발로 앉아 앞다리 두 개를 조그만 손처럼 들고 있었다. 주머니쥐는 마리아를 뚫어져라 쳐다봤다.

마리아는 무서운 나머지 숨이 턱 막혔다. 주머니쥐는 전혀 고양이 같이 보이지 않았다. 화이트 의사는 마리아를 흘끗 보더니 재미있어했다. 화이트 의사는 말했다.

"놀라지 마. 내가 이놈의 목을 비튼 다음 다른 표본하고 같이 둘 거니까. 발메인 씨가 내일 이놈을 병에 담아 보존 처리해서 잉글랜드로 보낼 거야."

의사는 말 안 듣는 조수 생각에 얼굴이 어두워졌다.

"발메인 씨가 그러기 싫으면 총독한테 가서 이야기하든가 하겠지."

주머니쥐는 수염을 씰룩거렸다. 마리아는 주머니쥐를 가만히 바라보았다.

"주인님."

마리아는 입을 열었다. 느닷없이 주머니쥐가 조그만 발톱으로 마리아에게 달라붙었다. 마리아가 비명을 지르기도 전에 주머니쥐는 마리아의 팔을 타고 얼굴까지 올라가 있었다. 마리아는 주머니쥐가 머리카락에 매달리자 비명을 질렀다.

"이놈 좀 떼어 내 줘요! 도와주세요! 주인님, 도와줘요!"

마리아 옆에서 킥킥대고 껄껄대는 이상한 소리가 났다.

화이트 의사가 낸 소리였다. 화이트 의사는 웃고 있었다. 의사가 웃는 모습은 어떤 짐승보다도 낯설었다. 마리아는 의사가 소리 내어 웃는 걸 단 한 번도 본 적이 없었다.

"주인님, 도와 달라니깐요!"

마리아의 턱에서 뭔가 흘러내렸다. 주머니쥐가 얼굴을 할퀸 모양이었다. 마리아는 손으로 얼굴을 만졌다. 뭔가 흘러내린 건 맞는데 붉은색이 아니었다. 노란색이었다.

"으아악!"

의사는 소리 없이 싱긋 웃고 있었다. 의사는 손을 뻗어 주머니쥐를 잡아당겼다.

"아야!"

"머리카락에 엉켜서 그래. 놈을 떼어 내려면 머리카락을 잘라야겠군."

"자르시면 안 돼요!"

의사는 마리아를 보며 웃었다.

"그놈이 밤새 내내 그대로 붙어 있는 게 낫겠니?"

"아니죠! 하지만 머리카락은 못 잘라요!"

마리아의 모습은 볼품없을지 몰라도 길고 까만 머리카락은 마리아의 유일한 자랑거리였다.

"흠, 그렇다면 다른 방법을 찾는 수밖에 없지."

의사는 손을 뻗어 어제 먹던 소다빵의 껍질을 탁자 위에서 집어서 물에 담갔다가 주머니쥐에게 내밀었다.

마리아는 주머니쥐가 머리에서 꿈틀거리는 게 느껴지자 다시 비명을 질렀다.

"선생님!"

"조용히 해. 놈이 겁먹잖아."

"저 때문에 놈이 겁먹는다고요?"

"놈이 배고플지도 몰라. 어디 보자고."

다음 순간, 머리에서 주머니쥐의 무게감이 사라지고 시큼한 지린 내만 남았다. 오늘 밤 마리아는 잠들기 전 머리를 감아야 할 것이다. 그리고 추위에 떨다가 폐렴에 걸리지 않으려면 불 곁에서 머리를 말 려야 할 것이다. 마리아는 몸을 돌렸다.

주머니쥐는 뒷다리로 탁자에 앉아 있었다. 조그만 앞발은 마치 손 이라도 되는 양 빵 조각을 쥐고 있었다. 마리아가 바라보는 동안 주 머니쥐는 고개를 숙여 빵 조각을 야금야금 갉아먹었다. 이따금씩 미 심쩍은 양 까맣고 커다란 눈으로 주위를 둘러보기는 했지만 빵이 마 음에 드는 것 같았다.

귀중한 소다빵을 이런 식으로 낭비하다니. 마리아는 화이트 의사 가 자그만 짐승의 목을 어서 비틀기를 기다렸다. 에피 이모 말처럼 나쁜 놈은 마땅히 없애 버려야지.

화이트 의사는 주머니쥐에 푹 빠져 바라보고 있었다.

"재미있군. 주머니쥐는 이파리만 먹는 줄 알았는데. 다른 건 어떤 걸 먹나 볼까."

의사가 말했다.

마리아는 입을 떡 벌렸다. 놈은 마리아의 머리카락과 옷을 엉망으 로 만들어 놓고 이제는 마리아가 깨끗하게 닦아 놓은 탁자까지 더럽 히고 있었다. 그런데 법석을 떨면서 놈에게 맛있는 걸 이것저것 갖다 바치라고?

주머니쥐는 빵 껍질을 다 먹어치웠다. 놈은 탁자에 앉은 채 입을 벌리고 숨을 조금 헐떡이며 까만 눈을 크게 뜨고 있었다.

의사가 말했다.

"목이 말라서 그런가 본데. 숟가락으로 물을 좀 먹여 봐. 아니, 사르사 차가 좋겠군."

"그렇지만, 주인님."

마리아가 입을 열었다. 놈이 다시 마리아를 타고 오르면 어쩌라고. 발톱에 할퀴면 아프다고!

조막만한 짐승의 몸이 천천히 흔들렸다. 마치 탁자에서 쓰러질 것 같이 보였다.

화이트 의사는 재빨리 주머니쥐를 들어올렸다. 의사가 놈을 야채 자루에 다시 집어넣는 동안 놈은 가만히 있었다. 의사는 자루에 공기가 통하면서도 자루 안이 어둡고 밖에서는 보이지 않도록 자루의 가장자리를 매만졌다. 의사는 마리아에게 지시했다.

"놈이 춥지 않게 불 옆에 둬. 아침까지 집이 따뜻하게 오늘밤에 장작을 충분히 때라고 론한테 이야기해 놓을 테니까. 저녁을 차리기 전에 놈한테 숟가락으로 차를 좀 먹여 봐. 표본병에 넣기 전에 며칠 살려 두고 싶군. 놈이 꽤나 흥미로운걸."

마리아는 공손한 표정을 유지하려 애썼다. 지금까지 해 오던 일에

다 이제는 주머니쥐를 돌보는 일까지 떠맡게 되었다.

난베리

시드니만, 1789년 4월 15일

마리아는 수탉이 우는 소리에 잠에서 깼다. 그리고 창고 방의 벽에 난 틈으로 어스름한 회색빛을 바라보았다. 짚을 채운 베개를 베고 누워 계속 잠만 잘 수 있다면 얼마나 좋을까. 하지만 자고 싶은 대로 자는 것은 귀족층의 신사숙녀에게만 허락된 사치였다. 하인은 주인보다 먼저 일어나야 했고 주인이 잠들기 전에 뭔가 시킬지도 모르니 늦게까지 깨어 있어야 했다.

마리아는 재빨리 세수를 한 다음 입고 잔 속치마 위로 옷을 껴입었다. 신발은 해어지고 있었다. 그래서 이제는 일요일에, 가장 좋게 차려입고, 존슨 목사의 예배에 참석하러 갈 때만 신발을 신었다. 치맛단을 잘 수선해 놓았으니 아래로 맨발이 보일 일은 없었다.

마리아는 주인이 깨지 않게 조용히 부엌문을 열고 들어와 불이 다시 타오르도록 — 불쏘시개와 부싯돌로 처음부터 시작해서 불을 피우는 것은 실로 끔찍한 일이었다. — 석탄 위로 장작을 재빨리 밀어 넣었다. 그다음 자루 안을 들여다보았다.

주머니쥐는 아직 잠들어 있었다. 처음에 마리아는 놈이 죽었다고 생각했지만 손가락을 대 보니 심장이 뛰는 게 느껴졌다.

마리아는 뒤로 물러섰다. 이런 제멋대로인 짐승을 만지다니 무슨 짓이란 말인가? 머리카락을 엉망으로 만들고 나를 할퀸 놈인데. 마리아의 삶에 애완동물을 키울 여유는 없었고 더군다나 이렇게 괴상한 짐승은 말도 안 되는 일이었다. 잘은 몰라도 나중에 놈이 밤늦게 일어나 집안사람의 피를 빨아먹을지도 몰라.

그렇다면 우물에서는 유령이 올라오고 바다 괴물은 배를 먹어 치우겠네. 마리아는 스스로를 나무라며 생각했다. 다른 죄수들은 말도 안 되는 무서운 이야기들을 속닥거릴지 몰라도 나는 그러면 안 되지.

마리아는 스스로도 의식하지 못한 채 손가락을 뻗어 주머니쥐를 다시 쓰다듬었다.

오두막에서 창고 방을 빼면 딱 하나 있는 방에서 의사의 코 고는 소리가 들렸다. 일을 시작해야 할 시간이었다.

전날 밤부터 타고 있던 석탄불에 장작을 더 넣은 다음 의사 선생님이 차를 마시고 씻을 수 있도록 솥에 물을 덥혀야지. 론은 탱크강에서 하루에 두 번씩 두 양동이 가득 물을 길어 오는 일을 해야 했다.

염소의 젖을 짜고 밭을 돌보고 나무를 해 와서 장작을 패는 것도 론의 일이었다. 하지만 아무짝에도 쓸모없는 이 인간은 뒤편에 있는 죄수들의 오두막에서 아직도 자고 있는 모양이었다.

마리아는 난로 바닥에 소다빵을 구울 수 있도록 바닥을 솔로 문질러 깨끗이 닦았다.

마리아가 의사가 마실 차를 들고 갔을 때 불 곁에서는 소다빵이 보기 좋게 익어 가고 있었다. 의사가 잠에서 덜 깬 채 차를 홀짝거리는 동안 마리아는 따뜻한 물이 담긴 양동이를 날랐다. 그다음 의사가 옷을 입도록 문을 닫았다.

마리아가 주인 앞에 삶은 계란과 버터 바른 토스트를 막 차려 놓았을 때 현관에서 문 두드리는 소리가 났다.

마리아는 문을 질질 끌다시피 — 문은 경첩이 내려앉아 있었다. — 열었다. 화이트 의사의 조수인 발메인 씨가 서 있었다.

발메인 씨는 화이트 의사에게 말했다.

"선생님."

말 자체는 공손했지만 말투는 그렇지 않았다. 발메인 씨는 화이트 의사가 자신의 상관이자 귀족이라는 사실 그리고 자신은 조수일 뿐이므로 태도를 공손히 해야 한다는 사실을 전혀 알지 못하는 듯했다.

화이트 의사는 고개를 들었다.

"내 아침 식사를 방해할 정도로 중대한 일이란 뭔가?"

"원주민의 시체가 발견되었습니다. 선생님."

화이트 의사는 소다빵을 한 입 베어 물었다.

"발메인 씨, 원주민이 이미 죽었다면 내가 급하게 도울 일은 없잖소."

"원주민들이 천연두로 죽은 것 같습니다."

"천연두라고!"

화이트 의사가 음식을 밀쳐 냈다.

발메인 씨는 고개를 끄덕였다.

"어제 몇몇 작업반의 보고에 따르면 대부분의 바닷가에서 원주민들이 죽어 있는 걸 봤다고 합니다."

"몇 명이나?"

"적어도 스무 명은 됩니다. 선생님. 사람을 두어 명 내보내서 시체를 몇 구 가져오라고 했습니다."

화이트 의사는 마치 기도라도 하는 양 잠시 눈을 감았다. 화이트 의사는 자리에서 일어났다.

"천연두라니. 세상에나. 이 저주받은 땅에 그다음에는 어떤 일이 닥치려나? 정착지에 아픈 사람이 있나?"

"보고된 바로는 없습니다. 선생님."

발메인 씨가 답했다.

의사는 고개를 끄덕였다.

"오두막 한 군데에다 시체를 놓아두게. 그 근처에는 얼씬거리지 말라고 한 명도 빼지 말고 모두에게 알리게. 분명히 한 명도 빼지 말라고 했네. 예방 접종을 받았거나 잉글랜드에 있을 때 천연두를 앓다가 살아남은 경우라면 몰라도. 매일 밤 작업반 전원에게 이상이 없는지 확인하게."

"네, 선생님."

화이트 의사는 고개를 내저었다.

마리아는 의사가 외투를 입고 모자를 쓴 다음 오두막에서 나가는 모습을 지켜보았다. 마리아는 의사가 먹다 남긴 아침을 마저 먹으려고 의사의 의자에 앉았다. 마리아는 도둑이 아니었다. 하지만 멀쩡한 음식을 낭비할 이유는 없었다.

천연두라? 마리아는 손에 남아 있는 희미한 흉터를 바라보았다. 할머니 말로는 마리아가 어렸을 때 천연두를 앓은 적이 있다고 했다. 마리아의 부모와 삼촌은 천연두 때문에 목숨을 잃었지만 마리아는 살아남았다. 사람들 말로는 천연두는 평생 한 번만 앓는다고 했다. 천연두를 앓고도 살아남으면 다시 천연두에 걸릴 염려는 없었다.

정착지에 천연두가 퍼진다면 사람들이 얼마나 죽어 나갈까? 삼분의 일? 반? 마리아는 눈을 휘둥그레 뜨고 끔찍한 광경을 그려 보았다. 자식들이 죽어 가는 모습을 지켜보는 어미, 무덤에 누운 어미의 모습에 울부짖는 아이들.

마리아의 얼굴이 딱딱하게 굳었다. 마리아와는 상관없는 일이었다. 마리아는 안전했다. 화이트 의사도 다른 의사들처럼 예방 접종을 받았을 게 분명했다. 게다가 죄수와 해병이 떼죽음 당한다 한들 어떤가? 남은 사람들에게 배급이 더 많이 돌아가겠지. 마리아는 옷소매로 눈물을 닦았다. 바보같이, 바보같이 울다니.

어쩌면 이주민이 너무 많이 죽어 버리면 원주민이 남은 사람들을 공격해서 쓸어버릴지도 모르겠군.

마리아는 빗자루를 들고 단단한 흙바닥을 있는 힘껏 열심히 쓸기 시작했다. 원주민과 천연두와 기아가 언제 덮칠지는 모르겠지만 마리아는 적어도 집 청소는 깨끗이 할 수 있었다.

카클 베이 병원, 시드니만, 카클 베이, 1789년 4월 15일

　화이트 의사는 진흙과 캐비지 야자수의 줄기로 만든 오두막 안에
서 있었다. 그 오두막은 여기저기 흩어져 있는 화이트의 병원 건물
중 하나였다. 조악하게 만든 벤치 위에 시체 네 구가 놓여 있었다. 두
명은 남자, 한 명은 여자, 한 명은 아이였다. 시체에 퍼져 있는 물집에
는 피가 말라붙어 검게 굳어 있었고 노란 고름이 여전히 흘러나오고
있었다.

　발메인 말이 맞았다. 천연두였다.

　화이트는 잠시 눈을 감았다.

　고작 정착지에서 전염병에 걸려 전멸되려고 그 먼 바닷길을 건너
오면서도 그렇게나 많이 살아남았다는 말인가? 설사 이주민의 사분
의 일 정도만 죽는다 해도 남은 사람들이 미지의 대륙 끄트머리에서

원주민들에게 포위된 채 살아남을 수 있을까?

발메인이 다시 끼어들었다.

"총독이 지금 바로 항구에서 보자고 하십니다."

총독이라면 "화이트 의사 선생님께 안부를 전해 드리게. 그리고 혹시 와 주실 수 있을지 여쭈어 보게."라고 말했을 것이다. 발메인의 말투를 꾸짖어 봤자 발메인을 상대하기가 더 껄끄러워질 게 뻔했다. 의사는 왕진 가방을 챙겨 들었다. 오늘은 총독이 새로운 지역을 탐사하러 같이 가자고 부르는 게 아닐 듯싶었다. 의사는 죄수들의 오두막 사이를 지나 항구로 내려갔다.

필립 총독은 이미 낚싯배 옆에 나와 있었다. 노를 저을 두 사람은 죄수였다. 해병들은 노를 젓는 일이 자신들의 품위를 손상시킨다고 여겼기 때문이었다. 총독 옆에는 성품이 온화한 원주민인 아라바누가 통역을 하기 위해 나와 있었다. 총독은 전사인 아라바누를 억류했는데, 아라바누에게 이주민과 원주민 사이에서 평화 협상을 중재하게 했다.

아라바누의 중재는 성공적이지 못했다. 원주민들은 여전히 정착지에서 낙오자가 나올 때마다 창으로 찌르거나 도끼로 내리쳤다. 그렇지만 화이트 의사는 아라바누를 존중했다. 그렇게 품위 있고 누구에게나 그토록 친절한 포로는 없었다. 아라바누는 원주민일지라도 신사였다.

아라바누는 약에 대해서도 잘 알았다. 경미한 이질 증상이 오자 아라바누는 어떤 양치식물의 뿌리를 달라고 요청했다. 증상은 사라졌다. 화이트 의사는 그 뿌리를 자신의 환자들에게도 써 보았다. 그 뿌리는 잉글랜드에서 가져온 어떤 약보다도 효과가 좋았다.

의사는 공손하게 고개를 끄덕이며 인사했다.

"안녕하십니까? 총독님, 아라바누."

필립 총독은 걱정스러운 기색이었다. 요즈음 총독은 늘 걱정스러운 기색이었다.

"오늘 아침에 낚시하러 나간 사람이 그러더군요. 만을 두어 개 지나가면 아픈 원주민들이 더 있다던대요. 우리가 직접 그들을 살펴보는 게 어떨까요?"

화이트는 고개를 끄덕였다.

"살아 있는 환자를 진찰할 수 있다면 정확한 처방을 내리기가 더 쉬울 겁니다. 하지만 총독님……."

의사는 망설였다.

"천연두라고 생각하시나요?"

"천연두 말고는 그런 증상이 없습니다."

의사는 솔직하게 답했다.

총독은 정착지의 오두막과 판잣집 그리고 죄수들과 해어진 옷을 걸친 해병들을 돌아보더니 곧이어 나무가 우거진 황무지와 바다를 둘러보았다. 화이트 의사는 필립 총독의 어두운 기색에서 그가 무슨 생각을 하고 있을지 훤히 알 듯했다. 고국은 가려면 아홉 달이 걸리는 거리에 있고 구원의 손길도 그만큼 멀리 있었다. 그곳에서 잉글랜드까지 타고 돌아갈 만큼 큰 배도 없었고, 심지어는 지원을 요청하러 보낼 만한 배도 없었다.

"그렇다면 기도합시다."

작은 만에는 아무도 없는 것 같았다. 젖은 모래 위로 파도만 밀려왔다 밀려갔다. 더 가까이 다가간 다음에야 의사는 작은 모닥불과 나선형으로 피어오르는 연기를 볼 수 있었다. 할아버지 한 명이 불 곁에 앉아 있었다. 의사가 지켜보는 동안 남자아이가 모래사장을 비틀거리며 걸어와 그릇에 물을 담은 다음 할아버지에게 기다시피 돌아가 할아버지의 머리에 물을 부었다.

배 밑바닥이 모래에 닿았다. 노 젓는 죄수들은 얕은 물가로 뛰어내려 배를 잡아당겼다. 총독, 의사, 아라바누가 발을 물에 적시지 않고 뭍에 오르도록 하기 위해서였다.

의사는 불 곁에 있는 남자아이와 할아버지를 바라보았다. 둘 다 몸이 하얀 물집으로 덮여 있었다. 배가 다가오는 걸 알아차리지 못한 듯했다. 의사가 바라보는 동안 남자아이는 모래 위로 쓰러졌다.

물을 떠오는 일조차 소년에게 너무 버거웠던 것일까? 죽은 걸까, 아니면 잠든 걸까?

근처에 아기의 시체가 있었는데 온통 모래와 상처로 뒤덮여 있어 처음에는 여자 아기라는 것도 알아보지 못할 지경이었다. 의사는 모래밭을 가로질러 다가가 몸을 굽히고 아기를 살펴보았다. 아기는 죽어 있었다.

바닷가 위쪽, 시야에서 거의 벗어난 곳에 한 여자가 누워 있었다. 두 팔을 뻗은 채 죽어 있었고 몸은 부풀어 오른 상태였다. 의사는 아라바누 쪽을 흘끗 쳐다보았다. 아라바누는 꾸물거리며 여전히 배 안에 있었다. 아라바누는 의사와 눈이 마주치자 배 밖으로 나와 모래밭을 파기 시작했다.

"무덤을 파는 겁니다."

화이트가 속삭였다.

필립은 고개를 끄덕였다.

아기의 무덤은 자그마했다. 아라바누는 죽은 여자를 아직 보지 못했다. 다른 사람들이 기다리는 동안 아라바누는 아기의 시체를 조심스레 무덤으로 가져가 아기가 그저 잠들어 있는 것처럼 구덩이 안에 눕혔다. 아라바누는 아기의 몸을 풀로 덮은 다음 그 위에 모래를 쌓아 봉분을 만들었다.

의사는 망설였다. 죽은 여자도 묻어야 할까? 할아버지는 아직 숨 쉬고 있었다. 남자아이가 자그맣게 신음했다. 남자 아이도 아직 살아 있었다. 의사에게는 그 사실이 결정적이었다.

의사는 필립 총독에게 몸을 돌렸다.

"이 남자와 아이를 병원으로 옮깁시다."

천연두를 치료할 방법은 없었다. 하지만 적어도 정착지로 데려가서 할아버지와 아이를 보살피고 음식과 물을 줄 수는 있었다. 화이트 의사는 환자의 친구나 가족이 무서워한 나머지 환자에게 접근하지 않는 통에 환자가 갈증과 굶주림으로 죽는 일이 허다하다는 사실을 떠올렸다.

"두 사람을 배로 데려가."

의사가 지시했다.

노 젓는 죄수 한 명이 고개를 저었다.

"천연두에 걸린 사람한테 손대지는 않을 거구먼요."

의사는 한숨을 내쉬었다. 의사와 총독은 양쪽에서 할아버지를 들어 배로 옮겼다. 의사는 모래밭으로 돌아가 남자아이를 두 팔로 들어 올렸다.

아이는 작고 가벼웠다. 겨우 여덟아홉 살이나 됐을 것 같았다. 아이는 뭔가 중얼거리더니 의사에게 더 가까이 안겼다.

의사는 마음속 깊숙이 아려 오는 것을 느꼈다. 아이를 품에 안아

보는 것이 대체 얼마만인가? 이곳 정착지에도 아이 죄수들이 있었지만 자신이 직접 진료를 해야 했던 경우는 없었다. 의사가 인도로 발령받았거나 잉글랜드에서 일을 했다면 지금쯤 결혼했을지도 몰랐다. 피를 나눈 자식도 있을 것이다. 그런데 지금 의사는 머나먼 바닷가에 서서 천연두로 죽어 가는 원주민 아이를 품에 안고 있었다.

의사는 입술을 깨물었다. 의사는 자신이 맡은 작은 짐을 껴안고 노 젓는 배로 돌아왔다.

6 | 난
　　베
　　리

텀바롱, 전염병의 땅과 전염병의 시기(1789년 4월 15일)

　세상이 칠흑 같았는데 어쩐 일인지 너무 밝기도 했다. 꿈조차 고통
스러웠다.

　누군가 난베리를 들어 올렸다. 콜비 삼촌인가? 부족 사람들이 돌
아왔구나! 사람들이 시원한 물을 가져오고 전염병을 쫓아 버리는 연
기를 제대로 피우겠지. 나도 곧 다시 건강해질 거야. 예전 같은 생활
로 돌아갈 수 있겠지.

　누군가 뭐라고 말했다. 처음에 난베리는 몸이 아파서 말소리가 귀
에 들어오지 않는 것이라 생각했다. 그다음에야 깨달았다.

　하얀 유령들이 말하고 있었던 것이다.

　난베리는 눈을 떴다. 물속에 있는 것처럼 세상이 어른거렸다. 하지
만 배가 눈에 들어왔다. 카누도 아니고 커다란 배도 아니고 하얀 유

령들이 바다에서 타고 다닐 수 있도록 만든 보트였다.

"화이트 선생님, 아이는 괜찮을까요?"

"글쎄요. 열을 내리게 할 수 있다면 괜찮을지도 모르겠습니다."

말소리가 무슨 뜻인지 전혀 알 수 없었지만 사람들의 말투는 친절하게 느껴졌다. 갑자기 입술에 물이 닿았다. 시원하고 상쾌하고 신선한 물이었다.

난베리는 여러 가지를 묻고 싶었다. 가족은 어디에 있어요? 하얀 유령들은 어떻게 노로 배를 움직이게 하는 거예요? 하지만 난베리는 몸에 힘이 하나도 없었다. 그들의 손길은 다정했고 내게 마실 물을 주지 않았던가.

난베리는 그대로 잠들기로 했다.

7 | 마
리
아

시드니만, 1789년 4월 15일

마리아는 배급소로 난 길을 따라 터덜터덜 걷고 있었다. 배급소는 총독 관저를 제외하면 정착지에서 유일하게 벽돌로 지은 건물이었다. 다른 집들이 마른 갈대로 지붕을 이은 것과 달리 배급소의 지붕은 이미 바스라지고 있기는 해도 진흙을 구워 만든 괜찮은 타일로 되어 있었다.

총독은 정착지의 남자, 여자, 아이는 각각 예외 없이 똑같은 양의 식량 배급을 받도록 지시해 놓았다. 로스 소령과 해병들은 불평을 늘어놓았지만 총독은 한 치도 물러서지 않았다.

지난주에 총독이 배급량을 또 줄이라고 지시하자 해병들의 불만은 더욱 커졌다. 남자 한 명당 소금에 절인 돼지고기 이 파운드, 그 주의 식량 비축 상황에 따라 밀가루 또는 옥수수 가루 이점 오 파운드,

쌀이나 말린 완두콩 이 파운드 그리고 오래된 버터 한 조각이 다였다. 여자는 그 양의 삼분의 이를 받았고 아이들은 반을 받았다.

바구미가 바글거리는 밀가루는 시큼했고 쌀자루 안에는 벌레가 우글거렸다. 돼지고기는 적어도 두 해는 묵은 것이었다. 배에 실려 왔는데 얼마나 오래됐는지 누가 알겠는가?

마리아는 자신과 주인의 배급 식량을 타기 위해 줄서서 기다리는 동안 남자들과 눈을 마주치지 않으려 애썼다. 초췌하고 더러운 얼굴을 한 남자들은 마리아가 싱긋 웃기만 해도 관심을 보인 것으로 오해할 것이다. 마리아는 생각했다. 아무짝에도 쓸모없는 인간들 같으니라고. 식량은 여기서 타면 되고 음식을 조리할 땔감도 널려 있고 씻을 물도 충분한데 말이야.

마리아는 그래도 배급 식량은 타야 했다. 밀가루가 있어야 소다빵을 만들고, 완두콩이 있어야 소금에 절인 돼지고기로 맛을 낸 완두콩 푸딩을 만들어 고향의 음식을 맛볼 수 있었다. 암탉이 알을 낳지 않는 겨울철에 대비하려면 계란을 신선하게 보관하기 위해 계란 껍데기에 시큼한 버터를 문질러 놓아야 했다.

이제 마리아 앞에는 열 명 남짓이 줄 서 있을 뿐이었다. 얼굴에 그늘진 남자들은 배급소 관리인이 자그맣고 까만 고기 덩어리를 조금씩 나누어 주는 모습을 지켜보는 동안 소금에 절인 딱딱한 돼지고기를 이미 머릿속으로 맛보는 듯했다. 줄 선 여자들 치맛자락에는 깡마른 아이들이 매달려 있었다. 마리아는 사람들의 손을 훑어본 뒤 사람들의 얼굴을 살펴봤다. 천연두의 증상인 물집이나 상처는 누구에게도 찾아볼 수 없었다. 그날 아침 아무도 천연두를 언급조차 하지 않았다.

마리아는 생각했다. 어쩌면 정착지에 천연두가 발병했다는 사실은 의사와 총독, 둘만 알고 있나봐. 이런 천치들이 알았다면 무서워서 벌벌 떨거나 아니면 천연두를 핑계로 더욱 농땡이나 치려고 들 텐데 말이야.

저 인간들도 이제는 스스로 새 출발할 수 있는 기회를 잡지 않았는가 말이야? 발목에 쇠사슬을 차고 있는 것도 아니고, 여기에서 또 죄를 짓지 않았다면 말이야. 땅을 일굴 농구, 농사지을 씨앗, 오두막을 짓고 밭을 만들 땅, 톱과 망치, 게다가 요리를 할 솥단지까지 다 받았잖아. 하지만 놈들은 농구의 반절은 잃어버리거나 고장 내거나 아니면 별 이유 없이 내다 버렸다고.

마리아는 앞에 선 남자에게서 풍기는 악취에 콧등을 찡그렸다. 저런 놈이랑 닿는 건 상상도 하기 싫어! 마리아는 줄 서 있는 사람들 중 육지에 도착한 이래 몸을 씻은 사람은 자신을 빼면 단 한 명도 없을 것이라 확신했다.

마리아 옆에 있던, 팔다리가 길고 이가 거의 없는 남자 죄수가 배급소 관리인이 채워 준 냄비를 받아 들고 서둘러 자리를 떴다. 마리아는 나무 양동이와 여러 개의 도자기 컵을 내밀었다. 다른 죄수들은 자기 좋을 대로 밀가루와 말린 완두콩과 고기를 한군데에 섞어서 받을 수 있었다.

"저와 화이트 의사 선생님 배급이요."

"아, 기억하지요. 마리아 켄트."

젊은 남자는 명단에서 마리아와 화이트 의사의 이름에 체크 표시를 한 뒤 말린 완두콩을 국자로 퍼 주었다. 마리아는 남자의 손톱이 깨끗한 것을 알아차렸다. 마리아는 남자의 얼굴을 올려다보았다.

마리아보다 기껏 서너 살 더 많아 보였고 적갈색 구레나룻은 단정했다. 죄수들은 면도날은 쓸 수 없었지만 가위를 쓰는 것은 허용되었다. 남자는 머리도 단정하고 깨끗하게 손질되어 있었다.

그는 마리아를 보며 느닷없이 씩 웃었다. 이도 깨끗하고 튼튼하고 하얬다.

"아까 어떤 놈이 와서 화이트 의사 몫으로 배급을 타러 왔다고 하던대요. 그래서 마리아가 배급을 타간다고 이야기해 줬죠."

"장담하는데 론이었을 거예요."

배급소 관리인이 고개를 끄덕였다.

"덩치가 크고 이름도 맞아요. 그래서 다음에는 의사한테 배급 전표를 받아오라고 이야기해 줬죠. 식량을 훔치면 교수형인데."

배급소 관리인은 마리아를 빤히 쳐다보았다.

"놈을 고발할까요?"

마리아는 망설였다. 론은 멍청하고 게을렀다. 론도 마리아만큼이나 잘 먹고사는 중이었으므로 배급 식량을 가로챌 필요는 없었다. 그렇지만 론이 교수대에서 처형당해 부푼 혀를 내민 채 대롱대롱 매달려 있는 모양을 보는 건⋯⋯ 아니, 그렇게까지는 할 수 없었다.

마리아는 고개를 저었다.

"제가 론한테 경고할게요. 다시는 그런 짓을 못 할 거예요."

"그럼, 그렇게 하시지요."

배급소 관리인은 찬탄하는 눈빛으로 마리아를 바라보았다.

마리아는 얼굴을 붉혔다. 마리아를 건드리려는 남자들은 많았지만 찬탄하는 눈빛은 낯설었다. 마리아는 말했다.

"가 봐야겠어요. 선생님이 식사를 기다리실 거예요."

젊은 관리인은 고개를 끄덕였다.

"저는 잭 잭슨이에요."

관리인은 인사차 모자를 들어올렸다.

마리아도 무릎을 살짝 구부려 인사하자 줄 뒤에 서 있던 여자가 낄낄거렸다. 땅 끝이나 다름없는 이곳에서 예의 따위에 신경 쓰는 사람은 없었다.

"잭슨 씨, 만나서 반가워요."

마리아는 양동이를 들어 올리며 빈약한 배급 식량을 내려다보았

난베리

다. 주머니쥐 몫으로는 배급이 없다니 아쉬운걸. 마리아는 생각했다. 하지만 어쩌면 마리아가 나가 있는 동안 죽어버렸을지도…….

❖

아니었다.

마리아는 조막만한 짐승을 가만히 내려다보았다. 얼마나 깊이 잠들어 있던지 마리아가 놈의 길고 부드러운 털을 손가락으로 쓰다듬어도 움직이지 않았다.

마리아는 한숨을 내쉬고는 보관함 안에 배급 식량을 넣었다. 완두콩과 밀가루를 잘 갈무리해 두며 그곳이라면 주머니쥐가 헤집어 놓을 염려가 없겠지 싶었다. 의사는 단단하고 짭조름해질 때까지 천에 담아 끓인 완두콩 푸딩을 좋아했다. 의사는 오늘밤 집에 와서 뜨거운 완두콩 푸딩을 먹고 내일은 차가운 완두콩 푸딩을 병원으로 가져갈 수 있을 것이다. 마리아는 갓 구운 소다빵도 준비해야 했다.

마리아는 난로에 장작을 더 넣었다. 런던에서 매캐한 석탄 연기를 맡으며 살다 오니 나무 연기 냄새는 상쾌하게 느껴졌다. 마리아는 소다빵을 반죽했다. 맛있는 소다빵의 비결은 빨리 만들어 빨리 굽는 것이었다.

갓 구운 소다빵은 냄새가 어찌나 좋은지 의사 몫까지 다 먹어 치우지 않으려면 인내심을 발휘해야 했다. 이제는 바구미가 바글거리는 시큼한 밀가루 맛에도 익숙해졌다. 마리아는 식탐을 누르며 빵의 삼분의 일만 잘라 어제저녁 스튜로 만든 그레이비의 찌꺼기를 빵 껍질에 발랐다.

식탁 위에서 뭔가 바스락거렸다. 주머니쥐였다. 크고 까만 눈을 겁먹은 듯 크게 뜨고 자루에서 고개를 내밀고 있었다. 충동적으로 마리아는 갓 구운 소다빵 조각을 차가운 사르사 차에 적셔 주머니쥐에게 내밀었다. 놈은 빵 조각을 앞발로 받아들더니 눈을 마리아에게서 떼지 않은 채 빵 조각을 갉아먹기 시작했다.

조막만한 짐승이 어찌나 바보 같아 보이던지 마리아는 웃지 않을 수 없었다. 짐승이 음식을 저렇게 쥐고 있는 걸 누가 들어본 적이나 있을까?

주머니쥐는 빵 조각을 다 먹어 치우고 정성스레 앞발을 핥았다. 그러더니 느닷없이 자루에서 바닥으로 쪼르르 내려간 다음 마리아의 치마를 타고 무릎으로 올라왔다.

마리아는 화들짝 놀라 비명을 지르며 얼어붙었다. 또 머리카락으로 달려들려나?

그렇지만 주머니쥐는 마리아를 빤히 올려다보며 그저 무릎에 웅크리고 앉아 자그마한 분홍빛 코를 벌름거릴 뿐이었다. 그러다 갑자기 몸을 움직였다. 마리아는 놈이 할퀴거나 더 위로 기어오르기 전에 떨쳐 버리려 했다. 그렇지만 놈은 마리아의 손 쪽으로 몸을 내밀었다. 어느새 자그맣고 거친 혀가 손가락을 핥는 게 느껴졌다.

마리아는 웃음을 터뜨릴 뻔했다. 마치 신사가 귀부인의 손에 키스하는 것 같잖아? 놈은 자기가 뭘 하는지 알기나 하는 걸까?

마리아는 주머니쥐가 마리아의 손에서 나는 빵 냄새를 맡았음을 알아챘다. 놈은 빵가루가 어디 더 없나 찾는 중이었다. 흠, 남은 빵을 주머니쥐에게 주기는 너무 아깝지. 찬 감자 정도면 몰라도.

마리아는 주머니쥐가 자신을 깨물지 몰라 조심스레 놈을 들어 올려 바닥에 내려놓았다. 그렇지만 마리아가 감자를 가져오기도 전에 주머니쥐는 탁자로 기어올라 다시 자루로 쏙 들어갔다.

마리아는 조금은 벅찬 마음으로 생각했다. 누가 예상이나 했겠어? 주머니쥐가 키스해 줄 거라고 말이야. 이윽고 마리아는 빗자루를 들어 거미줄을 걷어 내다가 자신이 빙긋 웃고 있음을 깨달았다.

8 | 난베리

전염병의 땅과 전염병의 시기

　시간도, 장소도, 종잡을 수 없을 때가 있었다. 난베리는 모양도 냄새도 이상하고 바닷소리나 나무가 바람에 스치는 소리도 안 들리는 오두막에 누워 있었다. 주위에 말소리가 웅성거렸다. 하얀 유령들의 말소리, 하얀 유령들의 냄새였다.

　누군가 시원한 물로 난베리를 씻겨 주었다. 누군가 난베리의 입술을 물로 적셔 주었다. 어떨 때에는 이상하고 단단한 그릇에 다른 액체를 담아 왔다. 난베리는 그것도 마셨다.

　난베리는 자신을 이곳에 데려온 남자의 목소리가 들리는지 귀를 기울였다.

　"아이의 상태는 좀 어떤가?"

　"괜찮아요. 선생님. 생선을 좀 먹었고요. 심지어는 물고기를 직접 불에 구우려고 했다니까요. 아이는 곧 좋아질 것 같아요."

"아직 어리고 튼튼하니까. 노인은?"

"어젯밤 돌아가셨어요. 선생님. 시신을 묻기 전에 직접 검사해 보시겠어요?"

"그럴 필요 없어."

피곤한 목소리였다.

"요즘 검사할 시신이 끝이 없어."

의미심장하게 들리는 말이었다. 난베리는 그 말에 담긴 뜻을 알아내야 했다. 자신이 어디에 있는지도 알아내야 했다. 하얀 유령들이 자신을 수평선 너머 유령들의 땅으로 데려온 건가?

웃는물총새 소리가 들렸다. 난베리는 마음을 놓았다. 유령들의 땅에 웃는물총새가 있을 리 없었다. 전염병에 걸린 사람들은 모두 금방 죽어 갔다. 하지만 난베리는 아직 살아 있었다. 난베리는 다시 눈을 감으며 생각했다. 내일이면 나는 건강해질 거야. 내일이 아니라도 언젠가는…….

9 | 화이트 의사

잭슨항, 카클만 병원, 시드니만, 1789년 5월 8일

화이트 의사가 노인과 남자아이를 병원으로 데려온 지 거의 한 달이 지났다. 그 뒤로 거의 매일 어부들은 원주민들이 병에 걸려 죽어가고 있다고 알렸다. 항구에서 가까운 바닷가에 수백 구의 시체가 널브러져 있다고 했다.

화이트 의사는 아직 목숨이 붙어 있는 사람은 병원으로 데려오라고 지시했다. 하지만 병원 침대에 누울 때까지 살아남은 원주민은 남자아이 하나와 여자아이 하나, 단 둘뿐이었다. 그나마 남자아이는 곧 죽고 여자아이만 숨이 붙어 있었다. 의사가 처음 데려온 남자아이도 아직 살아 있었다.

화이트 의사는 아라바누와 함께 근처 바닷가의 모래밭에 서서 여기저기 흩어져 있는 시체를 바라보고 있었다. 이른 아침 햇빛을 받으

난베리

며 밀려오는 파도는 시체를 찰싹찰싹 씻어 내렸다. 어떤 시체는 죽은 지 며칠 되었는지 갈매기들이 시체를 쪼고 있었다. 죽은 지 한 시간밖에 안 되어 보이는 시체도 있었다.

아라바누는 두 손을 힘없이 늘어뜨린 채 서 있었다.

"부에!(죽었어!) 다 죽어버렸다고."

아라바누가 울부짖었다.

의사는 아라바누의 어깨에 가만히 손을 얹었다. 자신의 부족 전체를 잃은 사람에게 무슨 말을 할 수 있겠는가?

"유감이네."

의사는 말했다.

아라바누는 땅을 내려다보고 있을 뿐이었다.

의사는 생존자가 더 있을지 모른다는 절박한 심정으로, 노 젓는 죄수들에게 근처 다른 해안에도 들르라고 지시했다. 하지만 바닷가마다 수북이 쌓인 시신으로 새까맸다.

아라바누는 아무 말이 없었다. 눈빛에 슬픔이 가득했다.

그들은 마침내 시드니만으로 뱃머리를 돌렸다. 의사는 동행했던 죄수 한 명이 나무껍질로 지은 오두막으로 아라바누를 데려가는 모습을 지켜보았다. 그 오두막은 아라바누를 가둬 두는 곳이었다. 의사는 개울을 건너 정착지 서쪽에 자리 잡은 병원으로 향했다.

병원이 가까워지자 의사는 두려움에 심장이 조여들었다. 천연두에 걸린 죄수들이 자신을 기다리고 있을까?

병원이라니! 윗가지를 엮어 진흙을 바르고 바닥은 흙이고 나무껍질로 지붕을 얹은 오두막에 불과한데. 약은 떨어졌고 아라바누한테 배운 원주민식 치료약이 전부인데. 폭풍우가 사납게 몰아치는 바다 건너 수천 마일 떨어진 이곳에 도움의 손길은 없는데.

"어떤가?"

의사는 첫 번째 오두막에 들어서며 물었다.

"천연두 환자는 아직 없어요. 선생님."

조수 역할을 하는 죄수가 고개를 저었다.

"아아, 다행이군. 그럼 어떤 환자가 왔나?"

"손가락이 잘린 환자요. 피가 멈추게 손가락을 줄로 묶어 놨어요. 그리고 머리에 부상을 입은 남자아이요. 꿰매야 해요."

의사는 고개를 끄덕였다. 그 정도는 발메인이 치료할 수 있었고 치료했어야 했다. 하지만 늘 그렇듯 발메인은 코빼기도 보이지 않았다.

"달군 인두를 줘."

의사는 짧게 말했다. 의사는 피로 얼룩진 셔츠를 입고 있는 남자에게 가까이 오라고 손짓했다.

"눈을 감게."

벌겋게 달궈진 인두에 손가락 끝이 닿자 남자는 비명을 질렀다. 하지만 이제 상처는 괜찮을 듯했다. 출혈이나 감염으로 인해 죽을 염려는 없었다.

남자아이의 상처를 꿰매는 데에는 일 분이면 충분했다.

"조수들이 환자를 모두 둘러봤나?"

현재 병원에는 환자가 다섯 명 있었다. 화상 환자, 창에 찔린 환자, 머리와 발에 상처가 난 환자 그리고 산후열에 걸린 여자도 있었다. 다른 환자들은 괜찮겠지만 그 여자는 저녁까지 버틸 수 있을지 의심스러웠다.

"네, 선생님. 요강을 비우고 반창고는 갈고 붕대는 빨고 바닥은 쓸었습죠. 아침으로 수프도 줬고요. 선생님이 지시하신 대로 다 했습죠."

의사는 자신의 지시대로 되었을 거라고는 생각하지 않았다. 하지만 당장은 확인할 시간이 없었다.

의사는 마침내 천연두 환자들을 수용하는 외딴 오두막으로 무거운 발걸음을 옮겼다. 여자아이인 부룽은 의사가 아침에 떠날 때까지도 숨을 쉬고 있었다. 아직까지 살아 있을까?

살아 있었다. 얼굴을 벽 쪽에 두고 몸을 웅크린 채 잠들어 있었다. 남자아이는 판자 침대에서 겁먹은 눈으로 올려다보았다. 의사는 애써 웃었다. 똘똘한 아이였다. 아픈 와중에도 영어 단어를 벌써 서너 개 배웠다.

"안녕? 꼬마야. 몸은 좀 어떠니?"

의사는 아이의 이마를 만졌다.

"열이 있니?"

"안녕."

아이는 그 말이 마치 자신을 해치기라도 할 것처럼 조심스레 발음했다.

"열 없어."

"다행이구나. 네가 빨리 낫게 해 줄게."

의사는 아이도 웃어 주길 바라며 다시 웃었다.

아이는 의사를 뚫어져라 바라보며 의사의 말이 무슨 뜻인지 알아내려고 애쓰는 게 분명했다. 흐음! 의사는 생각했다. 이 아이는 보통이 아니군. 아라바누조차 이렇게 빨리 배우지는 못했는데.

의사는 여자아이에게 몸을 구부리고 아이의 이마를 만져 보았다. 열은 다시 내린 상태였고, 숨을 안정적으로 쉬고 있었다.

의사는 생각했다. 여자아이와 남자아이는 살아남겠군. 원주민이 세 명 남았어. 아이 두 명과 아라바누. 그 많은 원주민 중에서 고작 세 명이라니.

의사는 문 바깥을 흘낏 바라보았다. 항구는 잿빛으로 변해 있었다. 곧 어두워질 것이다. 의사는 병원에서 나와 집을 향해 먼 길을 걷기 시작했다. 죄수들의 오두막을 지나 탱크강을 건너면 상태가 그나마 나은 해병 거주지가 있었고, 그곳에 의사의 집이 있었다.

의사는 경첩이 내려앉은 현관문을 열며 생각했다. 잠을 자자. 그러면 잉글랜드와 푸른 들판이 꿈에 보이겠지. 그때 항구에서 하얀 점이 반짝 빛나는 것이 의사의 눈에 설핏 들어왔다.

의사는 몸을 돌려 자신의 눈을 의심하며 바라보았다. 배였다. 의사는 손으로 눈에 그늘을 만들어 돛이 푸른빛을 배경으로 둥둥 떠 있는 모습을 바라보았다. 아니었다. 모두들 이제 일 년 넘게 목이 빠지도록 기다리던 잉글랜드에서 온 보급선은 아니었다. 정착지 소속의 자그만 선박인 시리우스호였다. 밀가루와 파종할 씨앗이 절박하게 필요해 몇 달 전 희망봉으로 보낸 배였다.

시리우스호가 무사히 돌아왔다!

"마리아!"

"무슨 일 났어요?"

마리아가 뛰어나왔다. 너무 겁먹은 얼굴이어서 의사는 마리아를 안심시켜야 했다. 의사는 항구에 있는 작은 배를 가리켰다.

"선생님, 우린 이제 괜찮은 거예요?"

의사는 그 말에 웃을 수밖에 없었다.

"글쎄. 저기 실린 보급량은 많아봤자 넉 달 치밖에 안 될 거야. 하지만 적어도 이번 봄에 파종할 씨앗이 생기고 바구미 대신 신선한 밀가루를 먹게 된 셈이지. 그런데 저녁은 뭐지?"

"물고기 스튜하고 옥수수 푸딩이요. 선생님, 주머니쥐 말인데요……."

의사는 다시 몰려오는 피로감에 고개를 저었다.

"오늘 밤에는 놈을 보존 처리할 시간이 없어. 내일이나 모레면 모를까. 자, 물고기 스튜는 어디 있지?"

하얀 유령의 주거지, 공포와 혼돈의 시기(1789년 5월 10일)

난베리는 '침대'라는 것에 꼼짝 않고 누워 있었다. 침대는 나무로 만들어졌는데 양쪽에 난간이 달렸고, 땅 위에 떠 있는데 꼭 풀씨를 담은 거대한 그릇 같았다. 침대 위에는 '요'라는 것이 있었다. 이상한 덮개 안에 고사리를 채워 넣은 것이었다. 난베리가 움직일 때마다 요도 바삭거렸다. 방 맞은편에는 아라바누가 여자아이인 부릉 곁에 앉아 있었다. 부릉은 잠들어 있었다.

난베리의 세상은 사라져 버렸다.

"죽었어."

아라바누가 잠들어 있는 여자아이에게 다시 속삭였다.

"모두 죽어 버렸다고."

난베리는 생각했다. 우리 가족만 죽은 게 아니구나. 바닷가마다 시체가 널려 있다니.

모두 죽었다.

그 웃음, 그 이야기, 그 세계. 다 사라져 버렸어.

그들의 영혼이 바람결에 속살거릴까?

부룽이 설핏 잠에서 깨어 뭐라고 웅얼거렸다. 아라바누는 부룽을 다정하게 안아 일으켰다. 아라바누는 부룽이 물을 마시도록 물그릇을 들어 올렸고 부룽의 머리를 쓰다듬어 주었다. 부룽과 아라바누는 같은 부족 사람이었다. 그래서 아라바누는 난베리가 아니라 부룽에게 말하고 있었던 것이다. 부룽은 여름을 열네 번 보냈다. 부룽은 이제 다 큰 여자였다. 부룽은 병원에 실려 왔을 때 병구 가죽 앞치마를 두르고 있었던 것으로 보아 아직 미혼이었다. 비록 포로라고 할지라도 아라바누 같은 전사에게 난베리는 성년식을 치르기 전까진 아무것도 아니었다.

이제 아라바누가 홀로 의례를 진행하지 않는 한 난베리는 전사가 될 길이 없었다. 난베리는 창을 갖고 다닐 수 없을 것이고 결혼도 할 수 없을 것이다. 제대로 된 의식을 치를 수 없다면 언제까지고 아이로 남게 될까?

난베리는 몸에 걸친 옅은 색 옷을 들어 올려 몸에 난 상처를 바라보았다. 딱지가 앉기 시작한 상태였다.

난베리는 살아남았다. 난베리와 부룽과 아라바누만 남았다. 전사,

남자아이, 여자아이, 이렇게 셋이 부족을 다시 재건할 수 있을까?

아라바누는 부룽과 결혼할지도 모르겠군. 그렇다 해도 그들은 어디에 살지? 바닷가마다 개울마다 사람들이 죽어 있었다. 가족의 영혼이 서성대는 곳에서 어떻게 살아갈 수 있단 말인가?

갑자기 아라바누가 비명을 질렀다. 난베리는 몸을 일으켜 앉았다. 아라바누가 셔츠를 풀고 자신의 가슴팍을 뚫어지게 쳐다보고 있었다.

까만 피부에 하얀 물집이 여기저기 잡혀 있었다.

아라바누는 잠시 물집을 바라보더니 자리에서 일어나 문간으로 걸어갔다. 아라바누는 바닷가를 내다보았다. 난베리는 생각했다. 바닷가는 텅 비었겠군. 꼬마들에게 줄 물고기를 구우며 카누에서 노래하던 여자들은 사라졌어. 창을 들고 바위에 앉아 있던 전사들도 사라졌어.

마침내 아라바누는 바다에서 눈길을 거두었다. 아라바누는 오두막 안으로 돌아와 마치 기다리려는 듯 '의자'라고 불리는 것에 앉았다.

난베리는 '의사'라고 불리는 남자가 곧 다시 오기를 바랐다. 의사가 자신과 부룽을 살렸다. 그러니 아라바누도 살릴 수 있을지 몰랐다. 이제 전사를 만드는 법을 아는 사람은 아라바누뿐이었다.

11 | 화이트 의사

카클 베이 병원, 1789년 5월 18일

아라바누는 죽어 가고 있었다.

의사는 외따로 떨어진 작은 오두막에 앉아 있었다. 오두막은 이 끔찍한 땅의 건물들이 하나같이 그렇듯 조잡했고 물이 샜다. 의사는 아라바누의 손을 잡고 있었다. 아라바누는 열에 들떠 헛소리를 했다.

의사는 잡역부 죄수들에게 지시해서 통역자였던 아라바누가 문으로 나무가 우거진 바닷가와 햇빛이 황금비처럼 쏟아져 내리는 바다를 볼 수 있도록 침대를 옮겨 두었다. 하지만 아라바누는 지난 몇 시간 동안 어떤 것도 볼 수 있는 상태가 아니었다. 몸은 온통 고름으로 뒤덮여 있었고 숨소리는 가슴팍에서 가르랑거렸다.

의사는 입술을 깨물었다. 자신이 아는 약은 모조리 써 보았다. 열을 내리기 위해 버드나무 껍질을, 배변을 돕기 위해 붉은 유칼립투스

나무의 진액을 썼고, 심지어는 아라바누가 이질에 좋다고 가르쳐 주었던 양치식물의 뿌리까지 써 봤다. 의사는 감염된 다리는 자르고 그 자리를 불로 지질 수 있었다. 머리에 상처가 나면 꿰맬 수 있었다. 하지만 천연두 앞에서는 무력했다. 아편 팅크라도 남아 있었으면 아라바누의 통증이라도 덜어줄 텐데. 아라바누는 포로로 억류되었으면서도 평온을 잃지 않았던 것처럼, 넝마를 걸친 꼬마 죄수부터 총독까지 누구에게나 온화했던 것처럼, 평온하고 온화하게 병의 통증을 견뎌왔다. 아라바누를 중재자로 삼으려던 필립 총독의 계획은 물거품이 되었다.

아직까지 죄수나 해병 중 천연두에 걸린 사람은 없었다. 하지만 그들 역시 이렇게 치명적인 전염병에서 언제까지나 벗어나 있을 리는 없었다.

오두막 더 안쪽에서 남자아이인 난베리가 잠들어 있는 듯했다. 목사의 아내인 존슨 부인은 여자아이인 부롱을 간호하겠다며 집으로 데려갔다. 존슨 부인은 그 아이를 입양해서 건실한 하인으로 훈련해 보겠다고 말했다.

존슨 씨 가족과 함께라면 부롱은 안전했다.

"바도! 바도!"

아라바누의 목소리가 너무 희미해서 의사는 그의 말소리를 듣기 위해 몸을 수그려야 했다. 아라바누에게 의식이 다시 돌아왔다. '바도'는 물을 뜻했다. 의사도 그 정도는 알고 있었다. 의사는 아라바누의 갈라진 입술에 머그잔을 대고 아라비누가 물을 조금씩 마시는 모습을 지켜보았다.

아라바누는 고개를 돌려 난베리를 보았다. 아라바누는 의사의 손을 잡아당겼다. 아라바누의 눈빛이 간절했다.

의사는 아라바누가 바라는 것이 무엇인지 알아차렸다.

"저 아이는 내가 돌볼게요. 약속해요."

진심이었다. 그들은 이 남자로부터 이미 너무도 많은 것을 앗아갔다. 자유, 동족 그리고 이제는 목숨까지. 그 아이를 안전하게 지켜주는 것이 의사가 할 수 있는 최소한의 일이었다.

아라바누는 열에 들떠 뭐라 웅얼거렸다. 의사는 다시 그의 손을 움켜쥐었다. 아라바누는 조용해졌다.

자신의 부족에게서 외따로 떨어져 이렇게 죽는 사람은 아무도 없어야 하는데.

화이트 의사는 다시 푸른 바다를 내다보았다.

의사도 아라바누만큼이나 외로웠다. 같은 나라 사람들에게 둘러싸여 있는데도 외로울 수 있었다. 절박하고 깊은 외로움은 끝이 보이지 않았다. 이런 세상 끝에서 자신의 두려움을 함께 나눌 자가 누가 있단 말인가? 총독만이 어느 면으로 보나 신사였는데 그 역시 감당하기 버거운 짐을 지고 있었다.

다른 장교들은 다들 여자를 한 명, 심지어는 여러 명씩 데리고 있었다. 가여운 여자 죄수들은 웃으면서 주인의 비위를 맞추지 않을 도리가 없었다.

의사는 마리아를 떠올리며 웃었다. 마리아는 자신과 있으니 안전했다. 자신은 적어도 아이에게 손을 댈 생각은 없었다.

잉글랜드에서라면 다음 파티나 저녁 모임에서 친구가 될 남자나 아내로 삼을 여자를 만나게 될지도 몰랐다. 하지만 이곳에서는 늘 같은 얼굴이었다.

갑자기 의사는 집에 남자아이가 생기면 삶이 얼마나 달라질지 깨달았다. 똑똑하고 호기심 많은 아이라면 우울하던 일상에 웃음소리를 가져다주겠지. 아이는 의사가 전에 본 적이 없는 새들을 어디로 가야 발견할 수 있는지 알지도 몰라. 아이와 함께 낚시를 갈 수도 있겠지.

이런 아이라면 총독이 바라던 중재자가 될지도 모르겠는걸. 영어를 제대로 배워서 원주민 부족에게 통역해 줄 수 있는 중재자 말이야. 전염병 때문에 의사가 아이를 데려오게 되었는데 전염병 때문에 중재자가 필요 없게 되었으니 역설적이었다.

의사의 조수인 발메인이 옆에서 지나갔다. 화이트 의사는 발메인을 불렀다.

"자네, 가서 총독님을 모셔와 주게."

"왜요?"

"아라바누가 죽어가고 있네."

발메인은 어깨를 으쓱해 보였다.

"총독님께서 원주민 하나 아프다고 올 것 같으세요?"

화이트 의사는 눈을 감았다.

"오실 것이네."

의사는 생각했다. 너무 늦기 전에 알게 되신다면 말이지. 이 바보 같은 놈이 억지로라도 가서 총독님을 찾기만 하면 말이지.

이윽고 아라바누의 손이 축 쳐졌다. 아라바누는 소리도 내지 않고 죽었다. 의사는 아라바누의 손을 내려놓은 다음 조용히 중재자였던 그의 눈을 감겨 주었다.

"보에?"

난베리가 일어나 앉았다.

"그래."

의사가 조용히 말했다.

"아라바누가 죽었다."

아이는 얼굴을 찡그렸다.

"'보에'…… 죽었다?"

"그래. '보에'는 죽었다는 뜻이야."

"죽었다."

아이는 자리에 눕더니 잠옷의 단추를 만지작거렸다. 아이의 표정을 읽기는 불가능했다. 의사는 몸을 떨었다. 원주민 아이가 처음으로 말하는 영어 단어가 '죽었다'라니 기이하게 느껴졌다. 하지만 그게 우리가 그들에게 초래한 일이지. 의사는 생각했다. 죽음 말이야.

이제 신께서 정착지를 천연두로부터 보호해 주시기를.

12 | 난
베
리

하얀 유령들의 병원, 공포와 혼돈의 시기(1789년 5월 18일)

하얀 유령들은 아라바누를 천으로 감쌌다. 하얀 유령들은 아라바누를 실어 나갔다. 아라바누를 구덩이에 눕힐 것이었다.

존슨 부인이라 불리는 여자가 부룽을 데려갔다. 하얀 유령들은 옷으로 가장 중요한 부분을 덮고 다녔기 때문에 누가 남자이고 누가 여자인지 구별하기 어려웠다. 난베리는 바닥까지 끌리는 긴 옷을 입은 사람들이 여자라고 결론지었다. 기다란 치마를 입은 유령들은 수염이 없었다. 몇몇 노인네는 코밑에 수염 같은 털이 나 있기도 했지만.

이제 난베리는 사람이 죽었던 오두막에 홀로 있었다. 난베리는 죽은 자의 이름을 떠올리지 않으려 애썼다. 누군가 죽고 나면 그 사람이 아무리 사랑하는 사람이었더라도 별자리가 하늘을 한 바퀴 돌 때까지 죽은 자의 이름을 말하면 안 됐다.

난베리

그리 멀지 않은 건물에서 누군가 비명을 질렀다. 비명은 계속되었다. 이곳에서는 좋지 않은 냄새가 났다. 죽음과 고통과 피의 냄새였다.

난베리는 떠나야 했다. 혼백이 속삭이지 않는 곳을 찾아야 했다. 나무 아래로 갈까? 하지만 거기서도 사람들이 죽었는데…….

상관없었다. 어쨌든 이곳을 떠나야 했다. 난베리는 부드러운 병구의 털과 달리 거칠고 따끔거리는 담요를 밀쳐 내고 땅에 발을 디뎠다. 상처에는 딱지가 앉아 있었다. 그중에는 딱지가 벗겨지고 있는 곳도 있었다. 하지만 난베리는 아직도 벽에 손을 짚어야 몸을 가누고 설 수 있었다.

"꼬마야! 너, 지금 뭐 하고 있는 거니?"

의사라고 불리는 사람이었다. 난베리는 그 말을 이해하지 못했다. 끔찍하게도 난베리는 눈물이 나는 것을 느꼈다. 의사의 팔이 자신의 어깨를 감싸는 것을 느꼈다. 의사의 말소리가 들렸다.

"병원은 아이가 있을 곳이 못 되지."

난베리는 이해할 수 없었다. 난베리는 의사가 이해할 만한 단어를 찾으려 애썼다.

"죽었다. 간다. 간다."

"걱정마라. 넌 나와 같이 집으로 가는 거야."

의사는 망설이다 말했다.

"내가 너를 입양할 거야. 너도 그렇고 나도 그렇고 가족이 없잖아.

이제부터 네 이름은 앤드루 더글라스 케블 화이트야. 말해 볼래."

"애그루 더다블리트"

난베리가 말했다.

의사는 웃었다.

"비슷한걸. 그리고 나를 아버지라고 부르렴. 이제부터 내가 네 아버지야."

의사는 자신의 가슴팍에 손을 얹고 그 단어를 다시 말했다.

"아버지."

난베리는 조심스레 그 말소리를 따라했다. 의사가 자신의 이름을 말해 주고 있구나 싶었다.

"아버지."

"훌륭한데! 장하다."

의사는 난베리를 번쩍 들어 올렸고 난베리는 의사의 품에 안겨 문밖으로 나왔다. 잠시 난베리의 마음은 사람이 죽은 오두막에서 빠져나왔다는 안도감뿐이었다. 그러나 안도감은 곧 놀라움으로 바뀌었다.

난베리는 의사의 품속에서 바다 쪽을 살펴봤다. 전에 봤던 거대한 배 한 척이 나무껍질로 만든 커다란 카누처럼 파도에 둥실거리고 있었다. 주위에는 온통 오두막이 있었고 이상한 것들이 자라고 있었다. 풀도 아니고 딸기 덤불도 아니고 얌도 아니고 전에 한 번도 본 적이 없는 것들이었다. 줄기가 크고 날씬하게 쭉 뻗은 식물이었다. 식물이 곧게 자라도록 어떤 마법을 부린 걸까?

사람들이 많았다. 다들 나무 밑에서 썩도록 내버려 두었어야 할 더러운 옷을 걸치고 있었다. 사람들은 젊어 보이는데도 노인네들처럼 몸을 수그리고 있었다. 아무도 전사의 근육과 어깨를 갖고 있지 않았다. 이 하얀 유령들은 부끄러워서 자기 몸을 덮고 있는 건가?

적어도 아버지는 곧은 자세로 서 있었다. 배도 나와 있었다. 식량감을 충분히 사냥할 만큼 기술이 좋다는 뜻이었다. 아버지는 죽음의 오두막에서 자신을 데리고 나왔다.

난베리는 눈을 감았다. 피곤했다. 너무 피곤해서 생각할 힘도, 심지어는 주위의 온갖 놀라운 것들을 쳐다볼 힘도 없었다. 이 사람은 열병이 가족을 모두 앗아 갔을 때 자신을 한 번 구해 주었고, 오늘은 아라바누의 혼백이 머무는 곳에서 자신을 데리고 나와 다시 한 번 구해 주었다.

이제 자신이 어떻게 될지는 이 사람에게 달린 듯했다.

13 | 마리아

마리아는 의사의 품에 안긴 아이를 빤히 바라보았다.

"선생님, 얘는 원주민이잖아요."

"나도 알고 있네."

주인의 목소리는 피곤하고 무뚝뚝했다.

"제가 깨끗하게 청소해 놓은 집이에요!"

"그런데 내 집이지. 당분간은 이 아이를 내 방에 있는 야전 침대에 재우겠네. 론에게 방을 하나 새로 만들라고 말해 두었어. 마리아가 그 방을 쓰게. 아이가 더 회복되고 나면 창고 방을 쓰도록 하겠네."

"하지만 얘는 천연두에 걸렸잖아요!"

의사는 한숨을 내쉬었다.

"물집이 잡혔던 곳에 딱지가 앉았어. 이제는 병을 옮기지 않을 거야. 돌봐 주기만 하면 돼. 그 병원 같지도 않은 병원보다는 잘 돌봐야겠지. 아이에게 사르사 차와 생선을 주고 신선한 과일과 야채를 양껏 먹이게."

마리아는 생각했다. 또 신선한 과일 타령이시군. 신선한 과일이 사람에게, 특히 아이에게 안 좋다는 건 누구나 아는 건데.

"하라시는 대로 해야죠. 선생님."

"그래야지."

의사는 여전히 아이를 품에 안은 채 부엌을 성큼성큼 가로질러 갔다. 마리아는 의사가 건초를 채운 매트리스에 아이를 부드럽게 눕힌 다음 담요를 덮어 주는 것을 지켜보았다.

"자, 얌전히 있으렴. 그러면 마리아가 저녁을 가져다 줄 거야."

아이는 의사를 올려다보았다. 까만 얼굴에 눈의 흰자위가 하얬다.

"저 – 녁?"

"저녁 식사를 말하는 거야."

"식사."

아이는 고개를 끄덕였다.

"고마워요."

마리아는 빤히 바라보았다. 저 조막만한 야만인이 '고마워요'라고 또랑또랑하게 말했다. 게다가 아이는 여기저기 딱지가 앉았는데도 깨끗해 보였다. 그래도 애가 어떤 말썽을 부릴지 누가 알겠는가? 원주민 꼬마에다가 주머니쥐라니……

주머니쥐! 마리아는 몸을 돌렸다.

"선생님, 주머니쥐에게 먹이를 계속 줄까요?"

하지만 화이트 의사는 사라지고 없었다.

아버지의 오두막, 공포와 혼돈의 시기(1789년 5월 18일)

난베리는 피곤했다. 너무나 많은 것이 새로웠다. 냄새, 하얀 유령들, 자신을 빤히 바라보던 화난 여자. 난베리는 오고가는 말을 알아듣지는 못했어도 여자가 자신을 탐탁하지 않게 여긴다는 것은 알 수 있었다.

그보다도 더 괴로운 것은 이 오두막 바깥의 세상이 텅 비어 버렸다는 사실이었다. 하얀 유령, 나무, 짐승만 있을 뿐 부족 사람들은 아무도 남아 있지 않았다. 하얀 유령과 죽은 유령뿐인 유령의 땅.

난베리는 유령 생각을 떨치려 애썼다.

방의 침대는 아라바누가 죽은 오두막에 있던 침대보다 냄새가 더 나았다. 다른 냄새도 났다. 음식 냄새는 낯설었지만 좋았다.

여자가 방에 들어왔다. 여자의 발소리조차 화난 것 같았다. 여자는 덩치가 작았지만 두꺼운 옷 때문에 더 커 보였다. 바람이 따뜻한데 왜 이렇게 옷을 껴입지?

"저녁 가져왔다."

난베리는 몸을 일으켜 앉아 마리아의 손에서 그릇을 받아 들었다.

"이 멍청한 야만인 같으니라고! 스튜는 마시는 게 아니야! 숟가락으로 떠먹어야지. 이렇게 말이야. 알겠어?"

난베리는 주의 깊게 바라보며 마리아가 말하는 걸 이해하려 애썼다. 이곳은 신세계였다. 이곳의 규칙을 익혀야 했다.

"숟가락."

난베리는 마리아가 보여준 대로 숟가락을 들었다. 숟가락으로 먹으니 음식 맛이 다르게 느껴졌다. 그래도 맛있었다.

"고맙다고 해야지."

"고마워요."

난베리는 조심스레 말했다. 난베리는 빈 그릇을 내밀었다.

처음으로 마리아의 얼굴에 설핏 웃음기가 스쳤다.

"맛있었구나? 총독 관저에서도 더 맛난 스튜를 먹지는 못할걸. 한 그릇 더 갖다 줄게. 그다음 주머니쥐 녀석에게도 먹이를 줘야겠군. 선생님 같은 멀쩡한 신사가 주머니쥐랑 원주민을 데리고 뭘 하겠다는 건지."

마침내 난베리는 배가 부른 채 자리에 누웠다. 벽 너머에서 여자가 달그락거리며 부엌일을 하는 소리에 귀를 기울였다. 아버지라고 부르는 사람이 들어오는 소리가 들렸다. 난베리는 눈을 감고 잠든 척했다. 입을 열기에는 너무 피곤했다. 또다시 울음이 나올까 두렵기도 했다.

전사는 우는 법이 없었다.

난베리는 아버지가 옷을 벗고 잠옷을 걸친 다음 침대에 눕는 것을 지켜보았다. 난베리가 짐작한 대로 아버지는 뚱뚱했다.

아버지의 집은 식량이 충분했다. 하지만 웃음소리도, 노랫소리도 없었다. 바깥에는 태양이 산 너머로 저물었겠지. 자신의 마음속 태양도 영영 저물어 버린 듯했다.

난베리는 잠들었다. 그러다 비명에 잠에서 깼다.

15 마리아

시드니만, 1789년 5월 18일

　마리아는 쨍그랑 소리에 잠에서 깼다. 마리아는 말린 고사리로 만든 요에 일어나 앉아 덮고 있던 담요를 제쳤다. 창고 방은 캄캄했다.
　마리아에게는 어둠 속에서 길을 밝혀 줄 촛불이 없었다. 초가 남아 있는 사람은 총독뿐이었다. 이 지긋지긋한 땅에서 잡히는 야생짐승의 고기는 기름기가 너무 없어서 사람들이 쓸 기름은 고사하고 임시로 쓰는 깡통 램프를 만들기도 어려웠다. 그렇지만 마리아는 문이 어디에 있는지 알고 있었다. 마리아는 어둠 속을 더듬거리며 문을 통과한 다음 바깥의 추위를 피해 따뜻한 부엌으로 잽싸게 들어갔다.
　적어도 부엌에는 난로에서 나오는 붉은 불빛이 있었다. 마리아는 몸을 굽히고 장작을 더 던져 넣은 다음 부지깽이로 석탄을 쑤셨다. 불길이 확 일었다. 장작의 수액 한 방울이 작은 불꽃으로 튀었다.

마리아는 몸을 펴고 주위를 둘러보았다.

자신의, 아니 의사의 소중한 자기 그릇 하나가 바닥에 산산조각 나 있었다. 그릇에 담겨 있던 식은 감자도 부엌에 여기저기 흩어져 있었다. 마리아는 깜짝 놀라 그 광경을 바라봤다. 다음 보급선이 올지 모르겠지만 그때까지는 그릇을 구할 길이 없었다. 설사 보급선이 온다 해도 그릇을 싣고 오지 않을지도 몰랐다.

어떻게 된 일이지? 원주민 꼬마가 그릇을 훔치려고 했나? 의사가 자기를 혼내면 어떡하지?

깨진 조각을 아교로 다시 붙일 수 있을지도 몰라. 하지만 아교가 없었다. 지구 반대편에나 있다면 모를까.

부엌 구석에서 무슨 그림자가 움직였다. 그림자는 의사의 의자 등받이에서 식탁으로 폴짝 뛰어 자루 끄트머리에 올라가 앉더니 크고 까만 눈으로 마리아를 살펴보았다.

마리아는 놈을 와락 붙잡으려 했다. 그러자 놈은 이번에는 난로 바닥 위로 폴짝 뛰었다. 놈이 굴뚝으로 기어오르려 허둥대다 발을 데면서 비명을 지르는 소리가 들렸다. 까맣게 검댕이를 묻힌 채 놈은 다시 난로 바닥 — 마리아가 깨끗하게 문질러 닦은 바닥 — 으로 떨어졌다. 놈은 까만 눈으로 마리아를 다시 바라보더니 쪼르르 뛰어 나가 벽을 타고 오르려 했다.

마리아는 난롯불로도 바닥에서 벽을 타고 이어지는 검댕 자국을 볼 수 있었다.

마리아는 소리치다 입을 앙다물었지만 이미 늦었다. 의사의 발소리가 들렸다.

"마리아?"

의사는 불빛에 하얗게 도드라진 긴 잠옷과 모자 차림에 손에는 사냥하려고 두었던 머스킷 총을 들고 방에서 비척비척 나왔다. 의사는 마리아를 바라보았다.

"뭐하는 거니? 도둑이 든 줄 알았잖아."

주머니쥐는 찍 소리를 내더니 자루 안으로 쏙 들어갔다. 자루는 굼실거리다가 이윽고 조용해졌다.

"저 쥐새끼가! 저놈의 징글징글한 쥐새끼 같으니라고!"

그제야 사태 파악을 한 의사는 묘한 소리를 냈다. 마리아는 몇 초 지난 다음에야 의사가 웃고 있다는 걸 깨달았다.

"아아, 마리아. 네 얼굴을 네가 봐야 되는데! 이제 자기 그릇을 안전한 곳으로 옮겨두렴."

어디로? 마리아는 생각했다. 부엌에는 캐비지야자수로 된 거친 벽에 고정시킨 선반 서너 개, 그리고 탁자, 의자, 난로가 다였다. 제멋대로인 녀석으로부터 안전한 찬장 따위는 없었다. 마리아는 그릇을 모조리 자신이 머무는 창고 방으로 끌고 가야 할 것이다.

"선생님, 내일이면…… 놈을…… 처리하시겠어요?"

마리아의 말은 놈의 목을 언제 비틀겠느냐는 뜻이었다. 죽이겠느냐는 뜻이었다. 의사가 보존 처리한 뱀이나 다른 짐승들처럼 커다란 유리 단지에 언제 놈을 집어넣겠느냐는 뜻이었다.

"시간 날 때 하지. 현재로서는 주머니쥐를 보존 처리하는 것보다 더 중요한 일이 많아서. 마리아, 깨진 조각을 밟아서 다치기 전에 치우렴."

마리아가 자신의 방으로 자기 그릇을 다 날랐을 즈음 문간 위로 달이 높이 떠 있었다. 마리아는 기척 없이 조용한 자루를 노려봤다.

잠깐이야. 마리아는 생각했다. 잠깐만 참으면 놈은 영영 사라지는 거야.

16 │ 난베리

아버지의 오두막, 기묘한 시기 (1789년 5월 18일)

처음에 난베리는 비명에 화들짝 놀랐다. 하지만 병구가 나타났을 뿐이었다.

다른 소리를 들어보니 확실했다. 난베리는 하얀 유령들이 웃을 수 있는지 몰랐다. 새로운 삶에는 충분한 식량과 사람들의 친절이 있었다. 어쩌면 웃음소리도 있을지 몰랐다.

난베리는 마음속으로 여전히 울고 있었다. 하지만 이제는 마음속에 슬픔뿐 아니라 새 삶에 대한 희망도 담겨 있었다.

시드니만, 1789년 5월 23일

난베리는 창고 방의 침대에 앉아 새 바지를 입은 다음 자신의 다리를 내려다보았다. 그 모습은 이상했다. 하지만 마음에 들었다. 하얀 유령 대부분이 입는 옷과 달리 바지에서는 이른 아침의 냄새가 났다. 셔츠도, 부츠도 마음에 들었다. 난베리는 씩 웃었다. '부우우우츠'라니, 말소리가 너무 웃겼다.

난베리가 걸을 때면 부츠에서 쿵쿵 소리가 났으므로 난베리가 다가오는 소리를 누구나 들을 수 있었다. 재미난 일이었다. 하지만 난베리는 발바닥에 느껴지는 흙의 감촉과 예전의 조용한 발소리가 그리웠다.

'집'에 사는 것은 이상했다. 난베리는 주변에 이슬이 맺힌 가운데 잠에서 깰 때 느껴지던 아침 냄새가 그리웠다. 낮에서 밤으로 넘어가며 공기가 달라지고, 남은 빛은 별빛과 모닥불뿐일 때 불 곁에 앉아 있던 게 그리웠다. 무엇보다도 가족과 부족 사람들이 그리웠다. 자신이 누구이고 앞으로 어떻게 될 것인지 알던 때가 그리웠다.

그렇지만……

부족 사람들은 난베리를 남겨 두고 떠났다. 난베리가 죽도록 남겨 두었다. 더욱 슬픈 건 부족 사람들도 죽었다는 점이었다. 누구의 잘못도 아니었다. 이모들은 삶의 이치, 세상의 질서를 유지하기 위해 어떻게 해야 하는지 알고 있었다. 그런 이모들조차 죽음 앞에서는 어쩌지 못했다.

이제 난베리에게는 다른 사람들이 있었다. 난베리는 '잉글랜드인'으로 사는 법을 익히고 있었다.

잉글랜드인은 하얀 물집이 잡히는 병으로 죽지 않았다. 잉글랜드인은 커다란 배를 가지고 있었다. 대다수 잉글랜드인이 덩치가 작고 냄새가 나는 것은 사실이지만 아버지 같은 사람들은 덩치가 크고 뚱뚱했고 냄새도 그다지 나지 않았다.

아버지인 화이트 의사의 부족에 속하게 되어 다행이었다. 아버지가 그들 사이에서 가장 위대한 전사로 손꼽히는지, 잉글랜드인들은 아버지가 시키는 대로 따랐다. 오직 '필립 총독'이라 불리는 사람만 아버지보다 더 훌륭한 사람이었는데 그와 아버지는 친구였다.

무엇보다도 아버지와 총독은 난베리가 성인식도 치르지 못한 꼬맹이가 아니라 어른인 것처럼 대해 주었다. 아버지는 난베리를 배낚시에 데리고 갔다. 항구에 있는 큰 배 정도까지는 아니었지만 어떤 카누보다도 훨씬 큰 보트였다.

난베리가 영어 단어와 잉글랜드식 태도를 배울 때마다 아버지는 웃으며 '똘똘한 아이'라고 말해 주었다. 아버지는 난베리가 질문하면 "꼬맹이는 몰라도 돼."라고 말하며 껄껄 웃어넘기는 법 없이 진지하게 답해 주었다.

게다가 그 음식이란!

난베리는 창고 방 안을 둘러보았다. 이토록 식량이 많다니! 달콤한 '건포도'가 담긴 상자가 여러 개 있었고 '와인'이라 불리는 끈끈한 액체가 담긴 통도 하나 있었다. 다른 나무 상자들은 못이 단단하게 박혀 있었다. 그리고 땅에서 캔 갈색 열매인 '감자'라는 게 들어 있는 자루, '옥수수'라 불리는 게 든 자루가 여러 개 있었다. 옥수수와 감자는 집 근처에서 자라고 있었다. 잉글랜드인은 커다란 배와 집을 짓는 법을 알고 있었고, 어떻게 하면 좁은 땅에서 많은 식량을 생산할 수 있는지도 알고 있었다.

옥수수는 난베리가 먹어본 것 중 최고였다. 마리아는 옥수수를 삶아서 '소금'과 '버터'를 발라 주었는데 버터는 냄새가 조금 나도 맛은 좋았다. 어제는 옥수수를 스무 개나 먹었다. 아버지는 난베리가 먹는 것 못지않게 셈도 잘한다고 웃으면서 말했다.

그렇지만 잉글랜드인은 왜 식량을 그토록 많이 저장해 두어야 할까? 철따라 매일매일 먹을 게 절로 났다. 산딸기 몇 개, 나물 조금, 꽃에 든 달콤한 꿀물은 걸어 다니면서 먹었다. 찬바람이 불면 밤에 불곁에 앉아 얌을 구웠다. 고래가 바닷가로 올 때면 배 터지게 먹었다. 고래를 먹는 철이 있고 장어를 먹는 철이 있었다. 비가 한껏 내리고 나면 개구리를 먹었다. 늦여름이면 무화과가 있었다. 과일박쥐 역시 무화과를 먹고 살이 오르면 잡아먹었다.

먹을 게 천지에 널려 있었다. 그런데 왜 식량을 이런 곳에 따로 모아 둔다는 말인가? 덩치 작고 더러운 잉글랜드인이 식량을 훔치지 못하도록 창고 문은 매일 밤 잠겼다. 그것은 난베리도 그 안에 갇힌다는 것을 뜻했다.

난베리는 개의치 않았다. 바깥의 잉글랜드인 거주지는 여전히 무섭게 느껴졌고 밤에는 특히 더 그랬다. 집의 그림자는 머리 위로 드리운 나무 그림자와 달리 으스스한 형상으로 다가왔다. 어떤 때 남자들이 뭐라 소리치면 마리아는 코웃음을 치며 남자들이 "곤드레만드레 취했다."고 말했다.

난베리는 자신이 아버지를 위해 뭔가 할 수 있었으면 좋겠다고 생각했다.

아버지는 부츠와 바지 차림으로 '부엌'이라 불리는 방에 조심스레 들어왔다. 마리아가 옆방에서 비질을 하는 동안 부드럽게 노래 부르

　　　　　　　　　　　　　　　　　　　난베리

는 소리가 들렸다. 난베리는 마리아 대신 비질을 해 주고 싶었지만 빗자루를 잡으려 하자 마리아는 말없이 난베리를 노려보기만 했다.

바로 그때 난베리의 눈에 들어오는 것이 있었다. 벙구였다! 통통한 벙구 한 마리가 탁자에 앉아 크고 까만 눈동자로 난베리를 빤히 바라보고 있었다.

난베리는 씩 웃었다. 벙구가 긴장을 풀 때까지 난베리는 꼼짝하지 않고 서 있었다.

그다음 덮쳤다.

벙구는 찍 비명을 질렀다. 하지만 난베리의 손은 이미 벙구의 모가지까지 가 있었다. 한번 제대로 비틀기만 하면 벙구는 죽겠지. 그러면 가죽을 벗기고 무두질을 해서 아버지에게 드리는 거야. 벙구의 고기는 오늘밤 불에 구워서 먹을 테고.

"그만! 이런 야만인 같으니. 당장 그만두지 못해!"

난베리는 멈췄다. '그만'이라는 말은 이미 알고 있었다. 벙구는 난베리의 손아귀에서 몸을 비틀며 할퀴려 했다. 난베리는 손에 힘을 주어 벙구가 움직이지 못하도록 했다.

"주머니쥐를 내려놔."

난베리는 그 말 자체는 몰랐지만 무슨 뜻인지는 분명했다. 난베리는 천천히 벙구를 다시 식탁에 내려놓았다.

화난 벙구는 한번 킁킁대더니 바구니로 뛰어들었다. 그러고는 바구니 밖을 살펴보며 마리아와 난베리에게 찍찍거렸다.

난베리는 두 손을 내밀어 마리아에게 '왜?'냐고 물었다.

"주인님의 주머니쥐니까!"

"주머니쥐?"

난베리는 벙구 쪽으로 고갯짓을 했다.

"그래, 주머니쥐. 게다가 지저분한 골칫덩이 짐승이라구. 네 인기척 때문에 놈이 잠에서 깬 모양이야. 어쨌든 놈은 주인님 거니까 만질 생각하지 마."

"주인…… 주머니쥐 먹어?"

난베리는 문장을 수정했다.

"주인이 주머니쥐를 먹어?"

"먹느냐고? 생각하는 게 꼭! 주인님은 놈을 유리병에 넣어서 똑똑한 사람들이 볼 수 있도록 잉글랜드로 보낼 거야."

무슨 말인지 하나도 알아들을 수는 없었지만 한 가지는 분명했다. 벙구는 먹으려고 잡아 놓은 게 아니었다.

마리아는 난베리를 노려봤다.

"이제부터 얌전하게 처신해. 앤드루."

'앤드루.' 난베리를 가리키는 말이었다.

난베리는 한숨을 내쉬었다. 이 신세계는 이상했다.

난베리는 생각했다. 나는 곧 다시 건강해질 거야. 나는 바다가랑,

그러니까 커다란 캥거루를 잡아서 고기를 아버지에게 다 드릴 거야. 나와 아버지는 함께 마음껏 고기를 먹겠지. 마리아도 여자이긴 하지만 끼워줘야겠지.

캥거루가 병구 따위보다 훨씬 더 푸짐할 거야.

그때쯤이면 나는 진짜로 앤드루가 되어 있겠지. 잉글랜드인 소년, 앤드루. 난베리는 사라져 버렸을 거야.

18 | 마리아

시드니만, 1789년 5월 30일

마리아는 난롯가에 앉아 주머니쥐를 노려보고 있었다. 주머니쥐는 선반 가장 위 칸에 앉아 차가운 감자를 갉아먹고 있었다.

왜 원주민 아이가 저 빌어먹을 것을 죽이게 내버려 두지 않았던가? 반 페니 동전 두 개만 준다면 내가 직접 죽이겠는데.

하지만 의사는 그동안 마리아에게 잘해 주었다. 게다가 정착지를 열병에서 구하겠다고 애쓰는 사람한테 주머니쥐를 보존 처리하는 데 시간을 허비하라고 할 수는 없지.

찍찍. 주머니쥐가 마리아 앞으로 뛰어내렸다. 놈은 커다랗고 까만 눈으로 마리아를 올려다보았다.

"이번에는 뭘 먹으려고? 감자 더 먹으려고?"

놈은 마리아의 말을 알아듣기라도 한 듯 다시 찍찍거렸다.

"감자는 귀한 거야. 옥수수는 어떠냐?"

놈은 찌익 소리를 냈다. 마리아는 스스로가 우스웠다. 주머니쥐한 테 말을 붙이는 꼴이라니! 하지만 그 꼴을 볼 사람은 없었다. 원주민 꼬마는 밖에 나가서 론이 옥수수 껍질 벗기는 것을 돕고 있었다. 겉 에 붙은 이파리를 잡아당기면 크고 노란 옥수수 알맹이들이 나왔다. 저 꼬마는 어찌나 먹어 대는지! 마리아는 옥수수를 그렇게 끝도 없 이 먹어 대는 사람을 본 적이 없었다. 게다가 생선은 또 어떤가? 꼬마 는 그저 생선이라면 앉은 자리에서 다 먹어 치웠다.

마리아는 냄비에서 옥수수를 하나 꺼내 주머니쥐에게 내밀었다. 놈은 조그만 앞발로 옥수수를 움켜잡고 갉아먹기 시작했다. 멀쩡한 옥수수를 이딴 식으로 낭비하다니. 나무 이파리나 먹으면 될 텐데.

마리아는 씩 웃었다. 마리아는 주머니쥐가 달아날까봐 문간으로 가서 조심스레 문을 닫다가 어둠 속으로 외쳤다.

"론?"

"왜?"

언덕 아래에 있는 오두막에서 고함치는 소리가 들렸다.

"주인님 주머니쥐 먹이게 나무 이파리 좀 가져와!"

론의 오두막 문간에 그림자의 형상이 흐느적거리며 나타났다.

"왜 내가 그 일을 해야 하는데? 주인이 원하는 게 있으면 나한테 직접 이야기해야지."

"그 일을 안 하면 네가 자기 몫 말고도 주인님 배급까지 가로채려 했다고 주인님한테 말할 거야."

마리아는 생각했다. 그리고 주인님이 너를 고발하기로 결심하면 넌 교수형감이야. 결국 론은 퉁명스레 말했다.

"어떤 이파리?"

"네가 주머니쥐를 발견한 곳에 있는 이파리."

"그렇지만 한 시간은 걸어가야 되는데!"

"그럼 동이 트자마자 출발해야겠네. 그렇지?"

마리아는 다시 따뜻한 부엌으로 쓱 들어왔다. 주머니쥐는 옥수수 한 개를 거의 다 먹었다.

마리아는 스스로를 타일렀다. 나는 그냥 내 할 일을 하고 있을 뿐이야. 주머니쥐가 주인님이 저녁에 먹기로 한 닭이라고 해도 주인님이 모가지를 비틀 때까지는 닭을 살려 두는 거랑 똑같지. 어차피 곧 죽을 텐데. 뭐. 유리 단지 안에 갇혀 보이지 않는 눈을 뜨고 세상을 멍하게 바라보겠지.

마리아는 그 조그만 짐승이 옥수수를 다 먹어 치우는 모습을 지켜보며 마음 한구석이 묘하게 아려 오는 것을 느꼈다.

난베리

시드니만, 1789년 6월 1일

화이트 의사는 터벅터벅 걷고 있었다. 뒤에서 불어오는 늦은 오후의 세찬 남풍은 주위의 나무껍질 오두막을 뒤흔들며 통째로 날려 버릴 기세였다. 바람은 인간과 오물의 냄새를 날려 보냈다. 악취와 죽음과 인간이 저지르는 온갖 패악, 잉글랜드인이 이 땅에 가져다 준 것은 이런 것들이었다.

정착지가 조성된 후 두 번째로 맞는 겨울이었다. 그런데 지금 상태는 어떠한가? 굶주리며 나무껍질로 만든 오두막에 살고 있고, 죽음은 도처에 도사리고 있었다. 그동안 잉글랜드에서는 소식이 없었다. 정착지는 잊힌 것일까? 그들 모두 세상 끝에서 죽어 가도록 버려진 것일까?

하지만 그들은 기적 한 가지를 경험하고 있었다. 어쩐 일인지 전염병에 걸린 정착지 주민은 한 명뿐이었다. 게다가 그 주민은 선원인 미국 이주민이었다. 잉글랜드인 중 남자건 여자건 아이건 전염병에 걸린 사람은 아무도 없었다.

있을 수 없는 일이었다. 그런데 사실이었다.

화이트 의사는 고개를 내저었다. 원주민은 전멸시키면서 죄수와 해병은 피해 가는 이 저주의 정체는 무엇이란 말인가?

말도 안 되는 일이었다.

화이트 의사는 한숨을 내쉬었다. 이곳에서 말도 안 되는 일은 한두 가지가 아니었다. 폴짝폴짝 뛰어다니면서 새끼를 주머니에 넣어 가지고 다니는 동물이 있지 않나, 백조들은 하얀 게 아니라 까맣지 않나, 어떤 나무는 물에 뜨지 않고 마르는 동안 뒤틀리지 않나.

그 병은 도대체 어디에서 온 걸까? 십팔 개월 전 희망봉에서 떠나온 이래 천연두가 발병한 적은 없었다. 천연두를 예방하기 위해 이주민에게 접종할 우두를 병에 담아 가져오기는 했다. 하지만 의사는 그 병이 여전히 온전하게 봉인되어 있다는 것을 누구보다도 잘 알고 있었다. 누군가 그 병을 훔친다 해도 잉글랜드를 떠난 지 몇 년이 지난 지금, 그 병의 우두로 인해 감염자가 발생한다는 것은 믿기 어려웠다.

프랑스인 때문인가? 하지만 그들이 떠난 지도 한참 되었다.

댐피어나 다른 탐험가가 이곳에 병을 옮겼나? 원주민들이 전부터 앓았던 병이 아닐까? 그렇다면 아라바누는 왜 이질에 걸렸을 때처럼 원주민들의 방식대로 약을 만들겠다고 하지 않았을까?

의문은 끝도 없는데 답을 구할 수가 없었다. 일단 자신의 집 난롯가에 앉아 쉬어야 했다. 뜨거운 럼주와 물, 맛난 식사가 간절했다. 의사는 문을 열었다.

주머니쥐가 뒷다리로 식탁에 앉아 앞발에 옥수수빵 한 조각을 든채 의사를 바라보았다. 놈은 의사를 보고 코를 씰룩대더니 다시 고개를 숙이고 빵을 갉아먹었다.

"이게 도대체."

"주인님의 주머니쥐에요."

마리아가 난로 바닥의 옥수수빵을 뒤집다가 고개를 들고 말했다. 마리아의 모습에 의사는 마음이 따뜻해졌다. 마리아는 다른 죄수놈들과 달리 단정하고 깨끗하기 그지없었다.

"까먹고 있었군."

의사는 주머니쥐를 바라보았다. 불과 몇 주 전보다 거의 두 배는 커져 있었다.

"꽤 길들었어요. 주인님."

"그럴 리가. 잉글랜드에 있을 때 미국 주머니쥐를 길들이려고 해봤다고. 불가능한 일이야."

"제 손에서 음식을 받아먹는데요."

의사는 주머니쥐에 대해 왈가왈부하기에는 너무 피곤했다. 그 동물이 캥거루처럼 흥미를 끄는 것도 아니었다. 오늘밤에는 놈을 스케치한 다음 목을 비틀어서 표본병에 집어넣어야겠군.

의사는 주머니쥐에게 손을 뻗었다.

주머니쥐는 찌익! 비명을 질렀다. 놈은 바닥으로 뛰어내리더니 네 발로 달려가 열려 있던 문 밖으로 나가 버렸다.

마리아는 문간으로 달려가 놈이 사라진 곳을 바라보며 서 있었다.

"주인님 때문에 겁먹고 도망쳤잖아요."

마리아는 조금 슬프게 말했다.

"주머니쥐를 애완동물로 키우고 싶니?"

마리아는 어깨를 으쓱해 보였다.

"전 애완동물 따위 필요 없어요."

마리아는 옥수수빵을 굽던 자리로 돌아갔다.

의사는 마리아를 잠시 바라보았다. 마리아도 나처럼 외로웠던 것일까? 마리아는 술 마시고 욕이나 하는 다른 여자들과 도무지 닮은 구석이라고는 없잖아? 총독이 마리아를 내게 맡기다니 얼마나 다행인가.

의사는 마리아를 껴안아 주고 싶었지만 오해받게 될지도 몰랐다. 의사는 마리아가 자신의 관심을 부성애 이외의 것으로 받아들이지 않았으면 했다. 부성애라…… . 의사 자신에게 그나마 자식이 생긴다면 죄수 여자아이와 원주민 남자아이 정도가 아닐까?

"주머니쥐는 길들지 않아."

의사는 부드럽게 다시 말했다.

"앤드루는 뭐하나?"

"잠들었어요, 선생님."

"앤드루를 깨워서 같이 저녁 먹자고 부르게."

"'같이'라구요?"

"오늘밤에는 셋이 같이 저녁을 먹지."

20 앤드루 / 난베리

시드니만, 1789년 6월 2일

"토스트."

난베리가 소다빵 한 조각을 양쪽으로 노릇하게 굽기 위해 불 위로 빵을 조심스레 뒤집으며 말했다. 바깥에서 웃는물총새가 새로운 아침을 반기고 있었다.

아버지는 난베리를 바라보며 웃었다.

"잘했다. 앤드루. 이제 토스트를 아침 식탁으로 가져와서 토스트 거치대에 세워 두렴."

마리아는 삶은 계란을 그릇 가득 담아 가져왔다. 마리아가 아버지 곁에 앉는 게 다소 불편해 보이는구나. 난베리는 생각했다. 난베리는 토스트를 거치대에 놓은 다음 다른 의자에 앉았다. 이제는 의자가 세 개였다. 하나는 난베리 것이고 마리아도 비록 여자지만 의자를 갖게 되었다.

'의자', '토스트', '탁자', '계란'……. 이제 난베리는 단어를 꽤 많이 알았다. 심지어는 잉글랜드인이 단어를 복잡하게 조합하는 방식도 슬슬 이해되었다.

"앤드루, 계란 좀 먹을래?"

난베리는 계란을 하나 집어 들었다. 아버지가 하는 것처럼 계란을 계란 받침대에 올려놓고 윗부분을 깼다. 계란을 먹는 방식치고는 유별났지만 그게 잉글랜드인의 방식이었다. 바닥에 편하게 앉는 대신 다리를 대롱거리며 '의자'에 앉는 것도 바보스럽기는 마찬가지였다.

아버지는 마리아를 보며 웃었다.

"주머니쥐 생각을 하고 있니?"

마리아는 얼굴을 붉혔다.

"아니에요. 선생님."

"총독네 고양이가 새끼를 치면 내가 한 놈 얻어다 주지."

"고양이요? 진짜요? 선생님."

"얻을 수만 있으면."

아버지는 모자를 쓰고 마리아가 막 손질해 놓은 외투를 걸친 다음 오두막의 문을 열었다.

병구가 문간에서 고개를 쳐들고 의사를 노려보고 있었다. 놈은 찍 소리를 내더니 안으로 달려와 탁자 다리를 타고 올라갔다. 주머니쥐는 시든 이파리가 들어 있던 자루를 찾아 주위를 두리번거리더니 다시 찍 울었다.

난베리는 웃음을 터뜨렸다. 아아, 이렇게 웃다니 좋았다.

"마리아의 친구가 돌아왔군."

"친구."

마리아는 얼굴이 빨개졌다. 난베리는 마리아에게 다른 친구가 있는지 궁금했다.

"주머니쥐 말이야. 자기 잠자리를 찾고 있는 것 같군."

"제가 이파리를 버리고 자루를 씻었어요. 냄새가 났거든요."

아버지는 벙구, 아니 '주머니쥐'를 바라보았다.

"놈이 얼마나 길들여질지 한번 보자고. 꽤 흥미로운걸. 안 그래?"

"안 그런데요."

마리아는 솔직하게 답했다.

아버지는 웃었다.

"놈의 잠자리를 만들게 론한테 마른 나뭇잎을 모아 오라고 해. 놈이 머물 바구니도 하나 찾아봐."

"그걸 이 깨끗한 탁자 위에 놓으라고요?"

마리아는 체념 섞인 목소리로 말했다.

"병원에서 자그마한 탁자를 하나 올려 보내지. 주머니쥐 바구니는 그 위에 올려놓으면 되잖아. 놈에게 매일 먹일 싱싱한 이파리는 론에게 가져오라고 하지. 하지만 놈이 다른 건 뭘 먹는지 살펴보게."

"아, 다른 것도 잘 먹어요. 선생님."

"네게 말동무가 되겠구나."

아버지는 부드럽게 말했다.

"네 생각은 어떠니. 앤드루? 주머니쥐가 애완동물로 있으면 재미있을 것 같니?"

난베리는 '애완동물'이란 단어를 알고는 있었지만 그 의미는 이상했다. 애완동물이란 소유는 하되 먹지는 않는 동물이었다. 사람들은 애완동물을 보며 웃었다. 뭐, 웃는 것도 나쁠 것은 없지만. 잉글랜드인은 개와 고양이를 길렀다. 마치 아버지가 나를 기르는 것처럼.

난베리는 그 생각을 떨쳐 냈다. 자신은 애완동물이 아니었다!

"나는 난베리 버케나우입니다."

그 말은 자신도 모르게 튀어 나왔다. 정착지에 온 다음 자신의 이름을 온전하게 말한 것은 이번이 처음이었다.

아버지는 어리둥절한 얼굴이었다.

"이제 네 이름은 앤드루야."

"나는 난베리입니다."

아버지는 고개를 저었다.

"너랑 이러쿵저러쿵 따질 시간이 없구나. 말 잘 듣고 마리아와 론을 도와주렴."

아버지는 끄트머리가 은색인 지팡이를 집어 들었다. 아버지가 걸을 때 도움이 되도록 사용하는 물건이었다. 다리나 발을 다치지 않았는데도 지팡이를 쓰는 것 역시 잉글랜드식이었다.

난베리는 아버지가 오두막 사이로 난 흙길을 따라 성큼성큼 내려가는 모습을 지켜보았다. 난베리 뒤로 부엌에서 벙구 — '주머니쥐' — 가 옥수수를 더 달라고 찍찍거렸다.

난베리는 생각했다. 나는 난베리야. 나는 애완동물이 아니야. 나는 난베리 버케나우야. 난베리야.

카클 베이 병원, 시드니만, 1789년 8월 1일

늦겨울의 미풍이었다. 상쾌한 바람이 시큼한 악취가 풍기는 병원
으로 불어왔다. 화이트 의사는 사무실 문 너머를 흘끗 바라보았다.
수면에 거의 닿을 듯이 보이는 조그만 카누가 작은 만으로 모습을 감
추었다.

의사는 자신이 웃음 짓고 있다는 사실을 깨달았다.

겨우 두어 달 전, 의사는 원주민 부족 전체가 떼죽음 당했다고 생
각했다. 그러나 원주민들은 서서히 해안으로 돌아오고 있었다. 게다
가 건강 상태도 좋았다. 의사는 많은 원주민들이 전염병에서 벗어나
기 위해 내륙 지방으로 들어가 있으리라 추측했다. 몇 주 동안 전염
병의 기미는 전혀 보이지 않았다.

"선생님."

심부름꾼 죄수 한 명이 숨을 헐떡이며 언덕을 올라 의사에게 다가왔다.

"무슨 일인가?"

"큰일 났어요. 선생님. 어떤 놈이 상가 근처에서 나무에 다리가 깔렸어요. 놈을 수술실 오두막에 데려다 놨습죠."

화이트 의사는 고개를 끄덕였다. 의사는 수술용 앞치마와 의료 도구 가방 쪽으로 손을 뻗었다.

"바로 가겠네. 인두를 달궈 놓게. 알겠나?"

"네, 선생님."

수술실 오두막 근처에 가자 젊은이의 비명이 들렸다. 나무껍질로 만든 오두막 지붕은 이미 반쯤 썩어 있어 비가 오면 거의 무용지물이었다. 화이트 의사는 생각했다. 전쟁터의 군의관도 나보다는 더 나은 조건에서 일할 거야. 적어도 약은 구할 수 있잖아.

흙바닥에 길을 따라 핏자국이 나 있었다. 출혈량이 너무 많고 선홍색인걸. 의사는 생각했다. 동맥 파열인가?

의사는 환자를 내려다보았다. 환자는 깡말랐지만 키가 커서 수술대에 딱 맞게 누워 있었다. 젊은이는 공포에 질린 눈을 크게 뜨고 땀범벅이 된 얼굴로 고통스럽게 숨을 몰아쉬고 있었다. 눈이 움푹 꺼진 것을 보니 분명히 피를 많이 흘렸을 것이다. 바지가 피로 검게 물들어 있었다.

몇 분이나 숨이 붙어 있을지 알 수 없었다.

의사는 메스를 잡고 바지를 길게 잘라 재빨리 다리를 살펴보았다. 뼈가 드러나 있었다. 피는 솟구치고 있었다. 의사는 동맥을 눌렀다. 피가 솟구치는 게 멈췄다. 의사는 조수 역할을 하는 죄수 한 명을 몸짓으로 불렀다.

"여기를 누르고 있어. 꽉 눌러. 힘을 빼지 마."

의사는 몸을 숙여 골 절단기를 집어 들었다.

"안 돼!"

환자가 비명을 질렀다. 아픔과 슬픔이 뒤섞인 울부짖음이었다. "자르지 마! 불구로는 못 살아! 안 돼!"

"이보게. 다리가 으스러졌어. 거기에 흙과 옷 조각도 들어가 있네. 다리가 감염되면 다리만 잃는 게 아니야. 목숨을 잃게 돼."

"다리 하나로 사느니 죽는 게 나아요!"

"나무다리를 하고도 할 수 있는 일이 있어."

"아니야. 이곳에는 없어. 언젠가 나만의 농장을 만들 거라고. 선생님, 부탁해요. 자르지 말아요!"

의사는 망설였다.

"알았네. 하지만 경고하는데, 감염된 걸로 확인되면 어찌 됐든 잘라내야 할 거야. 그리고 이런 상태로 치료하려면 많이 아플 거야."

"참을게요. 다 참을 수 있어요. 다리만 자르지 마세요."

"그럼 하는 데까지 해 보지. 이름이 뭔가?"

의사는 심부름꾼이 인두를 불에 달구는 동안 환자의 주의를 돌리려고 물었다.

"잭 잭슨이요. 배급소에서 일해요."

잭은 숨을 거칠게 몰아쉬며 말했다.

"거기에서 선생님 가정부를 본 적이 있어요."

"마리아? 좋은 아이지."

일 년 전이었다면 의사는 진통제로 아편 팅크를 주고 진을 먹여서 취하게 만들 수 있었다. 하지만 이제 두 가지 다 남은 게 없었다.

의사는 죄수 심부름꾼 세 명에게 고개를 끄덕였다. 의사가 다리의 뼈를 맞추는 동안 심부름꾼들이 잭을 수술대에 붙잡고 있었다. 잭은 개처럼 울부짖었다. 얼굴에 땀방울이 흘러내렸다.

의사는 잭의 허벅지와 발을 길쭉한 널빤지에 묶어 똑바로 고정시켰다. 의사는 핀셋을 집어 들고 상처에 박혀 있는 옷 조각을 보이는 대로 모조리 떼어 냈다.

이제 다리에 깊숙이 난 상처들을 치료할 차례였다. 의사는 몸을 숙이고 집게로 불 속에서 인두를 집어 올렸다. 하얗게 달궈진 인두가 식기 시작하면서 붉은빛을 띠었다. 의사는 잭의 다리에 난 상처 안쪽마다 딱 이 초씩 인두로 조심스레 눌러 주었다.

잭슨은 비명을 지르다가 기절했다.

의사는 입술을 깨물었다. 적어도 환자는 잠시 동안 아무것도 느끼지 못하겠군. 그리고 어쩌면, 잘은 몰라도 어쩌면, 잭의 다리를 구했을지도 몰라. 뜨거운 인두로 상처는 봉합됐고, 아마 흙으로 인한 감염도 막아 주었을 거니까.

의사는 피에 젖은 손을 앞치마에 닦아낸 다음 앞치마를 벗어 조수에게 건넸다. 어쨌든 할 수 있는 데까지는 다 했다.

"환자가 깨어나면 사르사 차를 주게. 잘 끓여서 주게. 그게 중요하네. 다리가 습하지 않게 하고. 파리가 상처에 구더기를 까면 내게 알리게. 그렇다고 구더기를 씻어 내려고 하지는 말고. 알겠나?"

"왜 그러면 안 돼요?"

화이트 의사는 고개를 끄덕였다. 의사는 질문하는 사람을 좋아했다. 어쩌면 이 자는 외과의사로 훈련시킬 수 있을지도 몰라.

"구더기는 죽은 살을 먹거든. 상처가 썩지 않게 막아 주는 셈이지. 일단 상처가 썩기 시작하면 더 번지기 전에 다리 전체를, 그것도 재빨리 잘라내야 해. 그렇다고 해도 주의 깊게 지켜봐서 구더기가 일단 상처를 청소해 준 다음에는 멀쩡한 부위를 파먹지 못하게 해야지. 안 그러면 상처가 계속 커질 테니까. 이해했나?"

"네, 선생님."

"훌륭하군. 오늘밤은 내가 환자를 지켜보겠네. 하지만 상처가 붓기 시작하면 즉시 나한테 알리게. 서둘러서 수술해야 할 테니까. 만약 상처에 흙이 남아 있다면 가스 괴저병이 생길 위험이 있어."

"그 병은 들어본 적이 있어요."

"훌륭해. 상처가 붓거든 손대지 말게. 자네 손에 자그만 상처라도
나 있으면 자네도 감염될 수 있거든. 그러면 자네도 죽는 거야."

"하지만 선생님은요? 상처를 만지다 선생님이 가스 괴저병에 걸릴
수도 있지 않겠어요?"

"이건 내 일이니까."

의사는 말했다. 장티푸스, 이질, 콜레라, 디프테리아, 가스 괴저병,
그 모든 위험을 무릅쓰는 게 의사였다.

"선생님?" 다른 죄수 심부름꾼 하나가 물었다.

"총독님의 전갈인뎁쇼. 아라바누를 대체할 원주민을 하나 잡으러
탐험대를 보내신다는대요. 선생님이 키우는 원주민 꼬마가 통역을
하도록 항구로 데려오겠느냐고 하시네요."

입양한 꼬마 생각에 의사의 얼굴이 환해졌다.

"그렇게 언어를 쉽게 배우는 아이는 본 적이 없네. 어른들도 그렇
게 못 할 걸세. 바로 아이를 데려오지."

의사는 모자와 외투를 걸치고 재빨리 집으로 걸어갔다. 이주민 측
에서는 원주민과 이야기할 수 있는 통로가 필요했다. 죄수들이 사냥
하러 나갔다가 공격당했다는 이야기가 있었다. 사실 덤불에서 사냥
하고 있었다는 것은 죄수들의 주장이었다. 의사는 얼굴을 찌푸렸다.

놈들이 원주민 여자를 뒤쫓고 있었다고 해도 놀랄 일이 아니었다.

의사는 앤드루가 총독을 위해 통역할 수 있으리라 확신했다. 어쩌면 다른 성인 원주민을 생포할 필요조차 없었다. 앤드루는 명민한 아이였다. 이미 영어를 거의 백인처럼 구사하는 데다 의사에게 배운 귀족의 말씨여서 죄수들 대다수보다도 나았다.

갑자기 의사는 꼬마가 자신의 부족 중 살아남은 사람이 있다는 것을 아직 모르고 있다는 데 생각이 미쳤다. 어쩌면 꼬마는 자신의 부족에게 돌아가고 싶어 할지도 몰랐다.

그럴 리가. 상류층의 가정에 환대받으며 입양된 아이가 어떻게 그 딱한 원주민의 삶으로 돌아가고 싶어 하겠는가?

의사는 오두막의 현관문을 잡아당겼다. 겨울이 시작된 이후 문의 경첩은 더욱 내려앉아 있었다.

"마리아?"

마리아는 고개를 들었다. 마리아의 무릎에는 주머니쥐가 앉아 한 무더기의 나뭇잎을 갉아먹고 있었다. 마리아는 주머니쥐를 쓰다듬고 있다가 들킨 것이 쑥스러운 듯 주머니쥐를 다시 바구니에 집어넣었다.

"선생님, 오셨어요?"

"앤드루는 어디 있나?"

"밭에 나가 있어요. 당근을 처음 보는 것처럼 뽑는 족족 먹어 치우고 있어요."

"당근을 본 적이 없을 거야."

의사는 건조하게 말했다.

"너무 많이 먹게 하지는 말게. 여름에 새로 수확할 때까지는 지금 수확하는 게 다니까."

의사는 뒷문을 열었다.

"앤드루!"

꼬마는 고개를 들지도 않았다. 의사는 다시 불렀다.

"앤드루?"

꼬마는 뒤돌아보더니 자리에서 일어나 의사에게 다가왔다. 셔츠와 바지는 입고 있었지만 부츠는 신고 있지 않았다.

"아버지?"

"자, 앤드루. 손을 씻고 부츠를 신으렴."

의사는 꼬마가 단어를 하나하나 알아들을 수 있도록 천천히 또박또박 말했다.

꼬마는 당근을 손에 든 채 의사를 잠시 쳐다보았다.

"내 이름은 난베리 버케나우입니다."

꼬마는 조용히 말했다.

"또냐? 네 이름은 앤드루 화이트야."

"내 이름은 난베리입니다."

꼬마는 양아버지가 화낼까 두려우면서도 단단히 결심한 듯 당근을 꼭 움켜쥐고 있었다.

의사는 한숨을 내쉬었다. 꼬마는 아직 어려서 어엿한 영어 이름이 자신에게 이로우리라는 점을 이해하지 못했다. 게다가 꼬마는 이미 많은 걸 잃은 상태였다. 어쩌면 당분간은 옛날 이름을 쓰게 놔두는 쪽이 나을지도 몰랐다.

"알았다. 그러면 난베리로 하지."

의사는 말했다.

"난베리 화이트."

꼬마는 생각에 잠겼다. 느닷없이 꼬마는 겨울이 지난 뒤 바닷가에 빛나는 햇살처럼 환하게 웃었다.

"난베리 화이트!"

꼬마는 의사에게 들고 있던 당근을 내밀었다.

"배고프세요?"

의사는 웃음을 터뜨렸다.

"당근을 날로 먹을 정도는 아닌걸. 자, 같이 바닷가로 내려가자꾸나."

꼬마는 더욱 환하게 웃었다. 잠시 의사는 꼬마가 흥에 겨워 곧 춤이라도 추는 건 아닐까 싶었다.

"배를 타고 가요?"

"보트를 타고 가. 작은 낚싯배가 아니라 커다란 보트. 그렇지만 배만큼 크지는 않아. 보트는 배보다 작지."

"커다란 보트!"

꼬마는 의사에게 마치 왕관의 보석이라도 받은 얼굴이었다.

난베리는 항구에서 파도의 물보라가 햇빛 속에 하얗게 부서지는 광경을 내려다보았다.

"곧 배가 더 올까요? 커다란 배요?"

"그럼. 물론이지."

의사는 거짓말을 했다. 이제 잉글랜드에서 배가 올 일은 없었다. 정착민들은 잊혔다. 해군성에 있던 어떤 멍청한 놈이 퇴직해 버리는 통에 정착지와 관련된 모든 계획이 날아갔다. 십 년이 지난 뒤에 서류철에서 관련 문서를 발견하여 구조대를 보내 봤자 뒷북치는 일이나 마찬가지일 것이다. 그런 두려움을 꼬마한테 털어놓을 수는 없었다. 어쩌면 선박도, 새로운 보급품도, 자신들의 안전을 지켜 줄 화약도 영영 안 올지 몰라. 그러면 정착지는 이 광대한 미지의 대륙에서 흔적도 없이 사라지게 되겠지.

"그럼."

의사는 스스로를 다독이려는 듯 다시 입을 열었다.

"커다란 배가 곧 올 거야."

"아버지? 커다란 배가 오면 제가 타도 될까요?"

난베리는 끝 부분을 한 단어처럼 이어서 말했다.

"그럼. 자, 부츠를 신으렴."

난베리는 창고 방으로 휙 들어가 부츠를 집어 들고 양말을 신을 생각도 안 한 채 발을 부츠에 밀어 넣었다.

"아버지, 보트를 타고 나가서 새를 보나요?"

의사는 자신의 얼굴에 웃음이 번지는 걸 느꼈다. 꼬마는 자신만큼이나 새 관찰을 좋아했다. 게다가 새를 찾아내는 데 비상한 재주가 있었다. 심지어는 꿀빨이새가 부리를 꽃 속에 찔러 넣는 모습을 의사가 스케치하는 동안 새가 놀라 날아가 버릴까 봐 거의 움직이지 않은 채 삼십 분 동안이나 가만히 서 있기도 했다.

"이번에는 아니야. 앤드루. 아 참 난베리, 총독이 너에게 시킬 일이 있으셔. 중요한 일이야."

꼬마는 신뢰에 찬 눈빛으로 의사를 올려다보았다. 의사는 자신의 손으로 난베리의 작은 손가락들을 쥐었다. 자신의 발갛고 하얀 손 안에 까맣고 가느다란 손가락이 도드라져 보였다.

그래. 아주 훌륭한 꼬마야. 영리하고 도움을 주는 아이야. 하지만 진짜 내 아들은 아니야. 집에 있는 여자아이가 진짜 딸이 아니고, 총독이 진짜 친구가 아닌 것처럼. 필립은 좋은 사람이지. 하지만 사실을 말하자면 우리 사이의 공통점은 그게 다야. 악당들 무리 속에서 최선을 다하려 애쓰는 선한 두 인간일 뿐이야. 나는 내가 소중히 여기는 모든 것에서 떨어져서 세상 끝에 홀로 내동댕이쳐진 거야.

의사는 잠시 눈을 감고 기도했다. 혹시라도 잉글랜드에서 배가 온다면 식량뿐 아니라 새로운 지시, 정착지를 지킬 새로운 군인, 새로운 의사 그리고 내가 다른 곳으로 발령받았다는 소식을 싣고 와 주길. 아아, 하느님. 제발 저를 고향으로 돌려보내주소서.

의사는 눈을 뜨고 앤드루, 아니 난베리를 향해 애써 다시 웃어보였다.

"가자."

의사가 말했다.

"총독님이 기다리고 계셔."

시드니만, 카예미(현재 맨리만), 1789년 8월 1일

총독은 커다란 보트 안에 있었다.

아버지의 낚싯배보다 컸다. 여섯 명이 '노'라고 부르는 것을 각각 잡아당기자 배가 물 위로 쏜살같이 나아갔다. 난베리는 붉은 외투를 입은 남자와 아버지와 함께 배 안에 앉아 있었다.

파도 위로 오르락내리락하며 배가 그렇게 빨리 움직이다니 마법 같았다. 벌써 곶을 두 개 지나쳐 세 번째 곶으로 나아가고 있었다.

어디로 가는지 아무도 난베리에게 이야기해 주지 않았다. 상관없었다. 돌고래보다 빨리, 고래보다 빨리 움직이는 중이니까.

그때 난베리는 보았다. 연기였다. 음식을 조리하기 위해 지핀 불에서 연기가 작은 나선을 그리며 피어오르고 있었다.

잉글랜드인은 그런 식으로 불을 피우지 않았다.

바다와 하늘이 온통 소용돌이치는 듯했다. 마치 지난 삶이 난베리의 뺨을 후려친 느낌이었다. 부족에서 살아남은 사람이 있었다.

콜비 삼촌이 살아 있을지도 몰라. 이모들도 살아 있을지 몰라. 늦기 전에 떠나서 병에 걸리지 않았는지도 몰라.

난베리가 보트의 난간을 부여잡고 있는 동안 노 젓는 죄수들이 방향을 틀어 불이 피어오르는 곳으로 향했다. 젊은 전사 한 무리가 손에 작살을 들고 있는 게 보였다. 여자와 아이들의 모습은 보이지 않았다.

저 전사들 중 콜비 삼촌이나 내가 아는 사람이 있을까? 보트가 다가갔다. 난베리는 심장의 피가 온몸에 고동치는 것을 느꼈다.

사람들의 얼굴을 알아볼 수 있었다. 바닷가에 몰아치는 차가운 남풍처럼 실망감이 온몸을 휩쓸었다. 난베리와 같은 카디걸 부족이 아니라 낯선 사람들이었다. 구링가이 부족이거나 아니면 다루그 부족인 듯했다. 난베리는 생각했다. 아니야. 항구에서 이렇게 먼 바닷가까지 왔으니 저 사람들은 구링가이 부족일 거야.

곧 봄이 오는 마당에 구링가이 전사들이 바닷가에서 뭘 하고 있는 거지? 지금은 모두 강을 따라 파라마타의 내륙으로 들어가서 내년에 카누를 만드는 데 쓸 나무껍질을 벗겨야 할 때였다. 카누의 수명은 일 년뿐이었고, 나무껍질은 겨울비가 내린 후에 벗겨야 큰 조각으로 벗기기가 수월했다.

카누를 새로 만들지 않는다면 구링가이 여자들이 어떻게 낚시를 할 수 있겠는가? 여자와 아이들은 다 죽었나? 그래서 여기에 전사들만 있는 걸까? 난베리의 세계는 난베리에게서 이미 한 번 떨어져 나갔었다. 그 세계의 일부가 난베리에게 다시 돌아오는 듯했지만 온통 조각조각 나 있어서 난베리는 이해가 되지 않았다.

보트는 바닷가에 거의 이르렀다. 노를 젓던 죄수 네 명이 물로 뛰어내려 보트를 모래밭으로 끌어올렸다.

구링가이족 남자들이 무표정한 얼굴로 보트를 바라보았다. 그들은 접근하지 않았다.

아버지가 난베리의 어깨에 손을 올렸다.

"저 사람들에게 이야기할 수 있겠니?"

난베리는 고개를 끄덕였다. 그 바닷가 일대에서 쓰이는 언어들은 어슷비슷해서 알아들을 수 있었다. 난베리는 파라마타 축제에서 배웠으므로 다루그 말뿐 아니라 구링가이 말도 알고 있었고, 여러 가지 다른 말도 알고 있었다. 아버지가 천천히 말했다.

"우리는 좋은 사람들이라고 말해 주렴. 우리와 같이 가면 식량을 많이 주겠다고 말해 줘."

난베리는 혼란스러웠지만 고개를 끄덕였다.

구링가이 부족에서 살아남은 사람이 있으니 카디걸 부족에서도 누군가 살아남은 사람이 있을지 몰랐다. 아버지를 떠나 카디걸 부족을 찾아나서야 할까?

그렇지만 부족 사람들은 나를 죽게 내버려 두고 떠났는걸! 보트와 집과 새롭고 멋진 것들이 있는 곳을 떠나고 싶니? 자신을 병들어 죽게 방치했던 부족에게 돌아가려고 아버지를 떠나고 싶니?

"이쪽으로 오라고 말해라."

아버지가 재촉했다.

"구위!(빨리 와!)"

난베리가 외쳤다.

전사들은 난베리를 쇠똥구리 보듯 흘낏하더니 곧 눈길을 돌렸다.

난베리는 얼굴이 붉게 달아오르는 것을 느꼈다. 남자들은 율랑 이라바장, 즉 성년식을 치르며 이를 빼낸 전사들이었다. 코를 뚫고 갈대나 뼈를 끼우는 나눙 의식도 치른 사람들이었다. 그런 전사들이 작은 꼬맹이에게 왜 굳이 답을 하겠는가? 난베리는 너무 창피해서 아버지에게 그런 사실을 설명할 수 없었다.

전사들은 다른 곳으로 걷기 시작했다.

"와리, 와리!(멈춰!)" 난베리가 외쳤다.

전사 두 명이 멈춰 섰지만 다른 전사들은 계속 걸어갔다. 전사 두 명조차 난베리를 똑바로 쳐다보지 않았다.

뭐라고 말해야 할까? 콜비 삼촌이나 다른 사람들이 살아 있느냐고 물어볼 수는 없었다. 그들이 죽었는데 이름을 말해 버리면 그들의 유령이 자신을 따라다닐지 몰랐다. 그래서 난베리는 이렇게 말했다.

"카디걸족이 어디 있는지 아세요?"

두 명의 전사는 아무도 대답하지 않았다. 여전히 난베리와 눈도 마주치지 않았다.

"나는 카디걸족이에요."

난베리가 절박하게 외쳤다.

"나는 난베리에요. 카디걸족에서 살아남은 사람이 있는지 말 좀 해 줘요."

전사들은 여전히 아무 말이 없었다.

난베리는 아버지와 다른 잉글랜드인을 돌아봤다. 난베리는 전사들이 자신의 말에 귀를 기울이게 만들어야 했다.

"하얀 유령들이 따라오라고 해요. 당신들이 원하는 대로 식량을 주겠대요. 고기도, 물고기도 많아요. 다른 식량도 있어요. 빵하고 옥수수도 있어요."

전사 한 명이 난베리를 흘낏 쳐다보더니 웃음을 터뜨렸다.

"꼬맹아, 우리가 하얀 유령의 식량을 가져다가 뭘 하겠냐? 우리는 너 같은 꼬맹이와 상대하지 않아. 하얀 유령한테 우리랑 말하고 싶으면 전사를 보내라고 전해라. 넌 가서 여자들하고 놀아."

난베리는 다시 얼굴을 붉혔다. 아버지가 전사의 말을 이해하지 못해서 다행이었다. 나는 전사들이 평생 본 적이 없는 것들을 봤어. 보

트도 타 봤어. 말 등에도 앉아 봤어. 하얀 유령의 말 — 영어 — 도 할
수 있어. 부츠도 신을 수 있어.

아버지는 내가 이미 전사인 것처럼 나를 데리고 다니면서 사냥을
하고 낚시를 하고 새를 그렸어.

그 전사들은 난베리와 피부 빛깔은 같을지 몰라도 생판 낯선 사람
들이었다.

그 순간, 난베리는 자신이 어떤 사람이 되고 싶은지 깨달았다. 나
는 잉글랜드인이 될 거다. 난베리는 생각했다. 카디걸의 유령들은 잊
어버릴 거야. 나는 아버지와 함께 지낼 거야. 옥수수를 먹고 의자에
앉을 거야. 언젠가 돛을 단 커다란 배를 탈 거야.

"그냥 원주민에게 가까이 접근해서 한 놈을 잡지."

붉은 외투를 걸친 남자가 중얼거렸다.

난베리는 마음속에 몰아치는 갈등을 애써 감추며 웃음 지었다. 난
베리는 전사들에게 오라고 손짓하며 보트를 가리켰다.

난베리에게 대답했던 전사가 웃음을 터뜨렸다. 그와 옆에 있던 전
사는 등을 돌렸다. 두 전사는 커다란 바위 사이로 뛰어올라 곧 시야
에서 사라져 버렸다.

아버지가 화를 낼까? 하지만 아버지는 난베리의 어깨를 토닥거려
주었다.

"얘야. 넌 할 수 있는 데까지 했어. 여기 있는 사람들 중 아무도 그

난베리

렇게 할 수 없어."

난베리는 그 말을 다 이해하지 못했지만 무슨 뜻인지는 알 수 있었다. 난베리는 아버지 곁에 가까이 앉았고 보트는 다시 파도를 타며 바다를 가로질렀다. 난베리는 전사들이 사라진 바닷가 쪽을 돌아보지 않으려 애썼다.

난베리가 알았던 세계는 사라져 버렸다. 그 세계에서 누군가 살아남았다 해도 마찬가지였다.

그랬다. 이제 난베리는 잉글랜드인이 될 것이다.

23 | 난베리

시드니만, 울라라, 1789년 11월 25일

"생각 좀 해 봐. 꼬마야. 그보다는 더 잘 알 텐데."

난베리는 텐치 씨라 불리는 남자와 아버지를 맥 빠진 얼굴로 번갈아 보았다. 텐치 씨는 이주민이 탐사해 놓은 땅 너머에 강이나 초원이 있는지 알고 싶어 했다. 하지만 난베리는 강과 초원이 어디에 있는지 설명할 말재간이 없었다. 북쪽에 있는 커다란 강이나 산 너머에는 가 본 적도 없었다. 파라마타에서 열리는 축제에 부족들이 모였을 때 그런 곳에 대해 이야기를 들어본 게 다였다.

하지만 이런 내용을 어떻게 다 설명하지?

"아직 꼬마일 뿐이잖아."

아버지가 말했다.

"꼬마한테 지도를 그리듯 설명하길 바라면 안 되지."

그때 언덕 아래에서 고함이 들렸다.

"원주민들이란!"

죄수 심부름꾼 하나가 숨을 헐떡이며 의사 일행에게 달려왔다.

"브래들리 씨가 낚시하러 나갔다가 원주민을 몇 명 잡았어요! 지금 항구로 들어오고 있어요."

아버지와 텐치 씨는 바닷가로 달려갔고, 난베리도 그 뒤를 따랐다. 냄새나는 바지와 누더기가 된 치마를 입은 사람들이 항구에 바글바글 모여서 배가 미끄러지듯 다가오는 모습을 지켜보고 있었다.

아버지는 난베리의 손을 잡고 인파를 헤치며 앞으로 나갔다.

"애야, 이 원주민들을 알겠니?"

난베리는 배를 바라보았다. 심장이 돌고래처럼 뛰어올랐다. 콜비 삼촌! 게다가 그 옆에 있는 남자도 아는 사람이었다.

"콜비 삼촌!"

난베리는 흥분한 나머지 폴짝거리며 외쳤다.

"베네롱!"

아버지는 텐치 씨를 보며 웃었다. 텐치 씨는 건조하게 말했다.

"꼬마가 저 원주민들을 아나 보군."

난베리는 설명할 단어를 찾으려 머리를 쥐어짰다.

"콜비 삼촌은 아주 커다란 전사에요. 훌륭한 사람이에요. 아주, 아주 훌륭한 사람이요. 월라라와레 베네롱은…… 음…… 사람이에요."

"훌륭한 전사가 아니라고?"

아버지가 물었다. 아버지는 재미있어 하는 얼굴이었다.

난베리는 그 말이 귀에 거의 들어오지 않았다. 월라라와레 베네롱은 겨우 서너 번 만나봤을 뿐이었다.

콜비 삼촌이다! 난베리는 어찌나 기쁘던지 부족 사람들을 잊겠다던 다짐은 사라져 버렸다. 부족 중에 살아남은 사람이 있었다!

보트가 바닷가에 정박했다. 보초가 검은 피부의 원주민 두 명을 붙들기 위해 다가갔다. 둘은 손과 다리와 몸이 밧줄로 꽉 묶여 있었다. 베네롱은 무서워하는 듯했지만 콜비 삼촌은 초점 없이 앞을 응시하고 있었다. 얼굴에는 흉터가 나 있었다.

천연두를 앓았구나. 난베리는 생각했다. 하지만 콜비 삼촌은 자신처럼 살아남았다.

"콜비 삼촌! 콜비 삼촌!"

난베리가 외쳤다.

콜비 삼촌은 난베리를 흘낏 바라보더니 고개를 돌렸다.

난베리는 자신의 셔츠와 바지를 보며 눈살을 찌푸렸다. 삼촌이 나를 알아보지 못하는구나. 난베리는 생각했다. 내가 그동안 자라기도 했고.

난베리 뒤에서 한 여자가 말했다.

"무슨 벽걸이 가죽이랑 다를 게 없네."

여자는 입 냄새가 진동했고 앞니는 누랬다.

"저 덩치 큰 야만인 좀 봐. 태어난 그대로 알몸이네!"

"네 차지가 오진 않을걸. 매지."

옆에 있던 여자가 말했다.

"놈들이 털이 많아서 좋은 거지?"

두 여자는 낄낄대며 웃었다.

"콜비 삼촌!"

난베리가 다시 외쳤다.

그렇지만 둘 다 눈길조차 주지 않은 채 다른 곳으로 끌려갔다.

아버지는 난베리를 내려다보았다.

"총독님 댁에 가자."

아버지는 부드럽게 말했다.

"거기서 그들과 이야기할 수 있을 거다."

난베리는 아버지와 포로 뒤를 따라 걸었다. 주위 사람들은 흥분해서 소리를 질러 댔다. 소리치는 많은 사람들 틈에 있으려니 겁이 났다. 난베리는 아버지가 든든히 곁을 지켜 주어 고마웠다. 콜비 삼촌은 여전히 난베리를 돌아보지 않았다.

총독의 집에 들어가니 좋았다. 아주 크고 많은 방이 겹겹이 있었다. 총독은 자리에서 일어나 맞이했다. 잉글랜드식 치마와 신발을 걸친 부룽, 존슨 목사와 존슨 부인도 같이 있었다.

부룽은 기뻐하며 소리쳤다.

"콜비! 베네롱!"

부룽은 나무 바닥에 신발소리를 또각거리며 그들에게 달려가다 우뚝 멈춰 섰다. 둘 다 부룽에게 눈길조차 주지 않았다.

부룽은 난베리에게 슬금슬금 다가갔다.

"왜 둘 다 아무 말도 하지 않아? 왜 우리를 쳐다보지도 않아?"

"무서워하는 것 같아."

난베리는 원주민 말로 속삭였다.

"전사들은 무서워하는 법이 없어!"

"전사들은 무서워한다는 걸 티내는 법이 없어."

"어쩌면 우리가 유령이라고 생각하는지도 몰라."

부룽의 목소리에는 절망이 서려 있었다.

난베리와 부룽은 두 사람이 끌려 나가는 모습을 지켜보았다.

아버지는 아침이 지나서야 콜비 삼촌과 베네롱이 감금된 오두막으로 난베리를 데려갔다. 문이 삐걱 소리를 내며 열렸다. 난베리는 두 사람을 바라보았다.

멋있었던 수염은 깎여 있었고 머리도 마찬가지였다. 난베리는 병원에서 환자들의 머리가 깎이는 걸 본 적이 있었다. 아버지는 머릿니, 즉 머리를 가렵게 만드는 작은 벌레를 없애기 위해서라고 설명했다. 전사들 또한 바지와 셔츠 차림이었다. 하지만 그보다 더 끔찍하게도, 둘 다 다리에 커다란 쇠사슬을 찼고, 쇠사슬에 연결된 밧줄은 죄수가 단단히 쥐고 있었다.

난베리는 몸이 떨렸다.

"안 돼요."

난베리는 아버지에게 말하며 밧줄을 가리켰다. 전사들을 덫에 갇힌 뱀장어처럼 가두는 법은 없었다.

"어젯밤에 탈출하려고 했단다."

아버지가 부드럽게 말했다.

"밧줄을 이로 갈아서 끊었어. 다행히도 야만인들은 문이나 창문을 여는 법을 몰랐지."

'야만인들'. 난베리는 그 단어를 전에도 들어본 적이 있었지만 무슨 뜻인지 알 수 없었다. '야만인'은 문이나 창문이 뭔지 잘 모르는 사람을 가리키나 싶었지만 그보다는 더 나쁜 의미인 듯싶었다.

아버지와 난베리의 뒤로 제복을 입은 장교들이 구경거리를 놓치지 않으려 몰려들었다.

"얘야, 말을 걸어 보렴."

아버지가 재촉했다.

"저들의 이름이 콜비와 베네롱이라고 했지?"

"저 사람은 카디걸족의 그링게리 기바 케나라 콜비에요."

난베리는 온전한 이름을 말했다.

"내 삼촌이에요. 다른 한 사람은 왕간족의 왈라라와레 베네롱이에 요."

난베리는 숨을 깊게 들이마신 뒤 두 포로에게 몸을 돌렸다.

"나야. 난베리야."

이번에도 둘 다 난베리를 쳐다보지 않았다. 콜비 삼촌은 초점 없는 눈으로 문 쪽을 응시하고 있었다. 베네롱은 장교들을 바라보고 있었 다.

장교 한 명이 물었다.

"야, 맞는 말을 쓰고 있는 거냐?"

아버지가 쏘아 붙였다.

"자기 말을 모를 리 있나?"

"나한테…… 말하고 싶어 하지 않아요."

난베리가 조용히 말했다.

"화났어요."

'그리고 겁먹었어요.' 라고 난베리는 생각했지만 그 말을 입 밖에 꺼낼 수는 없었다. 콜비 삼촌과 베네롱은 자신 같은 꼬맹이가 아니라 성인식에서 이를 뺀 전사가 말을 걸기를 바라고 있었다.

난베리는 그 이야기 역시 할 수 없었다.

"애야, 괜찮다."

아버지가 말했다. 곧이어 어깨를 으쓱해 보였다.

"저들이 좀 적응할 때까지 며칠 기다려 보자."

❖

아버지는 매일매일 난베리를 데리고 오두막으로 내려가 포로들을 만났다. 어떨 때는 전사들이 식사를 마치기 전이었는데, 와인과 빵과 커다란 접시에 담긴 생선을 뼈만 남기고 먹어 치우고 있었다.

그렇지만 그들은 난베리에게 한마디도 하지 않았다.

콜비 삼촌과 베네롱이 잡힌 지 열이틀 날이 지났을 때 마침내 론이 저녁식사 시간에 새 소식을 가져왔다.

"원주민들이 도망쳤어요!"

"아니, 어떻게?"

아버지가 물었다.

"놈들이 밖에서 저녁을 먹고 있었는데 한 놈이 느닷없이 밧줄을 끊더니 울타리를 뛰어넘었어요. 그러더니 누가 손을 쓸 틈도 없이 덤불로 사라졌어요."

"다른 한 명은?"

론이 씩 웃자 사이가 벌어진 앞니가 드러났다.

"채찍에 맞겠구나 싶은지 떨고 있는뎁쇼. 엄청 겁먹었어요. 이제 목매달려 죽는구나 생각하는 거 같아요."

난베리는 숟가락을 내려놓았다. 그리고 자신의 고기 푸딩을 바라보았다. 그러니까 도망친 사람은 콜비 삼촌이구나. 콜비 삼촌이라면 절대 그런 식으로 겁먹은 티를 내지 않아.

콜비 삼촌, 다시 자유구나.

난베리는 위대한 전사가 발이 묶인 채 그렇게 많은 사람들 앞에서 모욕당하는 모습을 봐서 마음이 아팠다. 그렇지만 삼촌이 자신에게 한마디도 하지 않았다는 사실이 더 마음 아팠다.

"이제 남아 있는 야만인이 꼬마한테 말할 거 같은뎁쇼."

론이 신나서 말했다.

"이제 혼자니까 말이에요."

베네롱은 오두막의 흙바닥에 앉아 있었다. 보초는 베네롱을 묶어놓은 밧줄을 움켜쥔 채 지루한 기색으로 창밖을 바라보고 있었다. 총독, 텐치 씨, 의사, 난베리가 오두막으로 들어가자 베네롱은 고개를 들었다.

"무서워할 필요 없다고 말해 주렴."

필립 총독이 말했다.

난베리는 망설였다. 꼬마가 전사에게 어찌 그런 말을 할 수 있겠는가. 그렇지만 총독은 정착지의 우두머리였다. 자신의 위에 있는 우두머리⋯⋯.

"총독 — 정착지의 어른인 베앙가 — 이 말하는데 무서워하지 말래요."

베네롱은 자리에서 벌떡 일어났다. 베네롱은 난베리의 뺨을 호되게 후려쳤다. 난베리는 바닥으로 나가떨어졌다. 난베리는 비명을 삼키려 입술을 깨물었다.

"네놈이 감히."

아버지가 나섰다.

텐치 씨가 아버지를 붙들었다.

난베리는 비척거리며 다시 일어섰다. 난베리는 입가에 흘러내리는 피를 닦았다.

"미안해요."

난베리는 베네롱에게 말했다.

"전사는 무서워하는 법이 없는 거 알아요. 하지만 하얀 유령들이 버릇없이 굴 때가 있어요."

처음으로 베네롱은 난베리를 쳐다봤다.

"이제는 너도 하얀 유령 꼬맹이야."

난베리는 고개를 들었다.

"나는 난베리 화이트에요. 이곳에서 훌륭한 사람의 아들이에요."

"넌 아무것도 아니야. 한 마리 개미나 딱정벌레라면 몰라도."

난베리는 몸이 떨렸다. 화가 나서인지 부끄러워서인지 마음이 아파서인지 알 수 없었다.

"무엇을 물어봐요?"

난베리는 아버지에게 말했다.

"몸의 흉터는 어떻게 해서 생겼는지 물어보렴."

텐치 씨가 말했다.

난베리는 그 말을 통역했다.

이번에는 베네롱이 웃음을 터뜨렸다. 베네롱은 가슴팍과 팔뚝의 흉터를 자랑스럽게 가리켰다.

"성인식에서 남자가 되었을 때 생긴 거예요."

난베리가 말했다.

"팔다리 여기저기에 난 큰 흉터도?"

아버지는 흥미로워하는 듯했다.

"창에 찔려서 생긴 것 같은데."

"네."

난베리가 답했다.

난베리

"사나운 족속이군."

텐치 씨가 말했다.

"손에 난 흉터는 어떻게 된 거야?"

난베리는 다시 통역했다.

베네롱이 또 웃음을 터뜨렸다. 난베리가 아니라 백인들을 상대하면서 말하는 것을 즐기는 듯했다. 베네롱에게 난베리는 멀찍이 떨어진 곳에서 홀로 노래하는 한 마리 새에 불과한 것 같았다.

"흉터는 다른 부족에서 여자를 데려오다가 생겼대요."

"여자가 오고 싶어 하지 않았나?"

텐치 씨는 재미있어 하는 눈치였다.

베네롱은 자세하게 설명했다. 난베리는 통역할 단어를 찾느라 애먹었다.

"여자가 화냈대요. 계속 소리 질렀대요. 여자가 베네롱의 손을 깨물었대요. 피가 많이 났대요."

"그래서 남자가 어떻게 했대?"

텐치 씨는 이야기를 재미있게 들었다.

"남자가 여자를 때려눕혔대요. 계속 때렸대요. 여자가 잠들 때까지?…… 모르겠어요."

"의식이 없을 때까지."

아버지가 어두운 얼굴로 말했다.

"의식이 없을 때까지요. 여자가 피투성이였대요. 피가 많이 났대요."

"연애치고 참 요란하군."

텐치 씨가 씩 웃으며 말했다.

난베리는 그 말을 이해하지 못했다.

❖

난베리는 그날 이후 매일 베네롱에게 가서 통역을 하거나 베네롱에게 영어 단어를 가르치게 되었다.

난베리는 그 일이 끔찍하게 싫었다. 아버지와 같이 갈 때면 그나마 괜찮았다. 아버지가 병원에 있어야 할 때에는 텐치 씨가 난베리를 데리고 갔다.

베네롱은 이제 난베리에게 말을 했다. 하지만 난베리에게 말하는 것이 아니라 다른 사람들에게 말하는 것 같았다. 베네롱은 난베리를 마치…… 앞뒤로 문장을 실어 나르는 보트처럼 활용했다. 스스로는 단어를 서너 개밖에 모르면서도 백인들의 말을 이해하는 방식이었다. 백인들 역시 원주민의 언어를 굳이 이해하려 애쓰지 않았다.

카디걸족 중 천연두에서 살아남은 사람이 두 명 — 콜비 삼촌과 카루에이 — 더 있다고 말할 때조차 베네롱은 그 소식에 난베리가 슬퍼

난베리

할지 어떨지 살펴보지 않았다. 총독이 베네롱과 난베리를 데리고 울라라라는 넓은 곳에 갔을 때조차 난베리는 입만 그곳에 있었던 듯했다. 총독은 커다란 선박들이 돌아올 때를 대비해 돛을 찾아야했다. 그래서 총독은 울라라의 오두막으로 갔다. 난베리는 생각했다. 나는 앵무새 입이군.

난베리는 초소에 사는 남자와 총독과 함께 곶에 서서 바다를 내려다보았다. 베네롱이 기다란 창을 던졌다. 주위에 바람이 몰아치는 와중에도 창은 베네롱이 겨냥한 바위에 정확하게 내리꽂혔다.

난베리는 몸이 떨렸다. 울라라가 마음에 들지 않았다. 전투가 있었던 곳이었고 많은 사람이 죽어 나간 곳이었다. 난베리는 총독과 베네롱의 웃음소리가 등 뒤에서 들려오는 것을 무시한 채 바위에 앉아 바다를 멀리 내다보았다.

어느 순간, 난베리는 주위가 조용해졌다는 사실을 깨달았다. 난베리는 언덕 위로 올라갔다. 바닷가에서 총독과 베네롱이 탄 보트가 곶 너머로 사라지고 있었다.

"멈춰요!"

난베리가 소리쳤다. 난베리는 구르다시피 바닷가로 내려가기 시작했다.

초소를 지키는 보초가 난베리를 쫓아 달려왔다. 보초는 난베리의 어깨를 움켜쥐었다.

"너는 여기에 며칠 머물 거야. 원주민들이 이쪽으로 오면 같이 이야기도 하고."

난베리는 고개를 저었다.

"아니야! 이곳에는 유령들이 있어요. 아버지한테 보내 줘요. 집에 갈래요!"

난베리는 의사의 오두막이 자신의 집이라는 사실을 깨달았다. 이제 자신을 보호해 주는 사람은 바로 화이트 의사였다.

어떻게 이곳에 나를 남겨 둘 수 있지? 아버지도 알고 있을까?

"애야, 며칠 있으면 집에 갈 거야."

보초가 말했다. 보초는 오두막으로 앞서 걷기 시작했다.

난베리는 보초의 뒤를 따라갔다. 땅거미가 짙게 깔리고 있었다. 곧 유령들이 나타나 오두막 주위를 떠돌며 윙윙거리는 바람 속에서 속삭일 것이다.

보초의 오두막에서 지내기는 힘들었다. 하지만 원주민은 아무도 오지 않았다. 바닥에는 난베리를 위해 담요가 한 장 깔려 있을 뿐이었다. 난베리는 침대의 안락함에 익숙해진 상태였다. 그곳에는 맛좋은 스튜나 구운 오리고기도 없었다. 소금에 절인 고기를 말린 완두콩과 함께 끓인 음식뿐이었는데 냄새는 고약했고 맛은 시큼했다. 얼굴을 씻으라고 잔소리하는 마리아도 없었다. 무엇보다도 난베리에게 웃어 주고 장한 아이라고 칭찬해 주는 아버지가 없었다.

난베리는 이어지는 악몽에 말을 잃고 겁에 질렸다. 피부에 하얀 물집이 잡힌 사람들이 난베리에게 소리를 지르는 꿈이었다. 어느 때는 홀로, 계속 홀로, 끝없는 바닷가를 따라 걷는 꿈을 꾸었다. 오두막이 하나 있다는 것을 알고 있는데 도저히 찾을 수가 없었다. 도저히, 도저히, 도저히. 난베리는 늘 홀로 걸었다.

보초인 사우스웰 씨는 상당히 친절했다. 사우스웰 씨는 자신이 '원주민의 방식'이라고 부르는 여러 가지를 자세히 알고 싶어 했다. 난베리는 어떻게 무덤을 파고 흙을 뿌리는지, 나뭇가지를 비벼서 어떻게 불을 피우는지 보여 주었다.

그렇지만 난베리는 아직 손의 힘이 부족했다. 난베리가 불을 일으켜도 미리 모아 둔 마른 나뭇잎에 불꽃이 옮겨 붙을 새도 없이 북쪽에서 불어오는 열풍에 사그라져 버렸다. 마침내 난베리는 포기하고 바위 위에 앉았다. 사우스웰 씨도 난베리와 나란히 앉았다. 어른은 오지 않는 배를 기다리며 바다를 응시했고, 아이는 자신을 아버지라 부르라던 사람을 기다리며 바닷가를 응시했다.

보급선은 오지 않았다. 하지만 노 젓는 죄수 여섯 명이 탄 낚싯배가 바다를 가르며 미끄러지듯 다가왔다.

뱃머리에는 아버지가 앉아 있었다.

난베리는 곶 아래의 바닷가로 뛰어 내려갔다. 난베리는 배가 모래밭으로 끌어올려지기도 전에 첨벙거리며 바다로 들어가 헤엄쳤다. 그리고 뱃전을 붙들고 몸을 끌어올렸다.

"아버지!"

난베리가 외쳤다.

"아버지."

"내가 보고 싶었구나?"

아버지가 물었다. 아버지는 난간 너머로 손을 뻗어 난베리의 머리를 쓰다듬어 주었다. 마리아가 난베리의 머리를 짧게 깎아 버릇해서 머리카락이 곱슬거렸다.

난베리는 노 젓는 죄수들이 배를 모래밭으로 끌어올릴 때까지 배에 매달려 있었다. 아버지가 배에서 내렸다. 아버지는 잠시 난베리를 들여다보더니 두 팔을 내밀었다.

"지난번에 너를 여기에 남겨 둬서 미안하구나. 애야."

아버지는 난베리를 꼬옥 끌어안으며 말했다.

"네가 한 며칠 동안 자연으로 돌아가 지내면 좋아할 거라고 생각했지. 마을과 온갖 냄새에서 벗어나서 말이야."

"아니에요."

난베리가 말했다.

"같이 있을래요. 항상 같이 있을래요."

아버지는 난베리를 다시 꼬옥 끌어안았다.

24 | 난베리

시드니만, 1790년 2월 18일

난베리는 팔꿈치를 공손하게 옆구리에 붙이고 식탁에 앉아 있었다. 막 다린 셔츠는 보송보송하고 따뜻한 촉감이었다. 아침식사로 스크램블드에그와 토스트와 꿀이 놓여 있었다.

난베리는 토스트 만드는 일을 돕느라 빵 조각을 세 갈래짜리 기다란 금속 포크에 꽂아 불 위에 들고 있었다. 꿀을 찾아온 사람은 난베리였다. 난베리는 나무에 올라가서 꿀이 뚝뚝 떨어지는 벌집을 따서 양동이에 가득 채워 왔다. 아버지는 난베리의 머리를 쓰다듬으며 "대견한 아이."라고 말했다. 그리고 아버지는 웃으며 다음번에 나무에 올라갈 때에는 옷을 다 벗어 던지지 않는 게 좋겠다고 말했다. 특히나 주변에 여자들이 나타날지도 모르는 상황에서는.

하지만 바지를 입고 어떻게 무릎으로 나무줄기를 제대로 잡을 수 있겠는가?

별자리가 하늘을 거의 한 바퀴 도는 동안 잉글랜드인으로 살았는데도 배울 것은 여전히 많았다.

난베리는 자신이 옷을 입고 유령의 집에 살고 있으니 피부도 하얗게 변하는 것은 아닐까 하고 한동안 궁금해 했다. 하지만 피부는 전과 다름없이 까만색이었다.

난베리는 카디걸족에 대해서는 생각하지 않으려 했다. 이제 카디걸족은 죽고 없었다. 두 명의 동족이 살아 있긴 했지만 난베리에게는 카디걸족이 죽고 없는 것이나 다름없었다. 죽은 자의 유령이 따라다니며 괴롭힐지 모르니 죽은 자에 대해 생각하면 안 되었다. 그것은 사실이었다. 가족과 친구들 생각이 날 때면 죄수들이 일을 하지 않거나 높은 사람에게 불손했다는 이유로 채찍을 맞을 때의 심정과 자신의 심정이 다르지 않을 듯싶었다.

차라리 등짝이 아픈 걸 견디는 게 나을 거야. 난베리는 생각했다.

난베리는 베네롱에게 말을 하지 않았고, 베네롱도 난베리에게 더는 말을 하지 않았다. 베네롱은 총독을 베앙가, 즉 아버지라고 불렀고 총독에게 직접 말할 정도로 영어 단어를 꽤 알았다. 이따금씩 두 사람이 마을에서 함께 걸어 다니는 모습을 볼 때가 있었다. 총독은 멋진 외투 차림이었고, 베네롱은 총독만큼이나 좋은 외투를 걸치고서도 다리에 여전히 쇠사슬을 차고 있었다. 감시원이 쇠사슬과 연결

된 밧줄 끝을 잡고 그들을 따라다녔다.

"어때. 준비는 다 됐니?"

아버지가 웃었다. 난베리는 하던 생각을 애써 떨쳐 냈다. 아버지가 웃는 모습을 보니 좋았다. 아버지는 여전히 커다란 선박이 오지 않는 것 그리고 죄수들과 해병들이 창고에서 배급되는 것만 먹으려 드는 탓에 여위고 쇠약해져 가는 것에 대해 걱정하고 있었다.

이제 창고에는 식량이 거의 남아 있지 않았다. 하지만 의사의 밭에는 먹을거리가 많이 있었고 바다에는 물고기가 풍부했다.

난베리는 창 길이만큼 키가 컸다. 마리아는 난베리의 바지 길이를 늘이고 아버지의 코트를 난베리에게 맞도록 고쳤다. 마리아는 난베리에게 해어진 양말을 풀어서 새 양말을 떠 주었다. 마리아는 주머니쥐의 가죽처럼 따뜻한 옷감을 뜰 수 있었다.

난베리는 아버지가 냅킨으로 입가를 닦은 뒤 아침 식탁에서 일어나는 모습을 지켜보았다.

"저는 준비됐어요."

마리아는 날씨가 따뜻한데도 모자와 외투까지 걸치고 탁자 옆에 서 있었다. 난베리는 신나서 폴짝폴짝 뛰고 싶은 마음을 눌렀다.

오늘은 좋은 날이었다. 오늘은…… 그 단어가 뭐였더라? …… 오늘은 '멋진' 날이었다. 아버지와 난베리와 마리아가 새집으로 이사가는 날이었다. 이 오두막처럼 비가 오면 물이 질질 새는 집이 아니라 벽돌로 짓고 점판암으로 지붕을 얹은 커다란 집이었다.

창틀에서 뭔가 찍찍거렸다. 난베리는 씩 웃었다. 아버지와 아버지의 가족과 아버지의 병구, 아니 아버지의 '주머니쥐'가 이사할 것이다.

주머니쥐와 같이 사는 기분은 여전히 이상했다. 바닥에서 붕 떠 있는 침대에서 자는 것만큼, 식량이 있거나 배고플 때 먹는 게 아니라 식사 시간을 따로 두는 것만큼이나 이상했다. 식사는 아침과 낮 그리고 해지기 직전에도 했다. 제때 식사를 하기만 하면 먹고 싶은 만큼 먹을 수 있었다. 단 '밀가루 빵'과 '소금에 절인 고기'는 예외였다.

난베리는 개의치 않았다. 소금에 절인 고기에서는 냄새가 났다. 멀쩡한 음식이 아니었다. 빵은 맛있었고, 특히 꿀을 발라 먹으면 좋았다. 그래도 옥수수빵으로 만든 토스트가 맛났고 옥수수면 더욱 맛있었다.

아버지는 문 밖으로 고개를 내밀고 무슨 신호를 보냈다. 일꾼들이 들어왔다. 난베리가 깨끗하고 잘 다린 셔츠에 바지를 입고 있는 것과는 달리 맨발에 더러운 누더기를 걸친 사람들이었다. 난베리는 자신의 옷을 자랑스레 내려다보았다. 아버지는 어떻게 부츠에 광을 내는지도 가르쳐 주었다.

누더기를 걸친 일꾼들은 움직일 수 있는 것은 모두 들어올리기 시작했다. 창고에 있던 자루와 상자는 이미 옮긴 뒤였다. 그들은 이제 침대와 탁자와 마리아가 쓰는 커다란 솥을 옮기려고 달라붙어서 낑

낑댔다.

아버지는 모자를 쓰고 외투를 걸쳤다. 아버지는 오두막 사이로 난 길로 앞서 걸었고 마리아는 자신의 짐 보따리를 들고 뒤를 따랐다. 난베리와 아버지는 진정한 전사들처럼 아무것도 들고 있지 않았다. 여름의 태양이 사정없이 내리쬐는 통에 난베리는 땀이 났다.

뒤에서 무언가 소리를 질렀다. 난베리는 몸을 돌렸다. 주머니쥐가 자신이 담긴 바구니를 나르던 죄수에게 찍찍 소리를 지르고 있었다. 화난 주머니쥐는 바구니에서 튀어나와 나무 위로 기어 올라갔다. 주머니쥐는 그들을 내려다보며 신경질적으로 찍찍댔다.

난베리가 웃음을 터뜨렸다. 아버지도 마찬가지였다. 마리아조차 소리 없이 웃었다.

"주머니쥐가 여기에 머물려나 봐요."

마리아가 그러기를 바라는 투로 말했다.

아버지도 소리 없이 웃었다.

"언덕만 올라가면 바로 새집이 나오잖아. 놈이 우리를 찾아올 것 같은데."

"놈이 사과 자루를 찾아내지 못한다면 그러겠죠."

마리아는 작게 웅얼거리며 의사, 난베리와 함께 새집에 들어섰다.

새집은 매우 넓었다. 일꾼들이 침대와 탁자를 내려놓는 동안 난베리는 방마다 뛰어다녔다. 마리아는 바삐 움직이며 일꾼들에게 지시를 내렸다. 마리아가 카디걸족 남자에게 그런 식으로 말한다면 도끼에 맞아 머리통이 쪼개질 것이다. 하지만 이곳에서는 아버지가 높은 사람이기 때문에 마리아도 높은 사람이고 난베리 역시 높은 사람이었다.

집에는 넓은 부엌과 창고가 있었고 '서재'도 있었다. 위층 ― 계단은 오르락내리락 할 수 있도록 나무판을 쌓아 둔 것이었다 ― 에는 난베리와 마리아와 아버지가 쓸 방이 있었다. 창문에는 바람을 막기 위한 '덧문'이 달려 있었고, 매끄러운 나무 바닥은 난베리가 폴짝폴짝 뛸 때면 퉁퉁 울렸다.

난베리의 방은 오두막의 부엌만큼이나 넓었다. 창문에서는 바닷가가 내려다보여서 커다란 배가 다가오는지 살펴볼 수 있었다.

"침대는 저기에 두세요."

죄수들이 침대를 방으로 갖고 오자 난베리가 말했다. 난베리는 매트리스에 무릎을 꿇고 앉아 창밖을 바라보았다. 침대에서 바닷가가 보였는데 피부가 검은 사람이 파도 속에서 첨벙거리고 있었다. 부룽이었다.

"아버지, 나가서 수영해도 될까요?"

"저 녀석…… 좀 도우면 어디 덧나니?"

마리아가 침대 시트를 한 아름 안고 바삐 들어왔다.

"오늘은 놀게 내버려 두게."

복도에서 아버지의 목소리가 들려왔다.

뭔가 작고 까만 것이 계단으로 뛰어오르더니 침대 밑으로 쏜살같이 달려갔다. 털이 북슬북슬하고 화나 보이는 작은 얼굴이 빼꼼 고개를 내밀었다. 주머니쥐는 짧고 날카롭게 찍 울었다.

"네 친구가 벌써 우리를 찾아냈구나."

아버지가 마리아에게 말했다.

마리아는 코웃음을 쳤다.

난베리는 다시 웃음을 터뜨리며 아래층으로 뛰어 내려갔다.

부룽은 계집아이에 불과했다. 그래도 잠깐이라면, 영어 단어에 골머리를 앓지 않고 말할 수 있는 상대와 이야기를 나눠도 좋을 듯싶었다. 게다가 난베리는 부룽보다 영어 단어를 더 많이 알고 있었으므로 뽐낼 수도 있었다.

난베리는 바닷가로 달려갔다. 고함을 지르며 바위를 뛰어넘고 바다로 뛰어들어 푸른빛 속으로 잠수해 들어갔다. 이윽고 젖은 옷이 몸에 달라붙은 채 햇빛을 향해 헤엄쳐 올라갔다. 난베리가 물 밖으로 고개를 내밀고 손을 흔들자 부룽이 웃음을 터뜨렸다.

난베리의 마음속에서 나직이 속삭이는 목소리가 들려왔다. 거의 예전으로 돌아온 것 같잖아. 부족 사람들이 마음껏 먹고 마시는 동안 수영을 즐기던 때, 삶이 행복했던 시절.

난베리는 그 목소리를 몰아냈다. 나는 이제 커다란 집에 살고 있어. 아버지가 있고 아버지는 나를 자랑스러워해. 나는 다리에 쇠사슬을 찬 베네롱과는 달라.

잉글랜드인으로 사는 게 좋았다. 그래. 정말 좋았다.

카클 베이, 1790년 4월

낚싯배가 물결 따라 둥실거리고 파도가 뱃전에서 부서졌다. 난베
리는 그물을 내려다보며 펄떡거리는 물고기에 신이 났다. 의사는 웃
음 지었다. 그 아이의 웃음소리는 삶에서 크나큰 위안 중 하나였다.

느닷없이 아이가 고개를 들었다. 황홀한 눈빛이었다.

"아버지! 커다란 배가 오고 있어요!"

의사는 바위투성이 곶 너머를 살펴보았다. 잉글랜드에서 온 배일
지도 모른다는 희망에 심장이 쿵쾅거렸다. 하지만 그 배는 자그마한
서플라이호에 불과했다. 노퍽섬에서 시리우스호가 난파해 버린 지
금 서플라이호는 정착지에 남은 유일한 선박이었다. 시리우스호는
죄수와 보급품을 싣고 노퍽섬의 작은 전초 기지로 가는 중이었다. 골
칫덩이인 로스 소령이 해병들을 부추겨 반란을 일으키는 사태를 막

기 위해서도 필요한 일이었다.

서플라이호는 바타비아로 가는 중이었다. 이주민들이 겨울을 나는 동안 목숨을 부지할 수 있도록 식량을 구입하려는 절박한 시도였다. 올해 옥수수의 작황은 괜찮았지만 밀 수확은 형편없었다. 이제 일주일치 배급량은 밀가루 이 파운드, 소금에 절인 고기 이 파운드 또는 신선한 물고기 십 파운드 그리고 쌀과 바구미 또는 말린 완두콩과 바구미 한 컵에 불과했다. 그 정도면 목숨을 부지할 만큼은 됐다. 그러나 딱 그 정도였다.

이제 정착민이 척박한 바닷가에 옹송그리고 모여 산 지 거의 이년 반이 지났는데 아직까지도 잉글랜드에서 배 한 척이 오지 않았다. 배는 왜 오지 않을까?

의사는 고국이 지구상에서 감쪽같이 사라져 버린 것 같은 기분이 들 때도 있었다. 이 땅이 대양에서 더 남쪽으로 떠내려 와서 다시는 누구도 그들을 찾아내지 못하진 않을까 걱정될 때도 있었다.

과학자가 그런 바보 같은 생각이나 하다니. 하지만 밤이면 찾아드는 꿈은 어찌할 수 없었다.

의사는 시드니만에 나란히 줄지어 있는 허름한 오두막, 손바닥만한 밭, 그 뒤로 펼쳐진 광대한 초지의 나무들을 바라보았다. 아직도 정착지에서 벽돌집은 열 채 남짓에 불과했고 그 집들도 십 년쯤 지나면 무너져 버릴 것이다. 나머지는 진흙과 윗가지로 벽을 쌓고 나무껍질로 지붕을 얹은 집들이었다. 그 집들이 과연 세 번째 겨울을 날 수 있을까?

의사는 고개를 저었다. 창고에는 남은 옷가지도 없었다. 아라바누가 가르쳐 준 치료약을 제외하면 약도 없었다. 아라바누는 유칼립투스나무 이파리에서 짠 기름이 가려움증이나 폐울혈에 좋다고 가르쳐 주었다. 하지만 의사에게 원주민의 치료약은 너무도 낯설었다. 말린 완두콩도 떨어졌고 와인도 없었다.

의사가 잡는 물고기는 딱 식구들을 먹일 만한 양에 불과했다. 물고기조차 상당 부분 바닷가에서 사라지고 없었다. 정착지에서는 베네롱만 여전히 빵을 양껏 먹었다. 총독이 정착지에 식량과 화약이 거의 바닥난 사실을 베네롱에게 들키지 않으려고 조심했기 때문이다. 베네롱이 그 사실을 알았다가는 탈출해서 부족 친구들에게 알릴지도 모를 일이었다.

원주민이 공격해 온다면 방어할 길이 없었다. 의사는 생각했다. 기아일까, 살인일까? 둘 중 어떤 일이 먼저 벌어질까?

의사는 입양한 아이를 바라보았다. 아이는 그물 가까이에서 헤엄치면서 물고기가 있는지 보려고 아래쪽을 살피고 있었다. 의사의 생각이 옳았다. 아이는 위안이 되어 주었다. 적어도 의사는 아이, 그리고 마리아는 굶주리지 않도록 보살필 수 있었다.

"오늘 밤에는 사냥에 데려가마."

의사는 느닷없이 말했다.

아이는 마치 의사가 왕관의 보석을 주겠다고 한 것처럼 의사를 올려다보며 활짝 웃었다.

"커다란 머스킷 총을 쏴도 돼요?"

"그럼."

"캥거루를 잡으러 가요."

난베리는 즐겁게 말했다.

"캥거루가 어디에서 풀을 뜯는지 알려 드릴게요. 우리는 전사가되는 거예요!"

"그러자."

의사는 생각했다. 고기는 많을수록 좋지.

의사는 서플라이호가 바위를 피해 방향을 트는 모습을 지켜보았다. 물이 새는 가련한 저 작은 배는 여기에서 바타비아에 갈 때까지곳곳에서 암초와 폭풍우에 직면하겠지. 거주민 모두가 저 배를 타고떠날 수만 있다면 얼마나 좋을까. 하지만 배에는 기껏해야 오십 명밖에 탈 수 없었다. 저 배가 바타비아에 다다를 수나 있을까? 과연 여기까지 돌아올 수 있을까? 설사 돌아온다 해도 최소한 오 개월은 기다려야 할 것이다. 그때까지 몇 명이나 살아남게 될까?

자그만 배는 곶에서 거의 벗어나 있었다. 이윽고 배는 사라졌다.

텅 빈 바닷가. 텅 빈 배급 창고와 텅 빈 희망.

이제 그물을 끌어올릴 시간이었다. 그다음은 병원에서 마지막 회진을 돌면서 걸리지 않아도 될 괴혈병에 걸린 죄수들, 문명 세계에서 너무도 멀리 떨어져 있어 모든 생명은 소중하다는 사실을 미처 배우지 못해 서로 싸우다가 다친 바보들을 살펴봐야 했다.

광활한 땅에, 그보다 광활한 바다 건너에 있는 우리는 한낱 작은 먼지일 뿐이야. 의사는 생각했다. 아아, 참새 한 마리가 떨어지는 것도 지켜보시는 하느님, 저희를 지켜보시고 보호해 주소서. 저희에게 배를, 식량을, 보급품을 보내 주소서. 저희가 이곳에서 잊힌 채 죽지 않도록 해 주소서.

카클 베이 병원, 시드니만, 1790년 6월 3일

겨울이 왔다. 이곳에서 세 번째로 맞는 겨울이었다. 창고의 식량은 더 줄어 있었고, 해병들은 멋진 검정 부츠가 다 해어지자 맨발로 진창 속을 터벅터벅 돌아다녔다.

의사는 병원의 책상 앞에 앉아 추위에 몸을 떨었다. 의사는 새로운 새 ─ 어제 밭에서 봤던 흥미로운 비둘기 ─ 를 그리기 위해 잉크통 속의 웅어리를 풀어 보려 애쓰고 있었다. 그 새는 통통한 회색 비둘기였다. 목둘레에 하얀 줄무늬가 있었고 날고 싶지 않은 듯 나무 아래에서 거들먹거리며 걷고 있었다. 난베리는 그 새를 윙가윙가라고 불렀다. 새의 울음소리와 비슷한 이름이었다.

병원 바깥에는 얼음 파편이 바람에 실려 허술한 벽으로 몰아쳤다. 산 너머에 눈이 쌓여 있나? 그런 것 같았다. 하지만 그곳에 무엇이 있다 한들 놀랍지 않았다. 호수건, 사막이건…….

알아낼 방법은 없었다. 난베리는 너무 어렸다. 베네롱은 뭔가 알고 있을지도 몰랐다. 하지만 베네롱은 일단 총독의 신뢰를 얻어 다리에서 쇠사슬이 풀리자마자 도망쳐 버렸다. 베네롱은 지금 이 순간에도 원주민들에게 정착지를 쓸어버리자고 재촉하고 있을지도 몰랐다.

바깥에서 여자의 비명이 들리더니 다른 비명이 잇따랐다. 의사는 자리에서 벌떡 일어나 왕진 가방을 움켜쥐었다. 한순간 의사는 원주민이 진짜로 공격해 왔다고 생각했다.

비명이 다시 연달아 들렸다. 하지만 의사는 공포에 질려 지르는 비명이 아님을 알았다. 기쁨에 겨워 지르는 비명이었다.

의사는 가방을 떨어뜨리고 문간으로 달려갔다. 두 여자가 아기를 끌어안고 바람을 막기 위해 숄로 둘러싼 차림새로 문 앞을 지나쳐 내달렸다. 그중 한 여자가 누런 이 사이로 벌어진 틈을 내보이며 의사를 향해 씩 웃었다.

"깃발이 올라갔어요! 곶에서 깃발이 올라갔어요!"

깃발은 먼 바다에서 배의 돛이 보인다는 뜻이었다. 배라니! 화이트 의사는 눈을 감고 짧게 감사의 기도를 올렸다. 그토록 간절했던 식량, 옷가지, 약품을 실은 배. 소식을 전해주는 배. 배는 다음과 같이 말하고 있었다.

"당신을, 세상 끝의 자그만 정착지를 잊지 않고 있었다오. 그곳에서 당신들은 사라지지 않을 것이오."

아이를 품에 안은 여자들이 아이나 서로에게 키스하며 병원 앞을 지나쳐 달려갔다. 머리칼이 더러운 할망구 하나가 의사에게 키스하려 했지만 의사는 뒤로 몸을 뺐다.

의사는 모자와 외투를 걸치고 외알 안경을 움켜쥔 후 자신의 눈으로 직접 보기 위해 밖으로 달려가 언덕을 뛰어올랐다. 과연 깃발이 보였다. 신호로 올린 깃발이 바람에 나부끼고 있었다.

아직 배는 보이지 않았다. 항구에 다다르기까지 몇 시간이 걸릴 수도 있었다. 하지만 총독이 돌로 된 멋진 관저에서 뛰쳐나오는 모습이 눈에 선했다. 의사는 체면 따위는 아랑곳없이 사람들과 합류하기 위해 바닷가로 뛰어 내려갔다.

노 젓는 죄수들이 바지를 걷어붙이고 총독의 보트를 바닷가로 밀어냈다. 그리고 보트 안으로 뛰어올라 노를 젓기 시작했다. 그 뒤로 장교들이 낚싯배에 우르르 올라타 죄수들에게 노를 빨리 저으라고 지시했다. 보급품뿐 아니라 잉글랜드에 두고 떠나와야 했던 가족의 소식이 담긴 편지가 실려 있을지도 모르는 배, 그 배에 도달해야겠다는 생각뿐이었다.

화이트 의사는 항구의 곶 사이에 푸른빛으로 텅 비어 있는 광활한 바다와 하늘을 훑어보았다. 처음으로 공포가 엄습해 오는 걸 느꼈다.

배가 잉글랜드 배가 아니면 어쩌지? 배가 프랑스, 또는 러시아나 미국 국적이면 어쩌지? 이곳에 정착지가 있다는 걸 프랑스에서는 알고 있었다. 고향에서 떠난 뒤에 전쟁이 일어났다면 어쩌지? 지금 상태로도 정착지는 겨우 목숨을 연명하는 판인데. 프랑스 배가 공격해 온다면 우리는 막아낼 길이 없어.

바로 그 순간 배가 보였다. 우아하게 파도를 가르는 커다란 배였다. 그리고 돛대에는…… 의사는 감사의 마음이 북받쳐 올라 침을 삼키고 잠시 눈을 감았다. 영국 국기였다.

"기슭으로 너무 가까이 오고 있는데."

의사 옆에서 한 남자가 중얼거렸다.

"그쪽으로 오면 배가 바위에 부딪칠 텐데."

남자는 자리에서 일어나 미친 듯이 손을 흔들기 시작했다.

화이트 의사는 외알 안경을 썼다. 그렇게 먼 길을 와 놓고 배가 난파해서 막판에 화물을 잃는다면 재앙이었다. 배에 탄 선원들이 신호를 알아차린 듯했다. 배는 살짝 방향을 틀었다.

의사 옆의 남자가 자리에 앉았다. 화이트 의사는 배의 이름 — '레이디 줄리아나'와 '런던'이라는 단어 — 을 볼 수 있었다.

의사 곁에서 총독이 안도의 한숨을 내쉬었다.

"살았소."

총독이 조용히 읊조렸다.

화이트 의사는 고개를 끄덕였다. 로스 소령이 노펙섬에 있다 해도 해병들은 급료에 포함되어 있는 술을 요구하며 폭동이라도 일으킬 기세였다. 해병들이 폭동을 일으키지 않은 유일한 이유는 총독이 해병에게 배급할 와인도, 럼주도, 심지어는 식량도 갖고 있지 않다는 것을 알고 있었기 때문이었다.

"내가 직접 배를 맞아들일 필요는 없지요."

필립 총독은 중얼거렸다.

"작업반을 소집해서 되도록 빨리 배에서 보급품을 내리도록 하는 게 좋겠어요."

총독은 자신이 탄 보트를 따라오는 낚싯배에게 신호를 보냈다.

작은 보트가 가까이 다가오자 총독은 그 배로 건너갔다. 의사는 다시 한 번 총독의 책임감에 감탄했다. 잉글랜드에서 오는 배는 그토록 여러 해가 지난 뒤 처음으로 총독이 사랑하는 사람들의 소식을 싣고 오는지도 모르는데.

사람들의 머리 위로 느닷없이 모여든 구름 조각들이 비를 흩뿌리기 시작했다. 얼음처럼 차가운 비를 동반한 겨울 돌풍이었다. 커다란 배에 사람들이 더 가까이 몰려들 무렵 비는 멈추었다.

의사의 가슴팍에서 심장이 방망이질했다. 배에 실려 있는 편지 중에 의사를 잉글랜드로 소환하는 문서가 있을지도 몰랐다. 의사가 잉글랜드에서 항해 준비를 하던 시기까지 포함하면 이 직책을 거의 오 년 동안이나 수행해 온 셈이었다. 이곳에서 거의 이 년 육 개월 동안이나 임무를 수행했고 항해 중에도 충분히 임무를 수행했다. 분명 전근을 갈 만한 때였다.

"어이, 뒤로 물러나!"

노 젓는 죄수들이 외쳤다.

"만세! 먹을 것과 친구 소식이 왔어!"

줄리아나호에서 던진 사다리가 출렁거렸고 사람들은 사다리를 타고 배에 기어오를 수 있었다. 화이트 의사는 배에 가장 처음 오른 축에 속했다. 의사는 선장을 찾아 두리번거렸다.

"편지는 어디 있소?"

의사는 예의 따위는 잊은 채 외쳤다.

"잉글랜드에서 어떤 소식이 왔소?"

선장은 주름진 얼굴로 지그시 웃으며 의사를 빤히 바라보았다.

"소식을 듣고 싶어요? 무슨 이야기부터 해 드려야 하나? 왕이 미쳤소. 알고 계셨나?"

의사는 선장을 뚫어져라 바라봤다.

"설마, 농담이죠!"

"진담이요. 하지만 이제는 괜찮아졌다고 말은 그러던데. 그리고 프랑스에서는 자기네 왕을 감옥에 쳐 넣었어요. 왕비도 같이. 이제 프랑스는 폭도들 세상이야. 그리고 우리랑 전쟁 중이구요."

화이트 의사는 고개를 절레절레 흔들었다. 그런 소식을 한꺼번에 받아들이기는 쉽지 않았다. 말도 안 돼. 왕이 미쳤을 리 없고, 폭도가 왕과 왕비를 왕좌에서 끌어냈을 리도 없어. 저 인간이 농담하는 거 아냐? 하지만 선장은 거짓말하는 기색이 아니었다. 선원들 중 이주민이 배에 오를 때처럼 서로를 팔꿈치로 쿡쿡 찌르는 사람도 없었다.

"우리는 전혀 몰랐소."

의사는 천천히 말했다.

"바깥세상이 어떻게 돌아가는지 전혀 못 들었소. 하나도 몰랐소."

"흠, 뭐, 그렇겠죠. 가디언호에 대해서도 모르시겠군."

"가디언호라니?"

"당신들을 뒤따라 출발한 보급선이오. 우리가 떠나기 전이었소. 예정대로라면 여기에 몇 달 전 도착했을 텐데 희망봉 근처에서 그만 빙산에 부딪쳐 난파당했소."

의사는 선장을 뚫어져라 바라봤다. 그러니까 이주민이 버림받은 건 아니었구나. 하지만 그 배에 탔던 가여운 선원들과 함께 보급품도 깡그리 사라져 버린 지금, 그 사실은 큰 위안이 되지 못했다.

"하지만 당신도 보급품을 싣고 왔죠?"

의사가 다급히 물었다.

"거의 없어요. 여기에 올 때까지 우리한테 필요한 만큼만 실었어요."

선장은 의사를 떠보는 눈빛이었다.

"그래도 팔 수 있는 여유분이 좀 있을지 모르겠군요. 당신들이 가격을 맞출 수 있다면 말이요."

선장은 씩 웃었다.

"아래에 당신들이 좋아할 만한 게 또 있는데."

"뭔데요?"

"여자 죄수 이백오십 명이오. 여자라고요! 어때요? 남자라면 누구나 군침 흘릴 만하죠. 게다가 죄수들이니 당신네들 마음대로 할 수 있잖아요."

"죄수들이 더 있다니요? 우리한테 필요한 건 식량이라고요. 약, 옷가지, 촛불, 담요가 필요해요. 여기 와있는 죄수들도 굶는 판인데."

선장은 의사의 말을 듣고 있지 않았다. 이주민이 굶주린다 한들 선장에게 무슨 상관이 있겠는가. 곧 선장은 배를 타고 다시 떠날 것이다. 선장은 양손을 비비더니 의사를 쿡 찔렀다.

"여기까지 오는 동안 저년들은 내내 우리 차지였지요. 다른 배들은 뒤에 오고 있어요. 남자 죄수들을 싣고."

화이트 의사는 선장에게서 풍기는 악취를 퍼뜩 맡고선 역겨운 나머지 뒤로 물러섰다. 바다에서 오래 항해한 배에서 으레 풍기는 냄새 — 상한 고기와 소금 냄새, 괴혈병에 이가 상한 선원들의 냄새 — 라고 하기에는 너무도 지독한 악취였다.

의사는 갑판 아래에서 희미한 신음이 나는 것을 알아차렸다. 너무

난베리

흥분한 상태였던지라 아까는 듣지 못한 소리였다.

"저건 무슨 소리요?"

"그 여자들이죠. 자, 물어보신 보급품 말씀인데. 밀가루, 말린 과일, 포도주도 있고요."

하지만 화이트 의사는 이미 갑판 아래와 통하는 문으로 달려가고 있었다.

"문을 열게." 의사가 지시했다.

선원 한 명이 천천히 갑판 바닥에 난 문을 열었다.

야위고 눈이 움푹 꺼진 창백한 얼굴들이 느닷없는 햇빛에 눈을 껌뻑였다. 죽음과 쥐의 냄새, 토사물과 배설물의 악취가 너무도 강렬해서 의사는 뒷걸음질했다. 한 여자가 발악하듯 외쳤다.

"비스킷 한 조각이면 돼요. 뭐든 하라는 대로 할게요. 뭐든지요. 매기를 부르기만 하세요."

화이트 의사는 선장을 돌아봤다.

"하느님 맙소사. 다른 배의 죄수들도 이 불쌍한 사람들처럼 절박한 상태인가요?"

선장은 이미 보급품을 다른 사람들에게 파느라 정신없었다.

카클 베이 병원, 1790년 7월 13일

그것은 지옥의 풍경이었다.

새로 친 병원 텐트의 옆면이 배의 돛처럼 펄렁거렸다. 화이트 의사
는 죽은 사람 그리고 죽어가는 사람들 사이로 걸어가며 지시를 내리
고 있었다. 수용할 환자가 너무 많아서 침대는커녕 짚을 넣은 깔개조
차 만들 시간이 없었다. 텐트 안에서는 남자고 여자고 할 것 없이 모
두가 몸뚱이와 차가운 땅 사이에 담요 한 장만 깔고 있을 뿐이었다.
하지만 그것이 의사가 할 수 있는 최선이었다.

새로 온 환자들 대부분은 발가벗은 상태였다. 그들이 걸치고 있던
넝마는 너무도 더럽고 빳빳해서 넝마를 잘라 내 벗긴 다음 불에 태우
는 수밖에 없었다. 여자들뿐만 아니라 남자들도 있었다. 두 번째 선
단의 다른 배들이 레이디 줄리아나호의 죄수들과 다를 바 없이 굶주

리고 쇠약해진 인간 화물을 부려 놓았기 때문이었다. 백골처럼 창백한 얼굴에 푹 꺼진 눈은 엄청 커 보였다. 몇 달 동안 어둠 속에서 지냈기 때문에 빛을 보고 비명을 지르는 사람들도 있었다. 어떤 사람들은 이가 빠져 나가고 다리는 부어오른 채 괴혈병에 제정신을 잃고 웅얼거렸다. 쥐에 물린 자국은 덧나 있었고 더럽고 뭉친 머리에는 이가 기어 다녔다.

악몽이었다. 의사는 얼마나 오랫동안 배가 오기를 기도했던가? 배가 오긴 했는데 필요한 보급품은 안 오고 소환장은 더더군다나 없고 대신 병들고 굶주린 사람들뿐이었다.

옷가지와 담요를 태우면서 나는 연기의 악취가 정착지에 온통 퍼졌다. 그 냄새에서 벗어나는 것은 불가능했다. 신음과 비명을 듣지 않기란 불가능했다. 멀지 않은 곳에 쌓인 시체 더미가 점점 높아져 갔다. 먼저 죽은 이들의 시체가 뒤에 생겨난 시체들을 배에서 해변으로 밀어낸 것이다. 새로 온 죄수들 대부분은 너무도 쇠약해져 있어서 항해의 목적지에 도착했다는 사실조차 몰랐다.

죽은 자를 묻을 시간도 없었다. 산 자를 돌보기도 바빴다.

천삼십팔 명의 남자와 여자가 잉글랜드에서 배를 타고 왔다. 십일 개월에 걸친 항해 중에 이백칠십삼 명이 죽었다. 사백팔십육 명이 일어서지도 못하는 상태로 배에서 노 젓는 보트로 실려 왔다. 의사는 정확한 수치 계산이 어떻게든 환자들에게 도움이 되기라도 하는 것처럼 숫자에 절박하게 매달렸다. 많은 사람들이 바닷가로 실려 오는 마지막 여정에서 목적지의 흙을 밟아 보지도 못하고 죽었다. 어떤 사람들은 수척한 얼굴에 눈을 휘둥그레 뜨고 풀밭에 누워 있다가 보살핌의 손길이 닿기 전에 죽어 갔다.

이곳에서 이미 백이십사 명이 죽었다.

시드니만에서 가장 냉담한 죄수들마저도 희생자들을 도우려 달려왔고 노 젓는 보트의 선원들은 그들을 밀 포대처럼 땅에 내려놓았다. 가난하고 배고픈 이주민들이 새로 온 죄수들을 위해 추위를 막을 낡은 담요와 헐벗은 몸을 덮을 누더기 블라우스를 가져왔다. 의사가 속이 시꺼먼 불한당이라 여겼던 남자들이 눈물을 흘리며 희생자의 창백한 얼굴을 들어 올려 물을 마시도록 도왔다. 의사가 매춘부라 폄하했던 여자들이 열에 들뜬 희생자의 갈라진 입술에 미음을 한 숟갈 한 숟갈 떠 넣어 주었다.

갑판 밑의 죄수들은 동료가 죽어도 그들 몫의 식량을 배급 받으려는 절박한 마음에 항해하는 동안 동료의 시체를 숨겨 두기까지 했다. 그러니 화물칸의 악취와 부패는 더 심해질 뿐이었다. 죄수들은 배 밖으로 실려 나올 때 대부분은 살아 있든 죽어 있든 온통 배설물로 덮여 있어 딱딱해진 오물 밑으로 맨살이 보이지 않을 지경이었다.

의사는 선단의 선장들을 모조리 고발해서 철창에 가두고 싶었다. 하지만 놈들은 다른 곳에 있었다. 인간 화물을 굶주리게 방치해 두면서 훔친 식량을 즐겁게 팔고 있었다. 심지어 어떤 놈은 뻔뻔하게도 가게까지 열었다. 가게의 단골손님은 시건방진 발메인 같은 장교들이었다.

총독이 할 수 있는 일은 없었다. 선장들이 정부의 보급품만큼은 지시받은 대로 가져왔기 때문이다. 그들은 죄수들의 식량만 훔친 것이다. 죄수들에게 음식은커녕 물이라도 줘야 한다거나 햇빛을 보게 해야 한다거나 하는 법은 없었다. 선장들은 잉글랜드의 법을 어긴 적이 없었다. 다만 인간의 윤리와 하느님의 법을 어겼을 뿐이었다.

의사 역시 익숙한 음식 — 밀가루, 쌀, 완두콩 — 이 먹고 싶었지만 그들의 보급품은 사지 않았다. 그런 족속에게 원하는 걸 얻고 싶지 않았고 그들의 이익을 불려 주기도 싫었다.

선장들은 정착지가 받아야 할 공식적인 보급품에까지 손댈 엄두는 내지 못했다. 의사가 할 일은 굶주림과 괴혈병으로 쇠약해진 환자들과 열이 나는 환자들 — 이질도 있을지 모르겠지만 주로 발진티푸스 — 을 격리시키는 것이었다.

오늘 휴대용 병원 텐트가 드디어 설치됐다. 저스티니언호의 선원들은 잉글랜드에 있을 때는 서너 시간이면 텐트를 설치했다고 과장해서 말했다. 하지만 이곳에서는 텐트를 어떻게 설치하는지 알아내는 데 꼬박 며칠이 걸렸다. 발진티푸스나 이질이 정착지를 초토화시키지 않도록 열이 나는 환자들은 격리되었다. 의사는 괴혈병 증세가

심각한 환자들 — 팔다리가 붓고 이가 빠지고 잇몸에서 피가 나는 경
우 — 은 정착지의 병원과 주위의 오두막으로 옮기도록 명령하고 괴
혈병 환자들에게 야채와 과일을 넣고 끓인 차와 곡물 가루와 물과 명
아주로 만든 죽을 먹이라고 지시했다.

다른 텐트는 의사가 지금 와 있는 텐트와 같았다. 낡고 물이 새는
텐트 안에서 환자들은 순전히 굶주림으로 인해 죽어 가거나 아니면
어쩔 수 없이 오물 속에서 지내다 피부에 종양이 생겨 썩어 들어가는
바람에 죽음을 눈앞에 두고 있었다.

화이트 의사는 땅에 누운 환자들을 바라보았다.

가여운 이 인간들 중 몇몇은 음식을 주고 보살펴 주면 시간이 지나
면서 회복될지도 몰라. 의사는 환자들이 다시 건강해져서 뉴사우스
웨일스의 밝은 햇살 속에 거니는 모습을 상상해 보려 애썼다.

어쩌면 이들 중 몇몇은 농사짓는 법을 알지도 몰라. 그리고 어떻게
일하는지 알지도 몰라.

몸이 멀쩡한 사람은 모두 새로 온 죄수들을 병구완하느라 정착지
의 농장은 방치되어 있었다. 하지만 해병들은 예외였다. 여전히 자신
들이 가장 잘하는 것만 했다. 아무것도 하지 않거나 아니면 선단이
떠날 때 같이 잉글랜드로 돌아갈 채비를 하는 것이 다였다. 그게 차
라리 나았다. 특별히 조직된 뉴사우스웨일스 부대가 기존의 해병들
과 교대하기 위해 파견된 상태였다. 의사는 부대원들이 더 나은 사람

들이기를 빌었다. 다들 일하는데 열병식과 연대 만찬 시간에 빈둥대기만 하는 게 아니라 정착지에 도움이 되는 사람들이기를 간절히 빌었다.

의사는 일손을 돕는 죄수가 텐트에서 또다시 시체를 들고 나오자 뒤로 물러섰다.

한 달 있으면 죄수 천 명이 더 올 예정이었다. 의사는 마음속으로 빌었다. 주여, 그 죄수들은 이 가여운 사람들처럼 끔찍한 취급을 받지 않도록 해 주소서. 죄수들을 먹일 식량이 충분하도록 해 주소서. 농사일을 아는 남자와 용기 있고 분별 있는 여자가 그 배를 타고 오도록 해 주소서.

최선을 다하는 수밖에 없다고 의사는 생각했다. 몸은 피곤했고 마음으로는 잉글랜드의 안락한 초록빛이 그리웠다. 텅 빈 배 속에서 음식을 달라고 꼬르륵거린 지도 한참이 지났다.

의사는 열이 나는 환자가 수용된 오두막으로 향했다. 격리가 아직까지 잘 이뤄지고 있는지 확인하고 위독한 환자들의 피를 뽑기 위해서였다. 자신이 할 수 있는 한 최선을 다하기 위해서였다.

28 │ 레
  │ 이
  │ 첼

카클 베이, 1790년 7월 15일

레이첼 터너는 병원 텐트가 있는 언덕 아래 풀밭에 앉아 있었다. 사실 풀밭이라기보다는 뭉툭한 풀더미라고 레이첼은 생각했다. 게다가 이곳 나무들은 너무 푸르고 하늘은 너무 높고 청명하다고.

레이첼이 대낮에 밖에 나와 보기란 거의 일 년 만이었다. 그리고 파란 하늘 아래 앉아 보기란 이 년 육 개월도 더 된 일이었다. 그래도 나무들이 어떤 모양이어야 정상인지는 분명히 기억하고 있었다.

이 나무들이 이상한 거야.

지평선까지 숲이 펼쳐진 땅에는 숲이 너무 많았다. 마을이라고 해야 진흙으로 지은 오두막과 누더기 텐트가 옹기종기 모여 있을 뿐이었다. 심지어는 돌과 벽돌로 지은 몇 안 되는 건물들도 진흙으로 에워싸여 있었다. 병사들은 맨발에 누더기를 걸치고 있었다. 죄수들은 거리를 활보했고 병원에서 일을 도왔다. 레이첼 주변에 항해에서 살아남은 사람들 서너 명이 텐트에서 비척비척 기어 나와 주위를 두리번거렸다.

이곳은 실로 기묘한 세상이었다.

레이첼은 더 심한 상황도 겪어 봤다. 감옥에는 쥐가 우글대고 짚더미는 더럽고 오물이 든 양동이는 며칠이고 비워지지 않았다. 배의 화물칸은 끔찍했다. 레이첼은 다른 배도 모두 레이디 줄리아나호만큼이나 심했는지 궁금했다. 스튜를 담은 양동이가 서너 개 갑판에서 내려지면 모두들 우르르 달려들었고 운이 좋아야 하루에 세 모금 먹으면 끝이었다. 비스킷과 소금에 절인 소고기같이 음식다운 음식은 선원과 해병 들이 원하는 대로 몸을 맡겨야만 맛볼 수 있었다.

레이첼은 딱 한 번 몸을 맡긴 적이 있는데 떠올리기도 끔찍했다. 그런 짓을 다시는 안 하기로 했다. 차라리 굶는 게 나았다.

그래서 굶었다.

레이첼은 햇살이 너무 밝아 눈을 감았다. 레이첼은 이곳까지 왔고 다른 여자들처럼 선원의 아이를 배지도 않았다. 아이 아버지는 가여운 아이를 자식으로 인정하지 않았고, 아이가 태어나기도 전에 다시 배를 타고 떠나 버렸다.

레이첼은 아직 살아 있었다. 나무들이 기묘한 건 사실이지만 나무들을 좋아하기로 마음먹었다. 도시의 길거리, 사람들의 악취는 겨울

만큼 충분히 겪었다.

레이첼은 '이제 죽는구나.'라고 생각한 적이 두 번 있었다. 한 번은 레이첼이 실크스카프와 속치마와 앞치마를 훔쳤다고 판사가 사형 선고를 내렸을 때였다. 젊은 변호사인 개로우 씨는 증인들을 확보하여 레이첼의 주인이 그 물건들을 레이첼에게 선물로 주었고, 주인이 술집에서 레이첼과 다정하게 이야기하며 진과 양고기 파이를 사 주는 것이 목격되었다는 사실을 밝혀냈다. 그러는 동안 주인의 아내는 침대에 누워 주인의 아이를 낳느라 진통 중이었다.

주인은 거짓말을 했다. 다섯 번이나 거짓말을 했다. 한 번은 레이첼을 사랑한다고, 레이첼에게 멋진 것들을 주겠다고 거짓말했다. 두 번째는 레이첼이 자신의 아내의 옷을 훔쳤다고 거짓말했다. 세 번째는 레이첼이 화난 아내에게 옷을 훔쳤다고 자백해 주면 레이첼이 자유의 몸으로 다른 일거리를 얻을 수 있도록 해 주겠다고 거짓말했다.

그다음에는 아내가 부른 경찰관에게 거짓말했고, 레이첼은 고분고분하게 자신이 옷을 훔쳤다고 말해서 감옥에 갇혔다. 마지막 거짓말은 판사에게 한 것으로 레이첼을 도둑이라고 불렀다.

레이첼은 도둑이 아니었다. 개로우 씨는 레이첼의 말을 믿었다. 누군가의 결백을 입증하기 위해 증인을 세우고 법정에서 논쟁을 벌이는 변호사는 전에 없었다. 하지만 개로우 씨는 그렇게 했다. 레이첼의 말을 믿었고 레이첼의 인격을 믿었기 때문이었다.

난베리

하지만 판사는 개로우 씨가 레이첼을 옹호하는 것이 마음에 들지 않았다. 죄수들은 유죄였다. 아니라면 애초에 감옥에 왜 갔겠는가? 판사는 나빴다. 판사는 레이첼이 군중의 야유를 받으며 목매달려 죽어야 한다고 말했다.

레이첼은 뉴게이트 교도소의 더러운 짚더미에 앉아 자신을 단두대로 끌고 갈 교도관을 기다렸다. 그런데 바깥의 길거리에서 사람들의 환호성이 들렸다.

레이첼은 다른 죄수들과 함께 철창으로 우르르 몰려갔다. 마침내 교도관 한 명이 파인트 컵으로 흑맥주를 벌컥벌컥 마시며 나타났다.

"왕이 다 나았다!"

교도관은 소리쳤다.

"폐하 만세!"

"염병하네!"

덩치 큰 매기가 말했다.

"왕은 미쳤잖아? 그런데 왕은 살아 있고 우리는 뒈질거라고. 우리가 덩달아 좋아할 이유가 뭐야?"

교도관은 철창 안에서 누더기 차림을 하고 있는 여자들에게 음흉하게 웃으며 말했다.

"왜냐하면 말이지. 숙녀분들, 조지 왕이 제정신으로 돌아왔거든. 그래서 그 기념으로 자네들을 교수형에서 면제시킨다네."

왕의 회복을 기리는 의미에서 뉴게이트 교도소의 여자 죄수 모두 교수형 대신 뉴사우스웨일스에서 칠 년간 유배당하는 형벌을 받았다. 레이첼은 왕이 다시 미친다면 도로 바다 건너로 끌려가서 교수형을 받을지 으스스한 궁금증이 생겼다.

레이첼은 깊은 숨을 들이마셨다. 줄리아나호의 악취는 아직도 레이첼의 몸과 머리카락에서 묻어났다. 바닷가 근처에서 옷더미가 타면서 풍기는 악취가 온 마을에 짙게 깔려 있었다.

하지만 이곳에는 깨끗한 공기도 있었다. 햇빛 속에서도 겨울의 기운이 느껴졌다. 레이첼은 햇빛에 눈이 부셔 다시 잠깐 눈을 감았다. 화물칸의 어둠, 감옥의 그늘 속에서 몇 달을 보낸 다음이라 아직도 빛이 익숙하지 않았다. 런던에서 자유로웠을 때조차 하늘은 늘 연기나 안개로 잿빛이었다. 런던에 처음 온 것은 하녀로 일하러 왔을 때였다. 런던은 연기와 안개가 매우 끔찍했다. 그때 레이첼은 겨우 열두 살에 불과했고 작은 마을에서 올라온 순진한 아이였다. 런던에서 하녀로 일한다는 데에 엄청난 기대를 품고 있었으며 언젠가 가정부가 되거나 심지어는 대장장이의 아내가 되어 자신도 하인을 둘 수 있을지도 모른다는 원대한 희망을 품었다.

그런데 이런 처지가 되었다. 세상 끝에 있는 감옥, 시드니 타운에서 헐벗고 굶주리는 처지.

누군가의 그림자가 레이첼의 위로 드리워졌다. 레이첼은 눈을 떴다.

난베리

어떤 사람이 레이첼의 손목을 잡더니 맥박을 쟀다.

"무슨 증상은 없나?"

그 사람이 짧게 물었다.

"뭐, 뭐라구요?"

자신을 내려다보는 남자의 양복 조끼와 금 시곗줄이 눈에 들어왔다. 레이첼은 그 사람이 비록 수선한 외투를 입고 있지만 높은 사람이라고 생각했다.

"어디가 아픈가? 열이 나나? 설사가 나나?"

"그냥 눈감았을 뿐이에요. 햇빛이 너무 강해서요."

그는 레이첼의 손목을 놓았다.

"뭐 원하는 건 없나?"

레이첼은 희미하게 웃음 지었다.

"내 인생을 되찾고 싶은데요. 그게 안 될 테니 스튜 한 그릇 주세요."

한순간 레이첼은 그의 눈에 연민의 감정이 스쳐갔다고 느꼈다. 하지만 그의 말투는 매몰찼다.

"남은 식량이 거의 없네."

의사는 말했다.

"하지만 남아 있는 식량은 다 같이 나눠야지."

의사가 자리를 떴다. 레이첼은 그가 다른 가여운 환자들을 돌보러 병원 텐트로 돌아갔다고 생각했다.

왕은 죄수들을 뉴사우스웨일스에 보내 굶주리게 해 놓고 어떻게 그들이 살아남으리라 생각한 거지?

카클 베이 병원, 1790년 7월 16일

겨울바람이 여전히 항구에서 울부짖었다. 화이트 의사는 명단의 이름에 메모를 추가하고 있었다. 너무 많은 이름 옆에 '사망'이라고 썼다. 하지만 지금은 상당수의 다른 이름 옆에는 '세부적인 일'이 적혀 있었다. 몸이 충분히 회복된 남자들은 로즈힐에서 옥수수와 감자를 더 기르기 위해 땅을 개간하는 일에 투입되었다. 여자들은 새로 온 뉴사우스웨일스 부대원들에게 '가정부'로 배치되었다. 곧 아이를 낳게 되거나 어린아이가 있는 여자들은 몇몇 오두막에서 바글바글 지내며 출산을 기다리거나 아이를 보살폈다.

의사는 줄에서 차례가 된 죄수를 내려다보았다. 젊은 여자였다. 어떻게 몸을 씻었는지 얼굴이나 머리카락이 깨끗해 보였다. 의사는 전에 그 여자와 말을 나눈 적이 있다는 게 기억났다. 여자는 얼룩은 묻었지만 깨끗한 모자 속에 그럭저럭 머리카락을 모아 올렸다. 어쩌면 한때 예쁜 여자였을지도 몰랐다.

"이름은?"

"레이첼 터너예요."

의사는 명단에서 여자의 이름을 찾아냈다.

"아이를 가졌나?"

의사가 다짜고짜 물었다.

레이첼은 의사를 빤히 올려다보며 침착하게 말했다.

"아니요."

"일할 만큼 건강한가?"

"네."

"그럼 창고로 내려가서 작업반장에게 보고하게. 일할 자리를 찾아 주지."

"남자의 잠자리에서요?"

의사는 얼어붙었다. 이 여자가 공포에 질린 나머지 무모해진 걸까? 그렇지 않다면 어떻게 하녀가 신사에게 저런 말을 할 수 있단 말인가?

"무슨 뜻이지?"

"남자가 여자들을 어떻게 쳐다보는지 알아요. 이곳에는 남자들이 떼거지로 있잖아요. 제가 병원에서 나가기만 하면 곧 만만한 먹잇감

난베리

이 되겠죠."

"여기에 여자들도 있네."

"하지만 충분치는 않잖아요. 게다가 우리를 보호해 줄 사람도 없고요."

"여기 여자들은 대부분 보호받고 싶어 하지 않는 것 같던데."

"언제 우리한테 물어보신 적 있어요?"

레이첼이 매섭게 내뱉었다.

의사는 레이첼을 가만히 바라보았다.

"터너 양, 요리할 수 있나?"

자신도 모르게 의사의 입에서 튀어나온 말이었다.

"그렇다고 하면 믿으시겠어요?"

"대답만 하게. 요리할 수 있나? 그리고 청소하고 바느질할 수 있나?"

"네. 게다가 잘할 수 있어요."

레이첼이 덧붙였다.

"그런 일을 해본 지 이 년 육 개월이 넘긴 했지만요."

"하녀가 필요하네. 현재 하녀가 곧 결혼하거든."

레이첼은 한쪽 눈썹을 치켜 올렸다.

"결혼한다고요?"

의사는 정색하고 레이첼을 내려다보았다.

"존슨 목사의 소개로 결혼하지. 이제 내가 아닌 남편의 보호를 받게 되는 거야. 목사님이 결혼 공고도 하셨네. 누구든 내 집에 영원히 있으라는 법은 없지, 터너 양."

레이첼은 조심스레 말했다.

"진짜 집이 있으시군요! 제가 몇 명을 모셔야 되죠?"

"마리아가 떠나고 나면 나하고 내 양자인 난베리뿐이네. 난베리는 원주민이야."

"원주민!"

"원주민이라고 다 발가벗은 야만인은 아니네. 난베리는 잉글랜드의 아이들처럼 옷을 입고 여기 웬만한 죄수보다도 영어를 더 잘하지. 난베리를 내 아들 같이 예의를 갖춰 대해 주게."

"그렇게 하죠. 그럼 그렇게 두 명뿐인가요?"

의사의 입꼬리가 살짝 올라갔다. 의사는 웃음 지을 때면 얼굴이 달라 보였다.

"하나가 더 있네만."

"누군데요?"

"주머니쥐야."

시드니만, 1790년 7월 16일

레이첼은 길을 물어 집을 찾아갔다. 모두 화이트 의사를 아는 듯했다.

괜찮은 집이었다. 집의 크기는 잉글랜드에 있던 주인집보다 훨씬 작았지만 견고해 보였다. 집 뒤에는 매우 넓은 밭에 과일나무가 있고 채소가 줄지어 자라고 있었다. 여물통이 놓인 밭 뒤쪽은 바닥이 포장되어 있어서 야채나 흙 묻은 손과 발을 씻거나 짐승의 깃털을 뽑을 수 있었다.

레이첼은 가져온 짐이 하나도 없었다. 갈아입을 옷조차 없었다. 레이첼은 문을 두드렸다. 작은 소녀가 문을 열었다. 레이첼이 다시 보니 젊은 여자였지만 몸집이 작아서 머리가 레이첼의 어깨에도 미치지 않았다. 꽤 괜찮은 앞치마를 두르고 있었는데 앞치마 가장자리에

프릴이 달려 있었고 소매에도 프릴이 있었다. 프릴은 레이첼이 이 땅
에 도착한 뒤 처음으로 본 사치의 표식이었다.

"마리아세요? 저는 레이첼 터너예요."

여자는 의심스러운 눈초리로 레이첼을 위아래로 — 주로 위쪽이
긴 했지만 — 훑어보았다.

"당신이 올 거라고 주인님이 말씀하셨어요. 들어오세요."

레이첼은 마리아를 따라 복도를 지나 부엌으로 들어갔다. 부엌은
너무나 황홀할 정도로 따뜻했다. 불에서 풍겨 오는 낯선 나무 내음도
좋았는데 난로 위의 커다란 솥에서 보글보글 끓는 스튜가 더 좋은 냄
새를 풍기고 있었다.

소금에 절인 쇠고기나 돼지고기는 여기에 없군. 레이첼은 속으로
생각했다. 스튜에서 생선과 감자 냄새가 났는데 그렇게 좋은 냄새를
맡아본 지가 언제인지 까마득했다.

레이첼은 마리아를 다시 바라보았다. 이렇게 건강하고 머리카락이
이토록 윤기 나고 깨끗한 여자를 보는 것 역시 몇 년 만의 일이었다.

"앉아도 될까요? 오늘 아침에 병원에서 막 나왔거든요."

"주인님한테 들어서 알아요."

"냄새가 좋네요." 레이첼이 솥을 보며 고개를 끄덕였다.

마리아는 찬장에서 그릇을 꺼내 아무 말 없이 레이첼에게 스튜를
가득 담아 주었다. 스튜는 맛있었다. 막 끓여서만 그런 건 아니었다.

"백리향하고 파슬리가 들어갔어요?"

마리아는 레이첼을 빤히 바라보았다.

"'진짜로' 요리를 할 줄 아는군요."

"네."

"주인님이 그렇게 말씀하셨어요."

마리아는 어깨를 으쓱해 보였다.

"당신이 거짓말했을지도 모른다 싶었는데."

"저는 거짓말 안 해요."

"그럼 어쩌다 뉴사우스웨일스 땅을 밟게 됐어요? 우리는 다 하나같이 사기꾼이고 거짓말쟁이잖아요."

"저는 결백해요."

마리아의 미소에 장난기라고는 없었다.

"그렇게 말하지 않는 죄수는 이 땅에 단 한 명도 없다니까요."

"저의 경우는 진짜예요."

레이첼이 고개를 내저었다. 입씨름을 하기에는 기운이 너무 없었다. 게다가 새로운 장소에서 적을 만들 필요는 없었다. 레이첼은 애써 친근하게 말했다.

"선생님 말씀이 곧 결혼하신다면서요. 축하해요."

잠시 마리아의 표정이 부드러워졌다.

"잭은 좋은 남자예요. 다른 남자들하고 달라요. 주인님이 잭을 살려주셨어요! 게다가 잭의 다리도요. 이제 잭은 강 상류에 있는 로즈 힐에서 밀, 옥수수, 감자 농사를 짓고 있어요. 암탉도 있고 돼지도 두 마리 있고 다 있어요."

마리아는 암탉과 돼지 생각에 얼굴이 상기되어 있었다.

"잭은 제가 여왕처럼 먹게 될 거라고 이야기해요. 언젠가는 비단 옷도 사 준 대요."

"비단옷이요?"

마리아는 레이첼을 차분하게 바라봤다.

"언젠가는 여기에도 양장점이 생기고 비단옷도 팔 거 아니에요. 시드니만에 도시다운 도시가 생길 거예요."

레이첼은 마리아를 빤히 바라봤다. 도대체 이 여자는 어떻게 오두 막과 죄수들만 모여 있는 이런 황무지의 끝이 어느 세월에 도시다운 도시가 될 거라고 생각할 수 있지? 비단옷을 파는 가게도 생길 거라 고?

꿈이야 좋을 대로 꾸라지. 레이첼은 생각했다. 그런데 마리아 말이 맞을 수도 있잖아. 어떤 도시든 처음부터 지금 같은 도시는 아니었을 거야. 레이첼은 미국의 도시들도 한때에는 오두막뿐이었다고 들은 적이 있었다. 이곳이 어떻게 바뀔지 누가 알겠는가.

마리아는 분별 있는 여자애군. 둘 다 이곳에서 벗어날 길은 없어. 형량을 다 채운다 해도 둘 다 잉글랜드로 돌아갈 여비를 모을 수 있

난베리

겠어. 게다가 잉글랜드에 가 봐야 좋을 게 뭔데. 결코 일어나지 않을 일을 두고 두려워하느니 일어날지도 모르는 일을 꿈꾸는 게 낫지.

"언제 결혼하세요?"

"내일이오."

마리아는 여전히 레이첼을 빤히 바라보고 있었다. 레이첼은 불편해지기 시작했다. 이 여자가 왜 이러지? 내가 상대방의 마음을 상하게 할 짓은 안 한 것 같은데?

"있잖아요. 당신을 절대 건드리지 않을 거예요."

느닷없이 마리아가 말했다.

레이첼은 눈을 깜빡였다.

"누가요?"

"주인님이오. 그분은 신사예요. 여기 남자들하고 달라요. 당신한테 잘 대해 주시겠지만 당신을 침대로 끌어들이지는 않을 거예요. 그러니까 일 열심히 하고 행실 똑바로 하고 주인님한테 추파 던지느라 시간 낭비하지 마세요."

레이첼은 웃음이 비어져 나올 뻔했다. 그러니까 마리아는 그동안 자신을 돌봐 준 주인을 보호하려 했던 것이다. 마리아가 어떤 사람인지, 그리고 주인이 어떤 사람인지 많은 것을 알 듯했다.

"제대로 일할게요."

레이첼이 말했다.

"당신 방을 보여 드릴게요. 오늘밤은 나랑 침대를 같이 써야 할 거예요. 그다음에는……."

마리아는 자신도 어쩌지 못하겠다는 듯 배시시 웃었다.

"남편인 잭과 같이 있겠네요."

마리아는 고개를 끄덕이며 폭이 좁은 계단을 앞장서 올라갔다.

"저기가 난베리의 방이에요. 원주민인데 좋은 아이예요."

"그 아이가 창을 갖고 있어요?"

레이첼이 초조하게 물었다.

"아니요! 무슨 그런 생각을. 그 애 때문에 애먹는 일은 없을 거예요. 그 애가 보트에 미쳐 있긴 하지만. 그 애가 그저 신사처럼 주인님과 같은 식탁에 앉는다는 것만 기억하세요. 그리고 그 애한테 하인들이 할 일을 시킬 생각도 하지 마세요. 여기가 주인님의 방이에요. 방에 계실 때 들어가면 싫어하셔요. 아래층에 있는 서재도 마찬가지구요. 그 안에 표본을 보관하시거든요."

"표본이요?"

"알코올 병에 담긴 새나 나무 이파리나 말린 꽃 같은 거요. 어떤 건 냄새가 장난이 아니에요. 그래도 주인님이 표본을 보면서 기뻐하시니까요. 그리고 주인님을 계속 기쁘게 하는 게 우리의 일, 이제는 당신의 일이지요. 화이트 선생님은 사람들을 위해 많은 일을 하시거든요. 자, 여기가 제 방이에요. 내일부터는 당신 방이고요."

난베리

마리아는 거친 판자문을 열고 작은방으로 들어갔다. 열린 창문으로 바닷가가 내려다보였고 바깥 공기를 들이기 위해 덧문이 접혀 있었다. 침대는 침대 틀과 닭털 매트리스와 누비이불을 갖춘 제대로 된 것이었고, 모든 것이 깨끗했고 상쾌한 냄새가 났다. 레이첼은 기뻐하며 코를 벌름거렸다. 그래, 심지어는 라벤더 향까지 나는걸. 바깥에 라벤더가 있나 봐.

"씻고 싶으시면 대야에 물이 있어요."

그런 다음 마리아는 문을 닫고 방에서 나갔다.

물은 차가웠지만 반가웠다. 병원에는 씻을 물이 거의 없었다. 거울은 없었지만 레이첼은 머리를 최대한 단정하게 매만졌다. 아래층으로 내려가려고 치마를 막 추켜올린 순간 무언가 낮은 소리로 그르렁거렸다.

레이첼은 동작을 멈추고 귀를 기울였다. 소리가 다시 들렸는데 목쉰 웃음소리 같기도 했다. 그다음 다시 낮게 그르렁대는 소리가 들렸다. 침대 밑에서 나는 소리였다. 무언가 침대 밑에 있었다. 개는 아니었다. 개가 으르렁대는 소리는 레이첼도 알고 있었다.

레이첼은 문 쪽으로 물러나 몸을 구부렸다. 흘러내린 누비이불 자락 아래로 한 쌍의 눈이 보였다. 커다랗고 까만 눈은 레이첼을 쏘아보고 있었다. 괴물은 다시 그르렁거렸다.

레이첼은 괴물이 자신에게 달려들자 비명을 질렀다. 놈의 발톱이 레이첼의 다리에 파고들었고, 놈은 옷자락을 타고 올라가 레이첼의 어깨에 걸터앉았다. 놈의 발톱이 다시 레이첼의 살갗에 파고들었다. 레이첼은 천천히 고개를 돌려 놈을 바라봤다.

괴물은 아니었다. 눈이 크고 그르렁대는 소리가 요란해서 그렇지. 커다란 고양이만 한 덩치에 발톱 역시 고양이 같았다. 놈은 레이첼을 노려보며 찍찍거렸다. 여전히 화가 난 듯한 소리였다.

레이첼은 가만히 문으로 다가가 다른 쪽 손으로 문을 연 다음, 놈이 흔들리지 않도록 애쓰며 조심스레 계단을 내려갔다.

"마리아……."

마리아는 셔츠를 다림질하다가 고개를 들었다. 마리아는 웃음을 터뜨렸다.

"주인님의 주머니쥐를 만나셨군요."

"사람을 물어요?"

"네, 할퀴기도 하구요. 하지만 놈을 놀라게 하지만 않으면 괜찮아요. 여기요."

마리아는 레이첼에게 옥수수를 하나 건넸다.

"이걸 주세요."

레이첼이 옥수수를 치켜들자 놈은 옥수수를 집어 들고는 식탁으로 뛰어내렸다. 그러면서 옥수수 하나 얻는 데 그렇게 오래 걸린 것이 레이첼 잘못이라도 되는 듯이 레이첼을 노려보았다. 놈은 옥수수를 자그마한 앞발로 붙들고는 갉아먹기 시작했다.

레이첼은 그렇게 생긴 짐승을 본 적이 없었다. 레이첼이 넋 놓고 바라보는 동안 놈은 무심히 귀를 긁더니 계속 옥수수를 갉작거렸다.

"예쁘네요."

"그죠. 사실 성가실 때도 있지만요."

마리아는 웃고 있었다.

"이곳에서 별별 이상한 짐승들을 보게 될 거예요. 달리는 대신 껑충껑충 뛰어다니고 꼬리가 긴 동물도 있어요. 새도 온갖 종류가 다 있어요. 주인님이 책도 한 권 쓰셨다니까요."

마리아가 덧붙였다. 마치 자신이 그 책을 쓰기라도 한 듯 자랑스러운 말투였다.

레이첼은 놈의 머리를 손가락으로 쓰다듬었다. 그렇게 부드러운 털은 처음 만져 보았다. 놈은 잠시 레이첼의 손길에 몸을 맡기고 있더니 옥수수 속대를 팽개치고는 놀랍도록 튼튼한 다리로 뛰어내려 창밖으로 나갔다.

"창가 식탁에 있는 바구니가 놈의 자리예요. 놈이 들락거릴 수 있게 덧문은 열어 둬야 해요. 그리고 때때로 침대 밑에서 자는 것도 좋아해요."

마리아는 다림질하는 인두를 다시 집어 들고 얼마나 달궈졌는지 보기 위해 인두에 침을 뱉었다.

"제가 할까요?"

"다림질할 수 있어요?"

"네."

레이첼이 웃었다.

"바닥을 닦겠다고 할까 했는데 바닥이 너무 깨끗해서요."

마리아는 레이첼에게 인두를 건넸고, 레이첼이 옷을 다린 후 불에 달궈진 다른 인두로 바꿔 드는 모습을 지켜보았다. 처음으로 마리아는 만족스러운 기색이었다.

"다림질이 끝나면 위층으로 올라오세요."

이윽고 마리아가 말했다.

"옷하고 속치마, 앞치마가 하나씩 더 필요하고 소맷동과 칼라도 여러 개 필요할 테니까요. 주인님은 말끔한 차림새를 좋아하셔요. 옷감을 좀 챙겨 뒀어요. 사실 옷감은 아니고 돛에 쓰는 낡은 천인데 괜찮을 거예요. 우리 둘이 같이 만들면 내일까지는 끝낼 수 있어요."

레이첼은 울음을 삼키느라 잠시 말을 잇지 못했다. 누군가 레이첼에게 아무런 대가를 바라지 않고 무언가를 해 준 것이 얼마나 오래전 일이었던가.

"고마워요."

이윽고 레이첼이 말했다.

마리아는 만족스럽게 고개를 끄덕였다.

시드니만, 1790년 7월 16일

난베리는 아버지가 숙녀를 만날 때 어떻게 인사하는지 가르쳐 준 그대로 고개를 숙이며 말했다.

"처음 뵙습니다."

낯선 여자는 난베리를 빤히 바라보았다. 그러고는 여자는 난로 쪽으로 뒷걸음쳤다.

"꼭 진짜 사람같이 말하잖아!"

"쉿!"

마리아가 난베리를 흘낏 쳐다봤다.

"당신이 하는 말을 다 알아 듣는다고요."

"하지만 원주민이잖아요!"

저 여자는 왜 저렇게 무서워하지? 난베리는 궁금했다. 게다가 여자는 말라 보였다.

"스튜 좀 드시겠습니까?"

"방금 두 그릇 드셨어. 그리고 그렇게 깍듯이 존댓말 할 필요도 없고. 나처럼 하려니까. 이름은 레이첼이야."

난베리는 씩 웃었다. 다른 하인이 생겨서 기뻤다. 난베리는 마리아가 만든 스튜와 옥수수빵이 그리워질 것이다.

"옥수수빵 만들 줄 알아요?"

여자는 주의 깊게 난베리를 바라봤다.

"그럼."

"사과 파이두요?"

"쟤 말하는 것 좀 봐."

마리아가 다정하게 난베리의 팔을 쓰다듬었다.

"오늘밤엔 내가 사과 파이를 만들어 줄게. 그리고 레이첼한테도 사과 파이 만드는 법을 알려 둘게."

"잘됐네."

난베리는 외투 주머니에 손을 넣어 작은 꾸러미를 꺼냈다. 종이처럼 얇은 나무껍질로 싸서 마른 풀로 묶어 놓은 꾸러미였다.

"마리아가 결혼하니까 우리가 선물을 주는 거라고 아버지가 그러셨어. 아버지는 은으로 된 소금 그릇하고 거기에 담을 소금을 주실 거야. 하지만 이건 내가 주는 거야."

마리아는 꾸러미를 받아 풀로 된 매듭을 풀었다. 안에는 형형색색의 깃털이 수북이 들어 있었다. 마리아는 깃털을 뚫어져라 바라보았다.

"이게 뭐니?"

"머리에 꽂으라고. 아버지가 그러시는데 잉글랜드에서는 아가씨들이 예쁜 깃털을 머리에 꽂는대."

난베리는 걱정스러운 듯 말을 덧붙였다.

"여기 있는 게 내가 찾은 깃털 중에서 가장 예쁜 거야. 이거는 구마새의 깃털이야. 이거는 앵무새고…… 왜 울어?"

"머리에 꽂으라고 깃털을 준 사람은 지금까지 아무도 없었어."

"깃털을 꽂으면 예뻐 보일 거야."

난베리가 말했다. 마리아는 예뻐 보이기엔 너무 말라깽이라고 생각했지만 깃털 덕분에 마리아를 웃게 만들 수 있었다. 난베리는 새로 온 여자에게 고개를 돌렸다. 여자는 여전히 난베리가 자신을 물지도 모르는 상어라도 되는 것처럼 바라보고 있었다.

"레이첼도 깃털을 갖고 싶어요?"

"나…… 나는 모르겠는데."

난베리는 그 여자를 빤히 바라보며 그 여자가 왜 그렇게 겁먹은 얼굴인지 파악하려 애썼다. 이윽고 난베리는 다시 마리아에게 고개를 돌렸다.

"파이에 넣을 꿀을 찾아올게."

꿀을 보고 웃지 않을 사람은 없지. 난베리는 생각했다.

카클 베이, 케이이미, 1790년 9월 7일

난베리는 병원 아래쪽 만에서 수영하고 있었다. 차가운 바닷물이 햇볕에 덥힌 수면의 바닷물과 섞이는 것이 피부로 느껴졌다. 아버지는 바위에서 난베리에게 손을 흔들었다. 난베리는 바닷가로 헤엄쳐 돌아와 몸에 달라붙은 젖은 바지와 가슴팍에서 물기를 털어냈다. 바지가 또 짧아졌군. 난베리는 기분 좋게 생각했다. 난베리는 키가 계속 크고 있었다.

"셔츠를 입으렴. 총독님이 찾으신다. 총독님을 만나기 전까지는 바지가 다 말라야 할 텐데."

난베리는 씩 웃었다. 중요한 사람으로 인정받는 것이 기분 좋았다. 총독은 원주민과 이야기하기 위해 난베리를 불러들이는 일이 잦았다. 원주민이란 난베리와 달리 옷을 입지 않거나 집에 살지 않는 사람들을 뜻했다.

"베네롱이 목격되었다."

아버지가 덧붙여 말했다.

"많은 원주민들과 함께 머리가 잘린 고래를 포식하고 있다는 구나. 총독님은 베네롱이 정착지로 돌아오도록 설득하고 싶어 하셔."

난베리의 얼굴에서 웃음기가 사라졌다.

죄수들이 노를 젓는 동안 난베리는 아버지와 텐치 씨 곁에 앉아 있었다. 항구를 가로지르는 데 오랜 시간이 걸렸지만 난베리는 좋았다. 만과 곶이 스쳐 가는 모습과 동족, 아니 옛날 동족이 요리하려고 피운 불의 연기가 나무 사이로 피어오르는 모습을 봐서 좋았다.

이윽고 난베리는 고래의 냄새를 맡았다. 처음에는 희미했지만 나중에는 온 바닷가에 엄청난 악취가 진동하였다. 고래는 바닷가에 이미 며칠 전부터 죽어 있었던 게 틀림없었다. 난베리는 꼬맹이였을 때 부풀어 오른 고래 내장 위에서 친구들과 폴짝폴짝 뛰던 생각이 떠올랐다. 내장이 터지면 꼬마들은 뿜어져 나온 내용물을 뒤집어써서 냄새나는 액체가 몸에서 뚝뚝 흘렀다. 그러면 꼬마들은 웃으며 바다로 뛰어들었다. 그리고…….

난베리는 지난 생각을 억지로 떨쳐냈다. 그들 한 명 한 명이 다 이제는 유령이었다. 옛 생각을 하면 너무도 마음이 아팠다. 사실이었다. 죽은 자를 생각하는 것은 좋지 않은 일이었다.

보트가 바닷가에 거의 다다랐다. 고래는 반쯤 먹힌 상태였다. 거대한 형체는 온통 피범벅이었고 찢어진 살점투성이였다. 주위에 여러 부족에서 온 사람들 이백 명 가량이 포만감에 취해 노곤하게 누워 있었다. 갑자기 그중 한 명이 잉글랜드의 보트를 보고 소리를 질렀다. 여자들은 아이들을 데리고 숲으로 달려갔다.

"친해지고 싶다고 말하렴."

아버지가 난베리에게 말했다.

난베리는 흔들리는 배 안에서 일어섰다.

"우리는 친구다."

난베리는 카디걸족의 말로 외쳤다.

바닷가의 남자들은 아무도 대답하려 들지 않았다. 난베리는 아버지를 흘낏 돌아봤다. 전사들에게 몇 번을 무시당했든지 그런 일이 생길 때마다 난베리는 여전히 굴욕감에 얼굴이 달아올랐다. 나는 이제 무시당해도 싼 카디걸족 꼬마가 아니야! 나는 잉글랜드인이고 정착지의 통역사라고!

"다시 말해 보렴, 얘야."

아버지가 말했다.

고래 곁에 서 있는 전사들은 몇 명 되지 않았다. 그들이 지켜보는 가운데 노 젓는 죄수들은 보트에서 뛰어내려 보트를 바닷가로 끌어 올렸다.

"베네롱이 어디 있는지 물어보렴."

아버지가 말했다.

"제 말에 대답하지 않을 거예요."

난베리가 마지못해 말했다. 아버지는 고개를 끄덕였다. 전사들이 꼬마를 계속 무시할 것이 확실했다.

"베네롱?"

아버지가 소리쳤다.

야위어 뼈만 남고 수염이 제멋대로 자란 전사 한 명이 앞으로 나섰다. 팔 위쪽의 깊은 창상은 여전히 부어오른 채 피가 검게 말라붙어 있었고 머리의 상처는 거의 나은 상태였다.

난베리는 남자를 빤히 바라보았다. 저 남자가 베네롱일 리 없었다. 시드니만에서 살 때 베네롱은 통통했다. 몇 달 만에 어떻게 저토록 야윌 수 있겠는가?

"손도끼가 있나?"

야윈 남자가 아버지에게 물었다. 카디걸족의 말과 비슷한 왕간족 말이어서 난베리가 알아듣는 데 지장이 없었다.

베네롱이었다. 목소리를 들으니 틀림없었다.

난베리

"손도끼를 찾는데요."

난베리가 아버지에게 말했다.

"손도끼도 없이 어떻게 고래 고기를 잘라 냈지?"

아버지가 물었다.

"자기 손도끼는 어디에 있는지 물어보렴."

난베리가 통역했다.

베네롱은 한쪽 끝에 날카로운 굴 껍데기가 달린 창을 치켜 올렸다.
"손도끼."

베네롱이 다시 요구했다.

"지금 손도끼를 가져온 건 없지만 다른 선물을 가져왔다고 말하
렴."

몰라보게 야윈 베네롱은 장교들이 선물로 가져온 셔츠와 칼을 바
닷가에 내려놓는 모습을 지켜보았다. 베네롱은 선물이 마음에 들면
서도 다시 잡혀갈까 봐 경계하는 눈치였다. 장교들이 뒤로 물러서자
마자 베네롱은 고래의 시체에 달려들어 고기를 큰 덩어리로 세 점 잘
라 냈다. 베네롱이 노 젓는 죄수 한 명에게 고기를 내밀자 죄수는 마
지못해 고기를 받았다. 베네롱이 다시 입을 열었다. 난베리가 다시
통역했다.

"고래 고기는 총독에게 주는 선물이래요. 베네롱은 총독, 베앙가를
만나고 싶어 해요. 고기에 대한 답례로 손도끼를 받고 싶대요."

아버지는 냄새가 고약한 고기에 고개를 내젓더니 죄수들에게 몸을 돌렸다.

"총독님께 베네롱이 만나고 싶어 한다고 전하게. 베네롱이 야위었고 아파 보인다고 전하게. 베네롱이 우리에게 돌아오도록 총독님이 설득할 수 있을 것 같은데."

죄수들이 보트를 다시 바다로 밀어냈고 바닷가에는 장교들과 난베리와 아버지만 남았다. 여자들과 아이들이 서서히 숲에서 나왔다.

"여기에 원주민들이 왜 그리 많이 있는지 물어보렴."

장교 한 명이 말했다.

난베리가 보기에 답은 뻔했다. 모두 모여서 고래 고기를 마음껏 먹고 있었다. 난베리는 어쨌든 물어 보았다.

처음으로 베네롱은 경멸하는 눈빛으로 난베리를 똑바로 쳐다봤다.

"우리가 뭐하고 있는 건지 모르겠냐?"

베네롱은 카디걸족 말로 물었다.

"알아요."

난베리가 혼란스러워하며 말했다.

베네롱은 불쑥 손을 뻗어 꼭 작년처럼 난베리의 뺨을 때렸다. 어찌나 세게 때렸던지 난베리는 땅바닥에 나가떨어질 뻔했다. 귀가 웅웅거렸다. 아버지는 난베리를 보호하려 끌어안았다. 베네롱은 이번에도 난베리에게 눈길조차 주지 않은 채 무어라 외쳤다.

난베리

"머리를 자르게 가위를 달래요."

창피하고 수치스러운 마음으로 난베리는 속삭였다.

아버지가 왕진 가방을 열었다. 아버지는 모래밭에 가위를 내려놓은 다음 다시 난베리 곁으로 물러섰다. 베네롱은 가위를 집어 들더니 머리를 자르기 시작했다. 검은 머리칼이 모래밭에 떨어졌다. 베네롱은 수염도 깎기 시작했다.

"바랑가루는 어디에 있는지 물어봐."

텐치 씨가 말했다. 바랑가루는 베네롱의 아내였다.

베네롱은 그 말을 알아들은 듯 난베리가 통역하기를 기다리지도 않고 웃음을 터뜨렸다.

"떠나 버렸어. 이제는 콜비의 아내야."

베네롱은 옆에 있는 남자에게 고갯짓을 했다.

난베리는 눈을 깜빡였다. 난베리와 콜비는 서로 알아보지도 못했던 것이다. 콜비 역시 달라 보였다. 얼굴이 여위었고 수염이 더 길었다.

어떻게 삼촌을 못 알아볼 수 있지? 난베리는 생각했다. 그리고 다음 질문이 이어졌다. 어째서 삼촌이 나를 못 알아보는 거지?

내가 잉글랜드인이 되어가고 있구나. 난베리는 생각했다. 나는 바닷가에서 고래 고기를 배 터지게 먹지 않아. 나는 옷을 입어. 나는 식탁에 앉아 식사를 해.

"내게는 통통한 여자가 둘이 있지."

베네롱이 자랑스레 말했다. 베네롱은 왕간 말과 카디걸 말을 섞어서 썼다.

"바랑가루보다 훨씬 낫다구."

콜비가 웃음을 터뜨렸다.

사람들이 바닷가로 다시 몰려들고 있었다. 꼬마들은 엄마의 다리 곁에서 지켜보았다. 앞쪽에는 나이든 여자들이 서 있었다. 병구 가죽으로 만든 줄을 허리에 두른 것을 빼면 발가벗은 모습이었다. 모기를 쫓으려고 고래 기름과 생선 내장을 몸에 발라 여자들 피부가 번들거렸다. 난베리는 아버지 곁에 바짝 다가섰다. 원주민들은 너무 많았고 장교들은 너무 적었다. 몇몇 전사들은 길고 가느다란 작살을 갖고 있었다. 작살 촉이 햇빛 속에서 날카롭게 빛났다.

이윽고 총독과 콜린스 씨 그리고 작은 선박인 서플라이호의 워터하우스 선장을 태운 보트가 나타났다. 죄수들이 노를 저었고 머스킷총을 든 병사들이 일행을 호위하고 있었다.

베네롱이 무어라 중얼거렸지만 난베리가 알아듣기에는 너무 작은 소리였다.

병사가 너무 많은걸. 난베리는 생각했다. 베네롱은 병사들이 자기를 다시 잡으러 왔다고 생각해. 그게 맞아.

죄수들이 보트를 바닷가에 대는 동안 베네롱은 재빨리 바닷가 반대편으로 걸어가 나무 사이로 반쯤 몸을 숨긴 채 서 있었다. 필립 총독이 배에서 뛰어내려 모래밭을 성큼성큼 걸어갔다.

"베네롱은 어디 있나?"

총독이 외쳤다.

"내가 베네롱이다!"

베네롱은 필립 총독에게 바닷가를 걸어서 자신에게 오라고 손짓했다.

총독은 머뭇거렸다.

"나 때문에 베네롱이 겁먹고 도망가거나 다시 포로로 잡혀갈 거라고 생각하지 않았으면 좋겠는데."

총독은 난베리에게 잠깐 웃어 보였다.

"쇠사슬보다는 우정이 효과가 더 좋겠지."

총독이 선원 한 명에게 신호를 보냈다. 그러자 선원은 보트에서 빵과 소금에 절인 소고기와 손수건과 포도주 한 병을 가져와 콜린스 씨에게 건넸다. 필립 총독은 자신이 무장하지 않았다는 것을 알리기 위해 두 손을 들어 보였다. 총독과 콜린스 씨는 선물을 들고 같은 자리에 그대로 서 있는 베네롱에게 다가갔다. 총독은 선물을 모래밭에 내려놓았다. 베네롱은 포도주 병을 움켜쥐더니 코르크 마개를 병 안으로 밀어 넣은 다음 포도주를 벌컥벌컥 들이켰다.

"폐하 만세!"

베네롱은 외쳤다.

"기억하는 영어는 저 정도군."

아버지가 중얼거렸다.

"워터하우스 선장님!"

베네롱이 포도주 병을 내저으며 불렀다. 덩치 큰 선장은 베네롱과 총독 쪽으로 다가가기 시작했다.

느닷없이 전사들이 무리지어 총독과 콜린스 씨와 워터하우스 선장을 에워쌌다. 세 명의 잉글랜드인은 전사들에 가려 보이지 않았다. 난베리는 그들 중 한 명을 알아봤다. 윌레미린은 구링가이족의 전사로 몸집이 컸다. 다른 전사들과 달리 물고기를 잡는 가벼운 작살이 아니라 사냥에 쓰는 길고 날카로운 창을 들고 있었다. 난베리는 아버지를 흘낏 쳐다봤다. 총을 든 병사들에게 가서 총독 일행을 구해 오라고 지시해야 할까?

아버지는 얼굴을 찌푸리며 사태를 파악하려 애쓰고 있었다. 고함이나 비명은 들리지 않았지만 총독의 모습은 여전히 보이지 않았다. 웅얼거리는 대화 소리 그리고 베네롱이 포도주를 마시며 웃는 소리만 들릴 뿐이었다. 난베리는 생각했다. 베네롱이 영어 단어를 더 기억해냈나 보군. 어쩌면 베네롱은 시드니만으로 돌아오게 될지 몰랐다. 난베리는 베네롱에게 맞은 뺨을 문질렀다. 이제 뺨이 부어오르고 있었다.

난베리는 베네롱이 멀리 떨어져 있기를 바랐다. 베네롱이 영원히

난베리

사라져 버렸으면 싶었다.

갑자기 난베리는 여자들과 아이들이 다시 사라져 버렸음을 깨달았다. 이제 바닷가에는 전사들만 남았다. 잉글랜드인 일행은 불안한 마음으로 두리번거렸다.

"어떻게 되어 가는 거야?"

아버지가 중얼거렸다.

갑자기 누군가 소리쳤고 곧이어 고통에 찬 비명이 울려 퍼졌다. 전사들이 흩어져서 숲으로 달려가기 시작했다. 순식간에 베네롱이 서 있던 해변 끝은 텅 비어 버렸고 백인 세 명만 남았다. 두 명은 서 있었지만 한 명은 모래밭에 누워 있었다. 총독이었다. 월레미린의 거대한 창이 총독의 어깨를 꿰뚫은 것이다. 상처에서 피가 솟구쳐 하얀 모래밭을 검붉게 물들이고 있었다.

죽었구나. 난베리는 생각했다. 총독이 죽었어.

숲에서 작살 하나가 날아오더니 곧이어 또 하나 날아왔다. 콜린스 씨와 워터하우스 선장은 꼼짝 않고 누워 있는 총독을 흘낏 내려다보더니 보트로 달리기 시작했다. 작살이 빗발처럼 날아오고 있었다.

아버지는 난베리를 보트 안으로 끌어당겨 좌석 밑으로 밀어 넣었다.

"고개를 숙이고 있어라."

아버지가 주의를 줬다.

작살 촉이 연달아 보트 옆구리에 부딪치는 소리가 들렸다. 난베리는 보트가 얕은 바다 쪽으로 움직이는 것을 느꼈다. 죄수들이 작살의 사정거리 바깥으로 배를 밀어낸 다음 정박시켜 아직도 보트를 향해 모래밭을 달리고 있는 콜린스 씨와 워터하우스 선장을 기다리고 있었다. 난베리는 뱃전 너머로 바깥을 살폈다.

갑자기 총독이 움직였다. 땅에 떨어져 있는 작살들 사이로 모래를 움켜쥐고 있었다.

"사람 살려!"

총독이 외쳤다.

"사람 살려! 제발!"

총독은 살아 있었다.

난베리는 뉴사우스웨일스 부대에서 온 장교들을 흘낏 둘러보았다. 저들은 왜 머스킷 총을 들고 달려가 총독을 구하지 않지? 저들은 전사잖아? 하지만 장교들은 뱃전에 웅크리고 앉아 작살을 피하고 있을 뿐이었다.

콜린스 씨는 잠시 머뭇거렸지만 계속 보트로 달렸다. 하지만 워터하우스 선장은 뒤돌아서서, 고개만 숙이면 날아오는 작살을 피할 수 있는 것처럼 웅크린 채 달리기 시작했다. 선장과 총독 주위로 작살이 계속 날아왔다. 워터하우스 선장은 총독 어깨에 꽂힌 창을 움켜쥐다가 멈칫했다.

"창끝에 미늘이 달려 있어요."

선장이 외쳤다.

"창을 빼다가 당신이 죽을 거예요."

선장은 창을 빼지 않고 반으로 부러뜨리려 애썼다.

총독은 고통에 비명을 내질렀다. 이때 작살이 숲에서 모래밭을 가로지르며 날아와 워터하우스 선장의 손을 맞혔다. 선장은 그쪽 팔을 뒤로 뺐다. 선장의 피가 총독의 피와 섞여 흘렀다. 선장은 위험도 아랑곳하지 않고 다시 총독 위로 몸을 굽혔다.

"총독님을 보트로 모셔 와야겠어."

아버지가 말하며 자리에서 일어섰다. 콜린스 씨가 아버지를 제지했다. 바로 그때 워터하우스 선장이 손으로 창대를 부러뜨렸다.

"선장이 모셔올 거요."

콜린스 씨가 말했다.

일 미터도 넘는 창대가 여전히 총독의 어깨에서 튀어나와 있었다. 워터하우스 선장은 총독을 부축하며 바닷가를 걷기 시작했다. 하지만 총독의 어깨에 꽂힌 창대 반 토막의 무게로 인해 속도를 제대로 내지 못했다.

작살이 공중에 빗발쳤다. 난베리는 작살이 획획 공기를 가르는 소리와 곧이어 모래밭에 퍽퍽 꽂히는 소리를 들을 수 있었다. 난베리는 뱃전 위로 고개를 내밀었다.

필립 총독은 고통에 일그러진 창백한 얼굴로 워터하우스 선장의 부축을 받으며 겨우 발걸음을 옮기고 있었다. 선장은 작살에 맞지 않은 손으로 허리에 차고 있던 권총을 꺼내들었다. 선장은 나무 사이로 숨어 있는 전사들에게 권총을 발사했다. 낚싯배를 조종하던 선원도 드디어 머스킷 총을 들어 올려 발사하기 시작했다. 까만 화약과 유황의 냄새가 고래의 악취를 압도하다시피 했다. 선원이 총을 재장전하는 동안 마침내 두 명의 장교도 머스킷 총을 들어 올려 방아쇠를 당겼지만 총은 아무 반응이 없었다.

"화약이 눅눅하구나."

아버지가 중얼거렸다.

"이 지랄 맞은 곳에서는 머스킷 총도 말을 안 듣는군."

난베리는 궁금했다. 왜 이제야 총을 쏘지? 왜 지금까지 전사들을 공격하지 않았지?

난베리는 워터하우스 선장이 손에서 피가 줄줄 흐르는데도 여전히 총독을 업어 나르다시피 부축하는 모습을 지켜보았다. 저 사람은 전사야. 난베리는 생각했다. 배를 타는 사람이지. 위험에 맞서는 사람이야.

작살이 끊이지 않고 계속 날아왔지만 보트를 맞추지는 못했다. 콜비나 베네롱 같은 전사들은 해변 끝에서 맞은편에 있는 자그만 자갈까지 정확히 맞힐 수 있는데도 그랬다.

난베리는 생각했다. 원주민이 백인의 우두머리인 총독을 창으로 찔렀어. 그런데 총독만 찌르고 다른 사람들은 찌르지 않았어. 총독도 군이 어깨를 찔러서 죽이지는 않았어.

이건 백인들이 정착지를 만들고 병을 퍼뜨리고 여자와 카누를 훔치고 모욕을 준 데에 대한 복수야.

이제 워터하우스 선장과 총독이 보트에 거의 다다랐다. 아버지는 물속을 첨벙거리며 다시 뭍으로 올라갔다. 아버지는 콜린스 씨를 도와 정신이 혼미한 총독을 들어 올려 좌석에 눕혔다. 노 젓는 죄수들이 힘차게 노를 젓기 시작했다.

"총독님이 되도록 흔들리지 않게 잡고 있어."

아버지가 지시했다. 아버지는 총독의 상처 부위를 손으로 눌러 지혈시키려 애썼다.

"창대를 잘라내게 도와주게."

총독은 창백했고 숨을 헐떡였다. 피가 셔츠를 적시고 있었다. 겉옷은 사라지고 없었다. 난베리는 베네롱이 겉옷을 챙긴 것을 알고 있었다. 총독이 죽는 걸까? 난베리는 의문이 들었다. 그러면 정착지는 어떻게 되는 걸까?

33 | 레이첼

시드니만, 1790년 9월 7일

레이첼은 막 목욕을 마쳤다. 부엌 난롯가에 있는 양철 욕조 안에서 느긋하게 한 목욕이었다. 난베리나 주인이 느닷없이 돌아와서 보면 어쩌나하는 걱정 없이 제대로 씻은 건 몇 주 만의 일이었다.

이제 머리는 거의 말라 있었다. 피부도 어쩌나 상쾌한지 노래가 절로 나올 지경이었다.

레이첼은 고향에서 부르던 오래된 노래를 흥얼거리며 커다란 솥 안을 들여다보았다. 수년간 불 위에서 요리하는 데 쓴 솥이라 바깥면이 검게 그을어 있었다. 스튜는 다 되어 있었다. 캥거루의 뒷다리와 허리 살을 부드럽게 만들기 위해 온종일 약한 불에 끓이면서 세이버리와 허브로 향을 내고 집 뒤의 밭에서 난 당근과 감자도 넣었다. 아침 일찍, 스튜를 불에 올리기 전에 끓인 건포도 푸딩은 천에 싸여 음식을 보관하는 곳에 매달려 있었다.

레이첼은 덩치 큰 매기가 미국 선원에게 배웠다는 방식으로 옥수수 빵을 만들었다. 지난여름에 수확한 옥수수 가루를 끓는 물에 담가 부드러워질 때까지 기다린 다음 버터와 계란을 넣고 난로 바닥에서 굽는 것이었다. 겨울이 지나 암탉이 알을 낳기 시작했으므로 다시 계란을 먹게 되어 좋았다. 레이첼은 매일 아침 일찍 닭에게 모이를 주었다. 오후 늦게 주면 닭이 먹을 옥수수와 양배추 대가리를 주머니쥐가 가로챌까 싶어서였다.

레이첼은 한숨을 내쉬었다. 의사는 자신이 애완용으로 기르는 주머니쥐를 기특하게 생각했지만 주머니쥐가 레이첼의 침대 밑에 싸질러 놓은 똥오줌을 치우는 것은 레이첼의 몫이었다. 개처럼 주머니쥐에게 용변 훈련을 시키는 것은 불가능했다. 주머니쥐가 집 안에 온통 주머니쥐 특유의 체취를 남기고 다녀서 현관에 들어서자마자 냄새가 확 풍겨왔다.

레이첼은 의사가 병원에서 일하다보니 여러 이상한 냄새에 익숙해진 것이라 짐작했다. 레이첼은 평생 동안 악취라면 맡을 만큼 맡았다. 레이첼은 자신의 훌륭하고 깨끗한 집에서 마구간 냄새가 난다는 사실에 짜증이 났다. 침대 밑에는 주머니쥐, 식탁에는 시꺼먼 야만인이라니. 하지만 레이첼이 불만을 늘어놓을 처지는 아니었다.

레이첼은 문밖을 흘낏 내다보았다. 저녁 시간이 훨씬 지나 밖은 거의 어두워져 있었지만 의사는 여전히 돌아올 기미가 없었다. 무슨 일이지? 정착지에는 양초와 랜턴이 거의 없었다. 어두워진 다음에는 달빛에 돌아다니는 도둑을 제외하면 누구나 되도록 밖에 나가지 않았다. 레이첼은 솥을 불 위에서 내려 식지 않도록 난롯가에 둔 다음 자리에 앉아 다시 의사의 소맷동을 손질하고 있었다.

그르르르르릉! 주머니쥐가 창턱에 기어 올라가 있었다. 놈이 안달하는 눈빛으로 레이첼을 빤히 바라보았다. 자신이 늘 해질녘에 잠에서 깨어나니 식사 때가 되었다는 것쯤은 레이첼이 알고 있어야 되지 않느냐는 눈치였다.

레이첼은 셔츠를 내려놓고 양철 그릇을 가져와 차가운 감자를 가득 담았다. 주머니쥐는 이제 밤마다 밖으로 나가 먹이를 찾으러 돌아다니면서도 여전히 집에서 먹이를 받아먹으려 했다. 레이첼은 생각했다. 이주민의 절반은 굶주리고 감자는 어찌나 귀한지 감자를 훔친다고 사람을 교수형에 처하는 판국인데 나는 주머니쥐에게 감자를 먹이고 있다니.

그런데 선생님은 어디에 있지? 난베리, 걔는 또 어디 간 거야?

적어도 난베리는 야만인처럼 굴지 않았다. 사실 난베리가 어찌나 영어를 잘하는지 놀라울 지경이었다. 게다가 시키는 대로 말도 잘 듣는데다 예의범절로 따지자면 왕과도 겸상할 만했다.

도대체 다들 어디에 있는 거야?

난베리

바깥은 점점 어두워지고 있었다. 레이첼은 의사의 침대에 뜨거운 벽돌을 여러 개 넣어 놓고 머뭇거리다가 난베리의 침대에도 하나 넣어 두었다. 야만인일지는 몰라도 아직 아이였다. 둘이 어디에 갔든지 간에 돌아올 즈음이면 추위에 떨고 있을 것이다.

레이첼이 난로에 나무를 두 번이나 더 넣고 난 다음에야 두 사람은 돌아왔다. 레이첼은 의사의 얼굴을 보는 순간 숨이 턱 막혔다. 걱정과 피로로 얼굴이 잿빛이었다. 겉옷에는 피가 묻어 있었다. 순간 레이첼은 그게 의사의 피라고 생각했다.

레이첼은 공포에 휩싸였다. 의사에게 무슨 일이 생겼다면 어떻게 해야 하는 거지? 이윽고 레이첼은 의사가 전혀 상처 입은 기색 없이 움직임이 자유롭다는 것을 깨달았다. 레이첼은 한마디도 없이 의사가 겉옷을 벗는 것을 거든 다음 벽의 못에 걸려 있던 깨끗한 옷을 건넸다.

"앉으세요."

레이첼이 방석이 깔린 의자를 난롯가로 밀고 발을 올려놓을 받침대를 가져오며 말했다. 난베리도 의사만큼 지쳐 보였다. 얼굴에 눈물 자국이 있었다. 레이첼은 난베리도 의자에 앉힌 뒤 음식과 작은 식탁을 가져왔다.

레이첼은 딱딱하고 뒤틀린 부엌 의자에 앉았다. 레이첼은 그들이 스튜를 다 먹을 때까지 기다렸다가 그들의 그릇에 다시 스튜를 가득 담아 준 다음에야 물었다.

"무슨 일이에요?"

"오늘 오후에 총독이 창에 찔렸어."

의사가 딱 부러지는 말투로 짧게 답했다.

"원주민한테요?"

이제 죄수들도 상당수 창을 갖고 있었는데 대개는 원주민의 주거지에서 훔친 것이었다.

"응."

레이첼은 온 천지가 뒤흔들리는 듯 했다. 총독은 정착지를 지탱하는 기둥이었다.

"총독님은……?"

"목숨은 건지셨지. 어깨를 찔렸거든. 이곳에 돌아오자마자 발메인과 같이 창대를 제거했어. 회복하실 것 같긴 한데 통증이 심하셔."

의사는 잠시 눈을 감았다.

"안전하게 통증을 완화시킬 방법이 있다면 좋을 텐데. 아편 팅크를 드리겠다고 그랬지만 총독님은 거부하시더군. 문제가 더 발생할지 모르니 정신 차리고 있어야 한다는 거야."

"무슨 문제요? 야만인들이 공격할까요?"

의사는 난베리를 흘낏 쳐다봤다.

"음, 너는, 이제 어떻게 될 것 같니?"

난베리의 얼굴에서 묘하게 표정이 사라졌다. 속내를 드러내지 않으려 애쓰는 듯 했다.

"저는…… 저는 그들이 공격하지 않을 것 같아요."

"누가 창을 던졌는지 봤니? 베네롱이었니?"

"월레미린이란 사람이요."

"그 사람이 겁을 먹었나보군."

의사가 말했다.

난베리는 고개를 저었다.

"월레미린 같은 전사는 겁먹지 않을 거예요."

난베리의 목소리가 낮아졌다.

"잉글랜드인이 저지른 일에 대한 처벌이었던 것 같아요."

레이첼이 코웃음을 쳤다.

"아니, 우리가 무슨 짓을 했는데?"

난베리의 목소리가 더욱 낮아졌다.

"땅을 빼앗고 물고기와 사냥감을 가로채고 물을 더럽혔잖아요."

"여기는 마을이잖아. 마을이라는 데가 그런 거지. 너희 이교도들이 뭘 모른다고 해도 너무하네."

"나는 이교도가 아니에요."

난베리는 다시 울음을 터뜨릴 것 같은 얼굴이었다.

"나는 존슨 목사의 설교를 들어요. 바지도 입구요. 나는 베네롱 같지 않아요. 아니라고요!"

"그건 우리가 다 알지."

레이첼은 난베리의 얼굴을 바라보다가 손을 쓰다듬어 주었다. 난베리가 아직 어린아이라는 것을 생각하기가 쉽지 않을 때가 있었다.

"신경 쓰지 마. 너는 훌륭한 아이니까 그걸 절대 잊지 마. 이제 올라가서 씻고 자렴."

레이첼은 난베리의 발소리가 머리 위에서 들리고 주머니쥐가 다른 나뭇가지를 올라타는 소리가 바깥에서 들릴 때까지 기다렸다가 마침내 말했다.

"실제로 상황이 얼마나 나쁜 거예요?"

"아까 말한 대로야."

의사의 목소리는 피로에 절어 있었다.

"총독님이 통증이 심하셔. 하지만 잘 치료하면 생명에는 지장이 없으실 거야."

"선생님이 더할 나위 없이 잘 치료하시겠죠."

레이첼이 부드럽게 말했다.

"선생님 생각에는 원주민이 다시 공격해 올까요?"

의사는 난롯불을 가만히 바라보고 있었다.

"총독님이 앙갚음으로 원주민을 죽이는 일이 없도록 하라고 지시하셨어."

의사는 어깨를 으쓱해 보였다.

"원주민과 전면전을 벌이게 되면 우리는 끝장이야. 천연두가 돌았다지만 원주민 수가 훨씬 많고 우리는 수가 얼마 안 되니까. 심지어 오늘은 머스킷 총이 한 대만 발사가 되더군. 원주민이 우리를 전멸시키는 데는 한 시간이면 충분할 거야. 그들이 그걸 지금 몰라서 그렇지."

의사는 형언할 수 없이 피곤한 얼굴로 고개를 떨구었다.

"가서 총독님 상태를 살펴봐야겠어. 그다음 병원으로 가야겠네. 온종일 둘러보지 못했으니."

"쉬셔야 해요."

레이첼이 말했다.

"어떻게 내가 쉴 수 있겠나? 터너 양. 할 일이 있는데."

"서너 시간이라도 주무세요. 지금 쉬면 나중에 더 효율적으로 일하게 될 거에요."

의사는 레이첼을 바라보며 잠시 웃음 지었다.

"그렇기도 하겠군. 서너 시간이라도 쉬면."

"이런 일을 왜 하세요?"

느닷없이 레이첼이 물었다.

"다른 사람을 돌보느라 온종일 일하면서 힘을 다 빼고 계시잖아요? 다른 의사들은 농사일에 시간을 거의 다 쓰시던데요. 하지만 선생님은 병원에 안 계실 때에도 총독님을 위해 무슨 탐험에 나가 계시잖아요."

"총독님은 신뢰할 수 있는 사람이 필요하셔."

의사가 말했다.

"그런 사람은 거의 없지."

"총독님은 선생님을 신뢰하세요. 우리 모두 선생님을 신뢰해요. 하지만 왜 그런 것 같으세요? 선생님도 자기 자신을 위한 시간을 잠깐이라도 가지시지 그러세요?"

"새를 그릴 때도 있잖아."

"밤에 난로 불빛으로, 게다가 다른 과학자들이 볼 수 있도록 그리시는 거잖아요. 선생님 자신을 위한 게 아니죠."

의사는 아무 말이 없었다. 마침내 의사는 말했다.

"내가 해야 할 일인 것 같아. 내가 해야 할 일을 하는 것이 나는 기뻐. 사람들을 돕고, 힘닿는 데까지 최선을 다하는 것. 그게 그리도 바보 같은 짓 같나?"

"아니요."

레이첼은 조용히 말했다.

"저는 그 어떤 일보다도 존경스러운 일 같아요. 이제 선생님도 올라가서 주무세요. 오늘밤은 책 쓰는 일은 금지예요."

"내가 무슨 애도 아닌데."

의사는 부드럽게 말했다.

"알아요. 그래도 때로는 보살핌이 필요하세요."

의사는 레이첼을 보며 웃었다. 그리고 피곤한 발걸음으로 터벅거리며 위층으로 올라갔다.

시드니만, 카클 베이 병원, 1790년 10월

레이첼은 병원에 있는 의사에게 가져다주라고 난베리에게 저녁으
로 근사한 고기 푸딩을 들려 보냈다. 이제 난베리는 한들한들 집으로
돌아오는 길이었다.

난베리는 지루했다. 수영하기에는 너무 추웠다. 채소밭에서 론과
잡초를 뽑을 수도 있었지만 그것도 지루하기는 마찬가지였다.

하루해가 너무 길게 느껴질 때도 있었다. 하지만 아버지가 낚시를
하거나 새를 찾거나 사냥을 할 때 난베리를 데리고 가는 날은 좋았다.
누군가 통역을 해 달라거나 원주민의 풍속을 설명해 달라고 부를 때
도 좋았다. 하지만 어떤 때는 식사하는 시간과 잠자는 시간 사이에
시간이 멈춰 버린 듯 느껴지기도 했다.

잉글랜드인이 이 땅에 오지 않았다면 난베리는 무엇을 하고 있었

을까?

난베리는 웃었다. 아마도 다른 꼬마들과 함께 병구와 밴디쿠트를 잡으러 다니고 있었겠지. 풀로 덫을 만들고 작은 짐승들의 가죽을 벗긴 다음 거주 구역으로 돌아가기 전에 직접 불을 피워 구워 먹었겠지. 커다란 창은 성년식을 치를 때까지는 금지되니까 연습용으로 만든 작은 작살로 물고기 잡는 법을 가르쳐 달라고 전사들을 졸랐겠지. 친구가 있다면 정말 좋겠는데…….

난베리는 눈을 깜빡였다. 어떤 젊은이가 바위 옆에 서 있었다. 피부는 검은빛이었지만 바지를 입고 있었다. 옷이 조금 해어지기는 했지만 상태가 괜찮았다. 난베리보다 조금 나이가 많아 보였는데 거의 어른이나 다름없었다. 젊은이는 고통에 일그러진 얼굴이었다. 한쪽 손을 팔로 눌러서 피를 멈추게 하려 애쓰고 있었다. 도끼 — 돌도끼가 아니라 잉글랜드식 도끼 — 가 발치에 놓여 있었다.

그리 놀랄 일은 아니었다. 지난 몇 주 동안 정착지 여기저기에서 원주민들이 많이 눈에 띄었다. 필립 총독이 죽지 않았기 때문이었다. 아버지의 치료로 총독은 다 나았다. 아니, 아버지 말로는 상처 부위에 여전히 통증이 있다고 했으니 다는 아니지만 거의 나았다. 이제 총독은 원주민들이 — 피정복자로서가 아니라 친구로서 — 이주민들을 더 잘 알고 지내도록 권장하려 했다.

젊은이도 난베리를 보았다. 그순간 젊은이의 얼굴에서 고통스러운 기색이 사라졌다. 난베리는 생각했다. 전사같이 굴려고 하는구나. 성년식을 치른 흉터도 없고 뼈를 코에 꿰지도 않았고 이가 빠진 자국도 없지만.

"안녕하세요?"

난베리가 인사했다. 자동적으로 영어가 튀어나왔다.

젊은이는 난베리의 눈과 너무도 닮은 눈으로 난베리를 쳐다봤다.

"안녕."

"영어를 하시네요!"

젊은이는 눈을 깜빡거렸다. 알아듣지 못한 것이다. 난베리는 카디걸 말로 물었다.

"누구세요?"

"발룬데리야."

젊은이가 통증으로 인한 신음을 삼키며 말했다.

난베리는 상처를 살펴봤다.

"많이 다쳤네요. 하지만 아버지가 낫게 해 주실 거예요."

"아버지라고?"

"화이트 의사가 아버지에요. 나는 난베리 화이트에요. 이리 오세요."

난베리는 병원 쪽으로 돌아섰다. 발룬데리는 움직이지 않았다.

"왜 안 오세요?"

발룬데리는 병원 오두막을 향해 고갯짓을 했다.

"저기엔 나쁜 놈들이 있어. 놈들이 내 도끼를 훔쳐갈 거야. 지난번에 내가 동생을 위로하러 갔을 때 놈들은 나를 묶어 놓으려고 했어."

"아버지가 그런 짓을 두고 보지 않을 거예요."

"진짜?"

"제 아버지니까 잘 알죠."

난베리는 간단하게 답했다.

"도끼는 어디에서 난 거에요?"

난베리가 호기심에서 물었다. 항구 근처에서 잉글랜드식 도끼는 귀한 물건이었다.

"동생이 줬어. 부룽 말이야."

젊은이는 바로 부룽의 오빠였다. 그래서 바지 차림에 영어로 인사했던 것이다. 그렇다면 부룽처럼 파라마타 지역의 부나마토굴족 사람이겠군. 부룽은 여전히 존슨 씨네와 살고 있었지만 그 집에서 그다지 행복해 보이지 않았다.

"제가 보호해 드릴게요."

난베리는 거창하게 말했다. 그다음 조심스레 덧붙였다.

"형."

난베리는 발룬데리가 어떻게 반응할지 기다렸다. 형제지간이 되자고 하는 것은 사소한 일이 아니었다. 게다가 발룬데리는 난베리보다 나이가 많기도 했다. 난베리는 너무도 오랫동안 친구 없이 지냈다.

발룬데리는 수풀 더미 위로 여전히 손에서 나오는 피를 뚝뚝 흘리며 생각에 잠겼다. 이윽고 발룬데리는 말했다.

"나는 난베리 발룬데리야."

난베리는 씩 웃었다.

"나는 발룬데리 난베리. 발룬데리 난베리 화이트."

난베리가 자신의 이름을 정정했다.

"이리 와요. 도끼는 내가 챙길게."

이번에는 발룬데리도 난베리를 따라나섰다.

"마침내 친구가 생겼구나."

의사가 말했다. 잘됐다는 말투였다. 난베리는 아버지가 원주민 친구를 보고 어떻게 반응할지 확신할 수 없었다. 발룬데리가 바지를 입고 있기는 해도 원주민인 것은 사실이기 때문이었다.

"상처를 좀 살펴볼까?"

의사는 발룬데리의 손을 펼쳐 보았다.

"도끼가 미끄러졌구나? 이런 상처를 많이 봤지. 평소보다 도끼날을 좀 더 갈았다가 쿵! 하는 거지. 상처가 매끈해서 다행인걸."

의사는 바늘과 실을 집어 들었다. 난베리는 의사의 말을 통역한 다음 바늘을 보고 눈이 휘둥그레진 발룬데리에게 안심하라고 속삭였다.

발룬데리는 상처를 꿰매는 동안 움찔거리거나 비명을 지르지 않고 견뎌 냈다. 난베리는 친구가 자랑스러웠다. 발룬데리는 멋진 전사가 되겠구나. …… 난베리는 전사에 대한 생각을 떨쳐 내려 애썼다.

"자."

의사가 말했다. 의사는 상처 부위에 알코올을 부은 다음 대야에서 자신의 손에 묻은 피를 씻어 냈다.

"상처 부위를 깨끗하고 건조하게 유지하렴. 그 부위가 빨개지거나 붓거나 몸에 오한이 나면 다시 오게."

난베리가 계속 통역했다.

"그럴게요."

발룬데리는 차분한 목소리로 말했다. 고통스러운 시간이 지나고 나자 볼에 화색이 돌아오고 있었다. 발룬데리는 병원 오두막을 흥미롭게 둘러보았다. 아버지의 갈색 가방 안에 있는 각종 수술 도구, 알코올 병, 라벤더 기름, 장미 기름, 유칼립투스 기름, 아편 팅크, 이를 뽑는 펜치, 핀셋, 인두가 보였다. 절단 수술 도구함에는 뼈를 자르는 톱과 길고 짧은 칼이 여러 개 들어 있었다. 발룬데리는 거머리가 들어 있는 단지를 가리켰다.

"왜? 거머리를 먹지는 못하잖아."

난베리가 통역했다.

아버지의 얼굴이 환해졌다.

"내 거머리 세트야. 놈들이 피를 빨아먹고 나면 소금으로 피를 토하게 만들지. 놈들을 굶겨 놔야 되거든."

난베리가 통역을 계속했다. 발룬데리는 웃음을 터뜨렸다.

"거머리는 떼 내는 거지, 갖다 붙이는 게 아니잖아."

"멍든 부위나 열을 내릴 때 올려놓는 거야."

난베리가 말했다. 아버지에게 들어서 그 정도는 알고 있었다.

"저건 피를 뽑을 때 쓰는 컵과 칼 세트야. 저것도 열을 내릴 때 유용해. 잉글랜드인은 그런 걸 많이 알고 있어."

"그렇게 아는 게 많다면서 왜 죽는 사람이 그렇게 많아? 열을 내리려면 제대로 된 방법을 배워야지. 우리가 쓰는 방법 말이야."

하지만 그 방법으로 천연두를 치료하지는 못했잖아. 난베리는 생각했다.

의사는 그들을 가만히 지켜보았다.

"이제 가 보렴. 썩은 이를 뽑아야 하거든. 그리 보기 좋은 광경은 아니야. 앞으로는 도끼를 다룰 때 조심하렴."

의사가 덧붙여 말했다.

"아버지, 발룬데리를 집으로 데려가서 같이 옥수수를 먹어도 될까요?"

난베리

난베리는 의사가 뭐라고 답할지 알 수 없었다. 전에 가족과 지낼 때에는 여자를 훔치거나 문제를 일으키러 온 사람이 아니라면 손님은 모두 반가이 맞아들여 음식을 같이 나눠 먹었다. 하지만 의사의 집에서는 손님이 음식을 먹는 것을 본 적이 없었다. 어쩌면 가족이 아닌 사람이 자신의 집에서 음식을 먹도록 허락하는 사람은 총독뿐인지도 몰랐다.

의사는 웃음 지었다.

"좋은 생각인데. 친구한테 영어도 좀 가르쳐 주렴. 총독님은 더 많은 원주민들이 이주민의 친구가 되길 바라셔."

난베리는 생각했다. 그래서 원주민들이 총독에게 다시 창을 겨누지 않는구나. 다른 잉글랜드인에게도 그렇고. 하지만 발룬데리는 이주민의 친구가 되지 않을 거야. 발룬데리는 내 친구가 될 거야.

"감사합니다. 아버지!"

"재밌네."

난베리는 아버지가 머리를 쓰다듬으며 말하는 바람에 당황스러웠지만 티를 내지 않으려 애썼다.

"물론 친구를 데려와 차를 마셔도 되지. 자, 이제 조수에게 다음 환자를 들여보내라고 해야겠군."

병원에서 벗어나니 좋았다. 발룬데리 역시 병원을 나와서 기쁜 듯했다.

"가요. 우리 집에 옥수수……."

난베리는 말을 멈췄다. 카디걸 말에는 '자루'라는 말이 없었다.

"…… 아주 많이 있어. 레이첼이 옥수수를 삶아서 버터와 소금을 발라 줄 거야. 레이첼은……."

카디걸 말에는 '하녀'라는 말도 없었다. 난베리는 생각했다. '죄수'나 '애완동물'이란 말도 없지.

"레이첼이 요리를 해."

발룬데리는 망설였다.

"너를 따라가면 사람들이 나를 묶어 놓을까?"

"물론 아니지."

난베리는 베네롱과 콜비 삼촌이 쇠사슬에 묶여 있던 모습을 기억에서 떨쳐 내려 애썼다.

"이제는 그런 짓 안 해. 방금 전에 아버지가 형과 친구였잖아."

하지만 발룬데리는 머뭇거렸다.

"내일 가는 게 어떨까 싶어."

난베리는 씩 웃었다.

"그럼 내일 와. 영어를 가르쳐 줄게."

난베리가 기꺼이 제안했다.

"잉글랜드식 예의범절도 알려 줄게. 내 셔츠도 하나 입어 봐."

발룬데리는 웃음을 터뜨렸다.

"내가 영어를 배워서 뭐 하게?"

"왜냐면…… 왜냐면 잉글랜드인은 중요하니까."

"잉글랜드인은 구넌 바다('똥을 먹는 사람'이라는 뜻의 다루그족 말)야."

발룬데리는 무례한 표현을 썼다.

"하지만 아버지가 손을 꿰매 주셨잖아! 형은 잉글랜드식 도끼를 쓰고 있잖아!"

"그 도끼는 좋은 도끼야. 그래도 잉글랜드인은 구넌 바다야."

처음으로 발룬데리는 정색하고 난베리를 쳐다봤다.

"잉글랜드인은 약골이야. 폭풍 한 번이면 놈들은 날아가 버릴 거야! 너는 전사가 되는 법을 배워야지. 창은 쓸 줄 아니? 불 피우는 법은 알아? 동족과 같이 지내지 않으면 뭘 배워야 하는지 어떻게 알겠어?"

"이 사람들이 내 동족이야."

난베리가 조용히 말했다.

"그렇다면 어떻게 전사가 되려고?"

"전사가 안 돼도 괜찮아."

발룬데리는 난베리를 빤히 바라보았다. 난베리는 새로 사귄 친구의 얼굴에 연민의 빛이 떠오르는 것을 보았다. 마침내 발룬데리는 말했다.

"난 옥수수 먹으러 가지 않을래."

발룬데리는 영어 단어를 섞어서 말했다. 그리고 잠시 생각하더니 덧붙여 말했다.

"하지만 너는 여전히 내 형제야."

발룬데리는 다치지 않은 손에 도끼를 들고 발걸음을 옮기기 시작
했다. 바위 모퉁이를 돌 때 발룬데리는 돌아보며 말했다.

"안녕."

그러고는 사라져 버렸다.

시드니만, 1790년 11월

난베리는 아버지 방의 거울에 비친 자신의 모습을 바라보며 씩 웃었다. 총독의 저택에서 중요한 사람들과 만찬을 하기로 되어 있었다. 레이첼이 난베리의 재킷을 손보고 바짓단을 다시 늘려 놓았다. 이제 난베리도 중요한 사람처럼 보였다.

난베리는 머리카락을 아버지와 똑같이 뒤통수에서 하나로 모아 검은 리본으로 묶었다. 모자는 아버지의 모자를 안쪽에 담요 조각을 대고 꿰매어 크기를 맞추어 썼다.

의사는 모자를 머리에 썼다. 모자에는 얼룩이 묻어 있었고 테두리는 해어져 있었지만 신사가 모자 없이, 그것도 총독과의 만찬에 나가는 법은 없었다.

"준비 됐니?"

난베리는 고개를 끄덕였다.

레이첼이 냅킨으로 맵시 있게 싸 놓은 롤빵을 의사와 난베리에게 하나씩 건넸다. 필립 총독을 모시는 포수는 총독과 손님이 먹을 고기를 확보해 놓았을 것이다. 그리고 총독의 밭에서 난 과일과 야채도 있을 것이다. 하지만 필립 총독은 자신 몫의 밀을 공동 창고에 제공하였다. 배급량은 이제 일주일에 밀가루 일 파운드로 줄어들어서 한 사람이 하루에 먹을 양으로 작은 롤빵을 하나 만들기도 빠듯했다. 손님은 각자 먹을 빵을 만찬에 가져가야 했다.

멀리 덤불이 불타올라 붉고 뿌연 연기가 피어오르는 산 너머로 해가 지고 있었다. 탱크강 위쪽에서 들개가 울부짖는 소리가 들려왔다.

난베리는 몸이 오싹했다. 들개는 죄수를 싣고 온 배에서 나온 시체들로 몇 달 째 포식하며 시체의 뼈를 흐트러뜨리고 다니는 중이었다. 어떤 여자는 우물에서 물을 긷는데 양동이에 머리칼이 붙어 있는 해골이 딸려 왔다는 말을 했다.

이제 정착지 일대에 얼마나 많은 유령이 속삭이고 있을까?

잉글랜드인 대부분은 발룬데리가 말했던 대로 야위고 허약한 상태였다. 오두막에서는 악취가 풍겼고 사람도 마찬가지였다.

하지만 총독의 저택은 나무랄 데 없고 진정 잉글랜드답지 않은 데가 없어. 난베리는 생각했다. 지붕은 견고하고 앞면에 하얀 치장 벽토를 바른 데다 몇 주마다 회칠을 새로 하잖아. 진흙으로 세워진 정착지에서 총독의 저택은 빛났다.

난베리는 아버지와 함께 걸어서 길가에 조개껍데기가 줄지어 놓인 오솔길을 올라갔다. 시드니만이 워렌이었던 시절, 고사리와 캐비지야자가 우거지고 물은 깨끗하고 강이 바다와 만나는 곳에 있는 개펄에는 홍합이 널려 있었다. 난베리는 그때의 풍경을 떠올리지 않으려 애썼다.

하인이 문을 열었다. 하인은 손님들의 모자를 받아 벽의 고리에 걸어 둔 다음 넓고 하얀 칠이 된 방으로 안내했다. 진짜 유리창에는 커튼이 드리워져 있었다. 그런데 유리라는 이상한 물체는 단단해도 그 너머에 있는 것을 볼 수 있었다. 난베리는 유리를 만지고 싶었지만 그러는 대신 아버지 곁에 서 있었다. 아버지는 전날 밝은 파랑색 깃털을 가진 물총새를 새로 발견한 것에 대해 맥아더 부인과 이야기하고 있었다.

맥아더 부인은 새에도, 난베리와 이야기하는 데에도 별 관심이 없는 듯했다. 하지만 난베리는 맥아더 부인을 몇 시간이고 바라볼 수 있을 것 같았다. 그런 분홍빛의 밝은 피부를 가진 여자나 드레스가 그렇게 반짝거리면서 옷자락이 움직일 때마다 사락거리는 모습은 본 적이 없었다. 위로 올린 머리카락에는 윤기가 흘렀다. 그토록 매끈한 손을 본 것도 처음이었다.

"저녁이 준비되었습니다."

아까 봤던 하인이 말했다. 총독은 맥아더 부인에게 다치지 않은 팔을 내밀었다.

난베리는 아버지 곁에서 걸어가 식탁 가운데에 앉았다. 총독은 식탁 한쪽 끝에, 맥아더 부인은 다른 쪽 끝에 앉았다. 손님들은 각자 가져온 롤빵을 자신의 접시에 놓았다. 맥아더 부인의 접시에는 이미 롤빵이 놓여 있었다. 맥아더 부인은 총독에게 방긋 웃어 고마움을 표했다.

은촛대에서 촛불이 깜빡거렸다. 총독에겐 아직 초가 남아 있었다. 하인들이 요리를 나르기 시작했다.

난베리는 눈을 떼지 못했다. 하인 한 명은 원주민이었다. 지역 원주민을 쇠사슬로 묶어 놓는 대신 선물 공세를 편다는 총독의 정책이 먹혀들고 있었다. 난베리는 발룬데리를 다시 보지 못했지만 이제는 정착지에 사는 원주민들이 늘고 있었다. 총독의 저택에도 원주민이 한 명 사는 듯했다.

하지만 하인으로 사는 거잖아. 나는 화이트 의사의 아들이라고. 난베리는 생각했다. 총독 하인의 얼굴은 최근에 있었던 율랑 이라바장, 즉 성인식에서 이를 뺀 부위가 부어 있었다.

하인의 얼굴이 부어 있어도 난베리는 그가 누구인지 단번에 알아챘다. 같은 카디걸족인 예메라와네였다. 머리가 굵은 남자아이들과 예메라와네는 난베리에게 말린 무화과 즙으로 덫을 놓아 잡는 법, 뱀이 지나간 자국과 왈라비 꼬리가 스쳐간 흔적을 구분하는 법, 바다가

랑의 내장에 공기를 불어 넣어 공을 만드는 방법을 가르쳐 주었다.

난베리는 예메라와네가 천연두에서 살아남은 것도 모르고 있었다. 베네롱은 카디걸족에서 살아남은 사람이 딱 두 명 더 있다고 말했었다. 하지만 가족이 전염병에 죽어 나가는 상황에서도 살아남은 사람들이 몇 명 더 있는 듯했다.

같이 놀던 아이들 중 몇 명이 더 살아 있는 걸까? 난베리는 궁금했다.

예메라와네는 잉글랜드 하인들이 입는 짙은 빛깔의 옷을 입고 삶은 감자와 당근이 담긴 접시들 사이에 아스파라거스 요리를 내려놓고 있었다. 예메라와네는 난베리를 의식하지 않는 듯 백인 하인들과 함께 벽 쪽으로 물러났다. 손님들은 총독이 잘라 놓은 푸짐한 양고기 등심 그리고 아버지가 부상을 입은 환자 다리를 자를 때처럼 능숙한 손놀림으로 잘라 놓은 닭고기를 먹었다.

난베리는 주변에서 담소가 오가는 동안 아버지가 전에 가르쳐 준 대로 롤빵에 버터를 발라 먹었다. 닭고기는 맛있었지만 레이첼이 어린 수탉 배 속에 백리향을 채우고 구운 것만큼 맛나지는 않았다. 난베리의 양 옆으로 존슨 부인과 누군지 모르는 장교가 앉아 있었다. 두 사람 다 난베리에게 말을 걸지 않았다.

맥아더 부인이 나이프와 포크를 나란히 접시에 놓아 다 먹었다는 표시를 했다. 난베리는 예메라와네에게 신호를 보냈다. 어린 전사는 난베리에게 가까이 몸을 굽혔다.

"맥아더 부인의 접시를 치워."

난베리는 예메라와네가 잉글랜드식 예의범절을 모를 것이라 생각하고 속삭이듯 말해 주었다.

"나이프와 포크를 나란히 두면 잉글랜드인이 하인에게 접시를 치우라고 신호를 보내는 거야."

예메라와네는 아무 말이 없었다. 예메라와네는 맥아더 부인의 접시를 치우더니 다른 손님의 접시도 하나하나 모두 치웠다.

난베리의 접시는 예외였다. 난베리는 닭고기 육즙으로 얼룩진 접시를 앞에 두고 당황하며 자리에 앉아 있었다. 백인 하인들은 이어서 내올 요리를 가지러 나간 상태였다. 결국 난베리는 예메라와네에게 다시 신호를 보냈다. 예메라와네는 난베리와 눈을 마주치려 들지 않았다.

"접시를 치워 줄래?"

예메라와네가 소리 없이 웃자 얼마 전에 이 빠진 자리가 드러나 보였다. 예메라와네는 벽 옆에 있던 자리에 그대로 서서 애써 난베리를 외면했다.

"접시를 치워달라니까!"

"난베리."

아버지의 목소리는 조용했다.

"됐다. 그만해라."

"하지만 아버지……."

마침내 필립 총독이 상황을 파악했다. 총독은 자신의 자리 뒤쪽 보조 탁자에 있는 종을 울렸다. 백인 하인 한 명이 나타났다. 필립 총독은 그 하인에게 무언가 중얼거렸다. 백인 하인이 난베리의 접시를 치우는 동안 난베리는 굴욕감에 귓불까지 달아오른 채 앉아 있었다.

왜 예메라와네는 나를 모욕했을까? 예메라와네는 전사이고 성년식을 치렀는데 나는 그러지 않았기 때문일까? 아니면 내가 까만 피부의 잉글랜드인이기 때문일까?

마치 베네롱에게 또다시 뺨을 맞은 것이나 다름없었다.

난베리는 예메라와네 같은 하인이 아니었다. 난베리는 화이트 의사의 양아들이었다. 예메라와네뿐만 아니라 식탁에 앉은 다른 잉글랜드인도 난베리에게 예의를 갖춰 대해야 마땅했다. 하지만 좀 전에 총독이 난베리를 맞아 인사했을 때를 제외하면 이주민들은 아무도 난베리에게 말 한마디 걸지 않았다. 난베리는 생각했다. 자신이 주머니쥐마냥 먹이를 주면서 구경거리로 삼는 애완동물 같다고.

시간은 더디게 흘렀다. 포도주 잔이 채워지고 과일 바구니가 식탁에 놓였다. 총독의 과수원에서 딴 철 이른 복숭아, 처음으로 딴 멜론과 딸기와 산딸기가 들어 있었다. 이번에도 예메라와네가 아니라 백인 하인이 난베리의 시중을 들었다. 난베리는 음식을 먹었다. 복숭아의 속살은 하얗고 즙이 많았다. 난베리는 그렇게 크고 부드러운 과일을 본 적이 없었다. 하지만 복숭아가 타버린 나무의 재 같은 맛이라 한들 난베리는 상관하지 않았을 것이다.

견과류가 나왔다. 쿠라종이나 버냐가 아니라 아몬드와 월넛처럼 잉글랜드에서 먹는 견과류로 총독의 과수원에서 난 것도 있고 저 멀리 수평선을 건너 온 커다란 선박으로 실어온 것도 있었다.

마침내 식사가 끝났다. 이번에도 예메라와네가 아니라 다른 하인이 귀한 고래 기름을 넣은 랜턴으로 돌아가는 길을 밝히느라 앞장섰고 난베리와 아버지가 뒤를 따랐다.

집 안은 어두웠지만 레이첼이 에뮤 새의 기름을 담은 접시에 심지를 띄운 간이 램프로 계단 옆에 불을 밝혀 놓았다. 의사는 램프를 들고 침실로 향하는 계단을 오르기 시작했다.

"아버지……."

의사는 뒤돌아보았다.

"그래."

"저…… 아까 아버지를 창피하게 만들었다면 죄송해요."

아버지의 얼굴 표정을 살피기에는 주위가 너무 어두웠다.

"네 잘못이 아니야."

맞아요. 난베리는 생각했다. 자신의 잘못이었다면 차라리 나았다. 어떤 옷차림을 하고 어떻게 잉글랜드인처럼 말하는지 배웠던 것처럼 적절하게 행동하는 법도 배우면 되니까. 배우지 않으려 하는 자들은 잉글랜드인이었다. 카디걸족도 마찬가지였다. 같은 바닷가에서 거의 삼 년을 살아왔지만 어느 쪽도 상대방을 잘 알지 못했고 서로를 알려고 하지 않았다.

난베리는 총독이 자신을 좋아한다는 것을 알고 있었다. 총독은 항구 근처의 부족이나 멀리 파라마타 지역의 원주민들과 이야기해야 할 때면 난베리에게 통역을 맡겼다. 예메라와네는 어쨌든 모두의 시중을 드는 하인에 불과했지만 난베리는 총독과 같은 식탁에 자리한 손님이었다. 아버지도, 심지어는 레이첼도 자신에게 친절했다.

"하지만…… 저는 이곳에 속하지 않아요. 친구도 없어요."

의사가 제대로 듣지 못할 정도로 조용한 말소리였다.

"뭐라고 했니. 얘야?"

"친구도 없어요. 저는 총독님을 위해 일하고 이곳에서 제가 할 일을 해요. 하지만 저는 이곳에 속하지 않아요. 아버지, 저는 떠나고 싶어요."

"네 부족으로 돌아가려고?"

"이제는 아버지가 제 동족이에요!"

고뇌에 찬 외침이 계단에 울려 퍼졌다. 바깥에서 주머니쥐가 놀라서 쿵쿵대며 다른 나무를 올라탔다.

"안타깝구나, 얘야. 그 마음 안다. …… 이해하고말고."

의사의 목소리에서 쓰라림이 묻어났다.

"얼간이들 사이에서 홀로 있는 게 어떤 느낌인지 나도 잘 안다. 하지만 내가 어떻게 해 줘야 할지 잘 모르겠구나."

"바다로 보내 주세요. 선원이 되고 싶어요."

"뭐라고?"

아버지는 간이 램프의 깜빡이는 불빛 속에 난베리를 빤히 바라보았다.

"네가 지금 무슨 부탁을 하는 건지 잘 모르는구나. 얘야, 배는 땅 위의 지옥이나 다를 게 없어. 음식은 형편없고 조금이라도 잘못하면 채찍이 날아들지. 얘야, 나는 해군의 군의관이야. 얼마나 많은 선원들이 첫 항해에서 집으로 돌아가지 못하는지 알고나 있니? 선원 중 절반은 마흔 살 전에 죽고 설사 살아남는다 해도 괴혈병으로 이가 빠지고 팔이나 다리 한쪽은 으스러지기 일쑤야. 사지가 멀쩡한 선원을 몇 명이나 봤니?"

"피부가 까만 선원은 봤어요."

난베리는 부드럽게 말했다.

"아프리카에서 온 선원이요. 아메리카 원주민 선원도 있었고요. 이곳 잉글랜드인에게 저는 언제까지나 야만인일 거예요. 카디걸족에도 저는 아무것도 아니에요. 하지만 배를 타면…… 어쩌면 다른 땅에서는……."

난베리는 의사의 얼굴이 보였으면 싶었다. 마침내 계단 위에서 의사의 목소리가 들려왔다.

"알겠다. 총독님께 말씀 드려 보자. 워터하우스 선장이 다음에 노 퍽섬에 갔다 올 때 너를 사환으로 데려가는 걸 허락하실 게다. 그러면 되겠니?"

난베리는 자신도 모르게 씩 웃었다. 다시는 웃지 못하리라 생각했는데, 이제는 춤을 추고 싶을 지경이었다. 배를 탄다! 정착지에서 가장 용감한 사람인 워터하우스 선장과 함께.

"아버지, 감사합니다!"

"배를 타는 게 어떤 일인지 알게 될 때까지 감사는 미뤄 두렴. 끔찍하게 싫어하게 될지도 모르니까. 아마 그럴 거야."

"아닐 거예요."

난베리는 단호하게 말했다. 난베리는 스스로 의식하지 못했을 뿐, 처음으로 커다란 배를 본 이후 자신이 무엇을 원하는지를 깨달았다. 바다와 하늘 사이의 가느다란 선으로 항해하고 싶다는 바람을.

"가 봐라. 이제 자렴."

아버지는 난베리가 앞이 보이도록 간이 램프를 높이 들었다.

"나는 여기에 좀 앉아 있을게."

"책을 쓰시게요?"

"아마도. 얘야, 잘 자라."

의사는 부엌으로 돌아가며 부드럽게 말했다.

난베리는 계단을 올라갔다. 그날 저녁의 굴욕감은 기억에서 사라져 버렸다. 나는 곧 커다란 배를 타게 될 거야. 선원이 될 거야. 예메라와네보고 그것도 비웃어 보라지.

난베리

시드니만, 1790년 11월

레이첼은 아래층에서 들려오는 소리에 잠에서 깼다. 처음에는 그
저 주머니쥐가 옥수수 때문에 음식 저장고에 들어가려 발버둥치는
소리라고 생각했다. 하지만 소리가 다시 들렸다. 레이첼은 잘 때 머
리를 뒤로 땋아 내린 그대로 숄을 집어 들고, 달빛이 들도록 빗장을
젖혀 덧문을 연 다음 조용히 계단을 내려갔다.

벽난로의 석탄이 내뿜는 붉은빛에 의사가 부엌에 앉아 있는 모습
이 희끄무레 보였다.

"선생님?"

의사는 고개를 들었다. 볼에 흘러내린 눈물이 불빛에 번들거렸다.

레이첼은 의사가 수술 뒤에 두 팔이 여전히 피에 흠뻑 젖은 모습도
보았다. 줄지어 늘어선 시체 사이로 걸어가면서 시체를 매장하도록

침착하게 지시하는 것도 보았다. 셔츠에 총독의 피를 묻히고 온 것도 보았다. 하지만 의사가 우는 모습은 한 번도 본 적이 없었다.

레이첼은 서둘러 의사에게 다가갔다.

"선생님, 무슨 일이세요?"

의사는 고개를 저었다.

"아무것도 아니야. 별일 아니야. 가서 자게."

"뭐가 잘못된 건지 말씀하실 때까지 여기 있겠어요."

"뭐가 잘못됐냐고?"

절망감에 젖은 의사의 목소리에 레이첼은 소름이 끼쳤다.

"잘못되지 않은 게 뭔데? 우리는 깨끗한 땅에 와서 그 땅을 악취 나는 진창으로 만들었어. 새로운 도시를 건설하겠다는 포부를 품고 왔지만 겨우 오두막이나 몇 채 지었을 뿐이야. 이주민은 일을 할 바엔 훔치는 게 낫다는 주정뱅이들이고. 병사들은 툴툴 대면서 노동 따위는 거들떠보지도 않아. 우리가 이 땅에 해 놓은 일 중에 좋은 건 하나도 없어."

"선생님이 계시잖아요. 선생님은 좋은 분이세요. 제가 여태까지 만나본 사람 중 가장 좋은 분이에요."

"내가?"

의사는 코웃음을 쳤다.

"내가 최악이었지. 수백 명의 원주민이 죽어 나갔는데 내가 한 게 뭔가? 난베리한테는 내가 도움이 되었다고 생각했는데…… 나는 난베리도 실망시켰어."

레이첼은 하얀 잠옷을 입은 채 말없이 한동안 서 있었다.

"어떻게 난베리를 실망시켰는데요?"

"난베리에게 자신이 잉글랜드인이 된 것처럼 생각하게 만들었지. 하지만 난베리는 잉글랜드인이 아니니까 잉글랜드에 가면 구경거리가 될 거야. 잘해야 하인 정도 되겠지. 난베리가 배를 타도 되느냐고 오늘밤 나한테 묻더군. 선원이 되겠다고."

"그러라고 하셨어요?"

"사환으로 일하게 해 주겠다고 말했네. 워터하우스 선장은 좋은 사람이야. 그 배라면 웬만한 배보다야 낫지."

"선원으로 사는 게 그렇게 나쁜가요?"

의사는 주머니쥐를 위해 열어 둔 창문 너머로 반짝이는 별을 바라보았다.

"사람들이 억세지. 선원들은 보통 술에 취했을 때나 교수대의 올가미 대신 배를 타라고 명령 받을 때나 마지못해 어쩔 수 없이 배를 타니까."

"하지만 배를 타고 싶어서 타기도 하잖아요. 모험을 하고 싶어서요. 세상을 보려고요."

레이첼은 머뭇거렸다.

"게다가 어쩔 수 없이 배를 탔지만 배에 남는 사람들도 있잖아요. 다른 항구에 도착했을 때도요."

"안 그러면 굶게 될 테니까."

"모두 다 그런 건 아니잖아요."

"맞아. 모두 다 그런 건 아니지. 어쩌면……."

의사는 다시 고개를 저었다.

"레이첼…… 나는 너무 외로워. 같이 이야기할 사람이 아무도 없이 삼 년 육 개월을 보냈어. 사는 낙이 없어……"

의사가 레이첼이라고 부른 것은 이번이 처음이었다. 레이첼은 의사에게 한 발짝 더 다가갔다. 레이첼은 의사의 어깨에 손을 얹었다. 의사는 팔을 뻗어 레이첼의 머리칼을 쓰다듬었다.

레이첼은 다시는 이러지 않겠다고 다짐했었다. 하지만 주인은 좋은 사람이었다. 좋은 일을 하는 사람이었다. 레이첼을 필요로 하는 사람이었다. 레이첼은 말했다.

"제가 여기 있잖아요."

태평양, 시드니만, 1791년 6월

하얀 거품이 이는 파도가 배 위로 솟구쳐 올라 작은 배를 불쏘시개로 박살 내려는 기세였다.

당번을 마친 선원들이 몇 시간이나마 눈을 붙이러 와 해먹에 누웠다. 해먹에는 앞서 해먹에서 자고 일어나 갑판으로 당번 서러 올라간 선원의 온기가 남아 있었다. 양고기는 입에 물집이 잡힐 만큼 짰고, 배에서 나오는 비스킷에는 바구미가 기어 다녔다. 그나마 마음 편히 있을 곳은 바닷물이 아래에서 찰싹대는 배 뒷전의 구석 자리뿐이었다. 하늘에 가득한 햇빛이 바다로 쏟아졌다.

바다와 하늘의 세상 그리고 멀리 가느다랗게 그어진 수평선.

난베리는 처음 이틀 동안 뱃멀미를 했다. 워터하우스 선장의 심부름을 하느라 뛰어다니는 틈틈이 배 난간 너머로 토했다. 이튿날 저물

무렵, 난베리는 지칠 대로 지쳐 기다시피 해서 침상에 들었다.

셋째 날 잠에서 깨자 속이 가라앉아 있었다. 워터하우스 선장의 요강을 비울 때조차 속이 울렁거리지 않았다. 아침식사는 생선과 감자를 넣은 스튜였다. 난베리는 밧줄을 말아 놓은 커다란 똬리에 걸터앉아 게걸스레 스튜를 먹었다. 돛이 펄럭이고 밧줄이 삐걱대었다. 돛대 높은 곳에는 망루가 있었다. 언젠가 난베리가 망루에 오를 날이 올지도 몰랐다. 바다 위로 높이. 알바트로스 한 마리가 느긋하게 돛대 곁으로 미끄러지듯 날아갔다. 난베리는 새에게 손을 흔들고 싶어졌다.

"안녕, 친구야! 나도 이 세상의 주인이라고."

바로 그때 초록빛 얼룩이 눈에 들어왔다. 노퍽섬이었다. 끝없는 바다에서 초록빛 점을 찾기란 불가능해 보였다. 그런데 어찌 된 일인지 워터하우스 선장은 그 일을 한 번도 아니고 여러 번 해냈다.

필립 총독 또한 같은 방식으로, 네 계절을 모두 합친 기간만큼이나 길었던 항해 끝에 뉴사우스웨일스를 찾았다. 총독은 달이 어둠 속에서 길을 찾듯 별을 따라 움직였다. 처음으로 난베리는 잉글랜드인에 대해 진정한 경외감을 느꼈다. 집, 머스킷 총, 금속 도끼, 옥수수 밭은 길이 없는 대양을 가로지르는 찬란한 지식에 비하면 아무것도 아니었다.

쉽지 않았다. 난베리는 배에 탄 사람 중 가장 어렸다. 난베리의 임무는 워터하우스 선장의 방을 청소하고 심부름하는 것이 거의 다였지만 그것조차 난베리에게는 체력의 한계를 절감하게 했다. 그래도 난베리는 좋았다. 고통과 고난을 받아들이고, 어떠한 대가를 치르든지 한 남자로서 가능한 일은 모두 해내기. 이것이 바로 전사가 하는 일이었다.

난베리는 다른 전사들 몇 명을 정복하는 데 그치는 게 아니라 바다를 정복하는 사람, 즉 선원이 되기로 작정했다.

배가 돛에 남풍을 그득 안고 물결이 잔잔해지는 항구로 너울너울 들어왔다. 바람에서는 얼음 냄새, 다른 선원들이 이야기했던 불가사의한 땅의 냄새가 났다. 그곳에서는 물이 단단해지고 손가락을 따갑게 만들거나 발가락을 썩게 만들기도 하고, 비가 내릴 때 하늘에서 하얀 깃털이 날린다고 했다.

언젠가 나는 그곳에 갈 거야. 난베리는 다짐했다. 언젠가 나는 어디든 다 갈 거야.

항구를 다시 보니 좋았다. 나무 냄새, 흙냄새, 요리하기 위해 피운 모닥불 냄새가 좋았다. 배가 닻을 내리고 선원들이 작은 보트를 타고 육지로 가는 동안 정착지에서 풍겨 오는 변소 냄새마저 좋았다.

난베리는 아버지가 바다 멀리 서플라이호의 돛이 보인다는 이야기를 들고 부두의 군중 속에서 자신을 기다리고 있기를 내심 바랐다. 하지만 아버지의 모습은 보이지 않았다. 아버지가 소식을 듣지 못했거나 일하느라 자리를 뜰 수 없던 모양이었다.

난베리는 요리사인 외다리 조니와 뚱뚱보 잭에게 손을 흔들어 작별인사를 했다. 뚱뚱보 잭은 얼마나 말랐는지 뱃가죽을 손으로 찌르면 등에 닿는 게 느껴질 정도였다. 난베리는 더플백을 어깨에 메고 주변에서 들려오는 고함을 무시한 채 언덕을 올라갔다.

배가 들어올 때면 늘 사람들이 몰려들었다. 선원의 돈을 넘보는 여자들, 술을 파는 사람들, 잠자리가 있다며 호객하는 판잣집 주인들도 있었다. 죄수와 아이들과 병사는 부두에 하릴없이 나와 있었다. 배가 도착하는 광경은 교수형이나 태형처럼 지루한 일상을 깰 만한 흔치 않은 구경거리였기 때문이다.

한때는 정착지의 이주민이라면 누군지는 모르더라도 얼굴은 다 알던 시절이 있었다. 하지만 죄수들을 실은 배가 계속 들어왔고 아프고 굶주린 사람들은 농장이나 도로에서 일을 할 수 있게 될 때까지 병원에서 보살핌을 받았다. 정착지에는 이제 낯선 사람들이 우글거렸다. 모여든 사람들 중 난베리가 아는 얼굴은 하나도 없었다.

난베리는 가만히 지켜보았다. 항구의 맞은편 끝에 있는 사람들은 난베리나 서플라이호에서 내린 선원이 아니라, 진흙 섞인 모래에 끌어 놓은 카누를 보고 있었다. 난베리는 그렇게 큰 카누는 처음 보았다.

여자들이 타는 나무껍질 카누와는 달리 나무줄기를 통째로 파낸 카누였다. 카누 안에 있는 그물에는 은빛 비늘을 반짝이는 물고기가 가득했다.

난베리는 어느 불한당이 더플백을 낚아챌까 싶어 신경 써서 더플백을 꽉 부여잡고 사람들을 헤치며 앞으로 나아갔다. 누가 저런 카누를 만들었단 말인가? 까만 피부에 빨간 셔츠와 해어진 바지를 입은 젊은이가 커다란 물고기 한 마리를 건네고 빵을 한 덩이 받아 들었다. 난베리는 젊은이가 물고기가 든 자루 하나를 끌어내는 걸 지켜보았다. 젊은이는 머리가 벗겨지기 시작한 죄수에게 물고기 값으로 손도끼를 받아 들며 씩 웃었다.

발룬데리였다.

"발룬데리!"

난베리가 외쳤다.

발룬데리가 웃었다.

"선원이 돌아왔네."

발룬데리는 원주민의 언어로 말했다.

"다시 봐서 반갑다, 난베리 발룬데리, 내 형제."

"다시 봐서 반가워, 발룬데리 난베리. 카누는 어떻게 된 거야?"

난베리는 흥분하며 덧붙였다.

"형이 만들었어?"

발룬데리는 씩 웃었다.

"물에 뜨는 카누를 하나 만드는 데 꼬박 한 계절이 걸렸지. 하얀 유령의 도끼를 썼어. 파라마타 지역의 하얀 유령들은 물고기라면 환장해. 이곳의 하얀 유령들처럼 말이야. 놈들은 바람이 불거나 숭어가 먹이를 찾을 때 물고기가 어디에 숨는지 몰라. 나는 정착지에서 최고의 어부라고."

"이젠 잉글랜드인이 좋아?"

발룬데리는 머뭇거렸다.

"흥미로워. 잉글랜드인의 물건 중에는 좋은 것도 있고."

발룬데리는 난베리와 시선을 마주쳤다.

"하지만 난 여전히 에오라야."

'에오라'는 '사람', 즉 부족 전체를 뜻했다. 카디걸족, 구링가이족, 다루그족은 몇 명 남지 않았다. 부족 간의 장벽은 무너지고 있었다.

"형은 아직 성년식을 치르지 않았잖아."

난베리가 조심스레 말했다.

발룬데리는 정색하고 난베리를 쳐다봤다.

"나는 그동안 총독에게 파라마타 지역을 안내했어. 나는 그동안 많은 일을 했어. 곧 성년식을 치를 거야."

"형, 총독을 알아?"

지난번에 난베리가 발룬데리를 만난 뒤로 어떻게 그토록 많은 일

이 일어난 걸까?'

발룬데리는 다시 웃음을 터뜨렸다. 발룬데리는 영어로 조심스레 말했다.

"나는 파라마타에 있는 필립 총독의 저택에서 지내. 오늘은 물고기가 아주아주 많아. 물고기를 여기로 가지고 와."

발룬데리는 영어를 잘했다. 난베리만큼 잘하지는 않았지만 베네롱이나 부릉보다 잘했고 난베리가 아는 어떤 원주민보다도 잘했다. 이번에도 난베리는 이 젊은이와 형제라는 사실이 자랑스러웠다.

"잉글랜드인 같이 말하는걸."

난베리가 말했다.

"쓸모 있어."

발룬데리가 그들의 말로 수긍했다.

"하얀 유령들은 너무 멍청해서 우리말을 배울 수가 없다고."

발룬데리의 시선이 문득 서플라이호에 닿았다. 항구에 닻을 내린 배가 잔물결에 흔들리고 있었다.

"그런데 네가 저 배를 탔다고?"

발룬데리의 목소리에는 감탄과 부러움의 기색이 뚜렷했다.

"응."

"만나서 너무 반가웠어, 동생."

"나도."

발룬데리는 난베리를 바라보았다.

"언제 파라마타에 좀 있다 가. 같이 물고기를 잡자. 커다란 배를 탄 이야기도 들려주고."

서플라이호가 다시 출항하려면 한참 있어야 할 것이다. 난베리는 아버지 화이트를 보고 싶고, 레이첼이 만든 음식을 먹고 싶고, 침대에서 자고 싶고, 발 밑 바닥이 위아래로 흔들리는 것을 신경 쓰지 않고 싶었다.

난베리가 씩 웃었다.

"그래."

난베리가 말했다.

"며칠 있다 거기로 갈게."

시드니만, 1791년 7월

집에 오니 좋았다. 아버지에게 산더미 같은 파도에 대해 이야기하고 아버지가 탔던 배 이야기를 듣는 것도 좋았다. 아버지가 젊었을 때 그렇게 배를 많이 탔다는 걸 왜 여태 몰랐을까?

레이첼은 난베리가 배에서 옮은 이를 없애야 한다며 집 안에 들어오기 전에 머리를 감으라고 난리를 쳤다. 난베리가 여벌의 바지로 갈아입는 동안 레이첼은 난베리의 옷을 막대기 끝으로 집어서 큰 솥에 던져 넣고 삶았다.

난베리는 그 모든 것이 다 좋았다.

레이첼과 아버지는 이제 같은 방을 썼다. 난베리는 그다지 개의치 않았다. 남자와 여자는 그러기 마련이었다.

집에 돌아온 지 일주일이 지나도록 원하는 만큼 실컷 늦잠을 자면서 항해의 여독을 푸는 것도 좋았다. 주머니쥐에게 유칼립투스나무의 어린잎을 주면 그 바보 같은 놈이 커다랗고 까만 눈으로 올려다보며 앞발에 이파리를 잡고 갉작거리는 모습을 지켜보는 것은 더 좋았다.

무엇보다도 좋은 것은 밤이 길어져 정착지가 온통 냉기에 휩싸일 때 난롯불이 이글거리는 부엌에서 한편에는 아버지, 다른 한편에는 레이첼과 둘러앉아 저녁을 먹는 것이었다. 식탁에는 바구미 없는 갓 구운 빵, 냄새가 나지 않는 버터, 감자와 야채를 곁들인 구운 양고기, 창고에서 가져온 사과와 건포도를 가득 넣은 커다란 푸딩이 넉넉했다.

"양고기 더 드실래요. 선생님?"

레이첼이 의사의 접시를 다시 채워 주었다. 난베리도 자신의 접시를 내밀었다.

의사는 양고기를 한 입 베어 물었다.

"깜빡하고 이야기 안 했네. 파라마타 지역의 주둔군에게 물고기를 공급해 주는 젊은 원주민 어부를 아니?"

레이첼이 고개를 끄덕였다.

"지난주에 그 젊은이가 부두에 왔을 때 나도 비스킷을 주고 물고기를 얻었어."

"음, 물고기를 살 기회가 다시는 없을지도 몰라. 며칠 전 밤에 파라마타에서 불한당 몇 명이 젊은이의 카누를 부숴 버렸어. 젊은이가 그

일로 상당히 상심한 모양이더군. 젊은이가 파라마타에 있는 총독의 저택에 온통 붉은 진흙을 묻히고 나타나 날뛰면서 소리를 질렀다는 데."

"총독은 어떻게 했대요?"

의사는 어깨를 으쓱해 보였다.

"누구 소행인지 밝혀냈다는군. 죄수들이 젊은이가 물고기를 거래하는 게 질투가 났던 거야. 놈들은 태형을 한참 당했어. 총독님은 젊은이에게 자질구레한 장신구를 몇 개 주면서 한 명은 처형시켰다고 말했어. 물론 총독의 말은 거짓말이었지. 하지만 젊은이는 총독의 말을 듣고 마음을 좀 가라앉힌 모양이야."

의사는 양고기를 다시 한 입 베어 물었다.

난베리는 꼼짝 않고 앉아 있었다. 친구의 카누, 멋진 카누, 누구도 만들지 못한 카누, 흠잡을 데 없이 완성하는 데 꼬박 한 계절이 걸린 카누가 부서졌다. 그런데 친구는 속았다. 카누 대신 자질구레한 장신구 몇 개를 받았다.

분노가 솟구쳐 올랐다. 난베리는 분노를 드러내지 않았다. 이제 자신의 감정을 드러내지 않는 데 익숙했다. 워터하우스 선장이 늘 말했던 것처럼 선원이건 전사건 이를 악물고 참아야 했다. 타격을 입었다고 아픈 티를 내는 법은 없었다.

이제 파라마타에 들를 일은 없을 듯했다. 발룬데리가 배신감과 억

울함을 감당하며 파라마타에 눌러앉아 있을 리 없었다.

마치 고기가 아니라 모래를 씹는 기분이었다. 난베리는 두 접시째
먹던 고기를 밀어냈다.

시드니만, 1791년 8월

"머리 부상 두 명, 괴혈병 여덟 명, 돌에 맞은 부상자 한 명, 파리들이 말을 건다고 생각하는 미친 사람 한 명, 치루가 생긴 아기 한 명. 이상한 날이었어."

의사가 말하는 동안 레이첼은 의사의 코트를 벽에 건 다음 무릎을 꿇고 의사의 부츠를 벗기고 있었다. 레이첼은 론이 부츠를 닦도록 밖에 내놓았다.

"다른 소식은 없어요?"

레이첼이 난베리에게 식탁에 앉으라고 손짓하며 물었다. 레이첼은 커다란 프라이팬에 캥거루 고기 조각을 튀겨 놓고 육즙에 밀가루와 물을 넣어 소스를 만들어 놓았다. 식탁에는 옥수수빵이 버터와 나란히 놓여 있었고, 레이첼이 갓 만든 맥주도 한 주전자가 있었다.

"장교들끼리 또 싸웠어. 나는 관여하지 않아. 아, 그리고 그 원주민 어부 말이야. 또 문제가 생긴 것 같아. 며칠 전에 파라마타에서 이송되어 온 두개골 골절 환자가 오늘 아침 말을 하기 시작했어. 그 원주민이 죄수 한 명을 창으로 찔렀다는군. 오늘 오후에 총독님의 어깨를 살펴보러 들렀을 때 그 문제를 어떻게 할지 여쭤 봤어."

"아직도 어깨가 아프시대요?"

레이첼이 물었다.

의사는 고개를 끄덕였다.

"단순한 염증은 아닌 것 같아. 뼈까지 감염되지 않았나 싶어."

"그 원주민은요?"

난베리가 조용히 물었다.

"뭐? 아, 발룬데리 말이군. 총독님 말씀이 그 젊은이가 범행을 저질러 놓고는 뻔뻔하게도 다른 카누를 타고 항구까지 왔었다는군. 총독님한테 사면을 청할 생각이었던 것 같아. 총독님이 보초에게 놈을 체포하라고 지시했지."

의사는 고개를 내저었다.

"베네롱이 다시 총독과 함께 지내고 있거든. 베네롱이 소리쳐서 알리는 바람에 젊은이가 자취를 감췄다는군."

"그게 언제 일어난 일이래요?"

난베리가 애써 무덤덤한 목소리로 물었다. 아버지는 발룬데리의 이름을 알고 있었다. 하지만 그 이름을 자신의 양아들이 일 년 전 사귄 친구와 연결시키지는 못할 듯싶었다.

의사는 어깨를 으쓱해 보였다.

"한 일주일 전? 물어보지는 않았는데. 안됐어. 총독님께서 그 젊은이가 장래성이 있다고 그랬는데. 심지어 총독님은 그 젊은이를 잉글랜드로 데려가서 원주민이 어떤 사람들인지 왕립 협회에 선보일 생각까지 하고 계셨거든. 하지만 이제는 교수형감이지. 먼저 총에 맞지 않는다면 말이야."

난베리는 얼어붙은 채 앉아 있었다. 친구가 위험에 처해 있었다. 친구 이상이었다. 형제였다. 이름을 교환한 것은 충동적으로 한 일이었지만 형제지간으로 지내자던 약속은 여전히 유효했다.

느닷없이 론이 문을 쾅쾅 두드려댔다. 의사는 한숨을 내쉬었다.

"놈이 얌전하게 노크하는 법을 배우는 날이 올까?"

"설마요."

레이첼이 말했다. 레이첼이 일어나 뒷문을 열었다. 론이 숨을 헐떡이고 있었다. 언덕을 뛰어 올라온 듯 했다.

"선생님, 총독님이 오시라고 합니다. 원주민 한 무리가 만 건너에 모여 있답니다. 무리의 주모자가 발룬데리라고 합니다. 총독님이 놈들과 싸워서 발룬데리 녀석을 잡아오기 위해 토벌대를 모으고 있어요. 총독님이 선생님에게 병영으로 내려오라고 하십니다. 놈들의 기다란 창에 부상자가 나올 것 같다고 합니다. 선생님."

의사는 맥없이 고개를 끄덕였다.

"하늘도 무심하시지. 이런 일은 언제나 끝나는 걸까?"

의사는 일어섰다. 난베리는 의사가 갈색 왕진 가방을 들고 나갈 때까지 기다렸다가 방에서 슬그머니 뒤따라 나갔다.

난베리는 생각했다. 병사들이 준비하는 데 얼마나 시간이 걸릴까? 오래 걸릴 거야. 군복을 입고 화약과 머스킷 총을 점검하겠지. 묵직한 장화를 신고 머스킷 총을 어깨에 메고 행진하겠지.

그들이 어디로 가는지 따라갈 수 있을 거야. 친구에게 조심하라고 알려 줄 수 있겠지. 누군가 나를 알아본다면 처벌받겠지. 어쩌면 교수형을 당할지도 몰라. 백인을 창으로 찌른 사람을 도우는 자는 누구든 그렇게 되니까. 아버지도 아들인 내가 교수형을 당하지 않게 구해 주지 못할지도 몰라.

난베리는 발걸음을 멈췄다. 나는 의사의 아들 난베리야. 좋은 옷차림에 머리를 뒤로 묶고 있지. 하지만 옷을 벗고 머리를 풀면…….

밤공기를 쐬며 벌거벗고 서 있으려니 기분이 이상했다. 난베리는 생각했다. 나는 난베리 화이트가 아니야. 나는…… 나는 누구지? 난베리 버케나우 발룬데리. 내 형제의 형제.

난베리는 여기저기 흩어져 있는 오두막 뒤로 우거진 덤불을 따라 밤공기를 가르며 달리기 시작했다. 머리 위로 부엉이의 울음소리가 들렸다.

그림자를 드리울 만큼 달빛이 밝았어도 밤에 달리려니 쉽지 않았다. 난베리는 발을 헛디디는 바람에 무릎이 까졌다. 그래도 계속 달렸다.

달빛과 별빛에 주변이 서서히 더 잘 보이기 시작했다. 마치 두 발이 갈 곳을 스스로 아는 것 같았다. 난베리는 오래전 사라진 이모들이 속삭이는 소리를 들으며 발치를 내려다봤다.

"어둠 속을 보고 싶으면 밝은 하늘 말고 땅을 내려다보렴."

살갗에 스치는 밤바람이 상쾌했다.

그때 아래쪽 항구 근처에서 희미하게 들려오는 소리가 있었다. 병사들의 발소리가 쿵쿵 울렸다. 하나 둘, 하나 둘······.

병사들이 공격 개시를 위해 행진하고 있었다.

발룬데리와 그 일행은 어디에 있지? 이제 그들을 찾으러 다닐 시간이 없었다.

"지리야이!"

난베리가 소리쳤다. 전쟁 구호를 까먹은 줄 알고 있었는데 막상 닥치니 입으로 튀어나왔다.

"적군이다!"

"지리야이!"

"지리야이!"

외침 소리가 나무 사이로 메아리쳤다. 난베리는 바위 틈새로 움직이느라 속도를 늦추며 물가로 내리달았다.

바다가 달빛에 은빛으로 반짝였다. 한순간에 바위의 형상이 몸에 하얀 물감을 칠한 전사들로 바뀌었다. 아직 성인식을 치르지 않은 젊은이들도 같이 일어났다. 그 젊은이들도 창을 들고 있었다.

발룬데리는 달빛을 받으며 우뚝 서 있었다. 그가 든 창은 그의 키보다도 높이 솟아 있었다.

"적군이야."

난베리가 숨을 헐떡이며 말했다.

"적군이 오고 있어."

발룬데리는 씩 웃었다.

"난베리, 내 형제야. 우리도 알아. 놈들을 기다리고 있었어."

"하지만 적군은 머스킷 총을 갖고 있는데."

"그것도 알아."

다들 어찌나 꼼짝 않고 있던지 마치 바위 위에 그림으로 그려 놓은 것 같았다. 난베리는 고개를 내저었다. 위험하다고 경고하자마자 다들 도망치리라 생각했었는데, 그들은 싸울 작정이었던 것이다.

행진 소리가 더 가까워졌다. 병사들이 총검이 부착된 머스킷 총을 어깨에 메고 바닷가를 굽이돌아 모습을 드러냈다. 바위 근처에서 기다리는 전사들을 아직은 보지 못한 상태였다.

난베리는 병사들이 자신을 보기 전에, 자신을 알아보기 전에 달아나야 했다. 병사들이 공격해 오기 전에 달아나야 했다. 지난번에 전사와 병사가 충돌했을 때 난베리는 잉글랜드인 쪽에서 보트에 숨어 웅크리고 있던 소년이었다.

난베리는 지금 반대편에 서 있었다. 그런데 정말 그럴까?

이제 발룬데리는 난베리를 보고 있지 않았다. 발룬데리의 시선은 병사들에게 가 있었다.

갑자기 병사 한 명이 소리쳤다. 전사들을 본 것이었다.

"제자리 섯!"

병사들이 멈춰 섰다. 앞줄의 병사들이 모래밭에 무릎을 꿇고 머스킷 총을 겨누었다. 다른 병사들도 그 뒤에 서서 총을 겨누었다.

아무도 꼼짝하지 않았다.

"발룬데리, 너를 왕의 이름으로 체포한다. 앞으로 나와라. 그러면 아무도 다치지 않을 것이다."

침묵이 흘렀다. 이윽고 발룬데리가 웃음을 터뜨렸다.

발룬데리가 친근하게 웃으며 앞으로 나섰다. 창은 사라지고 없었다. 발룬데리는 화해의 표시로 아무것도 들지 않은 두 손을 내밀었다.

그 뒤에 선 전사들도 여전히 창을 들고 있기는 했지만 수염 속에 하얀 이를 드러내며 씩 웃고 있었다.

발룬데리는 여전히 두 손을 내밀고 얼굴에 웃음을 띤 채 대기하고 있는 병사들에게 천천히, 한 걸음 한 걸음 모래밭을 가로질러 다가갔다. 다른 전사들이 그 뒤를 따랐다. 난베리 혼자 바위 그늘에 남았다.

어떻게 된 거지? 설마 발룬데리가 자수하는 건 아니겠지! 언덕 위의 교수대에서 처형당하게 될 텐데, 죽어가며 다리를 버둥거릴 텐데…….

뭔가 이상했다. 전사들의 느린 걸음, 웃는 얼굴…….

갑자기 발룬데리가 한 병사의 머스킷 총을 낚아챘다. 그 순간 난베리는 상황을 파악했다. 병사들은 전사가 아니었다. 머스킷 총을 빼앗기고 나면 창과 전투용 도끼 앞에서 속수무책일 것이다.

달빛 아래에서 까만 그림자가 붉은 군복과 실랑이를 벌였다. 정확히 상황이 어떻게 돌아가는지 파악할 수 없었다.

내가 도와야 하는데. 난베리는 생각했다. 하지만 섣불리 나섰다가 일을 그르칠 수도 있었다. 이 상황은 분명 계획된 것이었지만 나머지 계획이 어떤 것인지 난베리는 짐작조차 할 수 없었다.

창이 달빛 속에 번득이며 날아갔다. 머스킷 총 한 자루가 탕 소리를 냈다. 누군가 비명을 질렀다. 원주민이었지만 발룬데리는 아니었다.

그다음 전사들은 순식간에 사라졌다. 어두운 그림자는 밤의 어둠

속으로 스며들었다. 병사들은 달빛이 쏟아지는 모래밭에 남아 어리
둥절한 채 서 있었다.

난베리는 조용히 뒤로 물러나 커다란 바위 사이에 몸을 숨겼다. 난
베리는 궁금했다. 다른 사람들은 어디로 간 걸까? 왜 나를 데려가지
않은 거지?

하지만 그는 난베리 화이트였다. 난베리는 다시 옷을 입고 아버지
의 집으로 달려가야 했다. 아버지는 부상자를 치료하기 위해 병영에
서 대기하고 있을 것이다.

병사들이 웅성댔다. 병사들은 대오가 흐트러진 채 바닷가를 따라
비실비실 돌아가기 시작했다. 난베리는 내려왔던 언덕을 다시 걸어
오르기 시작했다. 난베리는 발룬데리가 나무 사이에 숨어 있다가 조
용히 자신을 불러 주길 내심 바랐다. 하지만 부엉이 울음소리만 들릴
뿐이었다.

난베리는 생각했다. 나는 쓸데없이 위험을 무릅쓴 거야. 내가 위험
하다고 알리러 달려갔다고 해서 변한 건 아무것도 없었어. …… 아니
야. 난베리는 발걸음을 멈췄다. 오늘밤 변한 사람은 나야. 어제까지
나는 잉글랜드 소년이었어. 그런데 오늘밤에는 내 형제에게 위험을
알려 주려고 뛰쳐나갔다고.

흑인 형제, 백인 아버지. 난베리는 달빛에 자신의 손과 벌거벗은
몸뚱이를 바라보았다. 자신의 까만 몸뚱이. 무릎이 아팠다. 난베리는

무릎을 문지른 다음 절뚝거리며 집으로 돌아가기 시작했다.

잭슨항과 백필즈(현재 헤이마켓 지역), 1791년 8월

요즘 난베리는 총독의 저택과 병사들의 연병장 근처를 서성댔다. 난베리는 노퍽섬에 다녀온 것을 핑계 삼아 보초병들과 담소를 나눴다. 난베리는 아버지의 집에서 잤고, 아버지와 같은 식탁에서 밥을 먹었다. 난베리가 사람들 말에 귀 기울이는 줄은 아무도 몰랐다. 난베리는 사람들의 동정을 살폈다.

난베리는 발룬데리의 전사들이 머무는 곳을 총독이 알아냈다는 소식을 들었다. 벽돌 찍는 곳 너머 이 킬로미터도 안 되는 곳이었다. 총독은 전사들을 찾아내라고 지시했고, 창으로 공격해 오면 총을 쏘라는 명령을 내렸다고 했다.

난베리는 연병장에서 벗어나자마자 대낮인데도 옷을 벗어 던졌다. 난베리 화이트가 아니라 원주민인 난베리답게. 난베리는 덤불의

가시에 찔려 살갗이 따가웠지만 선원으로 일하면서 생긴 근육에 감사하며 내달렸다.

하늘로 피어오르는 모닥불 연기가 없어서 전사들 위치가 가늠이 안 되었다. 하지만 난베리는 불 피운 곳에서 난 연기 냄새를 맡고 방향을 틀어 도랑을 기어 올라갔다.

릴리필리나무는 꿀 냄새를 풍기는 하얀 꽃을 피우고 있었고, 야생 난이 땅속에 귀여운 덩이줄기를 뻗고 있었다.

난베리는 잊어버린 줄 알았는데 아니었다. 난베리가 맨발로 소리를 전혀 내지 않은 채 야영지에 불쑥 나타나는 바람에 전사들이 화들짝 놀라며 난베리를 올려다보았다.

전에 모였던 전사와 젊은이들인 듯했다. 나무에 기대고 있거나 모닥불의 잿더미 옆에 앉아 구운 바다가랑 고기를 거의 먹은 상태였다. 오늘은 하얀 물감을 칠하진 않았지만, 고기 잡는 작살이 아니라 미늘이 달린 기다란 전투용 창을 지니고 있었다. 난베리는 처음에는 발룬데리를 보지 못했다. 하지만 얼마 있지 않아 사람들 사이에서 발룬데리를 찾아냈다.

"병사들이 오고 있어! 이번에는 당신들을 보는 대로 총을 쏴 죽일 작정이야!"

발룬데리는 서두르는 기색 없이 자리에서 일어났다.

"그렇다면 우리가 놈들 눈에 띄지 않게 해야겠네. 고마워. 형제."

다른 전사들이 창과 전투용 곤봉인 웅아랑갈라를 집어 들고 나무 사이로 성큼성큼 걸어 들어가기 시작했다.

"형은 어디로 가는 거야? 파라마타로 돌아가는 거야?"

발룬데리는 머뭇거리더니 난베리를 믿는다는 의미로 고개를 끄덕이면서 말했다.

"항구 너머로 가야지. 잉글랜드인들도 거기까지 굳이 오진 않을 테고 우리를 잡으러 온다 해도 놈들의 보트가 보일 테니까."

발룬데리는 잠시 뒤 말을 이었다.

"총독은 여전히 분노하고 있을까? 넌 어떻게 생각해?"

"형, 정착지로 돌아가고 싶어?"

"난 바다가랑처럼 쫓겨 다니고 싶지는 않아. 항구에서 다시 낚시를 하고 싶어."

발룬데리는 난베리와 눈이 마주쳤다.

"내가 잉글랜드에 갈 수도 있다고 총독이 그랬는데. 나는 새로운 땅을 보고 싶고 너처럼 커다란 보트도 타고 싶어. 총독이 지난 일을 잊지 않을 것 같아?"

"응."

난베리가 솔직하게 답했다.

"잉글랜드인은 사람을 죽이는 건 심각한 일이라고 생각해. 백인을 죽이는 것 말이야."

난베리가 덧붙여 말했다.

"총독은 그 벌로 나를 죽여야 직성이 풀릴까?"

난베리는 잉글랜드인으로 이 년 넘게 살아왔지만 아직까지도 모르는 게 너무나 많았다. 난베리는 잉글랜드식 몸짓으로 고개를 내저었다.

"아버지한테 물어볼게. 아버지라면 알지도 몰라."

멀리서 누군가 고함치며 명령하는 소리가 들렸다.

"빨리 가!"

"알았어. 내가 돌아와도 된다고 총독이 말하면 나한테 신호를 보내 줄래?"

"어떻게?"

"노를 하나 보내 줘."

발룬데리가 말했다.

"고마워. 형제."

"발룬데리 난베리."

난베리가 말했다.

"난베리 발룬데리."

발룬데리가 말했다.

"너는 나중에 전사가 될 거야."

발룬데리가 나직이 덧붙였다.

"언젠가 꼭 될 거야."

발룬데리는 몸을 돌려 일행을 따라 덤불로 사라졌다.

난베리는 정착지에 거의 다 와서야 병사들을 보았다. 총검으로 무장한 총독과 장교들 앞으로 예전과 달리 빛바래고 얼룩진 빨간 외투를 걸친 채 머스킷 총을 메고 저벅저벅 지나가는 병사들의 모습을 난베리는 덤불에 숨어 지켜보았다.

난베리는 웃음을 터뜨렸다. 대담한 빨간 외투, 크고 시커먼 부츠. 대체 어떤 전사가 저렇게 표적이 되기 쉬운 빨간 외투를 입고 싸울 수 있을까? 저렇게 시끄러운 소리를 내는 시커먼 부츠는 또 어떻고? 잉글랜드인은 어떨 때는 그렇게 영리하면서도 어떻게 저렇게 멍청할 수 있지?

"야! 너 왜 웃냐?"

장교의 하인인 죄수 한 명이 말했다. 난베리는 숨어 있던 덤불에서 나왔다. 발가벗고 머리를 내렸는데도 자신을 알아본 것인지 궁금했다. 하지만 알아봤건 말건 상관없었다.

"전사들은 떠나고 없어요."

난베리가 말했다.

"이제 병사들이 가도 못 찾을 거예요."

"어떻게 알았니?"

그 죄수는 의심스러운 기색이었다.

난베리는 다시 웃음을 터뜨렸다. 신고할 테면 신고하라지. 저 사람은 내가 무슨 나쁜 짓을 하는 걸 본 것도 아니잖아. 난베리는 달리기 시작했다. 도망치기 위해서가 아니라 그저 맨발로 흙바닥을 느끼고 살갗에 스치는 공기를 느끼며 달리는 게 즐거워서였다. 성가신 바지도 없고 땀 흘리게 만드는 셔츠도 없으니 좋았다.

"야, 너! 돌아와!"

하지만 작은 덩치에 누더기를 걸친 하인이 난베리를 따라잡을 재간이 없었다. 하인은 바닷가를 따라 달려 본 적이나 있을까?

난베리는 자유였다! 그는 난베리였다! 그는 바로 난베리…… 화이트였다.

난베리는 달리기를 멈추었다. 옷을 벗어 둔 덤불을 찾아 옷을 집어 들고는 아버지의 집으로 돌아갔다.

시드니만, 카클 베이 병원, 1791년 12월

서플라이호가 다시 출항했다. 난베리는 그 배에 타지 않았다. 하지만 다음 항해에는 배를 타고 싶다고 워터하우스 선장에게 말했다. 선장은 아버지와의 우정을 감안해서인지 그러라고 했다.

정착지에 여름이 다가왔다. 오두막 바깥에서 요리하느라 피운 연기, 또는 정착지에 몇 안 되는 괜찮은 굴뚝에서 피어오르는 연기와 산에서 덤불을 태우는 연기가 섞였다. 말똥과 소똥에 파리가 우글거렸다. 사람의 배설물 냄새가 사방에서 풍겨왔다. 탱크강은 탁해졌고 푸르던 물풀은 갈색으로 변했다. 강에서도 악취가 풍겼다.

시간이 흘렀다. 난베리는 먹고, 자고, 어슬렁거리며 마을을 돌아다녔다. 총독의 저택에서 아버지와 함께 다시 저녁을 먹었다. 이번에는 난베리를 비웃을 원주민 하인이 없었다.

난베리는 콜린스 씨가 총독에게 장래가 촉망되는 원주민 젊은이를 사면하라고 설득하는 말에 귀를 모았다. 난베리는 총독이 발룬데리를 사면하겠다고 말하면 형에게 그 소식을 전할 수 있도록 노를 하나 찾아 숨겨 놓았다. 하지만 발룬데리는 이미 사라지고 없었다.

❖

아침 식사 중에 노크 소리가 들렸다. 의사는 한숨을 내쉬었다. 정착지에 사람이 많아진다는 것은 그만큼 환자도 많아지고 병원에서 오는 긴급한 호출도 더 잦아진다는 뜻이었다. 하지만 노크 소리로 보건대 론이나 병원의 심부름꾼은 아닌 듯 했다. 레이첼이 문을 열더니 앞을 빤히 쳐다봤다.

"선생님……."

레이첼이 의사를 불렀다.

베네롱이었다. 셔츠와 바지를 입고 있었지만 부츠나 모자는 걸치지 않았다. 베네롱은 왠지 자신 없어 보였다. 그런 모습은 전에 본 적이 없었다.

"가요!"

베네롱이 아버지에게 말했다. 애원조의 목소리였다.

"무슨 일인가? 의사가 물었다.

"발룬데리가 아파요. 아주 아파요."

난베리는 그 자리에 얼어붙었다. 아버지는 총독에게 잡히면 교수형을 당할지도 모르는 사람을 치료해 줄까? 아니면 발룬데리를 잡아오라고 병사를 부를까? 의사는 그저 자리에서 일어나 벽의 고리에서 외투와 모자를 집어 들고 난베리에게 고개를 까딱했다.

"그 젊은이가 어디에 있는지 물어보렴."

멀지 않았다. 발룬데리는 모닥불이 타고 남은 시꺼먼 자리 옆의 땅바닥에 누워 있었다. 몸이 뜨거웠다. 얼굴에 땀방울이 송골송골 맺혀 있었다. 허공을 바라보는 눈동자에 초점이 없었다.

의사는 멈춰 서서 난베리를 돌아봤다.

"이 젊은이를 본 적이 있는데."

의사는 천천히 말했다.

"손의 상처를 꿰매 달라고 네가 데려 왔었지."

"네."

난베리가 대답했다.

"아는 사람이니?"

"네."

난베리는 대답하고는 잠시 머뭇거렸다.

"죄수를 창으로 찌른 어부예요."

난베리는 발룬데리 곁에 무릎을 꿇었다.

"바바나(형)?"

발룬데리는 말이 없었다.

난베리는 형의 몸을 살펴보았지만 하얀 물집이 잡힌 곳은 없었다. 열이 나고 그로 인해 정신이 혼미할 뿐이었다.

"아버지? 어디가 아픈 거예요?"

의사는 발룬데리의 맥박을 재고 이마에 손을 얹은 다음 눈의 흰자를 살펴보았다. 발룬데리는 어깨를 움찔했다.

"열병이야. 천연두는 아닌 것 같고. 어쩌면 홍역일 수도 있겠군. 아이들 사이에 홍역이 돌고 있었으니까. 독감이거나 아니면 그냥 감기일 수도 있어. 어떤 병일지 그 가능성은 열 가지도 넘어. 우리가 앓는 병들에 원주민이 걸리면 상태가 치명적일 수 있으니까."

"아버지가 고칠 수 있어요?"

"환자를 돌보면서 열이 내리길 바라자꾸나. 가서 심부름꾼에게 들 것을 가져오라고 하렴. 환자를 병원으로 옮겨야겠어."

"총독님이 형을 교수형에 처하게 내버려 두시지는 않을 거죠?"

의사는 몸을 뒤로 젖혔다.

"애야, 총독님이 어떻게 하실지 나도 모르겠구나. 하지만 환자가 내 병원에 있는 동안만큼은 안전하다는 걸 약속하마."

❖

발룬데리는 난베리가 전에 누워 있던 오두막으로 실려 왔다. 아버지가 발룬데리의 맥박과 체온을 다시 확인하는 동안 난베리는 곁에서 자리를 지켰다. 발룬데리가 무어라 중얼거리더니 다시 고요해지면서 개처럼 살짝 가쁜 숨을 몰아쉬었다.

"더 나빠진 거예요?"

"응. 맥박이 빨라졌어."

"그건 좋은 거 아니에요?"

"아니야. 몸이 열을 내리려고 발버둥치고 있다는 뜻이거든. 하지만 적어도 호흡은 괜찮아."

"제가 할 일은 없어요?"

"열을 식히게 젖은 수건으로 얼굴과 가슴팍을 닦아 줘라. 라벤더 기름을 좀 보낼 테니 물에 몇 방울 떨어뜨리렴. 환자를 진정시키고 열을 내리는 데에도 도움이 될 거야. 메도스위트 차도 보낼게. 숟가락으로 떠서 입가에 조금씩 대 주렴. 하지만 환자가 삼키려고 하지 않는 한 굳이 숟가락으로 떠먹이려고 하지는 마. 기도가 막힐 수 있으니까."

"총독님한테 알릴 거예요?"

"이미 알고 계신다."

의사가 부드럽게 말했다.

"보고하라고 심부름꾼을 하나 보냈어. 이 젊은이랑 친구니? 아니면 친척?"

"형이에요."

난베리는 의사가 그들을 '이름으로 맺은 형제'가 아니라 친형제로 오해할지도 모른다고 생각했다. 잉글랜드인은 '이름으로 맺은 형제'의 의미를 이해하지 못할 것이다.

의사가 난베리를 안심시키려 어깨에 손을 얹는 것이 느껴졌다.

"우리가 할 수 있는 데까지는 다 해보자꾸나. 나는 사무실에 가 있을게. 환자의 상태가 안 좋아지면 심부름꾼을 보내서 나를 부르렴. 환자에게 아편 팅크를 줄 수도 있는데 꼭 필요한 경우가 아니면 그러고 싶지 않구나. 호흡이 약해질 수 있거든. 레이첼에게 음식을 좀 준비하라고 전갈을 보내마."

끈으로 경첩을 단 오두막 문이 삐걱대며 열렸다. 베네롱이 돌아온 것이었다. 윗가지와 물을 한 대접 들고 있었다. 아버지와 난베리가 지켜보는 가운데 베네롱은 열을 식히기 위해 윗가지를 물에 담갔다가 발룬데리의 몸을 쓸어내리기를 반복했다.

난베리는 젖은 수건보다 좋다고 생각했다.

"아버지, 라벤더 기름."

"곧 내려 보내마."

의사는 머뭇거렸다.

"얘야, 실은 그런 걸로 크게 달라지지는 않을 거다. 열이 이렇게 심하면 어떻게 손쓸 도리가 없어."

❖

이틀 동안 발룬데리는 나무껍질로 만든 지붕을 바라보고 누워 땀을 흘렸다. 한 번은 열에 들떠 악몽을 꾸며 비명을 지르기 시작했다. 하지만 베네롱이 발룬데리를 쓰다듬자마자 비명은 멈추었다.

베네롱은 잠깐씩 바깥에 나갈 때 말고는 발룬데리 곁을 떠나지 않았다. 난베리도 마찬가지였다.

총독이 여러 번 들러 가만히 서서 바라보기만 했다. 총독은 슬퍼 보였다. 난베리가 보기에는, 한 젊은이가 병을 앓아서라기보다는 그 이상의 뭔가에 슬퍼하는 듯했다. 발룬데리를 쇠사슬에 묶거나 교수형에 처하자는 이야기는 쑥 들어간 상태였다.

셋째 날 윌레미린이 찾아왔다. 베네롱이 윌레미린을 오두막 안으로 안내했다.

"윌레미린은 사람을 아프게 만드는 혼령을 어떻게 쫓아내는지 알아."

총독을 창으로 찔렀던 윌레미린이 발룬데리의 몸에 입을 갖다 댔다. 윌레미린은 눈을 감고 병이 자신을 덮치도록 내버려 두었다. 윌레미린은 발룬데리의 고통을 그대로 느끼고 몸서리치며 신음했다.

마침내 윌레미린은 기진맥진해서 오두막의 흙바닥에 뻗어 버렸다.

발룬데리의 얼굴은 무표정했고 눈은 초점 없이 앞을 바라보고 있었다. 숨결은 너무도 약해서 금방이라도 한 줌 연기처럼 사라질 듯했다.

베네롱은 난베리를 바라보았다. 베네롱은 그들의 말로 이야기했다. 전사라고 꼬마 앞에서 거드름을 피우는 기색은 전혀 없었다.

"발룬데리를 데려가야 해. 물 건너로. 발룬데리의 유령이 우리를 해치지 못할 곳으로."

"안 돼요! 발룬데리는 상태가 나아질 수도 있어요."

"아니야."

베네롱이 말했다. 상냥한 목소리였다. 베네롱은 난베리의 팔을 부드럽게 쓰다듬어 주었다.

"발룬데리가 죽어가고 있어. 네 형제를 위한 일이야. 발룬데리를 바닷가로 데려가게 도와줘."

베네롱이 발룬데리의 머리를 잡고 난베리가 다리를 잡았다. 그들이 오두막을 떠나려고 할 때 곁으로 다가오는 사람들이 있었다. 전투반에 속했던 전사들과 젊은이들이 발룬데리가 떠나는 길을 호위하

러 와 있었다. 난베리는 생각했다. 우리가 밖으로 나오기만 기다리고
있었나 봐.

난베리는 이번엔 그들을 뒤따르지 않았다. 난베리의 형제는 지금
삶의 마지막 순간에 부족한 것이 없었다. 바닷가가 지척이었고 하늘
은 푸르렀다. 형이 사랑한 사람들, 형이 쫓길 때 곁을 지켜 준 사람들
이 와 있었다. 형을 안고 갈 사람은 이제 그들이었다.

난베리는 그들이 바닷가에서 대기 중인 카누로 내려가는 모습을
지켜보았다. 사람들이 노를 저어 바다로 나아가는 모습을 지켜보았
다. 오래지 않아 여자들의 울음소리가 들려왔다. 난베리는 자신의 형
제가 세상을 떠났음을 알았다.

전사들과 젊은이들은 시신을 다시 가져와 바닷가 오두막에 두었
다. 총독이 발룬데리를 위해 비워 준 오두막이었다.

"훌륭한 젊은이였는데."

총독이 아버지에게 말하며 한숨을 내쉬었다.

"이렇게 끝나 버리다니 비극이야."

아버지는 난베리를 흘깃 바라본 후 총독에게 다시 눈길을 돌렸다.
아버지는 단지 "네, 총독님!"이라고 말했을 뿐이다.

아낙들과 여자아이들이 시신을 둔 오두막 밖에서 울부짖는 동안 죄수들은 총독의 저택에 무덤을 팠다. 베네롱이 발룬데리의 카누를 가져왔다. 죄수들이 부숴 버린 카누가 아니라 발룬데리가 만든 지 얼마 안 되는 새 카누였다.

전사들은 카누에 시신을 누이고 창과 부메랑 그리고 발룬데리의 작살과 낚시 어구도 함께 넣었다. 젊은이들이 풀을 묶은 다발을 흔들었다.

난베리는 아버지, 장교들, 총독과 함께 뒤를 따랐다. 난베리는 잉글랜드식 옷차림이었다. 난베리는 발룬데리의 장례 절차에서는 할 일이 없었다. 그 일은 진정한 원주민 동료들의 몫이었다.

북 치는 원주민들이 총독의 저택으로 가는 길에 늘어서 있었다. 베네롱이 지시한 일이었고 총독도 동의했다. 그들은 천으로 덮어 싼 북채로 '툭, 툭, 툭' 천천히 북을 쳤다.

전사들이 카누를 들고 무덤에 도착해서 구덩이에 카누를 내려놓기 시작했다.

누군가 놀라 헛웃음을 쳤다. 무덤 길이가 터무니없이 짧았다. 전사들이 카누의 양 끝을 깎아 낸 뒤 발룬데리의 시신을 구덩이에 내렸다. 태양이 무덤 위로 지나갈 때 발룬데리의 혼백이 태양을 볼 수 있는 방향에 머리를 두었다.

하얀 이주민과 까만 원주민이 무덤을 덮기 시작했다. 마침내 흙이 두두룩하게 쌓였다. 젊은 전사 한 명이 흙더미 주위에 나뭇가지를 놓은 다음 통나무를 올려놓고 풀로 덮었다. 그리고 풀 위에 앉아 멀리 하늘을 바라보았다.

❖

죽은 자의 이름은 입에 올리지 않는 법이다.

한때 난베리 화이트는 이름이 하나 더 있었다. 이제는 그 이름을 쓸 수 없다. 난베리는 말없이 의사와 레이첼을 따라 집으로 돌아왔다.

난베리는 생각했다. 나는 난베리 보랑이야. 난베리이자 한때는 내 형제였던 사람의 그림자야.

형이 살았다면 우리는 어떤 일을 같이 했을까? 낚시를 갔을까? 형은 내게 전사가 되라고 설득하고, 자신이 곁에 있을 테니 성년식을 치르자고 했을까? 어쩌면 함께 배를 탔을지도 몰라.

죽은 자를 떠올리지 마. 혼백이 해칠지도 몰라. 전에는 있는지도 몰랐던 사람을 잃는 것이 어떻게 원래부터 곁에 있던 사람을 잃는 것보다 더 마음 아플 수 있지? 난베리는 거의 삼 년 전 가족 전체가 죽었을 때보다도 더 적막한 마음이었다.

난베리는 모자, 자신의 잉글랜드식 모자를 벗어 아버지의 모자 옆

고리에 걸었다. 내일은 항구로 내려가 워터하우스 선장이 언제 돌아오기로 했는지 알아보리라 마음먹었다.

그는 난베리 '보랑' 화이트였다. 난베리 '이름 없음' 화이트. 자신이 선택한 삶을 받아들이기 위해 다시 배를 타야 할 때였다.

시드니만, 1792년 9월 4일

"예쁜 아가씨! 예쁜 아가씨!"

누더기 차림의 부랑아들은 레이첼이 길거리의 먼지를 피하느라 들어 올린 치맛자락을 붙잡았다. 총독의 저택으로 이어지는 이 길이 뉴사우스웨일스에서 유일하게 길다운 길이었다.

총독의 저택은 비어 있었다. 필립 총독은 병들고 기진한 상태로 잉글랜드로 돌아가면서 본국 사람들에게 보여 주기 위해 베네롱과 다른 원주민을 한 명 더 데리고 갔다. 하지만 일점 육 킬로미터를 쭉 뻗은 그 도로는 정착지의 허름한 집들 사이로 제멋대로 난 진창길과 달리 완벽한 상태를 유지하고 있었다. 통나무로 토대를 만들고 표면을 견고하게 하기 위해 흙을 단단히 다져 넣어 만든 길이었다.

레이첼은 의사의 허락을 받고 가져온 비스킷을 부랑아들에게 건

넀다. 옥수수 가루로 만들어 딱딱하게 구워진 비스킷이었다. 정착지 곳곳에서는 굶주려 야윈 얼굴에 콧물을 질질 흘리며 거칠게 날뛰는 아이들이 점점 많아지고 있었다.

요즘 밀과 옥수수가 술을 담그는 데 너무 많이 쓰였다.

아이 엄마들은 술에 취해 있거나 아이들이 배고프건 말건 상관하지 않았다. 아이 아빠들은 아무도 자신이 누군가의 아빠라는 생각을 갖고 있지 않은 듯했다.

레이첼은 진흙과 말똥을 피해 치마를 다시 걷어 올리고 곳까지 계속 걸어갔다. 사람들이 존슨 목사의 일요 예배에 참석하기 위해 나무 아래에 모여 있었다. 의사는 이미 도착해서 다른 장교들과 함께 천을 씌운 앞쪽 의자에 앉아 있었다. 레이첼은 뒤쪽의 기다란 의자에 자리를 잡았다.

예배를 보러 같이 걸어왔다 해도 따로 앉았을 것이다. 부부처럼 나란히 앉지 않고 주인과 하인처럼 따로.

레이첼은 마음이 아팠지만 아무 말도 하지 않았다. 다른 남자들은 여자 죄수를 아내로 삼기도 했다. 물론 그런 남자들 중 화이트 의사처럼 돌아갈 고향이 있고 좋은 직업을 가진 제대로 된 귀족은 한 명도 없었다. 어쩌면 언젠가 ─ 앞으로 이 년만 더 형기를 채우면, 교수형으로 교도소에 간 지 칠 년이 넘어 잉글랜드로 돌아갈 권리를 갖게 되었을 때 ─ 의사 선생님이 내게 청혼을…….

그럴 리 없다. 그건 꿈이었다. 레이첼은 설교에 집중하려 했다. 하지만 존슨 목사의 말씀은 늘 그렇듯 끝없이 길고 지루했다. 일어나서 찬송가를 부르는 것은 좋았다. 사람들의 목소리가 하나로 합쳐지고 찬양의 노래가 바람에 실려 바닷가에 울려 퍼졌다. 레이첼은 소리 없이 웃었다. 손가락에 결혼반지가 없기는 해도 감사해야 할 일이 한두 가지가 아니었다. 안락한 집이 있고 자신에게 상냥하고 자신을 존중해 주는 남자가 있었다. 잉글랜드의 교수대 올가미 대신 삶이 있었다.

한때, 레이디 줄리아나호에 있었을 때, 차라리 교수형 당하는 게 낫지 않을까 하던 적도 있었다. 지금은 아니었다.

"아멘!"

옆에 앉은 남자가 큰 소리로 말했다. 레이첼은 그 남자를 힐끗 바라보았다. 키가 크고 황소처럼 떡 벌어진 어깨에다 눈동자는 까맸다. 죄수가 아닌 뱃사람의 풍모였다. 여기에 뭐 하러 온 거지? 존슨 목사의 예배에 굳이 참석하는 뱃사람은 없었다.

남자는 레이첼과 시선이 마주치자 씩 웃어 보였다. 레이첼은 시선을 피했고, 목사는 성경에서 낭독할 부분을 펼쳤다.

예배 뒤 다른 사람들은 남아 담소를 나눴지만 레이첼은 의사의 식사를 준비해야 했다. 사람들 사이로 빠져나오다가 레이첼은 그 선원이 곁에 나란히 걷고 있다는 것을 알아챘다. 선원이 괜찮아 보이는 모자를 들어 올리자 뒤로 단정하게 묶인 까만 머리칼이 보였다.

"안녕하세요, 아가씨."

레이첼은 공손하게 고개를 숙였지만 걸음은 멈추지 않았다.

"토마스 무어입니다. 배의 목수예요. 반갑습니다."

레이첼은 머뭇거렸다. 그 남자를 무시해야 마땅했다. 고상한 숙녀나 분별 있는 하녀라면 소개받지 않은 남자와 말을 섞는 법이 없었다. 특히 정착지에서는 그랬다. 으레 여자들이 기꺼이 상대해 주는 거라 착각하는 건달들을 더 부추길 필요는 없었다. 하지만 레이첼은 선선히 대답하고 말았다.

"레이첼 터너예요."

"만나 뵈어서 영광입니다. 터너 양. 터너 부인이 아니라 터너 양이 맞죠?"

레이첼은 웃음 지었다.

"네. 하지만 이만 실례할게요. 주인님의 식사를 준비해야 돼서요."

"그럼 같이 걸어도 될까요?"

레이첼은 다시 망설였다. 하지만 그 남자는 교회에도 왔고 얼굴도 마음에 들었다.

"그럼 잠깐만요." 레이첼이 대답했다.

"아까 봤어요. 아이들에게 음식을 주고 계시던데요."

레이첼은 남자를 빤히 쳐다봤다.

"예배 보러 오신 거예요? 아니면 제 뒤를 밟으려 오신 거예요?"

"아니요. 뭍에 머무는 동안은 교회에 나와요."

거짓 없는 말투였다.

"정착지에 제대로 된 교회가 없다니 유감이죠. 하지만 나중에, 언젠가 생길 거예요."

무어는 다시 웃음 지었다.

"어쩌면 대성당이 생겨서 우리가 무사히 바다를 건너도록 해 주신 하느님께 그곳에서 감사드리게 될지도 모르죠."

"정착지에서 교회보다 더 급한 건 곡식을 저장할 창고예요."

레이첼은 의사의 의견을 그대로 말하고 있었다.

"진흙과 욋가지 오두막으로 이뤄진 정착지에 대성당이 떡하니 들어서는 건 상상하기도 힘드네요."

"그러세요? 저는 아닌데."

레이첼은 무어를 빤히 바라봤다.

"이곳은 감옥일 뿐이에요."

"실례되는 말인지는 모르겠지만, 감옥 이상이에요, 터너 양. 이곳 바다는 포경선이 천 척이 떠도 너끈할 만큼 고래가 많아요. 배의 선원들이 먹을 식량을 걱정할 일이 없어요. 양을 키울 땅이 있고 양털을 팔 시장도 충분해요. 미국의 정착지도 한때는 진흙과 나무껍질로 만든 오두막이었다고요. 지금은 어떤지 보세요."

"미국에 가 보셨어요?"

"네."

무어의 얼굴에 다시 미소가 떠올랐다.

"터너 양, 일요일 오후에는 쉬세요? 제가 가본 곳에 대해 이야기해 드리고 싶어요. 절벽을 따라 거닐면 정말 멋질 것 같은데요."

"안 되겠어요. 아쉽네요."

스스로 놀랍게도 레이첼은 진짜 아쉬워하고 있었다.

"그럼, 다음 주 일요일 예배에서 뵐 수 있겠죠?"

갑자기 레이첼은 무어에게 솔직하게 말해야겠다는 생각이 들었다. 무어는 예의 바른 사람이었지만 자신에게 바라는 것은 오로지 한 가지일 게 뻔했다.

"무어 씨, 저는 선원의 '현지처'가 될 생각은 없어요. 선원이란 남자는 들르는 항구마다 여자가 있고 이곳에 다시는 돌아오지 않을지도 모르잖아요. 죄송해요."

무어가 레이첼을 똑바로 바라보았다.

"저도 현지처를 찾는 게 아닙니다. 알겠습니다, 터너 양. 언젠가 제가 터너 양의 문을 두드리면 그때는 제가 제대로 된 결혼반지를 내밀고 있을 겁니다. 육지에 집과 일자리도 있을 거구요."

레이첼은 얼굴을 붉혔다. 그래도 무어가 진담으로 한 말일 리가 없었다. 단 한 번 만났을 뿐인데 그런 제안을 할 남자는 없었다. 정신이 멀쩡한 남자라면, 다른 곳에서 삶을 제대로 꾸릴 수 있는 남자라면,

이런 정착지에 자발적으로 와서 살 사람은 없었다.

"그때쯤이면 다른 남자와 결혼해 있을지도 모르겠네요."

레이첼은 애써 농담조로 말했다.

"그렇다면 제가 축복해 드려야죠."

무어는 레이첼에게 아까처럼 웃어보였다.

"언젠가 다시 뵙겠죠. 터너 양."

레이첼은 무어의 말이 진심이라는 것을 깨달았다. 하지만 무어가 돌아온다 해도, 돌아오고 싶어 한다 해도 이쪽을 거쳐 가는 배를 타게 되리라는 보장도 없지만, 레이첼이 다른 남자의 정부라는 사실을 알게 되면 마음을 접을 게 뻔했다.

레이첼은 길을 따라 걸어가며 아이들에게 오늘은 나눠 줄 비스킷이 더 없다는 표시로 고개를 흔들어 보였다. 그때 레이첼은 자신을 바라보는 무어의 시선이 느껴졌다.

레이첼은 생각했다. 좋은 남자가 한 명 더 있군. 적어도 이 세상에는 좋은 남자가 두 명 있어. 그렇지만 둘 다 내 남편이 될 일은 없겠지. 레이첼은 칼에 베인 듯 마음이 쓰라렸다.

43 | 레이첼

시드니만, 1793년 1월

여름의 열기에 수풀이 갈색으로 타들어 갔다. 과수원에서는 자두가 무르익고 꿀벌이 윙윙거렸다. 암탉은 전날 밤에 우박을 몰고 온 폭풍 때문에 땅에 떨어진 과일을 쪼아 먹으며 돌아다녔다. 요리를 하느라 불을 피워서 부엌은 더웠다. 레이첼은 얼굴에 흐르는 땀을 훔친 다음 저녁 설거지 그릇의 물기를 천천히 닦아 냈다.

난베리는 이번에도 노퍽섬까지의 항해를 마치고 돌아와 있었다. 폭풍우와 부러진 돛대 이야기며 푸른 바다에 박혀 있던 초록빛 섬 이야기까지, 할 이야기가 잔뜩 있었다. 레이첼은 난베리가 집 안에 들어오기 전에 이를 털어 내고 빨랫간에서 몸을 씻게 했다. 그다음 난베리에게 구운 양고기와 감자, 막 따온 옥수수와 버터를 바른 따뜻한 빵을 먹였다. 그리고 건포도 푸딩도 내 놓을 참이었다.

난베리는 그렇게 맛있는 음식은 몇 달 동안 구경도 못 했다는 듯 게걸스레 먹었다. 레이첼은 그랬으리라 확신했다. 의사도 오랜만에 기쁘고 온화한 얼굴로 그 모습을 지켜봤다.

의사와 난베리는 서재에 같이 앉아 노퍽섬의 새에 대해 이야기하고 있었다. 레이첼은 저녁상을 치우고 내일 구울 빵이 부풀도록 놓아두었다. 올해는 파라마타라고 불리는 로즈힐에서 밀이 재배되었으므로 예년보다 정착지에 밀가루가 더 풍부해졌다. 그 덕분에 구운 지한 시간만 지나면 맛이 떨어지는 소다빵 대신 이스트가 발효되는, 제대로 된 빵을 구울 수 있었다.

레이첼은 난베리가 위층의 침실로 올라가는 발소리를 들었다. 화이트 의사가 문간에 나타났다.

"식사가 아주 훌륭했네. 고마워."

"선생님……."

레이첼은 생각했다. '선생님'이란 호칭 말고 이름을 부르라고 말한 적이 없다는 건 많은 걸 의미해. 이제는 하인처럼 곁에서 대기하지 않고 같은 식탁에서 식사를 하는데도.

"말씀드릴 게 있어요."

의사는 부엌의 의자에 앉았다.

"무슨 일인가?"

"아이를 가졌어요."

레이첼은 의사의 표정이 어떨지, 좋아할지 놀랄지 화를 낼지 궁금했다. 하지만 의사는 고개를 끄덕였을 뿐이었다.

"그럴지도 모른다고 생각했지."

레이첼은 생각했다. 아침에 입덧하는 소리를 들었을까? 선생님은 의사니까 당연히 짐작하고 있었겠지. 레이첼은 의사가 이야기를 계속하길 기다렸다. 그다음 일이 어떻게 될지는 의사가 결정할 일이었다. 레이첼이 결정할 수 있는 일이 아니었다.

"레이첼."

의사는 조심스러운 말투로 조용히 말했다.

"나는 너와 결혼할 수 없어. 이제 조만간 잉글랜드로 소환될 거야. 너를 데리고 같이 갈 수는 없어."

레이첼은 의사에게 애원하지 않기로 작심했었다. 하지만 스스로도 어쩌지 못했다.

"내년 말이면 저도 잉글랜드로 돌아갈 수 있어요. 그때면 형기를 다 채우거든요. 아니면 선생님이 이곳에 계속 계실 수도 있잖아요."

의사는 고개를 내저었다.

"이곳의 삶은…… 여기에서 보낸 날들은 기억에서 지우고 싶어, 레이첼. 생각하고 싶지 않아. 불결하고 끔찍하고, 사람이 수천 명 죽었지. 잉글랜드로 돌아가면 제대로 된 집과 하인을 갖게 되고 나와 동류인 친구들과 어울릴 수 있어."

"죄수가 아닌 아내를 얻을 수 있고요."

"그래."

의사의 눈은 진실로 슬퍼보였다.

"죄수가 아닌 아내를 얻게 되겠지. 너와 결혼하면 잉글랜드에 돌아가서 제대로 일자리를 잡을 수 없게 돼. 같이 식사를 할 점잖은 이웃도 없을 것이고. 우리나 우리의 아이들이나 모두 그런 처지가 돼."

"이웃들이 알 필요는 없잖아요!"

레이첼의 목소리는 절박했다.

"알아낼 거야."

의사가 부드럽게 말했다.

"그런 일은 그냥 넘어가는 법이 없어. 직장에서도 마찬가지고. 이곳에서는 자신의 과거를 숨길 수 있을지 몰라. 하지만 잉글랜드에서는 안 그래."

레이첼은 아무 말이 없었다. 의사의 말이 옳았다. 의사는 레이첼에게 결혼하겠다고 약속한 적이 없었다. 둘 다 그 사실을 알고 있었다. 이곳에서도 의사는 상류층이었고 레이첼은 의사와 격이 맞지 않았다. 설사 레이첼에게 죄수라는 꼬리표가 없다 해도 의사가 레이첼 같은 여자와 결혼한다면 사람들이 쑥덕거릴 게 뻔했다. 귀족이 하녀와 결혼하는 법은 없었다.

의사는 레이첼을 가만히 바라보았다. 이 좋은 남자는 '상류층'의

관습에서 자유롭지 않았다.

"레이첼, 당신과 아이가 아무런 부족함 없이 살게 해 주겠다고 약속하네. 이곳을 떠날 때 당신이 집과 돈을 지니고 독립적으로 살아갈 수 있도록 확실히 조치하겠네. 약속하지. 당신과 아이를 평생토록 보살펴 줄 거야."

"알아요."

레이첼이 말했다.

그리고 의사한테 눈물을 보이지 않기 위해 고개를 돌렸다.

시드니만, 1793년 9월 23일

진통은 오후 일찍 시작되었다. 레이첼은 자신을 돌봐 줄 다른 여자가 있었으면 싶었다. 하지만 레이디 줄리아나호에서 만난 몇 안 되는 친구들은 대부분 죽었거나 마리아처럼 너무 먼 곳에 있었다. 새로 사귄 친구는 없었다. 주변 여자들은 술에 취해 있거나 맥아더 부인 같은 장교의 아내들이었다. 그녀들은 레이첼 같은 의사의 가정부와 사귀는 데에 흥미가 없었다.

레이첼은 론을 불러 의사더러 집에 오라고 전하라고 했다. 론은 레이첼을 보더니 놀랐다. 그래서 레이첼은 론에게 의사를 부르는 이유를 설명할 필요가 없었다. 레이첼은 부엌에 앉아 다음 진통이 오기를 기다리며, 뉴게이트 교도소에서 만났던 곰보 주디를 떠올리지 않으려 애썼다. 주디는 교도관들이 품에서 아기를 뺏어 곧바로 소년원으로 데려가자 짚더미에 누운 채 악을 써 댔다. 가여운 그 어린것은 며칠 지나지 않아 소년원에서 죽을 게 뻔했다. 교도관에게 뇌물을 먹이지 않는 한 감옥에서 아기를 키울 수는 없었다. 게다가 흔들리는 배 밑바닥의 오물더미에서 태어난 아기들은 아기 아버지가 자신의 아이라고 인정하고 아기 엄마와 함께 위로 데리고 올라가지 않는 한 거의 살아남지 못했다.

레이첼은 겁이 났다. 겁이 날 만도 했다. 아이를 낳다가 죽은 여자들을 숱하게 봐 왔으니까. 특히 나이 많은 산모들을. 레이첼이 어렸을 때 시골에서는 아기가 태어날 때면 메그라는 노파가 천 조각과 약초가 든 가방을 들고 와 줬다. 메그가 돌본 산모들은 대부분 목숨을 건졌다. 하지만 런던에서는 하녀가 아이를 낳을 때는 손톱이 더러운 노파가 산모를 돌봤다. 하녀는 일주일도 지나지 않아 벌게진 얼굴에 식은땀을 흘리며 산욕열로 죽기 일쑤였다.

레이첼에게는 의사가 있었다. 적어도 아기는 엄마가 제대로 못 먹거나 술에 절어 있지 않았으므로 배 속에서 굶주리지는 않았다.

방으로 들어서는 의사의 그림자가 방문을 가득 메웠다. 레이첼은 애써 웃음 지었다.

"당신 아이가 나오려고 해요."

시드니만, 1793년 9월 24일

몸이 온통 붉은 아기는 소리 지르며 빨간 주먹을 내저었다. 아기의 얼굴은 작은 원숭이처럼 쭈글쭈글했다. 그동안 의사가 받아 낸 수백 명의 아기들과 다를 게 없으면서도 완전히 달라 보였다.

아기는 바로 의사의 아들이었다. 자그맣고, 나무랄 데 없는 멋진 아들이었다.

의사는 레이첼을 흘낏 바라보았다. 레이첼은 창백한 얼굴로 꼼짝 않고 침대에 누워 자고 있었다. 의사는 마리아에게 몇 주 동안 와서 도와 달라는 전갈을 로즈힐로 가는 배편에 미리 보내 놓았다. 마리아는 수확량이 줄어 생활이 쪼들렸던 터라, 가욋돈을 벌게 되었다고 기뻐하며 돌아오는 배편으로 왔다.

마리아는 아래층에서 닭고기 수프에 넣을 마지막 겨울 파스닙을 자르고 있었다. 벗겨 낸 껍질은 주머니쥐에게 주었다. 마치 그동안 의사 집을 떠난 적이 없는 사람 같았다. 난베리는 다시 노퍽섬으로 항해하는 중이었다. 의사는 아들을 안고 포대기로 감쌌다. 낡은 시트를 잘라 꼼꼼하게 끝단을 처리해 만든 포대기였다. 어찌나 해어졌던지 아기가 발길질이라도 한 번 하면 찢어져 구멍이 날 지경이었다.

의사는 이런 날을 꿈꿔 왔다. 바닥에는 양탄자가 깔려 있고 창에는 꽃무늬 커튼이 드리워진 방에 아내가 비단 침대에 누워 있는 날을. 은잔과 고리 모양의 치아 발육기를 두고 세례식을 가진 뒤 손님들과 근사한 식사를 하며 아기의 건강을 위해 건배를 하는 날을. 하지만 지금 의사는 죄수들이 바스러지는 벽돌로 지은 집에 살고, 아이 엄마는 절도로 유죄 판결을 받은 중죄인인데, 아직 형기를 다 채우지 못한 상태였다.

의사는 훌륭한 동료와 친구를 둔, 평판 좋은 런던의 전문의가 아니었다. 동료 장교라는 사람들은 도둑에, 건달이었다. 이들은 필립 총독이 떠난 지금, 정착지를 통치하는 일은 뒷전이고 어떻게 하면 돈을 더 긁어모을 수 있을지에만 혈안이 되어 있었다.

하지만 오늘만은 모든 일을 잊었다. 이 작은 아기는 의사가 알고 있는 어떤 것보다도 소중한 존재였다.

레이첼이 침대에서 몸을 살짝 뒤척였다.

"이름을 뭐라고 할 거예요?"

"앤드루 더글라스 케블 화이트."

레이첼은 얼굴을 찌푸렸다.

"난 베리를 그렇게 불렀잖아요."

"난 베리가 그 이름을 쓰려 하지 않았어. 앤드루 더글라스는 이 일에 나를 추천한 선장이야."

의사는 자기 아들의 엄마, 동반자이자 친구, 사랑스러운 여인인 레이첼을 보며 웃었다.

"그 선장이 아니었다면 나는 지금 이 자리에 있지 않았을 거야."

그리고 이 아기, 기적 같은 아기, 자신의 아들도 태어나지 않았을 테고. 의사는 아기의 머리카락을 손가락 한 개로 쓰다듬었다. 머리카락은 자신처럼 까맸고 아기의 눈은 어린아이 특유의 푸른빛이었다. 아기가 다시 울기 시작했다.

"배고픈가 봐요."

레이첼이 두 팔을 내밀었다.

의사는 아쉬워하며 아기를 내려놓았다. 의사는 침대에 걸쳐 앉아 아이와 엄마를 바라보았다.

"이 아기는 진정으로 내 아들이야."

의사는 부드럽게 말했다.

"내 장남이 누릴 모든 것을 누리게 될 거야."

레이첼은 희미하게 웃음 지었다. 의사의 말이 무슨 의미인지 궁금해 할 기력도 없었다. 하지만 의사는 분명히 알고 있었다. 자신의 아들은 죄수의 자식으로 크지 않을 것이다. 자신의 아들은 아버지처럼 귀족 신사가 될 것이다. 자신의 아들은 잉글랜드로 갈 것이다.

시드니만, 1794년 7월

난베리는 부엌에 앉아 주머니쥐와 장난치고 있었다. 빵 한 조각을 주머니쥐의 코앞에 들고 있다가 주머니쥐가 빵 조각을 노리고 난베리의 다리를 타고 올라가면 빵 조각을 더 높이 치켜들었다.

찌지직! 주머니쥐가 투덜댔다. 주머니쥐는 난베리의 머리 위로 올라가 뒷발로 섰다. 그래도 여전히 빵 조각에 닿을 수 없었다.

레이첼이 파이 반죽을 방망이로 밀다가 고개를 들었다.

"주머니쥐 좀 그만 놀려라."

난베리는 웃음을 터뜨렸다. 난베리는 몸을 굽혀 빵 조각을 바닥에 내려놓았다. 주머니쥐는 폴짝 뛰어내려 앞발로 빵 조각을 집어 들었다. 주머니쥐는 원망스러운 기색으로 빵 조각을 먹더니 다시 그르렁거리다가 창문으로 훌쩍 뛰어올라 밖으로 사라져 버렸다.

불 곁의 요람에 누워 있던 아기가 까르륵 웃으며 소리를 질렀다. 요람은 배의 목수가 만든 것이었다. 정착지에서 대충 만들어 쓰는 여느 가구와 달리 매끈하게 다듬은 나무가 서로 단단히 맞물려 있었다.

"애기 좀 봐 주렴. 하던 걸 끝내야 하니까."

난베리는 아기가 조막만 한 주먹을 흔들고 있는 모습을 수상쩍은 눈초리로 바라보았다.

"애기한테 냄새 나요. 게다가 위아래, 양쪽 다요."

"그럼 기저귀를 갈아줘야겠네. 그건 좋은 냄새라고, 이 바보야. 아기한테 나는 젖내 말이야. 자, 애기는 내가 볼게."

레이첼은 아기를 안아 올려 식탁 위에 누인 다음 의자에 쌓아 둔 깨끗한 기저귀 더미에서 기저귀를 한 개 집어 들었다.

난베리는 '아기, 아기, 온통 아기 타령'이라고 생각했다. 아버지와 레이첼은 입만 열만 아기 이야기뿐이었다. 집 전체가 아기를 중심으로 돌아갔다. 주머니쥐는 빼 놓고. 난베리는 씩 웃었다. 주머니쥐가 더 분별력이 있었다.

내일이면 난베리는 희망봉으로 가는 배에 오를 예정이었다. 사환으로서가 아니라 정식 선원으로 배를 타고 세상에서 가장 위험한 바다를 건널 것이다. 배를 산산조각 내는 집채만 한 파도, 입을 쩍 벌린 바다 괴물, 배를 파멸로 이끄는 빙하의 바다. 새로운 땅에는 이곳이나 자그마한 노퍽섬에서 볼 수 없는 나무와 사람들이 있을 것이다.

난베리

마차와 이곳에서는 본 적 없는 거대한 건물 그리고 이가 커다란 칼만 하다는 코끼리나 사자같은 거대한 동물도 볼 수 있을 것이다.

난베리는 기다리느라 좀이 쑤셨다.

27 | 화이트 의사

카클 베이 병원, 시드니만, 1794년 11월

첫 돌풍이 우박을 몰고 와 옥수수 밭을 쑥대밭으로 만들고 복숭아 나무에서 어린 열매를 떨구어 놓았다. 하지만 의사는 복숭아나 옥수수를 수확할 즈음이면 이곳에 없을 것이다.

화이트 의사는 병원 사무실에 서서 다이달로스호에서 갓 배달된 서류를 들고 뚫어져라 바라보고 있었다. 막 도착한 다이달로스호에는 짐짝처럼 실려 온 죄수들이 창백한 얼굴로 괴혈병과 열병에 걸려 아프거나 죽어가고 있었다. 하지만 지난 몇 년과는 달리 그들은 이제 의사가 걱정할 몫이 아니었다. 이제는 그랬다.

서류는 오랜 항해와 습기로 인해 누렇게 바랬다. 지시 사항은 겨우 일 년 전에 쓰였는데도 잉크가 희미해지고 있었다. 서류의 내용을 읽는 동안 의사의 손은 떨렸다.

난베리

몇 년 동안이나 이 순간을 고대해 왔는지! 마침내 이 저주받은 땅을 떠날 수 있게 됐다! 의사는 잉글랜드로 소환되었다. 교양 있는 친구들이 있는 곳으로. 세상 속으로.

그리고 더욱 반갑고 놀라운 소식은 자신이 쓴 《뉴사우스웨일스로의 항해 일지》가 이미 출판되었을 뿐만 아니라 엄청난 성공을 거두어서 이미 독일어로 번역되었고 불어로도 곧 번역될 예정이라는 것이었다. 자신이 존경받는 작가가 되어 있었는데, 정작 자신은 그 사실을 알지도 못하고 있었다. 잉글랜드로 돌아가면 이곳에 있는 동안 받은 급료보다도 훨씬 많은 돈을 만지게 될 것이다. 좋은 집과 개인용 마차와 말을 사기에 충분한 액수일 것이다.

드디어 고국으로 돌아가는 것이다.

햇빛을 보고 비명을 질러 대는 살아 있는 시체들, 열기에 녹아내리는 버터처럼 이질과 발진티푸스를 퍼뜨리는 걸어 다니는 막대기들이 배에 연달아 실려와도 다른 사람들이 알아서 할 것이다. 자신은 녹음이 우거진 잉글랜드로 돌아가 있을 테니까.

의사는 편지를 내려놓고 창밖을 바라보았다. 이제 레이첼에게 이 사실을 어떻게든 알려야 했다.

레이첼은 부엌 난롯가의 의자에 앉아 아기를 무릎에 안고 으깬 당근과 감자를 숟갈로 떠먹이고 있었다. 아기는 의자를 잡고 일어서서 이제 막 아장아장 걷기 시작했다. 머지않아 곧 뛰어다니겠지. 의사는 가슴이 조여들 듯 아팠다. 그 모습을 볼 수 없다니.

레이첼은 의사가 문간에 들어서는 것을 보며 웃음 지었다.

"거의 다 먹였어요. 저녁으로 고기와 콩팥을 넣은 파이하고 당밀 경단을 준비했어요."

레이첼은 말을 멈추고 의사의 얼굴을 빤히 들여다보았다.

"무슨 일 있어요?"

"발령이 났어. 잉글랜드로 소환됐어. 다이달로스호를 타고 돌아가."

레이첼은 의사를 바라보았다.

"하지만…… 저는 아직 형기가 한 달 남았는데요. 제 서류가 올 때까지 기다리시면 안 될까요?"

"레이첼."

의사는 부드럽게 말했다.

"당신과 같이 갈 수 없어. 알잖아."

그러자 레이첼은 굳은 얼굴로 아이를 바라보다 고개를 끄덕였다.

"맞아요. 같이 가겠다고 약속하신 적 없지요. 저를 뒤에서 보살펴 주겠다고만 하셨어요."

"보살펴 줄 거야. 당신이 원하는 한 이 집에서 살 수 있도록 처리해 놨어. 이 농장에서 세가 나올 것이고 값이 어떻든지 간에 고기와 우유도 나올 거야. 나는 당신이 안락하게 살기에 충분한 금액을 정기적으로 보내줄 테고."

"저하고 앤드루하고요."

레이첼은 의사를 외면한 채 여전히 아기의 얼굴만 바라보고 있었다.

의사는 눈을 감았다. 지금 하려는 말이 레이첼에게 얼마나 상처가 될지 알고 있었다.

"레이첼…… 아이는 여행할 수 있을 만큼만 크면 곧바로 잉글랜드로 건너와야 해."

"뭐라고요?"

레이첼은 이 사태를 상상조차 해 본 적이 없음이 분명했다.

"아니요! 그러시면 안 돼요!"

"그 아이는 내 아들이야."

의사는 나직이 말했다.

"아이를 어떻게 할지 결정할 권리는 온전히 아버지에게 있어. 아이에게 어느 편이 더 낫겠어? 이곳에서 죄수의 자식으로 크는 게 낫겠어. 아니면 잉글랜드에서 귀족으로 사는 게 더 낫겠어? 레이첼, 앤드루를 학교에, 괜찮은 기숙 학교에 보내 줄게. 어쩌면 장교로 만들어 줄 수도 있고."

레이첼은 만 위쪽 절벽의 바위처럼 굳은 얼굴로 의사를 빤히 바라봤다.

"결혼하시게 되면요? 그러면 어쩌시려고요?"

"내 아들을 존중하지 않고 내 아들을 사랑으로 키우지 않을 여자와는 결혼하지 않겠네. 앤드루가 내 첫아들이라는 사실은 결코 변하지 않아."

의사는 레이첼에게 다가와 손을 내밀었다.

"나는 당신한테 단 한 번도 거짓말 한 적이 없잖아. 지키지 못할 약속을 한 적도 없어."

"맞아요."

레이첼은 읊조렸다. 레이첼은 의사의 손을 잡았다.

"그러니까 이번에도 내 말을 믿어 줘."

레이첼은 눈물을 참기 위해서인지 눈을 질끈 감았다.

"아기가 그렇게 긴 여행에서 무사하긴 힘들 거예요. 엄마 없이는 안 돼요."

"알아. 서두를 필요 없어. 아이가 다섯 살이나 여섯 살쯤 되면 괜찮겠지."

침묵이 흘렀다. 마침내 레이첼이 말했다.

"언제 떠나세요?"

난베리

"배에 짐이 다 실리면."

"그렇게 빨리!"

"그다음 배가 올 때까지 몇 달이 걸릴지 몰라. 레이첼, 미안해."

의사가 말했다.

"나도 이런 식이 아니었으면 좋겠어. 하지만 결국 이렇게 되리라는 건 우리 둘 다 알고 있었잖아."

레이첼은 앤드루의 얼굴을 쓸어내린 다음 자리에서 일어나 아기를 어깨 위로 들쳐 안았다.

"가서 선생님의 짐을 꾸릴게요."

의사는 레이첼이 아기와 함께 부엌을 나가는 모습을 지켜보았다. 아기가 첫 단어를 말하려면 아직 더 있어야 했다.

의사는 생각했다. 그 순간을 지켜보지 못하겠군. 아기가 '아빠'라고 말하는 순간, 걸음마를 떼는 순간, 젖니가 빠지는 순간을.

그리고 레이첼도 보지 못해…….

의사가 레이첼에게 "자유의 몸이 되자마자 잉글랜드로 와."라고 말할 뻔했다는 사실을 레이첼은 끝까지 알지 못할 것이다. 그 말이 어떤 의미인지를 알면서도 의사는 그 말을 입 밖에 낼 뻔했다.

레이첼은 정부 이상이었고 하녀 이상이었고 심지어는 자기 아들의 어머니 이상이었다. 레이첼은 친구였고 자신이 전적으로 신뢰했던 사람이었고 좋은 여자였다. 의사는 레이첼과 아기가 있는 이곳에 자신의 마음 한 조각을 묻고 떠나는 것이었다.

하지만 의사는 이곳에 머물 수 없었다. 이곳에 계속 머물면서 필립 총독처럼 피폐해지기는 싫었다. 인간이 견디는 데에도 한계가 있었다. 고국으로 돌아가면 아들의 미래를 준비할 수 있었다.

이것이 최선이었다. 이것이 최선이어야 했다.

의사는 위층으로 올라가 얼마 남지 않은 시간 동안이라도 최대한 레이첼과 아기 곁에 머물고 싶었다. 하지만 레이첼은 그 소식을 받아들일 시간이 필요했다. 의사는 레이첼이 자신 앞에서는 울지 않으리라는 걸 알고 있었다. 레이첼은 자신에게 매달릴 사람이 아니었다. 레이첼은 그랬다.

의사는 위층에 올라가는 대신 서재로 들어가 표본병과 눌린 이파리를 둘러보며 어떤 것을 가져갈지 골라냈다. 배에 갖고 탈 수 있는 짐은 제한될 것이고 일부 표본은 습한 공기에 훼손될 것이 뻔했기 때문이었다. 의사는 직접 추출한 유칼립투스 기름을 일부 가져가기로 했다. 유칼립투스 기름은 폐와 피부의 통증에 유용했다. 유칼립투스 나무의 수액을 말린 것은 양치류의 뿌리 못지않게 이질에 즉효가 있었다. 수요를 창출할 수만 있다면 자신의 책보다도 더 많은 수익을 얻게 될지 몰랐다. 보존 처리된 개구리와 뱀과 박쥐, 새의 그림은 하나하나 그지없이 아름다웠다. 하지만 자신의 아들을 가만히 바라볼 때의 레이첼만큼 아름다운 것은 없었다.

난베리

갑자기 의사는 오래전 프랑스 선박이 보터니만에 처음 상륙했던 때를 떠올렸다. 프랑스인은 고국의 과학자들이 연구할 수 있도록 동물들을 산 채로 배에 싣고 갔다. 살아 있는 캥거루는 사람들에게 깊은 인상을 남길 것이 분명했다.

그러나 캥거루가 가는 도중 배에서 죽을 것 또한 분명했다. 의사는 고개를 내저었다. 시도해 볼 필요도 없었다.

찌지지직! 옆방에서 덧문이 무언가에 부딪쳐 덜거덕거렸다. 주머니쥐가 또 먹을 것을 달라고 조르고 있었다. 레이첼이 외풍을 막기 위해 덧문을 닫아 놓은 모양이었다.

"이제 들어와. 여기에 있어."

레이첼이 주머니쥐를 안으로 들이며 울고 있는 듯한 목소리로 말하는 소리가 들렸다. 의사는 문간으로 걸어가 레이첼을 바라보았다. 주머니쥐는 부엌 식탁 끄트머리에 앉아 레이첼의 손에서 옥수수를 받아들고 있었다.

옥수수, 빵, 딱딱한 비스킷…… 주머니쥐는 무엇이든 다 먹었다. 게다가 우리에 넣어 자신의 선실에 둘 수 있을 만큼 작았다.

주머니쥐가 딱히 흥미로운 짐승이 아닌 것은 사실이었다. 미국 주머니쥐와 비슷해서 굳이 자신의 책에서 설명할 필요도 없다 싶었다. 하지만 의사의 주머니쥐는 길들어 있었고 의사의 손에서 먹을 것을 받아먹는 데 거리낌이 없었다. 미국 주머니쥐를 길들이는 데 성공한 사람은 아직까지 없었다. 의사는 왕립 협회 회원들이 자신의 강연을 듣는 동안 주머니쥐가 우리 안에 앉아 있는 모습을 상상해 보았다. 숙녀들은 주머니쥐를 어르고 신사들은 주머니쥐에게 비스킷을 먹일 것이다.

"론!"

론이 장작 헛간에서 나와 달려왔다.

"네, 선생님."

"우리를 하나 찾아오게. 주머니쥐가 들어갈 만한 크기로."

론이 의사를 빤히 바라봤다. "왜요? 놈은 충분히 길들었잖아요."

"왜냐하면 마침내 잉글랜드로 돌아가게 됐거든. 주머니쥐를 데려가려고 하네."

난베리

시드니만, 1794년 11월 30일

　레이첼은 우리 안에 있는 주머니쥐를 빤히 바라보고 있었다. 레이
첼은 주머니쥐가 그르렁대거나 물려고 할 줄 알았다. 주머니쥐는 처
음에는 날카롭게 소리치고 난리였다. 하지만 이제는 어리둥절한 채
우리 안에 쭈그리고 앉아 있었다. 놈은 왠지 더 작아 보였다. 커다랗
고 까만 눈동자와 털뿐인 듯했다. 레이첼은 고개를 내젓고는 조심스
레 치맛단을 들어 올리며 위층으로 올라가 앤드루가 요람에서 웅크
린 채 낮잠 자는 모습을 지켜보았다. 크리스마스가 오기도 전인데 아
버지가 곧 떠난다는 사실을 아기가 알 리 없었다.

　레이첼은 이제 무엇을 해야 할지 생각했다. 생각을 멈추기 위해서
는 무엇이든 하면서 바쁘게 지내야 했다. 의사의 짐은 트렁크에 꾸려
져 있었다. 레이첼이 그렇게 손봤는데도 의사의 옷은 다 해어져서 누

더기와 별로 다를 바 없었다. 하지만 적어도 더 나은 옷을 살 수 있을 때까지는, 아마도 가는 길에 희망봉에 들를 때까지는, 항해 중에 입을 옷이 필요했다. 배에서 내려 잉글랜드 땅을 밟을 때 입고 있을 좋은 정장도 한 벌은 필요했다. 재봉사에게 옷을 주문하는 것은 그 뒤에나 가능할 것이다.

론이 계속 밭일을 하고 그들이 먹을 채소를 기르고 장작과 물을 가져다주기로 했다. 의사는 자신이 소유한 땅에서도 매주 여분의 식량과 염소젖이 배달되도록 해 놓았다. 심지어는 레이첼이 필요한 약품도 병원에 있는 것은 무엇이든 쓸 수 있도록 조치를 취했다. 정착지에 있는 것이라면 레이첼과 아이는 무엇이든 모자람 없이 누릴 수 있었다.

다만 의사만 없었다. 연인, 아버지, 그들의 행복과 너그러움이 다른 사람들에게까지 퍼지는 가운데 아이가 평화롭게 커 갈 수 있는 행복한 가정의 기둥이 없었다. 레이첼이 바라는 건 그뿐이었는데.

생각은 그만해. 레이첼은 생각했다. 뭔가를 하라고. 의사는 지금 병원에서 잉글랜드로 가져갈 유칼립투스 기름을 추가로 추출하는 과정을 감독하고 있었다. 레이첼과 자신들의 아들과 함께 보낼 수도 있을 소중한 시간에 말이다.

레이첼은 '덩어리 수프'는 만들어 줄 수 있겠다고 생각했다. 뼈와 야채가 젤리처럼 굳을 때까지 졸여 놓으면 몇 달은 갔다. 신선한 음식은 구경도 못 하고 배 안에서 보낼 힘겨운 몇 달 동안은 상하지 않을 것이다. 의사가 가져갈 말린 과일은 정착지에 남아 있지 않았다.

레이첼은 스튜를 만드는 냄비 가득 야채, 허브, 닭뼈, 소뼈를 채워 넣고 론에게 물 한 양동이와 장작을 더 가져오라고 했다. 곧 육수가 부글부글 끓으며 집 안 가득 냄새를 풍겼다.

앤드루는 위층에서 아무 소리 없었다. 의사의 발소리도 아직 들리지 않았다. 레이첼은 서재로 일없이 들어가 의사의 여행 가방, 표본병, 말린 식물이 담긴 나무 상자를 다시 물끄러미 바라보았다. 주머니쥐는 우리 안에서 레이첼을 힐끗 올려다보더니 곧 다시 움츠러드는 듯싶었다.

레이첼은 주머니쥐도 자신처럼 깨끗이 포기해 버린 게 아닐까 생각했다.

처음으로 레이첼의 마음에 분노가 솟구쳤다. 주머니쥐는 데려가면서 자신은 데려가지 않다니! 애완용 주머니쥐는 자랑할 수 있어도 죄수 아내는 안 된다는 거지. 의사는 다리에 쇠사슬을 차지 않았을 뿐이지 세상 반대편 정착지에 수감된 레이첼을 그대로 내버려 두고 떠날 참이었다. 이 상황에서 벗어날 방법은 없었다. 설사 레이첼이 형기를 마친 뒤라 하더라도 마찬가지였다. 주머니쥐와 마찬가지로 레이첼은 탈출할 길이 없었다.

레이첼은 주머니쥐에게 먹일 이파리를 집어 들었다. 놈은 까만 눈을 크게 뜬 채 레이첼을 바라보았다. 레이첼은 자신이 무슨 짓을 하는 건지 생각할 겨를도 없었다. 레이첼은 우리를 집어 들고 문을 열었다. 놈은 미처 사태를 파악하지 못한 양 우두커니 앉아 있었다. 어쩌면 그저 졸고 있었는지도 몰랐다.

"도망쳐. 이 바보 같은 놈아! 일어나! 도망치라니까!"

레이첼은 주머니쥐가 바닥으로 굴러 떨어지도록 우리를 옆으로 기울였다.

주머니쥐는 그제야 몸을 움직여 똑바로 앉아 레이첼을 빤히 바라보았다. 절망한 레이첼은 고개를 내저었다.

"도망가라니까!"

레이첼이 다시 소리쳤다.

놈은 느닷없이 도망쳤다. 쏜살같이 창문으로 달려가 밖으로 뛰어내렸다. 레이첼이 창밖을 내다봤을 때 놈은 이미 사라지고 없었다.

레이첼은 바닥에 떨어진 우리와 놈이 갉아먹던 옥수수를 바라보았다. 레이첼은 옥수수를 다시 우리 안에 집어넣고, 우리를 원래 있던 자리에 놓은 다음, 문은 열어두고 바닥을 쓸었다. 마침내 의사가 눈이 푹 꺼진 채 집에 들어섰을 때 레이첼은 수프를 젓고 있었다. 레이첼이 의사에게 몸을 돌렸다.

"병원 일은 잘 마무리하셨어요?"

"내가 할 수 있는 한은."

복도에서 발소리가 들렸다. 짐꾼들이 의사의 트렁크를 가지러 왔군.

"그 표본병은 조심해서 다뤄 주게!"

레이첼은 의사가 서재로 들어가는 모습을 바라보았다. 레이첼은 마음을 졸이며 의사가 서재에서 나오는 발소리를 기다렸다.

"주머니쥐가 사라졌어!"

"사라졌다니요? 그럴 리가요?"

"놈이 우리의 문을 열었나 봐."

의사가 천천히 말했다.

"주머니쥐가 문 여는 법을 알 거라고 누가 상상이나 했겠어요?"

레이첼은 다시 몸을 돌려 수프를 저었다.

"엄마!"

위층에서 부르는 소리가 들렸다.

의사는 레이첼을 빤히 바라봤다.

"애가 말을 하잖아!"

레이첼은 고개를 끄덕였다.

"아직까진 그 말밖에 못 해요. 애가 계단을 내려오려고 하기 전에 올라가 봐야겠어요."

"같이 가지."

레이첼은 아무 말 없이 의사의 시선을 느끼며 침실로 올라가 앤드루를 안고 젖은 기저귀를 갈기 시작했다. 의사는 레이첼과 아기에게서 여전히 눈을 떼지 않은 채 문설주에 기대어 있었다.

"주머니쥐 일은 정말 안됐네요."

레이첼이 비로소 말했다.

"잉글랜드에 가져가서 보여 줬으면 멋졌을 텐데. 어쩌면 오늘 밤에 돌아올지도 몰라요."

"아니야."

의사의 목소리는 온화했다.

"놈은 돌아오지 않을 거야. 우리 안에 일단 갇혀 본 이상 안 돌아와. 감옥에 제 발로 돌아오는 법은 없지."

의사가 주머니쥐에 대해서만 이야기하고 있는 것이 아님을 레이첼은 알아차렸다. 다시 이곳에서 일하도록 제안 받는다 해도 거부하겠다는 뜻이었다.

의사는 두 팔을 내밀어 앤드루를 건네받아 꼭 끌어안았다. 의사는 눈물이 볼을 타고 흘러내렸지만 아무 말 없이 그저 아기의 머리카락 냄새를 들이마시고 있었다.

"한 가지만 부탁해도 돼요?"

레이첼이 갑자기 물었다.

"딱 한 가지뿐이에요. 그것만 부탁할게요."

"뭔데?"

"당신이 결혼하는 멋진 여자 분한테 한 여자 죄수가 당신을 사랑했다고 말해 주세요. 그래 주실래요?"

"그렇게 말하지. 나도 그 여자 죄수를 사랑했다고 말하지. 결혼해서 아이가 몇 명이 태어나든 앤드루는 내 마음에 담아 놓은 아들이고 내 장남이라고 말할게. 앤드루는 늘 그런 존재일 거야. 그런 사실을 받아들이지 못하는 여자와 결혼하는 일은 없을 거야."

그 정도면 만족해야 했다. 레이첼이 부탁할 수 있는 것은 그 정도가 다였다. 이제 레이첼은 앤드루와 함께 의사의 품에 안긴 채 울 수 있었다. 레이첼은 생각했다. 선생님은 남들 앞에서는 나를 껴안지 않으실 테니. 나중에 항구에서 말이야. 단 한 번도.

이것이 작별 인사였다.

49 | 난베리

시드니만, 1795년 2월

난베리는 여행 가방을 어깨에 둘러메고 느긋하게 집을 향해 언덕 길을 올라갔다. 암탉이 오두막 사이에 난 잡초를 쪼아 대며 꼬꼬댁거렸다. 언덕 위에는 염소 한 마리가 말뚝에 매어진 밧줄을 잡아당기며 매애애 울었다. 정원에서 죽은 것처럼 보이던 잔가지들이 어쩐 일인지 지난 몇 년 사이에 커다란 유실수가 되어 있었다. 난베리는 코를 벌름거렸다. 어딘가 가까운 곳에서 복숭아가 익어 가고 있었다.

난베리는 복숭아 파이, 레이첼의 살구 푸딩 등을 생각했다.

난베리는 들려줄 이야기가 너무도 많았다. 무려 희망봉까지 갔다가 돌아오는 장대한 항해였다. 얼마나 엄청난 것들을 보았는지! 파도가 끝 모르게 치솟으면 배도 산등성이를 오르는 듯하고 마침내 하얀 물거품 위에서 쑥 내려앉았다. 고래들도 배가 포경선이 아니라 자기

　　　　　　　　　　　　　　　난베리

들처럼 거대한 바다를 항해하고 있다는 것을 아는 양 무리지어 배 주변에서 즐겁게 뛰놀 때도 있었다.

그리고 케이프타운…… 그 대목에서 난베리의 얼굴에 그늘이 졌다. 기대했던 것과는 사뭇 달랐다. 코끼리나 사자를 찾아 시골로 들어가는 일은 없었다. 동료 선원들은 난베리에게 부두 근처를 떠나지 말라고 충고했다. 그 흑인들의 땅에서는 오로지 네덜란드인이나 잉글랜드인 같은 백인들만 상점과 호텔에서 환영받았다. 작고 냄새 나는 벽장 같은 주방에서 스튜를 만들어 주던 외다리 선원 요리사는 잉글랜드에서는 다르다고 말했다. 런던에서는 흑인도 별별 일자리를 다 얻을 수 있고, 요리사가 난베리의 옆구리를 쿡 찌르며 말한 바에 따르면 백인 여자들 중에는 까만 피부에 매력을 느끼는 여자도 있다고 했다.

하지만 부두만으로도 대단히 흥미로웠다. 난베리는 원숭이와 온몸이 하얀 말 떼를 보기도 했다. 장사꾼들은 작은 보트를 노 저어 큰 선박으로 다가와 비단과 과일과 동물 조각상을 팔았다. 난베리는 레이첼에게 줄 초록빛 비단 리본, 앤드루를 위해서는 뺑뺑 돌아가는 바퀴가 달린 마차 조각상 그리고 아버지를 위해서는 담배 파이프를 사 두었다.

난베리는 현관문을 벌컥 열고 "저 왔어요!"라고 소리친 뒤 모자를 문 옆의 못에 걸었다.

아직 아기인 앤드루가 부엌에서 웃었다. 레이첼이 앞치마에 손을 닦으며 나타났다.

"난베리구나! 어서 와서 앉아. 아아, 미리 알았다면 좋았을걸. 고기를 좀 마련해 놨을 텐데. 빵하고 치즈는 있어."

"고기가 없어요?"

난베리는 이 집에 고기가 떨어진 것을 본 적이 없었다.

"그게, 요즘에는 나와 앤드루밖에 없으니까. 게다가 이제는 사냥해서 고기를 갖다 줄 사람도 없고……."

레이첼은 난베리를 빤히 바라보았다.

"아직 모르는구나."

"뭘요?"

"선생님이 너한테 편지를 남기겠다고 하셨는데. 네가 탄 배로 그 편지가 전달되면 네가 집에 오기 전에 선장님이 네게 편지를 읽어 주실 거라고 하셨어."

"뭍으로 가는 첫 보트를 타고 나왔는데요."

난베리가 조바심을 내며 말했다.

"편지가 있다면 누군가 그걸 여기로 갖고 와서 내게 줄 것이고 아버지가 편지를 읽어 주시면 되잖아요."

아버지는 읽고 쓰는 것이 자유로웠지만 난베리나 레이첼은 아니었다. 선원이나 여자가 읽을 줄 알 필요가 어디 있다는 말인가.

난베리

"레이첼, 무슨 일이에요?"

레이첼은 조심스레 표정을 가다듬었다.

"네 양아버지가 잉글랜드로 소환되셨어. 작년 11월에 배 타고 떠나셨어."

난베리는 현기증이 났다.

"저한테 아무 말씀도 안 하시구요?"

"그럴 시간이 없었어. 지시가 내려왔거든. 배가 출항할 때 같이 떠나셔야 했어."

갑자기 발밑에서 바닥이 꺼지고 바다 한가운데에서 오도 가도 못하게 된 기분이었다. 방금 전까지도 자신은 난베리였고 선원이자 훌륭한 화이트 의사의 양아들이었다. 그런데 이제는 아무도 아니었다. 자신을 가족의 일원으로 인정해 줄 사람은 아무도 없었다.

"우리는 이 집에서 계속 살 수 있어. 네가 돌아올 집은 항상 여기에 있는 거야."

난베리는 고개를 저었다. 레이첼의 말이 귀에 들어오지 않았다. 집이 무슨 소용이란 말인가? 자신에게 필요한 것은 가족, 즉 자신이 속한 사람들이었다.

"앉으렴."

레이첼이 부드럽게 말했다.

"빵과 치즈를 갖다 줄게. 론이 병원에 가서 고기를 좀 가져올 수 있을 거야."

난베리는 레이첼을 따라 식탁으로 갔지만 아무것도 눈에 들어오지 않았다. 자리에 앉자마자 작은 아기가 아장아장 걸어와 난베리의 무릎에 기어오르려 했다.

"많이 컸네요."

난베리가 스스럼없이 아기를 들어 올리며 말했다.

"그렇지."

레이첼은 아기가 난베리의 수염을 잡아당기려는 모습에 웃음 지었다. 난베리는 바다에 나가 있는 동안 수염이 더 길게 자랐는데도 아직 염소수염처럼 제멋대로 뻗쳐 있어서 유감스러웠다.

난베리는 음식 맛도 제대로 느끼지 못한 채 빵과 치즈를 먹으며 배를 채웠다. 의사를 떠나보내고 레이첼은 어떻게 지내는 걸까? 레이첼은 다른 남자의 하녀로 배정되지 않았으니 자유의 몸인 듯했다. 레이첼은 오로지 아들과 함께 이곳에서 독립해서 살고 있었다.

어떻게 여자가 혼자 살 수 있단 말인가? 카디걸족 여자가 아이만 데리고 사는 법은 없었다. 정착지에서도 혼자 사는 여자는 본 적이 없었다. 난베리는 고개를 내저었다. 잉글랜드식의 삶을 이해했다고 생각했었다. 하지만 자신은 겉모습만 훑어봤을 뿐임을 인정하지 않을 수 없었다.

난베리는 자리에서 일어났다.

"나가 볼게요."

난베리는 친구 — 같이 항해한 사람 — 가 필요했다. 적어도 그 사람들과 같이 있으면 자신의 처지를 알 수 있었다.

"귀가 환영 만찬을 제대로 준비해 놓을게. 양고기를 구울까 하는데 어때? 건포도 푸딩도 만들어 놓을게."

난베리는 고개를 끄덕였지만 이번에도 레이첼의 말에 별로 귀 기울이고 있지 않았다. 레이첼은 여자일 뿐이었다. 남자들의 일을 어떻게 알겠는가. 다른 남자가 레이첼을 데려가면 어떻게 되는 거지? 그때에도 이곳을 집이라 할 수 있을까?

길로 나오니 뜨거운 바람이 강하게 불었다. 정착지에서 음식을 하느라 피운 불의 연기뿐 아니라 멀리 산불의 희미한 연기 내음이 실린 바람이었다. 난베리는 부두로 내려가 동료들이 있음직한 술집에 들어섰다. 요리사가 구석에서 맥주잔을 끼고 앉아 있었다. 난베리는 요리사에게 막 다가가던 참이었다.

"이봐! 원주민은 출입 금지야."

난베리는 한때는 하얬을 앞치마를 두른 바텐더를 빤히 바라보았다.

"돈 있어요."

"보기 전에는 못 믿어."

바텐더는 난베리를 빤히 쳐다봤다.

"원주민치고는 말을 잘하네. 베네롱이 여기에 왔을 때가 생각나는 군. 베네롱은 누구든 럼주를 사 주겠다는 사람을 위해 춤을 추곤 했 지. 너는 베네롱보다 말을 잘하는데."

난베리는 삼 펜스짜리 동전을 꺼냈다. 케이프타운에서 가져온 돈 이었지만 이곳에서도 통용됐다. 바텐더는 그 돈을 내려다보았다.

"그렇군. 네가 돈이 있긴 한 모양인데. 그래도 마실 건 밖으로 가져 다주지. 어쨌든 내 주점에 원주민을 들이진 않아."

난베리는 요리사 쪽을 바라봤지만 요리사는 술에 정신이 팔려 있 었다. 아마 진작부터 술에 취해 있던 듯했으며 요리사 말고는 아는 얼굴이 눈에 띄지 않았다.

"에일은 됐어요. 돈도 됐고요."

난베리는 흘러내린 럼주와 에일로 끈적대고 냄새나는 흙바닥에 삼 펜스 동전을 내팽개친 다음 바닷가로 향했다.

파도를 보고 있으니 마음이 차분해졌다. 늘 그랬다. 사람들은 왔다 가지만 파도는 계속 밀려왔다.

난베리는 진정 누구인가? 잉글랜드인은 아니었다. 영어를 얼마나 잘하든, 식탁 예절을 얼마나 잘 알고 있든 잉글랜드인이 되려면 피부

난베리

가 하얘야 하는 듯했다. 난베리는 선원이었지만 선원이라고 해서 늘 항해 중일 수는 없었다.

정착지의 사람들에게 난베리는 언제까지나 원주민일 것이다. 하지만 자신이 태어날 때부터 속해 있던 사람들에게 난베리는 여전히 아무도 아니었다. 성인식을 치른 적이 없는 남자아이에 불과했고 창을 던지거나 여자를 아는 것도 허락되지 않았다.

바람결에 유령이 속삭이는 소리가 들렸다.

난베리가 크면서 어울리던 카디걸족과 여러 부족은 천연두로 인해 사라지고 없었다. 하지만 새로운 부족이 형성되어 있었다. 난베리는 그들을 찾아낼 수 있을 만큼 덤불 일대를 충분히 기억하고 있었다.

속삭이는 소리가 다시 난베리의 귀를 간지럽혔다. 또렷한 말소리는 아니었지만 난베리는 그 속삭임이 무슨 뜻인지 알 수 있었다.

양아버지가 떠나 버린 것이 차라리 다행이었다. 이제 난베리는 그저 자신이 누구인지를 직면해야 했다. 백인은 뭍에 지은 자신들의 세계에 난베리를 결코 받아들이지 않을 것이다. 백인 여자 중 누구도 난베리를 남편으로 맞이하지 않을 것이다.

난베리는 자리에서 일어나 옷을 벗어 둘둘 만 다음 어깨에 걸쳤다.

이제 어른이 되어야 할 때였다.

50 | 난
  | 베
  | 리

워칸마훌라이(팜 코브, 시드니 코브, 현재 왕립 식물원), 1795년 2월

  난베리는 갈대를 꼬아 만든 관을 쓰고 갈대로 만든 팔찌를 차고 있었다. 얼굴에 하얀 칠이 되어 있었고 가슴팍에는 굵고 까만 줄이 그려져 있었다. 불빛이 밝아서 난베리의 주위는 덜 어둑했다. 난베리는 비명을 지르지 않도록 발가락으로 땅을 파고들며 되도록 가만히 서 있었다. 한 노인이 굴 껍데기로 난베리의 잇몸을 쪼아 앞니를 헐겁게 만들고 있었다. 마침내 노인이 굴 껍데기를 내려놓았을 때는 세상이 빙빙 돌고 있었다.

  다른 남자가 다가왔다. 기름을 바른 피부가 불빛에 번들거렸다. 그들 뒤로 전사들이 구호를 외쳤다. 난베리는 무슨 말인지 알아들으려 애썼다. 일상적인 말은 여전히 기억하고 있었지만 그 구호는 의례 절차에서 쓰이는 말이었으므로 지난 몇 년간 들어 본 적이 없었다.

두 번째 남자는 한 손에는 긴 뼈다귀를, 다른 한 손에는 돌멩이를 쥐고 있었다. 그 남자는 뼈다귀 끝을 난베리의 앞니에 댄 다음 돌멩이로 뼈다귀를 한 번, 두 번, 세 번 가볍게 두드리더니 갑자기 세게 쳤다.

입안에 피가 솟구쳤다. 앞니가 혀 위에 놓이고 피가 목구멍을 타고 넘어 가는 게 느껴졌다. 난베리는 통증을 드러내지 않고, 피 때문에 토하지도 않고, 똑바로 선 자세를 유지하려 애썼다.

조금 전의 노인이 난베리의 입안으로 손을 뻗은 다음 빠진 앞니를 집어 들었다. 그 이는 어찌나 긴지 지난 한 달 동안 뺀 어떤 이보다도 훨씬 길어 보였다. 노인은 앞니를 높이 치켜 올리며 노래를 불렀다. 이번에도 난베리는 그 말을 알아들으려 애썼다.

그리고 의식은 끝났다. 주위에서 들리는 노래가 바뀌었다. 난베리의 손에 창이 쥐어졌고 입안의 피를 씻어 내릴 수 있도록 누군가 물이 담긴 나무껍질 그릇을 입가에 대 주었다.

난베리는 이제 어른이었다.

난베리는 통증을 거의 잊은 채 무릎을 후들거리며 생각했다. 그런데 왜 여전히 공허하지?

수년 전, 의사가 자신을 구해 줬을 때 이 세계를 잃어버리고 말았다. 난베리는 이제 카디걸족도 아니고 잉글랜드인도 아니며 두 가지를 다 조금씩 가졌을 뿐이었다. 난베리는 생각했다. 나도 유령이야. 이 세상에 돌아다니지만 나는 아무런 의미도 없어. 어쩌면 전염병이 돌았을 때 나는 이미 죽었는데 이제야 그 사실을 알게 되었을 뿐인지도 몰라. 입 안의 통증조차 난베리에게 스스로의 존재감을 확인시켜 주지 못했다.

사람들의 손이 난베리를 나무로 이끌었다. 난베리는 그 나무에 등을 기대고 앉았다. 누군가 난베리에게 잘 익은 생선을 건네주었다. 난베리가 흐르는 피를 막기 위해 잇몸에 나 있는 구멍을 생선의 살점으로 누르자 입안의 출혈이 멈추는 것이 느껴졌다.

불빛을 둘러싸고 춤이 계속 이어졌다. 난베리가 알기로 자기 또래에서 유일하게 살아남은 카디걸족인 카루이와 다른 젊은이 한 명이 서 있는 동안 그들의 이를 헐겁게 만든 다음 강하게 쳐서 빼는 절차가 이뤄졌다.

시간은 정처 없이 흘러 난베리의 입에서 흘러내린 핏자국처럼 사방이 어두워졌다. 이제 다른 춤과 다른 노래로 바뀌어 있었다. 그들의 머리 위로 달이 크고 창백하게 떠올랐다. 난베리는 생각했다. 파도랑 똑같아. 무엇도 밀려오는 파도를 막을 수 없고 환한 달빛을 가릴 수 없어. 우리가 이곳에서 고통을 겪는 동안에도 아름답게, 변함없이, 파도는 여전히 밀려오고 달은 여전히 빛나지.

박쥐 한 마리가 불 곁을 지나 쓱 날아갔다. 어디선가 왈라비가 물을 마시고 주머니쥐가 이파리를 갉아먹고 있을 것이다. 의사의 주머니쥐는 어떻게 됐을까? 난베리는 궁금했다. 레이첼은 알지도 몰라.

이방인이라는 의식이 무뎌지기 시작했다. 여기에 있는 사람들은 자신을 받아들였다. 어찌 되었든 난베리는 이제 카디걸족의 전사였다. 난베리는 다음 주면 그들과 바다가랑을 사냥하면서 어른으로서 창을 어떻게 사용하는지 다시 배우게 될 것이다. 이제 머스킷 총 따위는 필요 없고 전사의 커다란 창이면 충분했다. 그들은 덤불을 태워 없애 풀이 자라도록 불을 놓을 것이다. 여자들이 물웅덩이에 떨어진 것을 걷어 내고 이 땅에 대한 의무를 다하는 모습을 지켜볼 것이다.

전사가 되는 것은 임무를 받아들이는 것을 의미했다. 정해진 의식을 행하고 친구들이 어려운 상황에 처할 때 곁을 지켜 주는 것을 뜻했다. 잉글랜드인이나 다른 부족과 싸우게 된다면 자신이 어느 편에 서야 할지 난베리는 알고 있었다.

하지만 밧줄과 돛을 잘 다루고 희망봉의 파도와 무시무시할 정도로 고요한 바다를 두루 겪은 선원을 아쉬워하는 선장은 그래도 늘 있을 것이다. 레이첼이 아들과 살고 있는 잉글랜드식 집도 여전히 그대로 있었다.

난베리는 자신이 바다에서건 덤불에서건 얼마나 멀리 이동하든지 간에 자신의 방, 침대, 뭍에서 입는 옷이 여전히 그대로 있으리라는 것을 알고 있었다. 의사 역시 멀리 떨어져 있어도 난베리를 잊지 않을 것이다. 편지 한 통이 난베리를 기다리고 있었다. 편지는 더 올 것이다.

난베리는 이제 자신이 누구인지 알고 있었다.

난베리는 차차 긴장이 풀리며 통증과 피로감에 젖어들기 시작했다. 이 세계는 아름다웠고 소속감이 있었다. 난베리에게는 덤불이 있었고 바다가 있었다. 적어도 다른 남자가 레이첼을 차지하지 않는 동안은 레이첼이 맞아 주는 집이 있었다.

그 정도로 만족해야 할 것이다.

노래가 또다시 바뀌었다. 이번에는 난베리도 무슨 말인지 다 알아들을 수 있었다. 거의 잊고 있던 어린 시절의 말이 되살아나고 있었다.

난베리는 여전히 카디걸족이었다. 그리고 잉글랜드인이었다.

난베리는 통증이 여전하고 입이 부어오르는데도 소리 없이 웃었다. 난베리는 카디걸족인 동시에 잉글랜드인이었다. 전에 아버지를 위해 새를 찾아냈던 식으로 난베리는 이 땅에서 어떤 잉글랜드인보다도 더 많은 것을 볼 수 있었다. 난베리는 카디걸족 사람들과 다르게 거대한 배를 타고 항해하며 세상을 볼 수 있었다.

난베리는 전사이자 선원이었다.

율랑 이라바장이 끝나면 새 이름을 갖는 것이 전통이었다. 하지만 난베리는 아주 오래전 앤드루라는 이름을 거부했듯 그 전통을 거부할 작정이었다.

"나는 난베리 버케나우 화이트다!"

난베리는 그 이름을 자랑스럽게 지닐 것이다.

시드니만, 1795년 4월

난베리는 마치 평생 해 온 일인 것처럼 능숙하게 배의 밧줄을 타고 올라가더니 다시 항해를 떠났다. 앞니를 뺀 자리는 휑했고 팔에는 배 문신이 새겨져 있었다.

레이첼은 항구에서 앤드루를 품에 안고 손을 흔들며 난베리를 전송했다. 승선용 보트가 바닷가를 빠져나가는 동안 아기도 토실토실한 손을 흔들며 의형제에게 작별 인사를 했다. 레이첼은 천천히 언덕을 다시 걸어 올라가고 있었다.

집이 텅 빈 것 같은 느낌이겠지. 누군가를 위해 요리하고 난베리의 입과 얼굴의 상처가 낫는 동안 돌볼 사람이 있다는 것이 너무 좋았는데. 바보 같은 자식, 원주민들의 그런 장난질을 제 발로 걸어가 실행에 옮기다니. 게다가 그 문신은 또 뭔가. 그것도 단지 남자들이 고통을 참을 줄 안다는 것을 보이겠다고 하는 짓 아닌가. 남자들한테 애를 낳아 보라지. 그러면 이를 빼지 않아도, 바늘이나 염료가 없어도, 고통이 뭔지 절절히 알게 될 텐데.

레이첼은 엄마의 어깨 너머로 부산스러운 항구를 쳐다보는 아기를 내려다보며 웃었다. 하지만 남자들이 그 웃음을 유혹하는 것으로 오해할까 싶어 황급히 웃음을 거둬들이고 땅을 내려다보았다. 뉴사우스웨일스에서는 죄수나 럼주 부대의 군인들로부터 여자가 보호받을 길은 전혀 없었다. 럼주 부대 — 그 군인들 앞에서 그렇게 부르는 사람은 아무도 없었지만 — 의 장교들은 정착지에서 복역하기 위해 레이첼과 같은 시기에 들어왔다. 하지만 장교들은 자기 잇속만 차리느라 바빴다. 장교들은 제멋대로 굴었고 원하는 것을 빼앗아 갔다. 장교들을 제지하려는 자는 누구든 교수형에 처했다. 여자 혼자 사는 것은 힘들었다. 밤이면 술 취한 군인들이 들어오지 않도록 문과 창의 덧문에 빗장을 질렀고 건물 안에 여자가 있다고 생각할 빌미를 주지 않으려 불빛이 조금도 새어 나가지 않도록 주의했다.

론은 의사가 아이의 건강에 너무도 중요하다고 믿었던 신선한 야채와 과일을 기르느라 여전히 매일 밭일을 했다. 론은 집에서 쓸 장작을 패고 물을 길어 왔지만 밤이 되면 자신의 판잣집으로 돌아갔다. 레이첼은 론 역시 자신과 아들을 누군가로부터 보호해 주리라 기대할 수 없었다.

난베리

그래도 레이첼은 돈은 있었다. 총리 대행이 의사에게 무상으로 불하한 땅에서 세가 나왔다. 소작인도 매주 한 번씩 고기와 우유를 보내왔다. 레이첼에게 이미 상자가 여러 개 도착해 있었다. 각 상자에는 옷과 침대보를 만들 천 — 질이 괜찮은 리넨과 플란넬 — 이 여러 필 들어 있었고 안에는 동전을 넣은 지갑이 숨겨져 있었다. 앤드루를 위한 장난감 말도 들어 있었고 각 상자마다 편지도 한 통씩 들어 있었는데 레이첼은 다른 누군가에게 그토록 사적인 내용을 읽어 달라고 할 수 없었으므로 혼자 힘으로 편지 한 통을 읽는 데 꼬박 하루가 걸렸다.

상자와 편지는 희망봉에서 온 것이었다. 몇 달이 지나면 의사는 잉글랜드에 도착할 것이고 다시 소식을 들으려면 아마 일 년이 더 지나야 자신이 무사히 도착했다는 편지를 받게 될 것이라고 했다. 자신은 안전하고 건강하며 아이에게 키스를 전해 달라고 했다. 그리고 변치 않을 애정을 담아 보낸다며 편지를 마무리했다. 사랑이라는 말은 어디에도 없었다. 하지만 의사는 레이첼 모자를 뒤에서 보살피며 자신이 한 약속을 지키고 있었다. 앞으로도 계속 그럴 것이라고 레이첼은 믿었다.

하지만 여자는 리넨이나 플란넬, 심지어는 비단 — 설사 의사가 어쩌다 비단을 보낼 생각을 했다 하더라도 — 이상의 것이 필요했다. 레이첼은 예전에 한 번 실크 스카프를 가졌던 적이 있었다. 잉글랜드에 있을 때 주인님이 줬던 스카프, 레이첼이 훔쳐 갔다고 주인님이 주장했던 스카프. 레이첼을 이곳으로 보낸 스카프…….

그랬다. 여자에게 비단보다도 더 필요한 것이 있었다. 심지어는 사랑보다도 더 필요한 것이 있었다. 의사는 레이첼에게 새는 왜 겨울이면 북쪽으로 날아가는지, 괴혈병은 왜 생기는지 처음으로 말해 준 사람이었다. 레이첼의 세계는 너무도 협소해서 생존하는 문제를 빼면 아무것도 없었다. 의사는 레이첼에게 더 넓은 삶을 향한 창을 열어 주었는데 그 창문은 다시 닫히고 말았다.

항구 바로 위쪽에 있는 장터에서 고함치는 소리가 들려왔다. 야유를 퍼붓는 남자들과 이가 빠진 채 웃고 있는 여자들이 무리지어 있었다. 레이첼은 군중이 보고 있는 것이 무엇이든 그것을 앤드루가 보게 될까 싶어 몸서리치며 앤드루의 얼굴을 다른 곳으로 돌렸다. 아마 태형 아니면 교수형이겠지. 사람들은 그런 구경거리라면 사족을 못 썼다.

레이첼이 집으로 향하려 막 발걸음을 뗀 찰나에 말소리가 바람결에 실려 왔다.

"그다음 이 멋진 아가씨에 대해서는 얼마를 부르시려나? 형기가 육 년 남았어요. 좀 먹이기만 하면 새거나 다름이 없을 텐데요."

레이첼은 소름이 돋았다. 가장 최근에 들어온 배, 레이첼이 받은 상자와 편지가 실려 있던 그 배에 타고 있던 여자들이 경매로 처분되고 있었다. 럼주 부대의 장교들이 물론 가장 먼저 여자들을 골라 갔다. 여자들이 나무 단상에 줄지어 오르면 잘 뜯어본 뒤 가장 젊고 포동포동하고 예쁜 여자들을 데려갔다. 그다음 순서는 장교의 친구들이었는데, 역시 그러한 특권에 대해 아무런 대가도 지불하지 않고 여자들을 골라 갔다. 남은 여자들은 누구든 가장 높은 가격을 부르는 사람에게 팔려 나갔다.

"겨우 그거에요?"

경매인은 비웃는 말투로 말했다.

"그럼 손이 비쩍 마른 분께 럼주 일 파인트에 팔렸습니다. 그 여자 덕에 옆구리가 시리지는 않겠네 그려. 이제 다음 처자로 말씀드리면 좋은 물건이에요. 여러분들, 웃지 마세요. 몸은 조막만 할지는 몰라도 일은 잘 하구요, 남편도 갓 잃었으니 무얼 어떻게 하는지 잘 알지 않겠어요?"

사람들이 낄낄거렸다.

"원주민들이 겨우 열흘 전에 여자의 남편을 죽이는 바람에……."

여자는 비통함에 겨워 비명을 질렀다.

"마리아!"

레이첼은 휙 돌아서서 앤드루를 꼭 안은 채 달리기 시작했다. 팔이 아파 왔지만 앤드루를 내려놓을 생각조차 들지 않았다.

마리아는 어쩌다가 경매당하는 지경에 이르렀을까? 남편이 죽었

다고 경매인이 그랬지. 마리아는 여전히 죄수였다. 남편이 죽고 없으
니 마리아를 팔아먹을 수 있겠다고 장교들이 결정한 모양이었다. 합
법적이건 아니건 간에 장교들이 하는 짓을 막을 도리는 없었다.

레이첼은 앞쪽으로 나아가려 몸부림쳤다. 사람이 너무도 많았다.
하지만 경매인이 수레의 짐칸에 올라가 있고 그 옆에 마리아가 서 있
는 모습을 볼 수 있었다. 마리아는 너무도 작아 보였다. 마리아는 원
래부터 체구가 작았지만 이제는 얼굴마저 야위고 초췌한 나머지 눈
아래가 마치 숯으로 문지른 듯 어둡게 그늘져 있었다. 그런데도 마리
아는 이런 곳에서조차 낡았지만 잘 매만진 옷차림이 단정해 보였다.

"자, 잘 봐요! 바느질도 하고 청소도 해요. 그렇지. 아가씨? 게다가
요리도 아주 잘해요. 보리를 심고 옥수수 껍질도 까고. 게다가 밤에
옆에 끼고 있으면 뜨뜻할 거 아니에요."

"남자를 뜨뜻하게 덥히기엔 너무 작은데!"

레이첼 옆에 선 남자가 그렇게 재치 있는 말은 평생 처음 했다는
것처럼 빠진 앞니를 드러내며 씩 웃었다. 꼴에 그랬을 것이라고 레이
첼은 생각했다.

마리아는 군중을 멍하게 바라보고 있었다. 마리아의 눈에 초점이
없었다.

"아, 몸집이 작은 것들이 속으로는 더 뜨겁다니까. 제가 잘 아니까
하는 말이에요."

경매인이 한쪽 눈을 찡긋했다.

"얼마를 지불하든 본전 뽑을 거예요. 술집 손님도 다 치를 수 있을
만큼 요리를 잘한다니까요. 낮에는 돈 받고 빌려주고 밤이면 데려올
수도 있잖아요. 아니면 밤새 내내 통째로 빌려주든지! 자, 누가 먼저
값을 부르실라나? 저분인가요?"

"삼 펜스!"

경매인은 코웃음을 쳤다. 마리아는 그 말을 들은 기색조차 보이지
않았다.

"럼주 일 파인트!"

"일 파인트! 이 파인트 있나요?"

"이 파인트!"

팔이 굵고 팔뚝 한쪽에 인어 문신을 조야하게 새긴 젊은이였다.

"이 파인트 나왔습니다. 누구 삼 파인트 있나요? 으아, 이 젊은 아
가씨를 맛볼 분? 청소도 해 주고 요리도 해 주고 나머지는 말할 것도
없이……."

"십 실링!"

주변이 소란스러워서 레이첼은 소리쳐야 했다. 레이첼이 가진 돈
은 그뿐이었다. 하지만 마리아가 이렇게 팔려 가도록 두고 볼 수는
없었다. 레이첼은 생각했다. 선생님만 여기 계셨어도! 선생님은 이런
일이 생기도록 두고 보지 않으셨을 텐데. 하지만 이제 레이첼을 도울

사람은 아무도 없었다.

"십 실링 나왔네요! 이제 제대로 돌아가는군요."

경매인이 레이첼에게 고개를 끄덕여 보였다. 레이첼은 얼굴을 붉히며 고개를 숙이고 앤드루를 꽉 끌어안았다. 눈길을 끄는 것은 위험했지만 나서서 돕지 않을 수 없었다.

레이첼이 다시 고개를 들었다. 마리아는 이제야 정신이 돌아온 듯 주위를 둘러보고 있었다. 레이첼은 마리아가 볼 수 있도록 잠시 손을 들어 올렸다. 마리아는 입술을 깨물었다. 얼굴에 희망의 빛이 한줄기 스쳐 갔다.

"십 실링 육 펜스!"

빨간 외투의 겨드랑이가 땀으로 얼룩져 있는 군인이었다. 누군가 마리아에게 그렇게 높은 가격을 부른다면 마리아는 그 이상의 가치가 있나보다고 생각한 모양이었다.

레이첼은 계산을 맞춰보았다. 여벌의 옷을 팔면 됐다.

"십이 실링!"

"십이 실링 육 펜스!"

군인은 레이첼을 힐끗거렸다. 그 순간, 레이첼은 그의 속셈을 알아차렸다.

군인은 레이첼보다 높은 가격을 부르기로 작정한 것이었다. 어차피 돈을 지불할 생각은 전혀 없었다. 금액은 원하는 대로 부를 수 있었다. 럼주 부대의 군인에게 빚 독촉을 할 수 있는 사람은 아무도 없었다.

레이첼은 더 높은 금액을 부를 방법이 없었다.

마리아도 그 사실을 알아차렸다. 레이첼은 마리아의 어깨가 처지고 얼굴에서 다시 생기가 사라지는 것을 지켜보았다. 마리아는 육 년을 더 복역해야 했다. 마리아는 너무도 작고 너무도 가냘파 보였다. 누군가 마리아를 혹사시키면 마리아가 오래 버틸 수 있을까? 마리아의 형기가 끝난다 해도 주인이 마리아를 놓아 준다는 보장조차 없었다. 자신을 부리는 주인이 원하는 한, 발 묶여 지내는 여자들이 많았다. 법원도 럼주 부대의 소관이었다. 그곳에서 정의를 기대하기란 불가능했다. 특히나 여자에겐 더욱 그랬다.

"일 기니!"

다른 사람의 목소리였는데 어디선가 들어본 듯했다. 레이첼은 사람들을 훑어보았다. 아는 얼굴이었다. 몇 년 전 예배가 끝난 후에 만났던, 배 타는 목수였다. 이름이 뭐라고 했더라? 무어 씨였지. 레이첼은 얼굴을 붉혔다. 무어 씨는 좋은 사람 같았는데. 지금은 다른 사람들과 다를 바 없이 여자의 몸값을 부르고 있었다.

"십 기니!"

그 군인이 더욱 헤죽거리며 다시 가격을 불렀다. 군인은 바닥에서 맥주 컵을 들어 올려 꿀꺽꿀꺽 마셨다. 사람들은 이제야 상황을 파악하고 한바탕 웃음을 터뜨렸다. 십 기니는 몇 달치 임금에 해당하는 어마어마한 돈이었다. 저런 여자를 사겠다고 십 기니씩이나 — 말도 안되는, 믿을 수 없는 일이었다. 군인은 백 파운드라도 불렀을 것이다.

레이첼은 다시 무어 씨 쪽을 건너다 봤다. 무어 씨는 수레 위의 마리아를 바라보며 얼굴을 찌푸렸다.

"선생님? 값을 더 부르시겠어요?"

무어 씨는 고개를 저었다.

"그럼 저기 장교 분에게 낙찰되었습니다."

사람들이 환호성을 질렀다. 경매인은 마리아를 수레 가장자리로 밀쳤다. 군인이 팔꿈치로 사람들을 헤치고 나와, 마치 감자 포대를 다루듯 마리아를 내려놓았다.

"뭐 쓸데라곤 없잖아! 내 돈 돌려줘!"

사람들이 다시 큰 소리로 웃었다. 돈을 지불하는 일도, 돈을 돌려받는 일도 없을 것이다. 그저 농담, 모두가 즐기는 농담일 뿐이었다. 마리아만 빼고 말이지. 레이첼이 생각했다.

레이첼은 방법을 찾아보려 애썼다. 병원의 의사들 중 레이첼을 도와줄 사람이 있을지도 몰랐다. 마리아를 누군가 다른 사람에게 배정할 수 있을지도 몰랐다. 맥아더 부인은 어떨까. 마리아가 바느질을 얼마나 잘하는지 맥아더 부인에게 말씀드리면 마리아를 하녀로 데려가겠다고 할지도 몰라. 적어도 그곳이라면 마리아는 안전하겠지.

난베리

이제 마리아도, 군인도, 무어 씨도 보이지 않았다. 사람들이 너무 많았다. 그 군인이 그렇게 취한 마당에 애원해 봤자 소용없었다.

앤드루가 주변의 소란스러움에 겁을 먹고 칭얼대기 시작했다. 레이첼은 아기를 반사적으로 품에 끌어안고 등을 토닥거려 달래 주었다. 레이첼은 이제 어떻게 해야 할지 궁리하며 집으로 돌아가려 발걸음을 옮기기 시작했다.

"터너 양!"

레이첼이 돌아봤다. 무어 씨가 한쪽 팔에 초라한 보따리를 낀 채 길을 따라 다가오고 있었다. 다른 쪽 팔로는 마리아의 손을 잡고 있었다. 무어 씨는 마리아의 손을 놓아 주었고 레이첼이 달려와 마리아를 껴안았다.

"너무 걱정했어요! 미안해요. 정말 미안해요. 어떻게 해야 할지 몰랐어요. 제가 가진 돈은 다 불렀는데……."

마리아는 아무 말 없이 앤드루를 사이에 둔 채 레이첼에게 매달렸다. 가운데 낀 앤드루는 내려오려고 버둥댔다. 레이첼은 앤드루의 손을 꼭 잡은 채 땅에 내려놓고 무어 씨를 바라보았다. 어깨가 재킷에 꼭 끼는 무어 씨가 얼마나 덩치가 컸는지 레이첼은 잊고 있었다.

"무어 씨……."

레이첼은 무슨 말을 해야 할지 몰랐다. 그 군인이 금액을 더 불렀는데 무어 씨는 어떻게 마리아를 여기에 데려왔단 말인가?

무어 씨는 씩 웃었다.

"아까 건달 놈은 일단 농지거리를 즐기고 났으니 일 기니만으로도 만족하더군요."

"그럼 무어 씨가 마리아를 사신 거예요?"

"터너 양, 사람이 다른 사람을 사는 법은 없습니다. 하느님의 눈앞에서 인간은 모두 평등하지요. 하지만 말하자면 그렇지요. 터너 양의 친구는 이제 저한테 배당됐다고 해야겠죠."

무어 씨는 우선 레이첼에게, 그다음 마리아에게 허리를 굽혀 인사했다.

"이분은 당신과 같이 지내는 게 제일 나을 듯싶네요."

레이첼은 무어 씨에게 감사를 표하려 했지만 여전히 할 말을 찾을 수 없었다. 마리아는 금방이라도 털썩 주저앉을 듯 떨고 있었다. 앤드루는 배가 고픈지 레이첼의 손을 잡아당기며 꼼지락거렸다. 사람들이 금방이라도 이곳에 있는 레이첼 일행을 발견하고는 농지거리를 더 즐기려고 모여들지도 모르는 일이었다.

레이첼은 재빨리 무릎을 굽혀 인사한 다음 마리아를 한 팔로 감쌌다. 레이첼은 앤드루를 안아 올리려 몸을 숙였지만 무어 씨가 이미 앤드루를 들어 올린 다음이었다. 레이첼은 아이가 엄마에게 두 팔을 내밀 것이라 생각했지만 무어 씨가 아이를 넓은 어깨 위로 치켜들자 아이는 까르르 웃었다.

난베리

"제가 댁까지 바래다 드리죠."

레이첼은 여전히 마리아를 붙든 상태에서 다시 가능한 한 정중하게 인사했다. 집으로 가는 길이 그렇게 멀게 느껴졌던 적은 없었다. 레이첼은 앞치마 주머니에서 열쇠를 꺼냈다. 의사가 지난해에 마련해 놓고 간 열쇠였다. 레이첼은 문을 열고 마리아를 집 안에 들였다.

무어 씨에게 안으로 들어오라고 해야 할까? 레이첼은 얼굴을 붉혔다. 무어 씨가 자신이 한 일에 대해 돈을 요구할까? 하지만 무어 씨는 이미 앤드루를 바닥에 내려놓은 다음이었다.

"감사합니다."

레이첼이 입을 열었다.

무어 씨는 허리를 굽혔다.

"도움이 되어 기쁩니다."

무어 씨가 왔던 길을 따라 성큼성큼 멀어지는 동안 레이첼은 서둘러 마리아에게 다가갔다.

시드니 코브, 1795년 4월

마리아는 여전히 모자와 외투를 걸치고 자신의 손을 내려다보며
부엌의 의자에 웅크리고 앉아 있었다. 레이첼이 몸을 숙여 마리아의
볼에 키스했다.

"엄마? 누구예요?"

앤드루가 눈을 휘둥그레 뜨고 마리아를 빤히 바라봤다.

"난 이제부터 네 엄마의 하녀야."

마리아의 목소리는 작은 속삭임에 불과했다.

"이분은 엄마의 친구야. 이제부터 우리랑 같이 지내실 거야."

레이첼은 마리아의 모자를 벗긴 다음 마리아가 외투를 벗도록 조
심스레 도왔다. 저녁거리로는 다시 덥히기만 하면 되는 고기 푸딩이
있었고, 불판 위의 솥은 끓기 직전이었다. 레이첼은 화로에 장작을

더 넣고 솥을 불길 위로 밀었다.

마리아가 몸을 움직였다.

"제가 해야지요."

"당신은 쉬어야지요."

레이첼이 천으로 싼 푸딩을 끓는 물에 퐁당 집어넣고 감자를 더 넣었다. 레이첼은 생각했다. 난베리가 갖다 준 꿀로 단 맛을 낸 사과 스튜가 식료품 창고 안에 있군. 난베리가 여기 있다면 얼마나 좋을까. 필립 총독이 떠나고 나니 요즘 난베리는 정착지에서 별 영향력이 없기는 했다. 이제 원주민 언어를 통역하는 데에 아무도 관심이 없었다. 하지만 난베리가 있으면 위안이 되었다. 적어도 난베리는 집 안으로 억지로 들어오려 하거나 감자를 훔쳐 가려는 술주정뱅이와 싸워 몰아낼 수 있었다.

레이첼은 앤드루를 의자에 앉히고 식탁으로 의자를 당겨 준 다음 다 같이 식사하도록 상을 차렸다. 하지만 앤드루가 푸딩을 숟가락으로 떠먹기 시작할 때까지도 마리아는 여전히 멍하니 앉아 있었다.

레이첼은 얼마 전까지만 해도 앤드루에게 음식을 먹여 주었던 것처럼 숟가락을 집어 들고 마리아의 입에 음식을 떠 주었다. 마리아는 입을 열고 음식을 삼켰다. 앤드루는 마리아가 고기 푸딩을 먹는 모습을 지켜보았다. 마리아의 얼굴에 혈색이 차차 돌아오기 시작했다. 레이첼은 그릇을 치운 다음 사과 스튜를 가져왔다. 레이첼이 사과 스튜를 그릇에 덜고 있을 때 마리아가 입을 열었다.

"놈들이 잭을 죽였어요. 원주민들이요. 잭이 가슴팍에 창이 꽂힌 채 옥수수 밭에 죽어 있었어요."

레이첼은 앤드루를 홀낏 쳐다봤다. 하지만 앤드루는 사과를 와구와구 먹으며 얼굴에 온통 사과를 짓이기는 데 정신이 팔려 있었다.

마침내 마리아의 볼을 타고 눈물이 흘러내렸다.

"그날 잭과 같이 나가기 싫었어요. 피곤했거든요. 너무 피곤했어요. 그래서 잭한테 혼자 옥수수를 따는 게 어떠냐고 했어요. 나는 집에 있겠다고요. 그런데 저녁 시간이 돼도 안 오길래 찾으러 나갔더니……."

"당신 잘못이 아니에요."

레이첼이 힘없이 말했다. 레이첼은 로즈힐이 공격당했다는 소식을 들어 보지도 못했다. 의사가 떠나고 나니 레이첼은 소식을 전혀 듣지 못하고 살았다. 프랑스군이 쳐들어온다 한들 누가 한때 의사의 가정부였던 여자에게 알려 줄 생각이나 하겠는가?

"원주민들이 옥수수를 싹 걷어 갔어요. 한 개도 남기지 않고요. 그리고 거기에 잭이 있었어요."

"진정해요. 이젠 괜찮아요. 당신은 여기에 있고 이제 안전해요."

레이첼은 망설이다 말했다.

"그 농장을 팔 수도 있었잖아요."

난베리

"패터슨 선장이 농장을 다른 사람에게 줘 버렸어요."

"패터슨이 어떻게 그럴 수 있어요! 적어도 땅과 집을 팔 권리는 당신에게 있었어야 해요."

"패터슨 선장은 뭐든 자기 마음대로 할 수 있잖아요."

마리아가 힘없이 말했다.

"총독의 특별 허가가 없는 한 여자는 땅을 소유할 수 없어요. 그런데 지금 총독이 없잖아요."

마리아는 앤드루의 뺨을 어루만졌다.

"정말 많이 컸네요. 너무 잘생겼어요."

마리아는 레이첼을 올려다봤다.

"열심히 일할게요."

레이첼은 고개를 저었다.

"우리가 가진 건 같이 나눠요. 일도 마찬가지구요. 마리아가 다시 바느질을 하면 되겠네요. 그리고 내가 나중에 부자가 되면⋯⋯."

레이첼은 마리아를 웃게 만들려 애썼다.

"마리아가 내 비단 드레스를 도맡아 만들어 주세요."

"적어도 앤드루가 처음으로 입을 바지는 만들어 줄 수 있겠네요. 여기에 돌아오게 돼서 다행이에요."

마리아는 부드럽게 말했다.

"공격이 있기 전에도 그곳에 있으면 무서웠거든요. 너무 넓고 나무도 너무 많잖아요. 잭은 좋은 사람이었어요. 하지만 소젖을 짜고 옥수수 껍질을 벗기고…… 농부의 아내로 일을 감당하기에는 체력이 너무 딸렸어요. 심지어는 주머니쥐도 보고 싶더라니까요."

"선생님이 떠나신 후로는 놈을 보지 못했어요."

이제 아침마다 주머니쥐의 똥을 쓸어서 치우거나 바닥에 젖어 있는 오줌 자국을 볼 일은 없었다.

"우리는 잘해 나갈 거예요."

레이첼이 마리아에게 다정하게 말했다.

"우리는 아주 잘해 나갈 거예요."

시드니 코브, 1796년 2월부터 1797년 1월까지

2월은 정착지에서 가장 가혹한 달이었다. 습한 공기가 마을을 뒤덮으면 속치마를 타고 땀이 흘러내렸다. 하수 냄새, 요리하느라 나는 연기, 더러운 옷과 몸에서 나는 악취가 떠나질 않았다. 하지만 그 냄새 중 몇 가지는 씻어 낼 수 있는 마법이 있었으니…….

비누였다! 레이첼은 작은 가게 안에 서서 그 귀한 물건을 소중히 집어 들었다. 마침내 정착지에 지방이 남아서 비누를 만드는구나! 이제 손을 상하게 하고 옷을 너무 빨리 해어지게 만드는 양잿물 따위를 만드느라고 나뭇재를 거르지 않아도 돼. 진짜 비누가 있어!

레이첼은 앤드루가 마리아와 놀도록 두고 나왔다. 앤드루가 한창 호기심이 넘칠 때인 데다가 마퀴스 콘월리스호를 타고 죄수들이 들어온 뒤 발진티푸스가 새로 발병한 상황이었다. 이제 사람 많은 곳에 아이를 데려가기가 불안했다. 앤드루를 믿고 맡길 수 있는 사람, 바닷가에서 산들바람이 불어오길 함께 기다리고, 앤드루가 수탉의 꼬리 깃털에 눈독을 들이고 쫓아다니는 모습을 같이 지켜보며, 과수원 그늘 아래 나란히 앉아 바느질을 하면서 이야기를 나눌 사람이 있다니 얼마나 감사한지.

언덕 위에 있는 배급소에서 여전히 식량이 무료로 배급되었지만 이제는 로즈힐, 아니 파라마타에도 정부의 배급소가 여럿 있었다. 요즘에는 죄수와 관리 들만 배급을 받았다. 레이첼처럼 형기를 마친 죄수들은 농부나 상인이나 노동자가 되어 필요한 것을 기르거나 만들거나 사냥을 해서 잡지 않으면 배급소에서 돈을 주고 샀다.

하지만 가격이 대다수가 감당할 수 없을 정도로 너무 높았다. 럼주 부대가 정착지의 모든 물품은 부대나 허가받은 자만 팔 수 있다고 선포했고, 이를 어기면 채찍질 당하거나 도로 보수반에서 쇠사슬에 묶인 채 노역하게 될 것이라 했다. 농부나 비누 제조자나 선장이나 모두들 자신의 물품을 부대의 장교들이 정하는 대로 헐값에 부대에 넘겨야 했다. 그러면 부대는 물품을 열 배, 심지어는 오십 배의 가격으로 되팔았다.

정착지에 새로 온 헌터 총독은 압도적으로 많은 장교들 앞에서 무력했다. 총독의 지휘권은 지구 반대편에서 오는 데다 지휘권을 실행에 옮길 인력도 없었다. 따라서 럼주 부대의 장교들은 여전히 더욱 부자가 되어 갔고 정착지에서 사는 것은 전에 없이 위험했다.

레이첼은 조심하느라 군인들이 대개 전날 밤 마신 럼주로 여전히 곯아 떨어져 있을 아침에만 외출했다. 마리아는 길거리에 나가는 일이 전혀 없었다. 전보다는 명랑해졌는데도 그랬다. 어제는 마리아가 앤드루에게 노래를 불러 주는 것이 레이첼에게 들리기까지 했다.

그날 아침나절은 좋았다. 존슨 부인과 만나 고아원에 대해 이야기를 나눴다. 어찌 된 일인지 레이첼은 작년부터 정착지에서 소위 명망 있는 부류의 일원이 되었다. 예의 바르고 행동거지가 신중하며 교회에 꼬박꼬박 나가고, 목사의 아내와 인도 차를 마시고, 교회에 새로 생긴 스테인드글라스 창문을 보며 감탄할 줄도 아는 점잖은 사람으로 통했다.

그런데 이제 비누까지! 비누는 비쌌지만 그 값어치를 했다. 게다가 돈을 쓸 데도 딱히 없었다. 화이트 의사는 여전히 배편이 있을 때마다 거의 매번 어떻게든 상자에 천과 설탕, 심지어 한 번은 작은 통에 든 차까지 바리바리 담아 레이첼에게 보내 왔다. 레이첼은 천 가방에 비누를 넣은 다음 모자를 쓴 남자 곁을 지나 문간으로 향했다. 그 남자는 레이첼에게 길을 내어 주며 공손하게 모자를 들어 올렸다.

무어 씨였다.

레이첼은 깜짝 놀라 무릎을 굽히고 인사를 했다. 무어 씨는 다시 모자를 들어 올리며 허리를 숙였다. 무어 씨는 새것처럼 보이는 검정 바지에 검정색 외투를 걸치고 모자까지 쓰고 있어서 전보다 더 격식 있는 차림새였다. 레이첼이 막 입을 열려는 찰나 한 젊은 여자가 장갑 낀 손을 들어 무어 씨에게 손짓을 했다. 여자는 건너편 판매대에 서서 플란넬 천을 살펴보던 중이었는데, 분명 정착지 제품이 아닌 보닛을 쓰고 있었다.

"실례하겠습니다. 터너 양."

무어 씨는 다시 몸을 숙여 인사한 후 그 젊은 여자 쪽으로 향했다.

레이첼은 얼굴이 붉게 달아오른 채 떨어지지 않는 발걸음을 옮겨 가게를 나왔다. 그냥 더워서 그래. 햇빛을 가릴 양산을 가져왔어야 했는데. 레이첼은 스스로를 타일렀다.

무어 씨가 기적적으로 마리아를 구해 낸 후 레이첼은 무어 씨가 다시 들르기를 몇 주 동안이나 기다려왔다. 하지만 무어 씨는 집에 나타나지 않았고 작은 정착지의 길거리 주변에서도 종적을 찾을 수 없었다. 레이첼은 무어 씨가 다시 항해를 떠났겠지 생각했다.

그런데 이제 무어 씨는 아내인 듯한 여자와 함께 돌아와 있었다. 아내가 아니라 해도 어쨌든 레이첼 자신보다 더 젊고 더 잘 차려입은 여자와 함께 돌아다니고 있었다.

레이첼은 스스로를 비웃으려 애썼다. 뭘 기대하고 있었는데? 그렇게 오래전에 무어 씨가 충동적으로 내뱉은 말이 무슨 약속이라도 되는 줄 알았어?

그리고 그게 약속이었다 한들 어쨌다고? 무어 씨에게 선원의 현지처가 되지는 않겠다고 말했잖아. 하지만 화이트 의사에게 나는 어떤 사람이었는데? 그 일은 이제 무어 씨도 알고 있겠지. 어떤 남자가 다른 남자의 아이를 떠맡으려 하겠어?

아니다. 레이첼은 그런 남자도 있을 거라고 인정했다. 특히 여자에게 좋은 집이 있고 전 애인한테서 쭉 돈을 받고 있다면 말이다. 다만 그런 남자는 레이첼이 바라는 남자가 아니었다. 그런 남자 중에 무어 씨처럼 점잖게 차려 입고 죄수가 아닌 사람이 있을 리 없었다.

레이첼은 무어 씨와 그의 여자 친구가 가게에서 나왔는지 흘낏 뒤돌아봤다. 하지만 그들의 모습은 보이지 않았다.

레이첼은 한숨을 내쉬고 언덕길을 다시 올라갔다. 사람들이 모여 있었다. 총독 저택 근처에서 누군가 말뚝에 묶이고 있었다. 아마 어느 불쌍한 바보가 자기 주인에게 욕을 했나 싶었다. 그 죄목이면 끄트머리가 여러 갈래로 갈라진 채찍으로 오십 대를 맞았고, 하루 동안 일을 안 하면 백오십 대를 맞았다. 몇 주에 걸쳐 나눠서 맞도록 허락받지 않는 이상, 한 번에 그 벌을 다 받는다면 불구가 되거나 심지어는 죽을 수도 있었다.

채찍질하는 사람이 채찍을 공중에 휘두르자 휙 날카로운 소리가 들려왔다. 곧이어 말뚝에 묶인 남자의 비명이 터져 나왔다. 구경꾼은 환호성을 질렀다. 취하도록 마시거나 교수형을 구경하는 것과 더불어 채찍질은 시드니 타운의 주요 오락거리였다. 내일이면 땅바닥에 피가 흥건히 고여 있을 것이다.

앤드루를 데리고 나오지 않아 다행이었다. 레이첼은 먼지가 자욱한 길을 따라 집으로 가는 발걸음을 재촉했다.

그로부터 오 주 뒤, 무어 씨는 레이첼의 집 문간에 서 있었다.

미리 알았다면 깨끗한 앞치마를 둘렀을 텐데. 레이첼은 앤드루에게 먹일 저녁을 만들다 앞치마에 묻은 당근 즙 얼룩을 흘낏 내려다보며 생각했다. 모자도 가장 좋은 것, 마리아가 테두리에 진짜 레이스를 둘러놓은 걸로 썼을 텐데.

레이첼 뒤로 부엌에서 난베리가 선원들의 춤인 혼파이프를 추면서 발을 쿵쿵 구르는 소리가 들렸다. 난베리는 최근 항해에서 돌아오면서 앤드루에게 줄 코끼리 조각상과 희망봉에서 구한 푸른빛 천 한 필을 가져왔다. 마리아는 기쁜 마음에 그 천에 달려들어 레이첼과 자신을 위해 옷을 지어 입을 생각에 부풀었다. 난베리는 이미 일주일 동안 덤불에서 지내다 꿀과 물고기를 갖고 돌아왔다. 물고기가 얼마나 크던지 레이첼이 반은 다른 이들에게 나누어 주어야 했다. 난베리는 칼을 갈아 놓았고 ― 론에게 시키면 칼날을 갈다 반은 없애 먹었

다 ─ 고장 난 덧문을 고쳤고 앤드루에게 수영하는 법을 가르쳐 주었
다. 그러고는 마리아까지 설득해 바닷가로 함께 소풍을 나가더니, 이
제는 어린 앤드루를 즐겁게 해 주느라 춤을 추고 있었다. 앤드루는
난베리가 손뼉을 치며 빙 돌 때마다 흥에 겨워 소리를 질러 댔다. 레
이첼은 마리아의 웃음소리도 들을 수 있었다.

마리아가 웃는 소리를 다시 듣게 되어 너무도 다행이었다.

"무어 씨! 어쩐 일이세요?"

레이첼은 갑자기 무어 씨가 의사 선생님을 만나러 왔을지도 모른
다는 데에 생각이 미쳤다. 무어 씨는 아마 그 일로 여기에 왔을 거다.

"화이트 선생님은 이제 여기에 살지 않아요."

레이첼이 덧붙여 말했다.

"하지만 병원으로 가시면……."

"의사가 필요해서 온 게 아닙니다."

무어 씨는 허리를 숙였다. 무어 씨는 가게에서 봤던 검정색 양복과
모자를 걸치고 있었다. 이제 무어 씨는 선원 같아 보이지 않았다.

"안녕하세요? 터너 양."

레이첼은 살짝 무릎을 굽혀 공손하게 인사했다. 레이첼이 망설이
다 말했다.

"안으로 들어오실래요?"

레이첼이 문간에서 남자와 이야기하는 것을 이웃들이 본다면 뒷

말이 무성할 터였다. 무어 씨가 안으로 들어오는 것이 더 나았다. 마리아와 난베리가 같이 있으니 레이첼은 보호자가 있는 셈이었다. 매춘부와 죄수들이 우글거리는 이 정착지에서 그 정도 일에 상관할 사람이야 많지 않을 것이다. 그래도 존슨 부인을 비롯해 몇몇 사람들의 평판은 신경 쓰지 않을 수 없었다. 레이첼은 당당하게 고개를 들었다. 자신도 스스로에게 떳떳하고 싶었다.

레이첼은 무어 씨의 모자를 받아 난베리의 모자 바로 옆에 걸어 놓고 무어 씨를 거실로 안내했다. 거실은 전에 의사가 서재로 쓰던 방이어서 표본을 보존하려고 쓴 알코올 냄새가 아직도 희미하게 배어났다. 그래도 레이첼과 마리아는 등판이 딱딱한 의자에 쿠션을 만들어 놓았고 난베리는 마리아의 자수품에 틀을 대어 벽에 걸어 놓았다. 날이 더워 불 피울 일이 없어진 벽난로에는 레이첼이 장미꽃을 병에 꽂아 올려 두었다.

"여기 앉으세요. 무어 씨. 차를 내 올게요."

레이첼은 차가 남아 있기를 바랐다. 그리고 난베리가 비스킷을 다 먹어 치우지 않았기를 바랐다.

비스킷은 아직 남아 있었다. 건포도와 설탕에 조린 레몬 껍질을 넉넉히 넣은 비스킷이 부엌 식탁의 접시에 놓여 있었다. 의사는 건포도와 레몬 껍질도 보내왔다. 찻주전자에는 의사가 토종 약초 중 가장 좋아하던 사르사 꽃의 찌꺼기가 들어 있었다. 레이첼은 찻주전자에서 찌꺼기를 꺼내 음식물 쓰레기통에 버린 뒤 차를 담아 둔 통을 찾기 시작했다.

난베리가 킬킬대며 웃는 앤드루를 두 팔에 안은 채 고개를 들었다.
"누가 왔어요?"

레이첼은 얼굴이 달아오르는 것을 느꼈다.

"토마스 무어 씨야. 마리아를 구해 주신 분이지. 배의 목수이셔. 교회에서 처음 만났어."

레이첼은 그 일이 삼 년도 더 되었다는 이야기는 하지 않았다.

"좋은 분이야. 제가 차를 끓일게요."

마리아가 단호하게 말했다. 마리아는 무어 씨와 레이첼이 어떻게 만났는지 이미 이야기를 들어 알고 있었다.

"와서 같이 차를 마셔요."

"무어 씨는 레이첼을 만나러 오셨을 거예요."

마리아가 조용히 말했다.

"제가 난베리와 같이 앤드루를 볼게요. 거실로 가서 앉아 계세요."

레이첼이 당황한 기색으로 고개를 끄덕였다.

"무어 씨가 말썽을 피우면 부르세요."

난베리가 나직이 말했다.

그 말에 레이첼은 난베리의 커다란 사냥용 창을 떠올리며 씩 웃었다. 그 창은 난베리의 방 안, 앤드루의 손이 닿지 않는 벽에 걸려 있었다. 난베리는 나이가 어렸지만 앤드루를 보호하려는 의식이 투철했다. 레이첼은 무어 씨 때문에 도움을 청할 일은 없으리라 생각했지만 무슨 일이 생긴다면 난베리는 레이첼을 보호해 줄 것이다. 레이첼은 거실로 들어가며 모자를 똑바로 고쳐 썼다.

무어 씨는 의자에 비해 덩치가 너무 커 보였고 의사에 비하면 손이 두텁고 발갛게 보였다. 의사는 손가락이 가는 데다 매일같이 손을 자주 씻어야 하다 보니 하얬었다. 무어 씨는 레이첼이 들어오자 일어났다가 레이첼이 앉은 다음에야 자리에 앉았다.

"제가 무슨 일로 왔는지 궁금하시죠. 터너 양."

"마리아가 잘 지내는지 물어보러 오신 거 아니에요?"

"터너 양과 교제하고 싶다고 말씀드리러 왔습니다."

무어 씨는 간명하게 말했다.

레이첼은 무어 씨를 빤히 바라봤다. 상상조차 하지 못한 뜻밖의 답이었다.

"방금 뭐라고 하셨어요?"

레이첼은 작은 소리로 되물었다.

"터너 양과 교제하고 싶습니다. 교제가 무슨 뜻인지 알고 계시지요? 같이 앉아 차를 마시면서 이야기를 나누자고요. 매일 오후에는 같이 산책을 나가고요. 그렇게 서로 잘 맞는지 보는 거지요. 물론 잘 맞으리라 생각합니다만. 그런 다음에는 제가 터너 양에게 청혼을 하는 겁니다. 진심으로 드리는 말씀입니다. 터너 양."

무어 씨는 웃음 지었지만 레이첼은 그 웃음 속에 긴장감이 서려 있음을 알 수 있었다.

"우리가 처음 만난 날, 터너 양은 선원의 현지처가 될 생각은 없다고 말씀하셨죠. 그래서 이제 왔습니다. 제가 터너 양에게 약속한 것이 다 갖추어질 때까지 기다렸어요. 이제 뭍에서 일자리를 잡았습니다. 정착지의 목수지요. 탱크강 상류에 삼 에이커의 과수원이 있고 밭에 벽돌집도 좋게 지어 놓았고요. 토지를 무상으로 불하 받기 위해 신청도 해 놓았습니다."

"무어 씨, 죄송한데요."

레이첼은 무어 씨의 자산 목록을 더 듣고 있을 수 없었다.

"왜죠?"

"왜 터너 양과 결혼하고 싶어하느냐구요?"

레이첼은 다른 질문거리도 있었지만 일단 고개를 끄덕였다.

무어 씨는 생각에 잠겼다.

"그날 길에서 걸어가시는 걸 보고 생각했죠. 내가 결혼하고 싶은 여자 분이다."

"그게 다예요? 예쁜 얼굴 한 번 쳐다본 거요?"

레이첼은 자신이 적어도 그때에는 예뻤길 바랐고 지금도 여전히 예뻤으면 싶었다.

그 말에 무어 씨는 웃음 지었다.

"당신은 아름다워요."

무어 씨는 말했다.

"하지만 그 이상의 뭔가가 있었어요. 당신이 길에 멈춰 서서 굶주리는 아이들에게 뭔가 나눠 주는 걸 봤지요. 그런데 당신은 입을 굳게 다물고 의무감에서 나눠 주는 게 아니라, 얼굴에 웃음을 띠고 계시더군요.

터너 양, 당신은 기적 같은 존재였어요. 시드니 타운은 더러운 속치마를 입고 얼굴이 시뻘건 매춘부들로 바글거리는 곳이에요. 그런데 당신은 깨끗한 차림새에 머리카락에서는 윤이 나고 치마는 귀부인의 옷은 아니었지만 잘 손본 맵시였어요. 저는 생각했지요. 친절하고 일을 잘하고, 현재의 자기 모습과 자신의 가능성에 대해 자긍심을 가진 아가씨가 여기 내 눈앞에 있구나."

"무어 씨……."

레이첼은 생각했다. 무어 씨는 내가 어떤 사람인지 하나도 모르는구나. 무어 씨는 레이첼이 화이트 의사와 어떤 관계로 지냈는지 몰랐다. 앤드루가 레이첼이 돌보는 아이가 아니라 레이첼의 아들이라는 사실을 말이다.

하지만 레이첼이 무어라 말하기도 전에 마리아가 쟁반에 찻주전자와 컵과 병에 든 우유와 설탕 그릇을 들고 나타났다. 그 뒤로 난베리가 비스킷이 담긴 접시를 들고 왔다.

"무어 씨, 제 친구, 잭슨 부인을 기억하시죠. 그때 감사하게도 무어 씨가 구해 주셨잖아요. 이 아이는 제…… 제 양아들, 난베리 화이트 예요."

레이첼은 양아들이라는 말을 전에 써 본 적이 없었다. 하지만 사실 이잖아. 레이첼은 생각했다. 난베리가 의사의 양아들이었던 만큼 이제 자신의 양아들이었다.

무어 씨는 다시 일어났다. 무어 씨는 마리아에게 몸을 굽혀 인사했다.

"잭슨 부인, 아주 잘 지내시는 것 같아 그지없이 기쁘네요."

마리아는 무릎을 굽혔다.

"이게 다 무어 씨 덕분이지요."

"구해 드릴 수 있어서 제가 영광이지요. 그리고 화이트 군."

무어 씨는 난베리에게 다시 허리를 숙였다. 레이첼은 무어 씨가 검은 피부를 가진 사람에게도 공손한 모습이 마음에 들었다.

"양아버지가 훌륭한 분이라고 들었어요. 브릴리언트호의 선장도 화이트 군 칭찬을 많이 하더군요."

난베리는 그 말에 대한 보답으로 허리 굽혀 인사했다. 난베리가 마음에서 우러나올 때 최대한 취할 수 있는 격식을 갖춘 인사였다.

무어 씨는 레이첼을 뒤돌아봤다.

"터너 양, 당신 아들은요? 다시 보면 정말 반갑겠는데요."

무어 씨는 앤드루가 의사의 아들이고, 의사와 레이첼이 결혼하지 않았다는 사실을 분명 알고 있었다. 레이첼이 결혼반지 없이는 어떤 남자에게도 허락하지 않겠다고 무어 씨에게 말한 것을 의사에게는 허락한 사실도 무어 씨는 분명 알고 있었다.

레이첼은 다리가 후들거렸다. 레이첼이 서둘러 의자에 앉는 동안 무어 씨는 주머니에서 자그맣게 조각한 보트를 꺼냈다.

"이건 제가 만든 거예요. 터너 양, 당신 아들이 마음에 들어 하면 좋겠는데요."

무어 씨는 레이첼이 충격 받은 것을 알아차리고 부드럽게 웃어 보였다.

"정착지에 아이들 장난감을 파는 곳은 아직 없지요. 하지만 언젠가 장난감 가게가 생길 거예요. 언젠가 런던에서 살 수 있는 것은 무엇이든 이곳 시드니 타운에서도 살 수 있는 날이 올 거예요."

"이런 곳에서요?"

마리아가 고개를 저었다.

"여기 항구는 세계 최고예요. 잭슨 부인. 마을이 도시가 되는 조건은 그것으로 충분하죠. 최고의 항구와 좋은 목초지와 바닷속 고래 떼만 있으면 돼요."

부엌에 혼자 내팽개쳐진 느낌을 받았는지 앤드루가 소리를 질렀다.

난베리

앤드루는 신발 한쪽이 벗겨지고 얼굴은 잼으로 범벅이 된 채 아장 아장 거실로 들어왔다. 앤드루는 낯선 사람을 힐끗 바라보더니 난베리에게 시선을 돌렸다.

"춤 춰!"

앤드루가 명령했다.

난베리는 레이첼과 무어 씨를 번갈아 바라보았다. 난베리는 앤드루의 손을 잡았다.

"춤은 부엌에서 추자."

난베리가 말했다. 마리아는 다시 살짝 무릎을 굽혀 인사한 후 난베리와 앤드루를 따라 거실에서 나갔다.

무어 씨와 레이첼의 눈이 마주쳤다.

"시드니 타운의 가게에는 여러 가지가 많은데 거기에 뒷말도 빠지지 않죠. 아직은 이곳의 마을이 작아서 다들 이웃의 사정을 알고 있으니까요."

레이첼은 얼굴을 붉히지 않으려 애썼다.

"그럼 제 이야기를 어디까지 아세요?"

무어 씨는 망설였다.

"터너 양, 중앙형사법원에서 다룬 당신의 사건은 한동안 회자됐어요. 주인한테 배신당한 하녀인데 법정에서 변호를 받았다고."

레이첼은 얼굴이 더욱 붉어졌다.

"전 죄를 짓지 않았어요. 그렇다고 결백하다고만은 할 수 없죠. 주인이 그 선물들을 그냥 준 게 아니었는데 저는 그걸 받았으니까요. 그리고 결혼반지도 없이 화이트 의사의 아내 노릇을 하면서 같이 살았어요."

"하지만 그 이후에는 계속 혼자셨잖아요. 터너 양, 저는 돈을 가장 많이 주겠다는 배를 타고 오랫동안 떠돌아다니면서 결혼도 하지 않고 살았어요. 그러다보니 이젠 결혼을 아마도 잉글랜드의 젊은이가 생각하는 방식과는 다르게 여기는지도 몰라요. 저는 젊고 순진한 여자를 바라는 게 아니에요. 제가 바라는 여자는……."

무어 씨는 적당한 말을 찾느라 애먹고 있었다.

"신뢰할 수 있는 사람이죠. 하루가 어땠는지 같이 이야기할 사람. 삶을 함께할 사람."

바로 내가 간절히 바라는 사람이지요. 레이첼은 생각했다.

무어 씨는 레이첼을 보며 씩 웃었다. 배를 그렇게 오래 탔는데도 이 상태가 여전히 좋았다.

"거봐요. 우리가 잘 맞을 줄 알았어요. 터너 양, 당신은 신망 받는 분이어요. 제 아내로 자랑스럽게 맞이할 수 있는 여자예요."

레이첼은 그 말이 여전히 믿기지 않았다.

"무어 씨라면 누구든 아내로 맞이할 수 있잖아요. 저보다 훨씬 젊은 여자로요."

레이첼은 솔직하게 말했다.

"그날…… 그날 가게에서 무어 씨가 젊은 아가씨와 같이 있는 걸 봤어요."

무어 씨는 웃음을 터뜨렸다.

"마스든 부인, 새로 오신 목사님의 부인이시죠. 터너 양도 곧 뵙게 될 거에요. 마스든 부인께 목사님이 안 계신 동안 길에서 에스코트해 드리겠다고 했죠. 말씀드렸다시피 제가 뭍에 일자리를 얻고 집을 마련한 다음에야 터너 양에게 올 생각이었거든요."

"잉글랜드로 돌아가서 사업을 벌이실 수도 있잖아요."

"평생 일꾼으로 살라고요? 터너 양, 읽을 줄 아세요?"

"지난 몇 년간 혼자 조금 공부했어요. 하지만 쓰는 건 잘 못해요."

"저도 읽거나 쓰는 건 못해요. 셈은 좀 할 수 있지만요. 그래도 이 곳이라면 저는 제 힘으로 상류층이 될 수 있어요. 무상 토지 불하도 있고 죄수들의 노동력도 거저 사용할 수 있어요. 잉글랜드에 양모가 아쉬운 공장들이 있으니 우리가 양모를 거기로 보내 주면 돼요. 정착지에는 배가 필요한데 제가 배를 만들 수 있어요. 우리가 결혼하고 십 년이 지날 즈음이면 터너 양은 다이아몬드 목걸이를 걸고 계실 거 예요. 약속해요. 전 한 번 한 약속은 반드시 지킵니다."

맞아. 레이첼은 생각했다. 적어도 이번 약속은 지켰어.

"그리고 안 된다는 말씀은 하지 않으시네요."

무어 씨는 만족스럽게 덧붙였다.

레이첼은 그제야 안 된다는 말은 하지 않았음을 깨달았다. 레이첼은 무어 씨가 사태를 제대로 파악하지 못한다고 넘겨짚고, 그래도 안 된다는 말을 할 생각은 전혀 못하고 있었다.

"서두를 필요 없어요."

무어 씨는 부드럽게 말했다. 무어 씨는 자신의 뜻을 관철시키는 데 익숙한 사람인 듯했다. 하지만 무어 씨의 뜻은 훌륭했고 무어 씨는 주위 사람들 모두에게 친절했다.

무어 씨가 자리에서 일어섰다. 레이첼은 무어 씨가 오랫동안 가만히 앉아 있는 사람이 아니구나 싶었다.

"제가 만든 이 보트가 강에서 뜨는지 앤드루를 데려가서 같이 보는 게 어떨까요? 보트를 만드는 자가 장난감 보트를 가라앉게 만든다면 전망이 어둡지 않겠어요. 더 큰 보트를 만들기 전에 한번 시험해 봐야죠."

농담도 하시네. 레이첼은 생각했다.

무어 씨는 웃고 있었다. 놀랍게도 레이첼은 자신도 웃고 있음을 깨달았다.

"제 보닛을 가져올게요."

레이첼이 말했다.

❖

무어 씨와 레이첼은 새로 지은 존슨 목사의 교회에서 다음 해 일월에 결혼했다. 레이첼은 의사의 집을 떠나기도, 다른 사람이 이사 들어오는 모습을 바라보기도 조금 마음 아팠다. 하지만 무어 씨의 집은 더 컸고 앤드루와 마리아의 방 그리고 난베리의 방도 각각 마련되어 있었다. 게다가 부엌 옆에는 거친 일을 할 일꾼과 하녀가 쓸 방도 여러 개 딸려 있었다. 중국산 비단 양탄자와 조각으로 장식된 인도산 서랍장은 무어 씨가 항해 중 사온 것이었다. 멋진 도자기 세트는 무어 씨가 외국의 항구에서 발견해 선원용 사물함에 넣어 시드니 타운으로 운반해 온 것이었다. 하지만 가장 멋진 것은 무어 씨가 지난 몇 달 간 자신의 손으로 직접 만든 가구들 — 탁자, 침대 틀, 그리고 무어 씨가 항해 중 밤낮을 가리지 않고 오래도록 만든, 조각으로 장식된 선반 — 이었다.

사실이었다. 이 남자는 무슨 일을 어떻게 해야 할지 정확히 파악하고 있었다. 무어 씨는 꿈을 갖고 계획을 세운 뒤 실행에 옮겼다.

무엇보다도 무어 씨는 품성이 좋고 관대했다. 레이첼은 생각했다. 내가 운이 좋았구나. 인생에서 만난 세 남자 중에 두 사람이 친절했어. 마지막 남자는 가장 친절하고.

이제 레이첼의 삶은 풍요로웠다. 친구와 선행이 가득했고, 정착지를 새로이 건설해 나가는 삶에 남편과 아들도 있었다.

시드니 코브, 1798년 1월

누군가 팔을 슬며시 잡는 통에 앤드루는 잠에서 깨어났다. 형이 침대 위에서 자신을 내려다보며 웃고 있는 모습이 보였다. 앤드루가 난베리를 형이라고 말하면 빤히 쳐다보는 사람들이 종종 있었다. 난베리의 피부가 까맸기 때문이었다 하지만 난베리는 세상에서 가장 좋은 형이었다.

"일어나."

난베리가 속삭였다.

"왜?"

"쉿. 아무 소리도 내면 안 돼."

앤드루는 일어나 앉았다. 창의 덧문 너머로 뿌연 새벽빛이 희끄무레했다.

"아직 어둡잖아."

"아니야. 새벽이 다 됐어. 사냥하러 가기에 딱 좋은 때지."

"사냥!"

형이 다시 씩 웃었다.

"형이랑 같이 사냥할래, 아니면 엄마랑 있으면서 공부할래?"

"사냥할래."

앤드루가 말했다. 앤드루는 난베리의 창을 보며 눈짓했다.

"오늘 저걸 써 봐도 돼?"

"나중에. 아직은 아니야. 전사가 되어 창을 쓰려면 그 전에 배울 게 많아."

앤드루는 침대에서 풀쩍 내려와 부츠를 집으려 손을 뻗었다.

"부츠는 안 돼."

난베리가 부드럽게 말했다.

"동물이 부츠 발소리를 듣거든. 부츠 냄새도 맡고 말이야."

"내 부츠에서는 냄새 안 나!"

양아버지인 무어 씨가 지난주에 고래 잡는 미국인에게서 사온 부츠였다. 엄마는 정착지에서 그렇게 좋은 부츠를 신고 다니는 아이는 아무도 없다고 했다.

양아버지는 정착지에서 가장 멋진 남자였다. 배를 만들었고, 나무를 깎아 작은 피리도 만들었고, 앤드루를 목말 태운 다음 말처럼 시늘하기도 했다. 정착지의 남자들 대부분은 거의 늘 술에 절어 있었다. 시드니 타운의 아이들이 모두 그렇듯 앤드루도 술에 취해 화가 난 남자들을 알아보고 그들의 주먹질이나 발길질에서 벗어나는 법을 일찍이 배웠다.

하지만 양아버지는 술에 취해 있는 법이 없었다. 게다가 양아버지는 자주 웃었다. 앤드루는 난베리를 빼고 어른들이 술에 취하지 않은 상태에서 웃는 것을 본 적이 없었다.

앤드루의 말에 난베리는 그들끼리만 통하는 농담인 양 앤드루를 바라보며 말했다.

"동물에게는 네 부츠에서 냄새가 나."

난베리는 앤드루가 셔츠와 바지를 걸치는 동안 기다렸다. 앤드루는 자신의 옷차림이 자랑스러웠다. 얼마 전까지만 해도 아기용 덧옷을 입었다. 앤드루는 난베리를 따라 조용히 계단을 내려갔다.

난베리는 부엌에서 잠시 멈춰 자그마한 종이를 식탁 위에 놓았다. 앤드루는 종이에 쓰인 글을 읽어 보려 했지만 어려운 말이 너무 많았다.

"너를 데리고 산책 나간다고 적혀 있어."

난베리가 말했다.

"어제 친구가 대신 적어 줬지."

"형도 쓰는 걸 배우지 그래? 양아버지는 배우고 있잖아. 엄마도 이제는 구불구불한 글씨로 예쁘게 쓴다고."

"읽고 쓰는 건 누구나 내 대신 할 수 있잖아. 나는 다른 것들을 안 다고."

바깥은 선선했고 남쪽에서 상쾌한 산들바람이 불어오고 있었다. 요리하느라 피운 불이 밤사이에 잿더미로 변했어도 밑에는 여전히 불씨가 깜빡거렸다. 난베리와 앤드루는 빠른 걸음으로 탱크강 상류를 지나 도랑을 건너 언덕을 두 개 넘었다.

앞 쪽의 나무 사이에서 정체 모를 그림자가 움직였다. 앤드루는 걸음을 멈췄다.

미개한 원주민 남자아이였다. 모르는 사람이었다. 엄마는 모르는 사람과 말하지 말라고 주의를 줬었다. 그 남자아이는 자신보다 두어 살 더 많아 보였다.

앤드루는 양아버지와 존슨 목사 부부 그리고 헌터 총독을 빼면 주위에서 보는 사람들 거의 다 무슨 범죄를 저질렀거니 하고 여겼다. 심지어는 장교들 대부분도 아버지의 말에 따르면 도둑놈에, 건달이었다.

앤드루는 건달이 무엇인지 잘 알지 못했다. 건들거리는 사람을 건달이라고 하나 싶었다. 그렇다고 건들거리는 걸 막는 법이 따로 있는 건 아니겠지?

처음 보는 원주민들이 사람을 창으로 찔러 죽일 수도 있었다. 하지

난베리

만 이 원주민 아이는 창을 들고 있지 않았다.

난베리는 앤드루가 무서워하는 것을 안다는 듯 앤드루의 손을 잡았다.

"네 친구야."

난베리가 말했다.

"쟤를 모르는데!"

"오늘부터 알면 되잖아."

난베리는 원주민 아이가 다가오는 동안 무릎을 꿇고 앉아 앤드루와 눈을 맞추었다.

"앤드루, 나는 내일 리라이언스호를 타고 떠나야 돼. 돌아오면……."

난베리는 망설였다.

"그때에는 내 동족을 만나러 가야 해."

난베리는 고개를 내둘렀다.

"나는 선원이고 전사야. 네가 배워야 할 것들을 가르쳐 줄 시간이 없어."

"양아버지는 가정교사가 가르쳐 줄 거라고 하시던데."

"이런 걸 가르쳐 주지는 않아."

원주민 아이는 이제 난베리와 앤드루에게 다가와 있었다. 그 아이는 가만히 서서 듣고 있었지만 앤드루는 그 아이가 난베리의 말을 알아듣지 못했을 것이라 생각했다. 마리아의 말에 따르면 원주민 대다수는 제대로 된 말을 몰랐고 자기들의 미개한 말만 알았다.

"앤드루, 너는 이 땅에서 태어났어. 네 몸은 이 땅의 흙으로 만들어진 거야. 나랑 똑같아. 이 땅을 떠나 있을 때면 나는 그 사실을 기억해. 너도 그 사실을 기억해야 해."

앤드루는 고개를 끄덕였다. 도통 무슨 이야기인지 알 수 없었다. 어른들의 말에서 무슨 이야기인지 알 수 없는 것은 너무도 많았다.

"가루디는 자신의 부족에게서 배워. 너는 이제 가루디의 친구니까 가루디가 배운 것들을 너한테 가르쳐 줄 거야."

앤드루는 그 아이를 미심쩍은 눈초리로 바라보았다. 가루디는 대부분의 미개인들이 그렇듯 벌거벗은 상태였다. 머리카락은 뒤엉켜 있었다. 발에 부츠를 신어 본 적이 단 한 번도 없었을 듯싶었다. 이런 아이가 나한테 뭘 어떻게 가르친다는 거야?

그 아이 역시 미심쩍은 눈초리로 앤드루를 바라보았다.

"이리 와."

난베리가 말했다. 난베리는 가루디에게 뭔가 더 말을 했는데 길고 빠르게 흘러나오는 말소리는 전혀 진짜 말 같지 않고 마치 주머니쥐가 그르렁대는 소리처럼 들렸다.

두 아이는 난베리를 따라 나무 그늘 안으로 들어갔다.

하늘과 바다의 가장자리가 만나는 수평선은 이제 분홍빛으로 물들었다. 날이 밝아 오고 있었다. 난베리가 갑자기 멈춰 서서 조용히 하라는 뜻으로 손을 들어 올렸다. 난베리는 돌무더기를 가리켰다.

가루디가 씩 웃었다. 앤드루는 못마땅한 얼굴로 가루디를 쳐다봤다. 돌무더기가 뭐 어쨌다고 재밌어?

앤드루는 돌무더기를 유심히 바라보았다. 돌에 희미하게 긁힌 자국이 있었다.

느닷없이 돌멩이 사이에서 무엇인가 움직였다. 난베리는 얼어붙은 듯 꼼짝하지 않았다. 가루디도 마찬가지였다. 난베리와 가루디는 마치 돌멩이나 나무가 되어 버린 것처럼 거의 숨도 쉬지 않고 있었다. 앤드루도 똑같이 따라 하려 애썼다.

난베리가 무언가를 덮쳤다. 곧이어 손에 잡은 것을 의기양양하게 치켜들었다.

거의 앤드루만큼이나 큰 도마뱀이었다. 커다란 발톱은 날카롭고 뱀의 머리를 한 데다 피부는 낡은 회색빛 레이스 같았다. 난베리가 치켜들자 도마뱀은 조금 꿈틀거렸지만 심하게 요동치지는 않았다.

가루디가 무어라고 말했다.

난베리가 앤드루에게 말했다.

"훌륭한 사냥꾼은 뛰지 않아. 기다리지. 물웅덩이 옆에서 물 마시러 오는 동물을 기다리지. 주머니쥐가 할퀸 자국이나 도마뱀 발톱 자국이 있는 곳에서 기다려. 이 '갠'은 추운 밤 내내 잠잤어. 겨울에도 내내 자. 하지만 여름에 바위가 뜨뜻할 때에는 밖으로 나오거든. 하지만 나한테 대들기에는 아직 잠이 덜 깬 거야."

난베리는 아무렇지도 않게 도마뱀의 머리를 바위에 후려쳤다. 두개골이 깨졌다. 앤드루는 도마뱀의 피가 피부로 번져 나가는 것을 빤히 바라보았다.

난베리가 씩 웃었다.

"그리고 이제 불을 피우는 거지."

❖

도마뱀을 먹고 남은 부분 — 잘게 흩어진 가죽과 뼈, 두개골과 발톱 — 이 모닥불의 재 옆에 놓여 있었다. 그 주위로 파리가 윙윙대는 소리가 더위 속에서 한가롭게 들렸다.

앤드루도 나른했다. 앤드루는 난베리와 가루디처럼 나무에 등을 기댔다. 도마뱀은 이상한 맛이어서 꿈결에 먹은 기분이었다. 연기 같은, 흙 같은, 짐승 같은 맛이 났다. 앤드루는 지금까지 짐승 같은 맛이 나는 고기를 먹어 본 적이 한 번도 없었다. 양고기 갈빗살은 양한 테서 나오고 소금에 절인 쇠고기는 소에서 나온다는 것을 희미하게나마 알고 있었다. 하지만 몸뚱이에서 직접 고기를 이로 잡아 뜯다니……

맛있었다.

난베리가 슬며시 눈을 떴다.

"발톱 가져갈래?"

"왜?"

"목걸이 만들게. 아니면 줄로 엮어서 허리에 두르던지."

앤드루는 그럴까 생각해 보았다.

"그런 걸 가지고 있게 엄마가 내버려 둘까?"

앤드루가 조심스레 물었다.

난베리가 웃음을 터뜨렸다.

"아니."

난베리는 앤드루를 진지한 눈으로 바라봤다.

"여자들은 몰라도 되는 일이 있지."

"양아버지는?"

"양아버지는 잉글랜드라는 땅에서 왔다고. 양아버지도 이런 건 몰라."

"양아버지는 아는 게 많다고!"

"그래. 하지만 이런 건 몰라."

가루디는 이제 잠에서 깨어 있었다. 가루디는 무시하는 듯한 눈초리로 앤드루를 쳐다보더니 이상한 말로 다시 무어라 지껄였다. 앤드루는 그 말소리에서 단어의 형태를 어렴풋이 알아채기 시작했다.

"뭐라고 한 거야?"

"네가 누에고치에서 나올 줄 모르는 작은 애벌레 같다는데."

"그게 나쁜 거야?"

"응."

"쳇, 쟤는…… 쟤는 머리 빗고 옷 입을 줄도 모르는 미개인이라구."

난베리는 두 아이를 번갈아보았다. 마침내 난베리가 말했다.

"수영하러 가자. 자, 일어나."

수영하러 간 곳은 인가가 있는 곳에서 만을 대여섯 번 지나야 나오는 바닷가였다. 절벽은 가팔라 보였고 겹겹이 쌓인 바위를 타고 내려가기에는 너무 높은 듯 했다. 하지만 난베리는 길을 알고 있었다. 두 아이들은 그 뒤를 따랐다.

절벽 아래로 아담한 모래사장이 파도와 만나고 있었다. 난베리는 허리띠를 풀고 바지와 웃옷을 차례로 벗었다. 가루디는 이미 찰박거리며 바다로 들어가 밀려오는 파도 아래로 뛰어든 후였다. 이윽고 가루디가 햇빛 속으로 불쑥 머리를 다시 내밀었다.

발가벗은 채 헤엄치는 것은 미개인들만 하는 짓이었다. 엄마는 앤드루가 난베리와 함께라면 수영해도 된다고 했지만 헤엄치는 것은 미개인들만 하는 짓이었다. 앤드루는 바지를 내리고 셔츠를 벗었다. 앤드루는 가장 높은 바위로 달려간 다음 허락을 구하려 난베리를 힐끗 쳐다봤다.

난베리가 고개를 끄덕였다.

앤드루는 다이빙을 했다. 난베리가 크리스마스 전에 가르쳐 준 그대로 한껏 뛰어오른 다음 아래로 몸을 날렸다. 나는 돌고래야. 앤드루는 생각했다. 나는 고래야. 앤드루가 머리부터 입수하자 주위에 온통 거품이 일었다. 앤드루가 두 발로 물을 박차고 수면으로 떠오르자 가루디는 앤드루를 빤히 바라보고 있었고, 난베리는 바닷가에서 빙그레 웃고 있었다.

그날 처음으로 앤드루는 웃음을 터뜨렸다. 가루디는 다이빙을 못 하는구나! 갑자기 세상이 환하게 빛나는 듯했다. 앤드루가 가루디에게 바닷물을 끼얹자 가루디가 바닷물이 얼굴을 타고 뚝뚝 흐르는 와중에 씩 웃는 것을 보았다. 앤드루는 다시 물속으로 들어가 가루디의 다리를 와락 움켜쥐었다. 두 아이는 발로 차고 티격 대며 수면으로 떠올라 투명하게 빛나는 바닷물을 서로에게 끼얹어 댔다.

가루디도 같이 웃고 있었다. 앤드루는 생각했다. 우리가 친구가 되었다는 뜻이구나.

시드니만, 1800년 1월

웃는물총새가 울고 있었다. 앤드루는 자갈이 투두둑 덧문을 치는 소리에 잠에서 깨어났다. 덧문을 열고 아래쪽을 내려다보니 가루디가 과수원 안으로 막 사라지는 것이 보였다.

앤드루는 씩 웃었다. 앤드루는 가루디가 언제 마을에 들어올 수 있을지 알지 못했다. 때때로 가루디의 가족은 다른 곳에서 여러 달 동안 지내기도 하는 듯했다. 하지만 그러다가도 느닷없이 마을 사람들이 깨어나기 전에 덧문에 자갈 부딪치는 소리가 났다.

난베리가 앤드루에게 가루디와 친구로 지내라고 말한 지 이 년이 지났다. 처음에는 딱히 친구 사이라고 할 수는 없었다. 하지만 이제는 서로 친구였다. 가루디는 앤드루에게 풀을 꼬아 만든 덫으로 어떻게 밴디쿠트를 잡는지, 어떻게 나무에 기어올라 벙구 — 주머니쥐를

난베리

원주민식으로 부르는 이름 — 를 잡는지 가르쳐 주었다.

물고기 잡는 것이 최고였다. 난베리는 지난번에 뭍에 돌아왔을 때 두 아이에게 작살로 물고기를 잡는 법을 가르쳐 주었다. 어쩐 일인지 가루디는 피부가 검은 미개인인데도 자신의 창을 갖고 있지 않았다. 앤드루는 가루디 가족이 가루디를 너무 어리다고 생각하나 싶었다.

피부가 검은 미개인들조차 아이들이 할 수 있는 것과 없는 것을 정해 놓고 있었다. 엄마와 양아버지가 규칙을 만들어 놓는 것과 꼭 같았다. 때때로 엄마와 양아버지는 흙탕물에 뛰어들지 말라거나 말고기로 만든 파이를 갈매기에게 던지지 말라는 따위의 이상한 규칙을 만들었다.

하지만 부모님은 다른 규칙에 대해서는 이유를 설명해 주셨다. 가령 죄수로 온 아이들은 병에 걸려 있을지 모르니 같이 놀면 안 되었고, 푼돈을 구걸하며 술집 옆에 모여 있는 고아들과는 같이 있다가 술 취한 어른에게 봉변을 당할 수 있으니 어울리면 안 되었다.

앤드루와 가루디가 다시 작살을 쓰기 위해서는 난베리가 돌아올 때까지 기다려야 했다. 하지만…….

앤드루는 망설이다가 이윽고 씩 웃었다.

앤드루는 꼬물대며 잠옷을 벗고 바지를 입은 다음 부츠를 빤히 내려다보았다. 엄마는 앤드루에게 부츠를 신어야 한다고 수도 없이 말했지만, 부츠를 신으면 발가락 사이로 진흙이 으깨지는 것을 느낄 수 없었다. 뉴사우스웨일스 전체에서 거의 두 명에 한 명은 맨발로 돌아다니는데 왜 나만 부츠를 신어야 한다는 말인가? 두 발에 무거운 쇠사슬을 질질 끌고 다니는 느낌인데. 하지만 부츠를 신어야 죄수의 자식 새끼가 아니라 신사의 아들임을 보여 주는 것이라고 엄마는 말했다.

결국 앤드루는 부츠를 손으로 집어 들었다. 부츠를 덤불 밑에 숨겨 두었다가 집에 들어서기 전에 신으면 되겠지. 엄마는 내가 부츠를 신고 있지 않았다는 것을 절대 알지 못할 거야.

앤드루는 엄마의 침실 문간에서 귀를 기울였지만 들리는 것은 양아버지가 코 고는 소리뿐이었다.

앤드루는 살금살금 계단을 내려갔다.

앤드루는 자신에게 아버지가 한 명 더 있다는 것을 알고 있었다. 들어오는 배편으로 매번 집에 돈과 선물을 보내오고 앤드루에게는 '너를 사랑하는 아빠가'로 끝나는 편지를 보내는 사람인데 신사라고 했다. 엄마는 그 편지를 앤드루가 다 외울 정도로 읽어 주곤 했다.

아버지는 상냥한 분인 듯했다. 아버지가 둘이라니 좋았다. 정착지에는 자신을 돌봐 줄 아버지가 아예 없는 아이들도 많다고 엄마가 말했다.

앤드루는 부엌의 매끈한 마룻바닥을 지나 난베리의 방으로 향했다. 전에 살던 집에서 난베리는 앤드루의 옆방에서 잤지만 양아버지의 집에서는 쿡처럼 아래층에서 자야 했다. 앤드루는 귀를 기울였다. 쿡과 다른 하인들 역시 잠들어 있었다.

앤드루는 난베리가 벽에 걸어 놓는 여러 개의 창 중 두 개에 손을 뻗었다. 앤드루는 거대한 사냥용 창을 가져가고 싶었지만 난베리는 앤드루나 가루디가 그 창에 손도 못 대게 했다. 앤드루는 대신 더 가벼운 작살 두 개를 집어 들었다. 작살이라 해도 앤드루의 키보다 길었다. 작살 대는 앤드루가 만져 본 그 어떤 나무보다 단단해서 휘지 않았다. 대 중간쯤에 물고기 뼈로 만든 미늘이 달려 있었고 끄트머리에 미늘이 더 달려 있었다. 앤드루는 작살 두 개를 경건하게 벽에서 들어 내렸다.

앤드루는 살금살금 방에서 나와 부엌으로 들어갔다. 플리치 씨에게 배우는 아침 공부 시간을 빠지면 혼난다는 것을 알고 있었다. 하지만 그럴 만한 가치가 있었다. 이 작살을 보면 가루디는 뭐라고 말할까?

앤드루는 부엌을 둘러보았다. 어제 구운 신선한 빵이 자루에 있었고 치즈와 차갑게 식은 양 갈빗살이 있었다. 바깥의 처마 밑 선선한 곳에 파리가 들어갈 수 없는 음식 저장고가 매달려 있었는데 그 안에는 차가운 옥수수가 들어 있었다.

앤드루는 빵과 치즈를 먹은 다음 옥수수를 주머니에 쑤셔 넣었다. 가루디는 옥수수를 좋아했다.

앤드루는 진창길의 차가운 감촉을 두 발로 느끼며 마을의 인가 사이로 달렸다. 잘 익은 복숭아의 향이 나무에 열려 있는 사과보다도 더 강하게 느껴졌다. 집 대신 오두막이 나타나기 시작했다. 이제 한 여름의 밭에서 옥수수는 훤칠했고 양배추가 줄지어 있었다. 이윽고 앤드루는 밭을 빠져나왔다. 그리고 아주 오래전 난베리가 가르쳐 줬던 바닷가를 향해 계속 달렸다. 이제 그 바닷가는 그들만 아는 비밀의 장소였다.

가루디는 앤드루를 기다리며 바다 위쪽 바위에 앉아 있었다. 가루디는 늘 보던 차림새였다. 몸에 걸친 게 거의 없었다. 머리카락을 꼬아 만든 허리띠를 하고, 다리 사이로 가죽으로 된 조각을 두르고, 팔에는 깃털과 머리카락으로 만든 끈을 매고 있을 뿐이었다.

가루디가 씩 웃자 검은 피부 빛 얼굴에서 이가 유난히 하얗게 드러났다.

"앤드루!"

그 말은 가루디가 아는 몇 안 되는 영어 단어 중 하나였다. 앤드루가 가루디에게 영어를 가르쳐 주길 난베리가 바란다는 것을 앤드루도 알고 있었다. 하지만 어떻게 된 일인지 왈라비를 뒤쫓거나 갯벌에서 홍합을 따고 있으면 말 따위는 전혀 중요하지 않게 느껴졌다.

가루디가 작살을 가리키더니 기쁨에 겨워 덩실거렸다. 앤드루도 창을 머리 위로 치켜들고 같이 덩실거리며 춤을 췄다. 두 아이는 마치 시원한 초록빛 바닷속을 헤엄치는 물고기처럼 파도와 물보라와

어우러져 춤을 추는 것 같았다. 꼭 언어가 없더라도 서로 이야기하는 방법, 즐거움을 표현하는 방법은 많았다.

마침내 앤드루가 가루디에게 작살을 하나 건넸다. 가루디는 엄숙한 얼굴로 작살을 받았다. 앤드루는 흥분에 휩싸였다. 앤드루가 작살을 쓰는 것을 엄마가 안다면 질겁을 할 것이다.

앤드루는 씩 웃었다. 엄마는 선원들이 심부름꾼으로 부려 먹으려고 앤드루를 잡아갈지 모르니 부두로 내려가지 말라고 했다. 수영하러 갈 때는 난베리랑 같이 가라고 했다. 하지만 원주민 아이랑 작살로 고기 잡으러 가지 말라는 얘기는 한 적이 없었다.

앤드루는 가루디가 작살을 잡고 꼼짝하지 않는 것을 그대로 따라 하려 애썼다. 작살로 물고기를 잡으려면 그렇게 해야 했다. 물고기들이 물 바깥에 위험이 도사리고 있다는 것을 알아차리지 못하도록 꼼짝 않고 서 있어야 했다.

잔잔한 물결이 물거품을 일으키며 밀려왔다 밀려갔다. 물빛이 투명해서 바위투성이 바닥까지 들여다볼 수 있었다. 하지만 물고기는 보이지 않았다.

무언가 헤엄치는 것이 느닷없이 시야에 들어왔다. 물고기였다. 하지만 너무 작았다. 작살을 휘두를 가치도 없었다. 작살로 맞히기도 너무 어려울 것이다. 앤드루는 인정할 수밖에 없었다. 하지만 큰 물고기는 대개 작은 물고기를 따라오니까.

바로 그때 큰 물고기가 떼를 지어 나타났다. 비늘이 은빛과 푸른빛으로 반짝였다. 가루디가 앤드루보다 한 발 먼저 움직였다. 두 개의 작살이 물속으로 날아갔다.

앤드루는 숨을 멈췄다.

물이 소용돌이치며 거품이 잔뜩 이는 통에 결과가 어떠한지 보이질 않았다. 앤드루는 자신의 작살이 떠다니는 것이 곧 보이겠거니 생각하며 물속으로 첨벙첨벙 들어갔다.

하지만 작살은 보이지 않았다. 핏빛이 얼룩덜룩 번지는 바닷물뿐이었다. 곧이어 두 마리 물고기가 고통스럽게 입을 뻐끔거리는 모습이 보였다. 앤드루는 승리감에 취했다. 바닷물 속에서 환호성을 지르며 폴짝 뛰어오르고 싶었다. 앤드루는 웃음을 터뜨렸다. 가루디도 웃었다. 표현할 말을 모를 때에는 웃는 것도 다른 방식의 말하기였다. 둘은 다시 바닷물 위로 몸을 숙였다.

상처 입은 물고기는 이제 지쳐 가고 있었다. 다른 물고기들은 화들짝 놀라 이미 다른 곳으로 헤엄쳐 가버렸다. 핏빛 바닷물이 잠잠해졌다. 앤드루는 머리가 물속에 잠길 때까지 몸을 수그렸다. 그리고 물고기가 죽어 가며 버둥거리자 작살을 움켜쥐었다. 물고기가 작살에 몸이 꿰인 채 꿈틀거리며 빠져나가는 것을 막느라 진을 빼야 했다. 하지만 앤드루가 물고기를 바닷물에서 꺼냈을 즈음엔 물고기는 이미 죽어 있었다.

난베리

앤드루는 미늘이 빠져나오며 물고기의 살을 더 헤집지 않도록 최대한 애쓰면서 자랑스럽게 작살을 빼냈다. 물고기는 앤드루의 팔만큼 길었고 날카로운 작은 이빨이 두 줄로 나 있었다. 비늘은 이미 생기를 잃어 가고 있었다. 가루디가 잡은 물고기는 더 작았다. 앤드루는 더 큰 물고기를 잡은 것이 나은 건지 아니면 더 작은 물고기를 작살로 잡는 기술을 갖고 있는 게 더 좋은 건지 궁금했다.

어쨌건 상관없었다.

물에 젖은 옷을 입고 있으니 바닷바람이 차갑게 느껴졌다. 그곳에서 앤드루를 쳐다볼 사람은 아무도 없었다. 그래서 앤드루는 셔츠와 바지를 벗어 마르도록 바위에 걸쳐 놓았다. 이제 앤드루는 가루디보다도 더 벌거숭이였다. 앤드루는 살갗에 닿는 햇빛을 느끼며 가루디가 절벽 아래 피운 작은 모닥불 곁에 함께 웅크리고 앉았다. 가루디는 마른 나무껍질과 떠내려 온 나뭇조각을 쌓은 다음 뼛조각과 함께 타고 있는 석탄으로 불을 댕겨서 나무에 불꽃이 일어 활활 타오르게 했다.

마른 나뭇조각에서는 연기가 나지 않으니 마을에서 보일 리 없었다. 앤드루와 가루디는 잡은 물고기를 불에 굽기 위해 초록빛 윗가지에 물고기를 꿰어 돌멩이에 괴었다. 비늘이 연기에 검게 그을자 쉽게 벗겨지면서 바로 아래에 하얀 살점이 금세 드러났다.

그 뒤 둘은 햇볕에 덥혀진 바위에 누워 커다란 배가 들어오는 것을 지켜보았다. 고래잡이배나 물개잡이배는 아니었다. 미국 국기가 아닌 영국 국기가 휘날리고 있었다. 앤드루는 무심하게 생각했다. 죄수들을 더 데려왔나 보지. 어쩌면 이번에도 아버지가 보낸 선물과 편지 그리고 전에 가게에서 봤던 생강 쿠키나 사탕같이 가게에서 팔 새로운 물품도 싣고 왔을지 몰라.

저런 커다란 배를 타는 것은 어떤 느낌일까? 난베리는 배를 타는 것이 신난다고 말했다. 엄마는 끔찍하다고 말했다. 쫄쫄 굶으면서 몇 달이고 항해를 하는데 파도에 멀미가 나고 고약한 냄새에 속이 메스껍다고 했다.

하지만 엄마는 죄수였다. 물론 착오로 생긴 일이긴 했다. 엄마가 잘못을 저지르는 법은 없었으니까. 선원이나 아버지처럼 존경받는 승객으로 배를 타면 다를지도 몰랐다. 엄마는 난베리가 배를 탈 때면 어김없이 말린 과일과 덩어리 수프를 한가득 안겨 주었다.

앤드루는 생각했다. 언젠가 제대로 읽을 줄 알게 되면 아버지한테 편지를 써서 여기까지 배를 타고 오는 게 어땠는지, 그리고 잉글랜드로 배를 타고 돌아가는 것은 어땠는지 물어봐야지.

바닷가는 거의 바위투성이였지만 모래가 온몸에 파고들어 오는 것 같았다. 썰물이어서 바위가 울퉁불퉁한 굴 껍데기에 뒤덮인 채 완만하게 드러나 있었다. 앤드루는 물고기를 한 마리 더 잡아서 엄마에게 갖다 드리고 싶었다. 그냥 재미로 잡고 싶은지도 몰랐다. 하지만

난베리

왠지 가루디는 한 마리 이상 잡는 법이 없었다. 앤드루는 몸통 가운데에 깊이 상처 난 물고기를 어떻게 잡았는지 설명도 하지 않고 엄마에게 내밀 수는 없었다.

앤드루는 옥수수를 깜빡할 뻔했다. 앤드루는 주머니에서 옥수수를 꺼냈다. 두 아이는 옥수수를 갉아먹은 후 먹다 남은 것은 파도 속으로 던져 놓고, 옥수수의 속대가 앞뒤로 떠다니다가 항구로 떠내려가는 것을 지켜보았다.

먹다 남은 옥수수 속대는 항구를 거쳐 결국은 바다까지 떠내려가게 될까? 앤드루는 궁금했다. 어쩌면 잉글랜드까지 갈지도 모르지. 신사들이 산다는 미지의 땅, 굶주리고 창백한 얼굴의 죄수들을 배가 태우고 떠나온 곳.

앤드루는 늦은 오후에야 집으로 향했다. 가루디는 바위를 넘어 남쪽으로 떠났다. 앤드루는 작살을 바위 밑에 숨겼다. 작살을 가지고 돌아가면 사람들 눈에 띌 것이다. 다음 날 다른 사람들이 일어나기 전에 와서 가져가야 했다. 앤드루는 바람과 햇볕 속에 너무 오래 머문 나머지 얼굴이 달아올랐다. 셔츠는 소금기로 뻣뻣했다. 머리도 조금 아팠다.

모자를 썼어야 했는데. 하지만 셔츠와 바지만으로도 충분히 거추장스러웠다. 가루디는 좋겠다. 가죽 조각 하나만 허리에 끈으로 두르면 되니. 온종일 작살로 물고기를 잡고 바닷가를 쏘다닐 수 있으니.

가루디는 밤에 뭐 할까? 앤드루는 궁금했다. 요즘 시드니 타운에는 원주민들이 많았지만 대개 술집 주위에서 백인들처럼 술에 절어 있었다. 앤드루는 가루디의 엄마도 가루디에게 "죄수 아이들과 놀지 마라. 술집 근처에는 가지 마라!"라고 말하는지 궁금했다.

가루디도 엄마가 있는 게 맞겠지? 가루디는 술집 옆에서 구걸하며 앉아 있거나 소매치기를 하거나 남의 집 문간에서 웅크리고 자는 고아 같다고 하기는 너무 행복해 보이니까.

앤드루가 문을 열자 저녁 냄새가 풍겨 왔다. 양아버지가 좋아하는 소고기와 양파 냄새였다. 앤드루는 잼 푸딩도 있는지 궁금했다. 하지만 물고기를 너무 많이 먹어서 배가 고프지는 않았다.

앤드루는 거실을 들여다보았다. 엄마는 작년에 양아버지의 배에 실려 온 크고 푹신한 의자에 앉아 종이와 잉크를 아끼기 위해 모서리까지 작은 글씨가 빽빽하게 쓰인 종이를 읽고 있었다.

앤드루는 엄마가 혼내기를 기다렸다. 하지만 엄마는 그저 가만히 앉아 손에 든 종이를 바라보고 있을 뿐이었다.

"엄마? 잉글랜드에 있는 아버지가 보낸 거예요?"

엄마는 앤드루에게 어디 갔었느냐고 묻지도 않은 채 편지를 움켜쥐었다. 엄마가 왜 저러시지?

"그래, 아버지가 보낸 거야. 하지만 너한테 말고 나한테 쓰신 거야."

"읽어도 돼요?"

"글쎄…… 모르겠구나."

앤드루는 엄마를 빤히 바라보았다. 엄마는 흐리멍덩하게 말하는 법이 없었다.

"아버지는 괜찮으신 거죠?"

"그래."

엄마는 무심하게 말했다.

"아버지는 잘 지내셔. 새집으로 이사하셨다는구나."

"이사한 이야기를 쓰신 거예요?"

"으응. 아니야."

엄마는 그제야 앤드루가 눈에 들어오는 듯했다.

"앤드루! 이게 무슨 꼴이니! 온종일 어디 갔었어? 죄수 아이들하고 놀다 온 거 아냐?"

"아닌데요."

앤드루는 거짓 없이 답했다.

"그러니. 가서 바로 씻으렴. 곧 저녁 먹어야지."

느닷없이 고기 냄새에 속이 메스꺼웠다.

"배고프지 않아요."

"배고프지 않다니? 온종일 밖에 있다 왔는데?"

엄마는 손으로 앤드루의 이마를 짚었다.

"열이 있네."

엄마는 갑자기 걱정스러운 목소리였다.

"햇볕을 너무 많이 쐬었구나."

엄마의 손길은 부드러웠다. "가서 누워 있으렴. 엄마가 저녁을 가지고 올라갈게. 토스트하고 당밀 시럽 어때? 양아버지가 오늘 당밀 시럽을 좀 가져오셨어."

양아버지, 아버지, 엄마, 모두 가깝고 자신을 걱정해 주는 사람들. 머리가 쿵쿵 울렸다. 햇볕을 너무 많이 쐰 거야. 앤드루는 고개를 끄덕인 다음 집 뒤쪽의 목욕통으로 향했다.

앤드루는 말소리에 잠에서 깼다. 어쩌면 눈 뒤로 머릿골이 아파서였는지도 몰랐다. 주위로 어둠이 빙빙 소용돌이쳤다.

"앤드루 아버지한테서 편지가 또 왔어요."

"뭐래요?"

"곧 결혼한대요."

엄마의 말투에 묘한 기색이 어려 있었다.

양아버지의 말투 역시 묘하게 들렸다.

"레이첼, 물어봐도 될지 모르겠는데, 아직 그 남자를 사랑해요?"

난베리

엄마는 웃었다. 하지만 거의 울음소리처럼 들리기도 했다.

"아니요. 물론 아니죠. 당신을 사랑하는 방식으로 그 사람을 사랑한 적은 없어요. 나는…… 나는 당신을 존경하기도 하구요, 토마스. 내가 얼마나 존경하는지 당신도 알잖아요."

"그럼 무슨 일이에요?"

이제 양아버지의 목소리는 온화했다.

"애 아버지가 다음에 잉글랜드로 출발하는 배에 앤드루를 꼭 태워 보내라고 하네요. 앤드루와 새 아내와 같이 살겠다고요. 토마스, 앤드루는 겨우 여섯 살이에요!"

양아버지는 무거운 목소리로 애써 위로했다.

"이런 날이 언젠가 오리라는 걸 알고 있었잖아요."

"하지만 너무 이른 걸요! 앤드루는 아직 너무 어려요! 아이를 보낼 수는 없어요. 절대 안 돼요!"

"레이첼, 앤드루에게 가장 좋은 대로 해 줘야지요. 좋은 집, 신사 아버지, 앤드루를 자기 자식처럼 아껴줄 양어머니."

"하지만 앤드루는 내 아이예요! 그 여자의 아이가 아니라고요!"

"나도 앤드루를 사랑해요. 당신이 우는 모습만은 정말이지 보고 싶지 않아요. 하지만 앤드루가 잉글랜드에서 누리게 될 기회를 생각해 봐요. 제대로 된 학교도 있고."

잠시 침묵이 흐른 후 양아버지는 덧붙여 말했다.

"앤드루는 영국 신사가 될 거예요. 레이첼. 내가 절대로 될 수 없는 그런 영국 신사 말이요."

"당신은 어떤 영국 신사보다도 훌륭한 사람이에요. 안 돼요! 아이를 보내진 않을 거예요! 아직은 안 돼요!"

"레이첼."

양아버지의 목소리에서 앤드루가 전에 들어본 적이 없는 뭔가가 느껴졌다.

"앤드루의 아버지는 힘 있는 사람이에요. 당신이 그 사람의 아이를 보내길 거부한다면 그 사람은 억지로라도 보내게 만들 거예요. 총독에게 편지 한 장 보내는 걸로 충분할 테니까."

조용한 가운데 흐느껴 우는 듯한 소리만 들려왔다.

앤드루는 베개에 머리를 대고 누웠다. 그 소식에 머리가 터질 것 같았다.

잉글랜드로 간다고? 돛이 펄럭이는 커다란 배를 타고 삐걱대며 항구를 빠져나가 사라지라고? 잉글랜드라는 곳이 실제로 있기는 한 거야?

엄마를 떠나라고? 집을 떠나라고? 그럴 수는 없지! 설마 나를 보낼 리야 없지.

"엄마?" 앤드루는 엄마를 부를 생각이 없었지만 어둠이 빙빙 돌고 머리가 아픈 통에 덜컥 겁이 났다.

난베리

"엄마!"

"왜 그러니?"

엄마가 촛불을 들고 문간에 나타났다.

"엄마, 진짜예요? 내가 잉글랜드에 가야 돼요?"

엄마는 숨을 헉 멈췄다.

"아마도. 언젠가. 하지만 아직은 안 가도 돼."

"난 가기 싫어! 절대로 안 가!"

앤드루는 울지 않으려 애썼다. 다 큰 남자아이가 우는 법은 없었다.

"사람들이 배를 타면 죽는다고요. 난베리 형이 그러는데 어쩔 때는 선원들이 어찌나 많이 죽어 나가는지 살아서 항구에 도착하는 사람이 거의 없다고 했단 말이에요."

"난베리는 너한테 왜 그런 이야기만 잔뜩 했다니."

엄마는 속상할 때면 늘 그렇듯 이마를 문질렀다. 엄마는 바다 밑에서 헤엄치는 듯한 이상한 얼굴이었다. 앤드루는 생각했다. 마치 한마리 물고기 같잖아. 앤드루는 너무 더웠다.

"난 배에서 죽고 싶지 않아요. 난 엄마랑 헤어지기 싫어요."

엄마의 얼굴에 눈물이 흘러내리는 모습이 촛불에 비쳤다. 그런데 촛불 맞나? 어쩌면 태양인지도 몰라.

"앤드루, 우리가 할 수 있는 일은 기도하는 것뿐이란다. 수호천사 이야기를 들어본 적 있니?"

"네, 엄마."

존슨 목사가 예배 중에 수호천사에 대해 이야기한 적이 있었다. 앤드루는 교회에서 목사의 말을 대개 귓등으로 흘렸지만 그날은 귀담아 들었었다.

"네 수호천사가 너를 돌봐 주길 기도하자꾸나."

엄마는 잠시 눈을 감았다.

"우리가 할 수 있는 일은 그게 다니까."

"엄마?"

"왜?"

"침대에 해가 들어와 있어요. 해가 뜨거워요. 내 천사가 해를 거기에 갖다 놓은 거예요?"

"해? 무슨 이야기를 하는 거니?"

엄마는 허리를 숙이고 앤드루의 이마에 손을 얹었다.

"펄펄 끓잖아! 의사를 불러요. 발메인 선생님! 그분은 오실 거예요."

시드니 코브, 1800년 1월

레이첼은 열에 들떠 헛소리를 하는 아들 곁에 앉아 있었다. 발메인 씨가 발진티푸스라고 말하고 갔다. 발메인 씨는 화이트 의사와 친구로 지내지는 않았다. 하지만 레이첼은 발메인 씨가 화이트 의사의 아들인 앤드루를 도와줄 것이라고 믿었다.

발진티푸스는 죄수를 실은 배와 매번 함께 들어와서 정착지를 휩쓸고 나면 다음 배가 도착할 때까지는 잠잠했다. 발진티푸스에 걸리면 어른은 반 이상 죽고, 아이는 거의 다 죽어 나갔다.

내 아이. 내 소중한 아이. 내 아이가 죽을 리 없어.

레이첼이 고개를 숙이자 뺨에 흐르는 눈물이 차갑게 느껴졌다. 이 아이 없이 어떻게 살아갈 수 있을까? 하루하루, 일 년 일 년, 아이가 그야말로…… 없다면.

아이와 함께 한 육 년 동안의 하루하루를 버터를 저장하듯 저장해 놓을 수 있다면 얼마나 좋을까. 지난날을 꺼내서 다시 살 수만 있다면. 하지만 마음에 세심히 담아두어야 했던 시간을 무심히 보내 버리고 말았다. 요리하고 빨래하고 머리를 빗느라 흘러가 버린 나날이었다. 그런 바보 같은 일들을 하는 시간에 아이를 지켜보는 거였는데.

레이첼은 아이를 또 가지는 일은 없으리라는 걸 알았다. 자신에게 그런 일은 없을 것이다.

레이첼이 할 수 있는 일은 아무것도 없었다. 그저 아이의 얼굴과 가슴팍을 닦아 열을 내려 보려 하거나, 한기가 느껴지면 이불을 덮어 주거나, 아이가 고열로 헛소리를 하면 달래 주었다. 그리고 아이를 달래서 끓인 물을 좀 마시게 하거나, 사과 스튜를 한 숟가락 먹여 보는 것이 고작이었다.

그리고 기도하는 것뿐이었다.

내 잘못이야. 죄수 아이들과 놀지 말라고 말하는 것으로 앤드루의 안전이 보장되는 것도 아니었는데. 정착지 전체가 죄수와 질병의 땅인걸.

작년에 애 아버지가 앤드루를 보내 달라고 처음으로 편지에 썼을 때 앤드루를 잉글랜드로 보내야 했어. 마침 장교의 아내인 여자 승객도 한 명 있었는데. 애 아버지가 보낸 금화를 주며 부탁하면 두말없이 앤드루를 돌봐 주었을 텐데. 앤드루는 지금 잉글랜드에 살면서 언덕에 있는 멋진 벽돌집에서 신사로 키워지고 있어야 했던 건데. 진흙 투성이 발로 거칠 것 없이 뛰어다닐 게 아니라.

여기 이렇게 누워서 죽어 갈 게 아니라.

내 잘못이야. 다 내 잘못이야.

레이첼은 고개를 숙이고 기도했다.

"아이가 병이 나으면 아이를 보내겠습니다. 약속할게요. 아무리 마음이 아파도 아이를 보내겠습니다."

레이첼은 눈을 떴다. 왠지 자신의 기도로 아이가 좀 나아졌을지도 모른다는 생각이 들었다. 하지만 앤드루는 여전히 누운 자세로 고열에 시달리며 잠들어 있었다. 잠에서 언제까지나 깨어나지 않을 듯싶었다.

앤드루를 위해 물을 새로 떠 와야 했다. 레이첼은 자리에서 일어나 사과 스튜 그릇 옆에 촛불을 남겨 둔 채 부엌으로 가서 문 옆에 있는 양동이에 물그릇을 집어넣었다. 그리고 방으로 돌아가려던 참에야 식탁 위에 놓여 있는 것이 눈에 들어왔다.

물고기였다. 엄청나게 큰 물고기였다. 남편의 친구가 가져온 건가? 하지만 그랬다면 파리가 붙지 않게 물고기를 천으로 덮어 놓았을 터였다. 게다가 그 물고기는 옆구리에 커다란 상처가 나 있었다. 레이첼은 생각했다. 작살로 잡은 거구나. 그물이나 낚시로 잡은 게 아니야.

수수께끼 같은 일이었다. 하지만 지금 수수께끼를 풀 여유 따윈 없었다. 그래도 레이첼은 발길을 멈추고 파리가 붙지 못하도록 저장고 안에 물고기를 넣어 두었다.

시드니 코브, 1800년 1월

앤드루는 추웠다 더웠다 했다. 더울 때는 몸이 떨렸고 추울 때는
땀이 났다. 눈을 감고 있을 때조차 괴물이 방구석에서 어른거렸다.

앤드루는 가야 했다. 저승으로든, 잉글랜드로든, 그 괴물의 입속으
로든 상관없었다. 앤드루였던 모든 것이 마치 존재한 적이 없었던 것
처럼 사라질 참이었다.

괴물이 앤드루를 향해 으르렁거렸다. 작은 초록빛 새의 얼굴을 한
괴물, 부리로 딱딱거리고 찍찍거리는 괴물이었다.

앤드루는 괴물이 사라지기를 바라며 눈을 떴다.

괴물이 사라졌다. 앤드루는 완전히 혼자였다. 왈칵 눈물이 솟았다.
엄마가 없었다. 양아버지도, 아버지도, 마리아도, 난베리도 없었다.
나는 죽을 텐데, 그리고 산다 해도 멀리 보내질 텐데.

혼자서. 나 혼자서.

눈물에 방이 일렁거렸다. 그때 무언가 창턱에서 움직였다.

앤드루는 눈을 깜빡여 더 또렷이 보려 애썼다.

어렴풋이 보였다. 어두워서 형체는 희미했지만 뒤쪽의 달빛을 받아 대략 금빛을 띄고 있었다. 마치 후광 같아. 앤드루는 눈부셔 하며 생각했다. 하지만 후광은 천사들만 있는 건데.

천사가 내 방에 왔구나.

그 천사가 작게 그르렁거렸다. 천사는 사과 스튜 그릇을 들어 올리더니 고개를 숙였다.

문이 열렸다. 그릇이 쨍그랑 바닥에 떨어지며 사과 스튜가 쏟아졌다.

시드니 코브, 1800년 1월

레이첼은 문간에 들어서다 얼핏 주머니쥐를 보았다. 커다랗고 늙은 주머니쥐가 고개를 숙이고 사과 스튜를 먹고 있었다. 화이트 의사의 주머니쥐가 아주 오래전 그랬던 것처럼. 그릇이 바닥에 떨어졌다. 주머니쥐는 쏜살같이 휙 사라졌다.

정말 그놈이란 말인가? 그럴지도 모른다고 생각했다. 요즈음 마을에서 캥거루와 에뮤는 볼 수 없었지만 주머니쥐는 상당히 많아서 과실수와 장미를 갉아먹곤 했다. 레이첼은 의사의 주머니쥐가 아주 잘 지내고 있으리라 확신했다. 게다가 놈은 사과 스튜를 무척 좋아했었다.

"엄마!"

앤드루는 몸을 일으키려 애썼다. 레이첼이 달려가 앤드루를 두 팔로 안았다.

"무슨 일이야?"

"엄마!"

약하지만 안정된 목소리였다.

"엄마, 천사를 봤어요!"

"천사?"

레이첼은 앤드루가 여전히 열에 들떠 헛소리를 하나 생각했다. 하지만 이제 앤드루는 열이 좀 가신 얼굴이었다.

"천사."

앤드루가 속삭였다.

"내 침대 옆에서."

레이첼은 깨진 접시와 바닥에 흩어져 있는 음식물을 내려다봤다.

"그건 천사가……."

레이첼은 다시 아이를 바라보았다. 얼굴이 야위었고 눈 밑은 그늘져 있었다. 하지만 열은 내려 있었다. 앤드루는 놀라워하는 눈빛으로 레이첼을 바라봤다.

"내 수호천사예요? 존슨 목사님이 말했던 것처럼요?"

"존슨 목사님은 그런 뜻으로 말씀하신 게 아니고……."

아니면 그런 뜻으로 말씀하신 건가? 레이첼은 잠시 어리벙벙했다. 어쩌면 천사는 여러 가지 모습으로 오는지도 몰라. 심지어 주머니쥐로 오기도 하나 보지.

난베리

레이첼은 아이를 바라봤다.

"맞아."

레이첼은 침착하게 말했다.

"아마 네 천사였나 봐. 너를 돌봐 주는 천사가 있는 게 분명해."

"내가 잉글랜드로 가도요?"

"그럼."

그 말을 하려니 마음이 찢어지는 것 같았다.

"잉글랜드에 가도 네 천사가 너를 돌봐 줄 거야. 네 천사가 너를 집에 데려다 줄 거야."

앤드루는 이미 반쯤 눈이 감긴 채 고개를 끄덕였다. 레이첼은 앤드루를 눕히고 손끝으로 앤드루의 이마에서 머리칼을 쓸어 준 다음 침대 곁에 앉아 아이를 지켜봤다. 달이 하늘을 미끄러지듯 가로지르고 주머니쥐가 나뭇가지 사이로 건너뛰며 바스락거렸다.

내 아들. 한없이 예쁘고 소중한 내 아들. 하지만 레이첼은 약속했다. 레이첼은 자신이 아니라 아이를 생각해야 했다. 레이첼은 아이를 떠나보내야 했다.

시드니 코브, 1800년 12월

앤드루가 브릴리언트호로 가는 노 젓는 보트에 타기 전, 레이첼은 앤드루를 꼭 끌어안았다. 앤드루는 다른 사람들 앞에서 엄마한테 안기는 것을 좋아하지 않았다. 하지만 이번만은 앤드루도 언제까지나 엄마와 떨어지지 않겠다는 듯 꼭 끌어안았다.

난베리가 레이첼의 어깨에 가만히 손을 얹었다. 난베리는 이제 멋진 젊은이가 되어 있었다. 키가 훤칠하고 떡 벌어진 어깨에 머리는 땋아서 뒤로 묶어 놓았다. 앞니 빠진 자리조차 괴혈병에 이를 하나 잃은 선원의 풍모로 보였다.

레이첼이 고개를 끄덕였다.

"사랑해."

레이첼은 아들에게 속삭였다.

"몸조심하렴."

그다음 레이첼은 뒤로 물러섰다.

사실 바보 같은 당부였다. 레이첼도 알고 있었다. 앤드루가 마주할 위험은 마음먹는다고 피할 수 있는 것이 아니었다. 배를 산산조각 내는 엄청난 파도, 배를 난파시킬 수도 있는 유빙. 정착지로 가거나 돌아오는 길에 얼마나 많은 배가 사라져 버렸던가? 그 수를 굳이 헤아려 온 사람이 있기나 할까?

이질, 발진티푸스…… 레이첼은 눈을 감았다가 아들을 바라볼 수 있는 이 마지막 순간을 일 초라도 놓치지 않으려 다시 재빨리 눈을 떴다. 그리고 아들의 따뜻한 감촉을 기억에 담아 두려 애썼다.

작은 보트가 파도 위에서 둥실거렸다. 노 젓는 사람들이 힘겹게 노를 끌어당겼다. 레이첼은 보트가 항구 밖에 있던 브릴리언트호에 다다르자 사람들이 줄사다리를 오르는 모습을 지켜보았다.

마침내 두 사람이 배의 난간 앞에 섰다. 한 명은 피부가 하얗고 키가 작았으며, 다른 한 명은 검은 피부에 키가 컸다. 그 둘이 레이첼에게 손을 흔들었다. 레이첼도 손을 흔들어 주었다.

배의 돛은 이미 올라가 있었다. 레이첼은 닻이 해초를 떨어뜨리며 올라가고 둘 중 키 큰 젊은이가 선원의 임무를 수행하러 달려가는 것을 지켜보았다. 하지만 꼬마는 난간 곁을 떠나지 않았다. 돛이 부풀어 올랐다. 배가 푸른빛 속으로 미끄러지듯 움직였다. 잠시 후 배는 곳을 빙 돌아 사라져 버렸다.

레이첼은 울음소리를 내지 않으려 주먹 쥔 손으로 입을 막았다. 레이첼의 아들은 떠나고 없었다. 레이첼은 난파당한 배, 앤드루의 작은 몸뚱이가 새파래진 채 얼음 위로 휩쓸려 간 모습을 머리에서 떨쳐 내려 애썼다. 앤드루가 학교에서 '죄수의 아이'라고 따돌림 당하는 광경, 앤드루가 몸이 아픈 나머지 바다 건너 더할 나위 없이 멀리 떨어져 있는 엄마를 찾는 모습을 상상하지 않으려 애썼다.

그러면 안 되지. 레이첼은 앤드루에게 열려 있는 가능성을 생각해야 했다. 어쩌면 희끗희끗한 수염을 기른, 그렇지만 초록색 눈동자가 여전한 노인이 무릎께에 모인 손자들과 웃고 있는 광경을 떠올렸다. 앤드루는 신사가 될 거야. 행복할 거야. 안전할 거야. 그리고 살아남을 거야.

하지만 레이첼이 손을 흔들며 떠나보낸 아이 — 무릎에 딱지가 앉은 일곱 살짜리 아이, 이 아름답고 외진 항구의 바닷가와 바위 주위에서 뛰놀던 아이 — 그 아이는 레이첼 곁을 영원히 떠나간 것이다.

레이첼이 마침내 집에 돌아가려 돌아서자 남편이 등 뒤에 서 있었다. 분명 엄마와 아들이 마지막 순간을 오롯이 나눌 수 있도록 뒤에서 기다리고 있었을 것이다. 토마스는 레이첼이 아이의 마지막 모습을 기억 속에 담아 두었다가 그리움이 사무쳐 고통스러워질 때면 아이의 얼굴을 떠올릴 수 있게 되길 바랐던 것이다.

토마스는 레이첼을 껴안았다. 토마스는 "우리 아이를 새로 가집시다." 그런 말은 하지 않았다. 당장 아이가 생길 수는 없는 일임을 토마스도 알고 있었다. 또 아이가 생긴다 한들 레이첼 마음이 덜 아플 것도 아니었다. 한 아이를 대신할 수 있는 다른 아이란 세상에 없으니까. 토마스가 건넨 말은 이러했다.

"그 아이는 언젠가 우리한테 돌아올 거예요. 날 믿어요."

레이첼은 남편의 따뜻함에 위로받으며 고개를 끄덕였다.

60 | 난베리

영국 군함 브릴리언트호 선상, 1800년 12월

난베리는 난간 앞에서 앤드루의 손을 잡고 서 있었다. 동생은 울지 않으려 애쓰고 있었다. 난베리는 그동안 수없이 그러했듯 앤드루를 끌어 올려 꼭 안았다. 땅에서 멀리 떨어진 이곳에서 동생은 왠지 더 작게 느껴졌다.

배는 방향을 바꾸어 나아가고 있었다. 그들 뒤로 정착지는 거대한 항구에 묻혀 보이지 않았다. 다시 숲이 무성한 육지가 보였고, 궁가 이족이 피운 불의 연기가 작은 소용돌이를 그리며 피어올랐다.

시드니 타운은 자그맣구나. 난베리는 생각했다. 거대한 땅 끝자락에 붙어 있어. 날씨가 추워지기만 해도, 바람이 세게 불기만 해도, 정착지 전체가 사라져 버릴지도 몰라. 그러면 다시 흑인들의 땅이 되겠지. 어떤 때에는 – 가끔 – 난베리는 그렇게 되기를 바라는 마음이

들었다.

난베리는 동생을 내려놓은 다음 빙그레 웃어 주었다.

"동생, 이리 와. 네가 잘 곳을 보여 줄게. 객실 안에 있어. 엄마가 싸 주신 건포도 푸딩 한 조각 먹을까? 내가 비밀을 하나 말해 줄게."

난베리는 허리를 숙였다.

"뱃멀미에는 건포도 푸딩이 최고야. 넌 뱃멀미할 일이 없을 거야, 그렇지?"

"응."

앤드루는 자신 없는 목소리로 말했다. 곧 앤드루는 고개를 치켜들 었다.

"그래도 난 안 울었지? 내가 울었으면 엄마는 더 슬퍼했을 거야. 나는 용감해질 거야. 형처럼."

앤드루는 잠시 머뭇거렸다.

"형도 내 객실에서 자는 거야?"

앤드루는 어떻든 별 상관없다는 투로 들리도록 신경 쓰며 말했다.

"물론이지."

실은 물론이라고 대답할 일이 아니었다. 난베리는 당직이 아닌 선 원들과 번갈아 가며 대개 해먹에서 잤다. 하지만 앤드루가 알 필요는 없는 일이었다. 이 아이를 행복하게 해 주는 일이 난베리가 맡은 임 무였다. 파도가 몰아치는 폭풍 속에서도 앤드루가 살아 있도록 지키는 일, 앤드루가 파도 위에서 높은 좌변기에 앉을 때 배 바깥으로 떨어지지 않도록 지키는 일이 난베리가 맡은 임무였다.

그리고 그다음에는…….

난베리는 수평선 위 푸르스름한 아지랑이가 희미해질 때까지 육지를 바라보았다. 난베리는 동생이 안전한 곳에 있을 즈음에 다시 돌아올 터였다. 야생으로 돌아가 나무의 소리에 귀 기울이고 풀밭에 난 바다가랑의 발자국을 찾고 한동안은 잉글랜드인이 아닌 카디걸족으로 살아야 할 때였다. 난베리도 아내를 맞이할 때였다. 난베리는 아이를 낳고 그 아이들이 다시 아이를 낳을 것이다. 자신은 난베리, 세상을 성큼성큼 가로지르는 난베리였다.

에
필
로
그

앤
드
루
화
이
트
선
장

시드니, 1823년

유칼립투스나무의 냄새를 그동안 까마득히 잊고 있었다.

배가 잔잔한 물결을 가르며 항구에 미끄러지듯 들어서는 동안 영국 육군 공병대의 대위이자 워털루 전투의 영웅인 앤드루 화이트는 난간 앞에 서 있었다. 앤드루는 그동안 파도가 다이아몬드처럼 반짝이며 부서지는 물결 위로 육지가 조금씩 다가오는 풍경을 잊고 있었다.

잉글랜드를 뒤로 하고 떠나온 길이었다. 아버지의 집에서 몇 년, 찬 물로 목욕해야 하고 그을린 오트밀과 체벌이 있는 기숙 학교에서 몇 년, 사관 학교에서 공학을 공부하며 몇 년을 보낸 뒤, 워털루에서 시체와 잘린 팔다리가 진흙탕에 뒹구는 살육의 참상을 거친 뒤였다.

앤드루는 살아남았다.

그리고 이제 집으로 돌아가는 길이었다.

하지만 일곱 살이었을 때 이후 한 번도 보지 못한 곳이 어떻게 집일 수 있단 말인가? 어린 시절은 이제 꿈결처럼 느껴질 뿐이었다. 자신이 한때 바닷가까지 맨발로 뛰어 내려가던 꼬마였단 말인가? 게다가 작살로 물고기를 잡았었나? 진짜로 그런 일이 있기는 했나? 게다가 천사도 있었는데.

앤드루는 빙그레 웃으며 고개를 저었다. 꼬마가 꿈을 꿨던 거겠지.

하지만 결코 일어나지 않을 법한 일들이 사실이었다. 피부가 검은빛인 형, 그 형이 자신에게 헤엄치는 법을 가르쳐 줬었다. 난베리는 진짜였다. 엄마는 때때로 편지에 난베리에 대해 써서 보냈다. 언젠가 크리스마스 때에는 난베리의 선물이라며 작살을 보내 왔다. 앤드루는 자신이 동료 장교들 앞에서 원주민의 작살을 던지는 모습을 상상하며 빙긋 웃었다.

안 되지. 앤드루의 삶에서 그 부분은 비밀이었다. 마치 유령 같은 존재였다. 전과자 엄마, 흑인 형, 게다가 더 심한 비밀은 부모님이 결혼한 적이 없다는 사실이었다. 아버지는 첫 번째 아내가 죽었고 앤드루가 적법한 장자인 것으로 사람들이 믿게 만들어야 한다고 충고했다.

하지만 유령들은 계속해서 앤드루에게 속삭였다. 산의 푸른빛과 연기 냄새가 어른거렸다. 고향으로 와. 유령들이 속삭였다. 이 땅이 고향이었다.

스코틀랜드 사람들은 고향을 '땅꼬마의 땅'이라고 불렀다. 태어난 곳, 생명을 부여 받은 곳이라는 의미였다. 그곳을 잊는 법은 없다고 했다. 앤드루는 항구 주위로 늘어서 있는 줄기가 하얀 나무들을 둘러보았다. 이곳이 진짜 고향이란 말인가?

배가 앤드루 머리 위로 돛을 펄럭이며 다시 방향을 틀어 항구로 진입했다. 나무로 된 선체가 삐걱거리고 선원들이 소리치며 밧줄을 잡아당겼다. 앤드루는 눈을 크게 떴다. 저곳이 시드니만이라니!

앤드루가 그곳을 떠났을 때에는 언덕의 비탈을 따라 오두막이 옹기종기 늘어서 있었다. 그랬던 고향이 이제 도시가 되어 있었다.

예전에 캐비지야자로 지은 오두막이 있던 자리에 돌로 지은 창고와 견고한 시골집이 늘어서 있었고, 배의 죄수들이 빌린 초라한 배가 달랑 한 척 있던 부두는 배로 빽빽했다. 앤드루는 느닷없이 기름 냄새를 맡을 수 있었다. 고래 기름, 물개 기름 그리고 바다 동물의 지방을 태우는 역한 냄새였다. 이제 얼마나 많은 포경선이 이 항구를 이용하고 있는 걸까?

하지만 다른 배도 있었다. 갑판에 아가씨들이 화사한 양산을 들고 나와 있는 것으로 보아 여객선이 적어도 한 척 이상 있었다. 다른 배는 죄수선인 듯했다.

그 배는…… 거대했다.

앤드루는 생각했다. 아버지가 이 광경을 보실 수만 있다면 얼마나 좋을까. 아버지는 뉴사우스웨일스는 먼지투성이인 불결한 곳일 뿐만 아니라 죄수들만 우글거리는 세상의 밑바닥이라 믿었다.

하지만 아름다운 곳이었다. 앤드루는 바닷가에서 놀던 기억과 새를 떠올리며 생각했다. 내가 어렸을 때는 아름다운 곳이었어. 그리고 지금도 여전히 아름답잖아.

앤드루는 바닷가가 가까워지는 것을 지켜보았다. 부두에 모여 있는 사람들 속에서 엄마의 얼굴이 보일 것만 같았다. 하지만 그럴 리 없었다. 엄마는 자신이 돌아왔다는 사실조차 모를 것이다. 엄마에게 보낸 편지를 가장 빨리 싣고 왔을 배가 이 배였다. 엄마는 양아버지와 함께 리버풀의 집에 있을 것이다. 양아버지는 이제 행정 장관이자 정착지에서 손꼽히는 부유한 사람이 되어 있었다. 하지만 난베리는…….

앤드루는 다시 유칼립투스나무 이파리의 알싸한 냄새를 찾아 깊이 숨을 들이쉬었다. 고향에 왔다.

안정된 땅을 밟으니 기분이 이상했다. 세상은 여전히 옆으로 흔들거렸다.

짐이 뭍으로 운반되기를 기다려야 하는 이상, 오늘은 리버풀로 가는 마차를 타기는 글렀다. 앤드루는 부두에서 멀지 않은 곳에 호텔을 하나 잡았다. 꽤 괜찮은 호텔로 혼자 쓰는 침실에는 깃털이 들어간 요와 깨끗한 침대 시트가 구비되어 있었다. 벽난로에는 불이 활활 타고 있었다. 앤드루는 냄새를 들이켰다. 잉글랜드의 매캐한 석탄불에 익숙해져서 유칼립투스나무 장작의 향이 갑자기 못 견디게 사랑스러울 지경이었다.

앤드루는 아래층으로 내려가 바에서 저녁 식사를 주문한 다음 문 밖으로 나와 주위를 둘러봤다.

앤드루는 건물이 하나같이 견고한 것에 놀라고 말았다. 예전의 오두막과 시골집 들은 강한 남풍 한 방이면 정착지의 백인들과 함께 훅 날아갈 듯이 보였었다. 그런데 돌로 지은 저 거대한 건물과 널찍한 도로와 견고한 창고라면 유럽의 어느 도시에서도 자랑거리가 될 만했다. 심지어 정착지에서 이 지역의 도로는 앤드루가 기억하는 것과 다른 방향으로 뻗어 있는 듯했다. 하긴 예전에는 도로가 아니라 진흙탕에 난 오솔길에 불과했다. 이곳은 앤드루가 어렸을 때 알던 곳과 완전히 다른 도시라 해도 이상할 게 없었다.

마침내 앤드루는 남쪽 방향으로 언덕을 올라가 자신이 태어난 집을 찾아보기로 결심했다.

앤드루가 샛길로 걸어가자 주위에서 행상인들이 외쳐 댔다.

"파이요! 뜨끈뜨끈한 파이요! 굴을 넣은 파이요!"

"라벤더 사세요! 향긋한 라벤더요!"

"생선이요! 생선이요!"

잉글랜드의 어느 도시에서나 들릴 법한 똑같은 소리였고 말투마저 똑같았다. 이곳이 여전히 유형지라는 사실이 믿기지 않았다. 그때 앤드루는 보았다. 잿빛 죄수복을 입은 사람들이 발목에 쇠사슬을 두른 채 발을 끌며 줄지어 길을 지나고 있었다.

앤드루가 죄수에게서 눈을 떼지 못하는 모습을 지나가던 사람이 보았다.

"도로 보수반일 거예요."

"다들 굶주린 것 같네요."

그 남자는 어깨를 으쓱해 보였다.

"관청 공사지요."

그 남자는 모자를 살짝 들어 올려 공손하게 인사한 다음 다시 발걸음을 옮겼다.

앤드루도 계속 걸었다. 하지만 집은커녕 집이 있던 길도 찾을 수 없었다. 집이 통째로 사라져 버렸거나 아니면 집을 찾아낼 정도로 기억 ― 일곱 살짜리의 기억 ― 이 또렷하지 않은 것이었다. 대신 앤드루는 부두 말고 조금 더 떨어진 바닷가로 내려갔다. 불현듯 앤드루는 다시 꼬마가 되었다. 이곳이 가루디와 함께 작살로 물고기를 잡던 바위투성이 바닷가였다. 결국 꿈은 아니었던 셈이다. 파도는 변함없이 바위에 부딪치며 하얀 물보라를 뿜고 있었다.

난베리

하지만 가루디는 없었다. 새파란 하늘을 배경으로 실루엣을 이루던 검은 피부의 꼬마는 보이지 않았다. 어떻게 이런 하늘을 잊고 지낼 수 있었단 말인가? 가루디는 어떻게 된 것일까? 앤드루는 궁금했다. 과연 가루디를 찾을 길이나 있을까?

앤드루는 천천히 걸어 호텔로 돌아왔다. 식당은 앤드루 같은 사람들로 꽉 차 있었다. 배의 선장이나 무역상처럼 남보다 빠질 데 없는 점잖은 사람들로 좋은 음식과 숙소에 돈을 쓸 여유가 있는 부류였다. 여자는 전혀 없었다. 종업원조차 다 남자들로 얼굴이 얽고 이가 시원찮은 모습이었다. 죄수들이군. 앤드루는 생각했다. 하지만 도로를 보수하던 불쌍한 죄수들과는 달리 적어도 이곳에서는 배를 곯지는 않겠지 싶었다.

앤드루가 들어서자 사람들이 고개를 돌려 쳐다봤다. 사람들이 웅성대는 소리가 들렸다.

"워털루."

배에서 이곳까지 이미 소문이 퍼진 듯했다. 앤드루는 사람들이 워털루 참전 군인에게 경외감을 표하는 것에 익숙해져 있었다.

워털루 전투에서 살아남은 자는 누구나 영웅이었다. 그들이 잉글랜드 그리고 유럽 전체를 나폴레옹으로부터 구해 냈다. 워털루 참전 용사는 잉글랜드의 어느 술집에서든 술값을 치르지 않아도 되었다. 하지만 사실을 말하자면 앤드루는 실제 전투에 대해서는 거의 기억

나는 것이 없었다.

대신 사소한 기억들은 있었다. 앞에 종잇조각을 늘어놓고 무시무시하게 집중하며 어느 부대가 어디로 이동하고 있는지 사령관에게 보낼 지도를 그리느라 애먹던 일, 어느 영국 군인이 고함지르며 총검을 들고 프랑스군에게 돌격하던 일, 그 영국 군인의 왼쪽 팔이 뭉툭하게 잘려 피 흘리고 있음을 나중에야 알아챘던 순간, 그런데도 그 군인은 계속 달려 나가 프랑스군 한 명을 찔러 죽이고 나서야 쓰러지던 모습, 나이 어린 연락병이 전세의 추이를 알리러 와서 차렷 자세로 보고한 직후 쓰러져 죽던 일, 그 연락병의 붉은 군복 등판이 피에 흥건히 젖어 있던 모습.

앤드루는 그런 생각을 떨쳐 내려 애썼다. 다시 전쟁터에 나갈 일은 없을 것이다. 하지만 앤드루는 워털루 전투에 대한 포상금과 대위 계급장을 달고 자산가가 되어 엄마에게 돌아온 것이었다. 양아버지가 부유하다 하더라도 앤드루 화이트 대위는 누구의 도움도 필요치 않았다.

저녁 식사는 구운 쇠고기와 야채였다. 소고기는 질겼지만 양은 넉넉했다. 지난 몇 달동안 배에서 소금에 절인 고기 스튜를 먹었던 터라 신선한 고기와 야채는 맛있었다. 앤드루는 아버지가 헤어질 때 했던 말을 떠올리며 빙긋 웃었다.

"얘야, 반드시 과일을 충분히 먹어야 해. 그리고 케이프타운에서 신선한 과일과 말린 과일을 더 사서 나머지 항해 동안 먹어라."

아버지를 다시 만나는 날이 올까? 양어머니는? 이복형제와 자매들은? 이곳에, 세상의 끝자락에 돌아온 것이 정말 잘한 일일까?

"사과 파이가 있고요, 치즈도 드릴까요?"

"둘 다 주세요."

종업원은 고개를 끄덕인 뒤 고약한 럼주 냄새와 시큼한 입 냄새를 풍기며 자리를 떴다.

앤드루가 침실로 돌아왔을 때에도 여전히 이른 시간이어서 어두워지기 전이었다. 고향인 잉글랜드라면 이런 정도의 호텔에서 대개 밀랍 양초를 쓰는 것과 달리, 이 호텔은 고래 기름 램프로 불을 밝히고 있었다.

아니, 잉글랜드가 고향이 아니지. 이제는 이곳이 고향이야. 그런가?

적어도 침대는 폭신했다. 깃털 요는 빵빵했다.

술 취한 사람들이 노래 부르는 소리와 길거리의 이 서서히 잦아들었다. 흔들리지 않는 침대에서 잠들기가 쉽지 않았다. 앤드루는 창문 너머 달을 바라보았다. 나무로 된 덧문이 아닌 진짜 유리를 끼운 창문이었다.

그르르릉!

그 소리에 앤드루는 벌떡 일어나 앉았다. 심장이 쿵쾅거렸다. 뭐지?

그 소리는 다시 들려왔다. 으르릉! 찌찌찍!

앤드루는 창문을 밀어 열고 바깥을 내다보았다.

뭔가 작고 털이 북슬북슬한 것이 호텔의 뒷담을 타고 달리다 쓰레기통으로 뛰어올랐다. 그 짐승은 뒷발로 서더니 그늘에 몸을 숨긴 채 적을 향해 다시 소리를 냈다.

찌지지찍!

앤드루는 웃음을 터뜨렸다. 달빛에 '병구'가 보였다. 지금껏 그 단어를 잊고 있었다니. 갑자기 지난 기억이 진짜로 느껴졌다.

앤드루는 새벽에 떠날 생각이었다. 하지만 자신의 트렁크가 배에서 내려오려면 온종일 걸릴 듯싶었다. 앤드루는 심부름꾼을 보내 마차를 빌리도록 했다. 마차보다는 말을 빌리고 싶었지만 이 터무니없이 넓은 정착지에서 어디로 가야 할지 몰랐다.

앤드루는 무덤을 찾아야 했다.

엄마는 편지에서 무덤이 강의 은빛 물결을 굽어다 보는 과수원의 나무 아래에 있다고 했다. 풀밭의 데이지 꽃 사이에 두 개의 나무 명판으로 표시된 자리가 있었다.

앤드루는 허리를 굽혀 명판에 쓰인 글을 읽었다. '베네롱, 왕간족

의 왕.' 다른 명판에는 '난베리 화이트, 카디걸족의 추장'이라 쓰여
있었다.

추장? 왕? 앤드루는 형이 그런 단어를 쓰는 것을 들어 본 적이 없
었다. 하지만 이곳을 떠날 때 자신은 너무 어렸다. 꼬마의 기억이 얼
마나 쓸모 있겠는가?

앤드루는 형의 손에서 느껴지던 따뜻한 촉감을 떠올렸다. 선원의
춤과 웃음소리를 떠올렸다. 심지어는 덫을 놓아 밴디쿠트를 잡는 법,
풍나무에 오르는 법도 기억이 났다. 하지만 난베리의 삶에서 마지막
몇 년에 대해 앤드루가 알고 있는 얼마 안 되는 내용은 엄마가 편지
에 적어 보낸 것이었다. 처음 몇 년은 필경사가 대신 쓴 편지였지만
엄마가 글씨를 더 잘 쓰게 되면서부터는 엄마가 직접 써 보냈다.

난베리의 방에는 멋진 영국식 정장과 모자가 있어서 점잖게 갖춰
입고 만찬을 함께 할 수도 있었지만, 난베리는 자신의 공간으로 남겨
진 방에 머무는 시간이 점점 짧아졌다고 했다. 하지만 항해를 마치고
돌아올 때마다, 아니면 항해를 떠나기 전에, 적어도 한 번은 들러서
꿀, 물고기 또는 외투의 가장자리를 장식할 주머니쥐의 가죽을 선물
로 가져오곤 했다.

난베리는 다른 원주민들과 여러 전투를 치렀다고 했다. 한 번은 다
리에 심한 창상을 입었지만 리라이언스호의 선원이었던 친구들에게
구조되기도 했다. 심지어는 매튜 플린더스와 인베스티게이터호에

동승해서 오스트레일리아 대륙 전체의 해안선을 지도로 작성하는 탐사대에 합류하기도 했다. 하지만 배가 큰 파도 한 방이면 산산조각 날 몰골을 한 것을 보고 현명하게도 탐사대에서 빠져나왔다.

"왕의 무덤을 보고 있는 거예요?"

여자는 옷이 더러웠고, 럼주 냄새를 풍겼다. 앤드루는 여자가 무슨 죄를 지었는지, 어쩌다 이곳까지 왔는지 궁금해 하다가 문득 그 여자도 자신처럼 이곳에서 태어났을지도 모르겠다 싶었다.

"왕이요?"

"베네롱이요. 사람들 말로는 럼주에 절은 작자였다던데요. 진짜 야만인이었다구요."

"아는 사람이었어요?"

"제가요? 제가 그렇게 나이 많아 보이나요? 아니죠. 하지만 사람들 이야기를 들으니까요."

앤드루는 사람들이 과연 말이 되는 이야기를 했을지 의심스러웠다. 엄마는 베네롱이 잉글랜드에서 돌아온 지 얼마 되지 않아 "숲으로 들어갔다."고 편지에 써 보냈다. 베네롱이 죽기 전 몇 달 동안은 "불행히도 술에 중독되어 지냈다."고도 언급했다. 앤드루는 베네롱이 여러 부상의 통증을 잊으려 술을 마신 것인지 궁금했다. 앤드루가 알던 고참병 중에도 그런 사람들이 있었다. 비가 오기 전이면 상처가 쑤셨다. 기억은 그보다도 더욱 쓰라렸다.

"여긴 형의 무덤이에요."

"형이라고요?"

여자는 앤드루를 빤히 바라봤다.

"당신은 원주민이 아니잖아요?"

앤드루는 피부가 햇볕에 타서 혼혈인으로 보였을지도 모르겠구나 싶었다.

"네. 제 의형제였어요. 난베리 화이트예요."

"그 사람이 여기 묻힌 야만인이에요? 당신의 형이라고 하지 않았 어요?"

"네. 제 형이에요."

앤드루는 모자를 들어 올려 인사한 다음 대기시켜 놓은 마차로 돌 아갔다. 형의 무덤가에 더 오래 앉아 있고 싶었지만 그 여자와 같이 더 있고 싶지는 않았다. 게다가 이제 그 땅을 누가 소유하고 있는지 도 알 수 없었다. 베네롱과 난베리의 오랜 친구로, 이 둘을 묻어 준 제 임스 스콰이어는 작년에 세상을 떠났다.

난베리는 사십대에 죽었다. 선원으로서는 오래 산 축이었다. 괴혈 병이나 독감이 원인이었을지 몰랐다. 엄마는 난베리가 왜 죽었는지 알지 못했다. 겨우 이 년 전의 일이었다. 앤드루는 마음이 아려왔다. 이 나라로 조금만 더 일찍 돌아왔더라면 형을 다시 볼 수 있었을지도 모르는데. 이제 자신의 과거에서 형과 관련된 부분은 완전히 닫혀 버린 셈이었다.

앤드루는 그저 난베리가 홀로 죽지 않았기만을 바랐다.

앤드루는 나무와 꽃 사이로 무덤을 돌아보고 반짝이는 강물과 햇빛에 번득이는 절벽을 바라봤다. 그래. 형은 자신이 사랑하는 사람들 곁에서 그리고 자신이 사랑하는 이 땅에서 죽었을 거야.

갑자기 과거에 알고 있던 단어 하나가 다시 떠올랐다.

"바바나."

앤드루는 가만히 속삭였다.

"형. 안녕, 바바나. 내가 살던 이 땅을 잘 살펴보도록 가르쳐 줘서 고마워. 덕분에 큰 힘이 되었어. 이제 편히 쉬어."

앤드루가 호텔로 돌아왔을 때까지도 짐은 배달되어 있지 않았다. 앤드루가 엄마에게 보낼 전갈을 막 쓰려는데 심부름꾼이 앤드루의 트렁크를 짐수레에 싣고 나타났다.

앤드루는 심부름꾼을 보내 마차를 빌리도록 했다. 마차 대신 심부름꾼은 말 두 마리가 끄는 수레를 빌려 왔다. 신사와 그의 소지품보다는 맥주 통을 운반하는 데 쓰였을 법 했지만 그나마 깨끗하기는 했다. 앤드루는 마부와 심부름꾼을 도와 짐 상자를 실은 다음 심부름꾼에게 수고비로 일 실링을 주었다. 앤드루는 마부 옆자리에 올라탔다.

"어디로 갈까요?"

마부는 돌로 만든 술병을 벌컥벌컥 들이켰다. 냄새로 보아 럼주이거나 아니면 감자로 양조한 질 낮은 술인 듯했다. 마부가 앤드루에게 술병을 내밀었지만 앤드루는 고개를 저었다.

"리버풀에 있는 무어 씨 저택이요. 아세요?"

마부는 고개를 끄덕였다.

"정착지에서 가장 큰 집이라고 들었어요. 실제로 본 적은 없지만요. 조지스 강가에 있지요."

마부는 앤드루를 쳐다봤다.

"이봐요, 리버풀까지는 끔찍하게 먼 길인뎁쇼."

"돌아오는 삯도 지불하지요."

"그렇다면 괜찮은데요."

마부는 호텔 쪽으로 고개를 까딱했다.

"저기서 들었는데 워털루에 있었다면서요. 진짜요?"

"네."

앤드루는 다소곳이 말했다.

"말이야 쉽죠. 말이 그렇다고 다 사실은 아니니까."

앤드루는 코트 자락을 걷어 날마다 몸에 지니고 다니는 훈장을 보여 주었다.

마부는 모자를 살짝 들어 올려 경의를 표했다.

"훌륭하십니다. 괜히 의심해서 미안해요."

마부는 고삐를 가볍게 쳤다. 말이 마지못해서 천천히 수레를 끌기 시작했다. 앤드루는 생각했다. 말이 힘들겠는걸. 마구간과 건초를 아쉬워하겠군.

"무어 씨한테 볼일이 있나 봐요?"

"네."

앤드루는 퉁명스레 답했다. 장교와 신사는 짐마차꾼과 말을 섞지 않는 법이었다. 하지만 마부는 그런 예의 따위는 모르거나 개의치 않는 듯했다.

"무슨 일인데요?"

"제가 양아들이에요."

마부는 입을 쩍 벌린 채 앤드루를 빤히 바라봤다.

"지금 장난쳐요?"

"아니요."

"아니, 세상에나, 내 귀가 다 안 믿어지네. 양아들이라굽쇼? 무어 씨한테 양아들이 있다는 이야기는 들어 본 적이 없는데. 게다가 워털루에서 싸웠던 아들이라니! 아예 아들이 없다던데."

"제가 일곱 살 때 여기를 떠났어요."

마부는 앤드루를 빤히 바라봤다. 앤드루는 얼굴을 붉혔다. 방금 자

난베리

신이 죄수의 자식, 여자 죄수의 아들이라는 것을 인정한 셈이나 다름없다는 사실에 생각이 미쳤기 때문이다.

하지만 마부는 말했다.

"무어 씨는 훌륭한 사람입죠. 저번에 혹스베리에서 홍수가 났을 때 무어 씨는 자기 주머니를 털어서 이재민들의 식량을 댔어요. 또 무어 부인은 총독 부인이 고아원과 학교를 세우는 걸 도왔죠. 정착지에서나 잉글랜드에서나 그보다 훌륭한 부부는 없지 싶어요. 아주 자랑스럽겠어요."

엄마는 편지에 그런 이야기 — 굶주리는 이재민과 고아원 — 를 언급하긴 했다. 하지만 부모님의 자선 사업이 일개 마부조차 알고 존경할 정도로 큰일이었는지는 생각도 못 했다.

"네. 정말 자랑스러워요."

앤드루는 조용히 답했다.

리버풀까지는 무덥고 먼 길이었다. 밀과 보리밭 그리고 원주민의 소규모 거주지를 지나쳐 가는 길이었다. 누더기를 걸치고 옹송그리며 모여 있는 원주민들이 보였다. 앤드루가 기억하는 키 크고 등이 꼿꼿한 모습과는 딴판이었다. 작업반 죄수들은 도로를 수리하느라 돌멩이를 나르고 있었다. 죄수들은 앤드루의 수레가 지나가도 마부가 길을 묻기 위해 멈출 때가 아니면 굳이 올려다보지도 않았다.

하지만 보기 좋은 풍경도 있었다. 집 뒤편에서 꿀벌을 치는 깔끔한

농가와 눈이 큰 젖소가 있었다. 가까이에 복숭아와 자두가 익어 가는 과수원, 털이 북슬북슬한 양 떼를 몰고 가는 남자아이가 보였다. 멀리서 카우보이가 소 열댓 마리가 끄는 수레로 통나무 더미와 곡식 자루 같은 것을 나르는 모습이 보였다.

"거의 다 왔어요."

마침내 마부가 말했다.

오후의 그림자가 깊어지고 있었다. 앤드루는 마부에게 밤에 말을 넣어 둘 마구간과 여관에 치를 여비를 줘야 했다.

갑자기 저택이 나타났다. 앤드루는 가 본 적이 없어도 한눈에 알아볼 수 있었다. 도로에서 빠지는 샛길 가장자리에 키 큰 나무가 줄지어 서 있었다. 장대한 저택은 옅은 색 사암으로 지은 것이었다. 저택은 정원 위로 솟아 있었다. 장미, 화사한 꽃이 핀 생울타리, 갈퀴로 고른 지 얼마 안 된 듯한 자갈밭이 보였다. 아버지는 여자 죄수와 그 자식을 뒤로 하고 떠났다. 이제 그 여자는 잉글랜드에 있는 아버지의 집보다 훨씬 더 좋은 집에 살고 있었다.

앤드루는 심장이 쿵쾅거렸다. 엄마에게 마지막으로 편지를 받은 지 육 개월이 더 지났다. 항해하는 동안 편지를 받을 길은 없었다. 어쩌면 자신이 이곳으로 오는 동안 엄마의 편지가 어긋나 잉글랜드로 갔을지도 모를 일이었다.

육 개월이면 무슨 일이든 일어나기에 충분한 시간이었다.

불현듯 앤드루는 워털루 전투의 피비린내 나는 혼돈 속에 있을 때보다도 더한 공포를 느꼈다. 적어도 엄마는 아직 살아계시겠지. 아니라면 마부가 이야기를 꺼냈을 테니까. 하지만 엄마는 이제 젊지 않으시니까. 이십삼 년이 흘렀는데 엄마를 알아볼 수나 있을까?

엄마는 나를 알아보실까? 워털루 전투 뒤에 자그만 초상화를 보내드리긴 했는데. 그림을 보셨으니 나를 알아보실까? 이제 당신의 아들을 어떻게 생각하실까? 편지가 오고가긴 했지만 오랜 시간이 흐른 지금 서로 낯설게 느껴지지 않을까?

웅장한 정문에 도착하자 자갈 위에서 수레바퀴 소리가 요란했다. 마부가 고삐를 당겼다.

앤드루는 마부에게 돈을 지불하고 수레에서 뛰어내린 다음 계단을 올라갔다. 마부가 앤드루의 트렁크를 내리기 시작했고 앤드루는 문을 두드리려 손을 들어 올렸다.

그때 앤드루의 머리 위로 무언가가 찍찍거렸다.

주머니쥐였다. 앤드루가 고개를 들어 바라보자 털이 북슬북슬한 얼굴 역시 앤드루를 빤히 내려다보고 있었다. 마차 램프의 불빛 속에 주머니쥐의 까만 눈이 휘둥그레졌다. 등짝의 털에는 거의 어미만큼 큰 새끼가 달라붙어 있었다.

앤드루는 씩 웃었다. 앤드루는 현관문의 커다란 쇠고리를 들었다 내렸다. 곧바로 현관문이 열렸다. 안에 있던 하인이 자갈 위의 바퀴 소리를 듣고 대기하고 있던 듯했다.

"안녕하십니까?"

하인의 옷은 나무랄 데 없었고 말투도 정중했다. 하인 뒤로 홀이 보였다. 샹들리에에는 촛불이 빛나고 윤이 나는 나무 탁자와 중국산 비단 양탄자가 있었고 벽에는 유화가 걸려 있었다. 그리고 방에서 나오는 사람은…….

갈색보다 회색에 가까운 머리칼을 위로 올려 은빗을 꽂은 모습이었다. 옷은 초록 비단이었다. 초록빛 보석이 귀에서 빛나고 있었다.

하지만 여전히 앤드루의 엄마였다.

앤드루가 엄마를 바라보는 사이, 하인이 다시 입을 열었다.

"누구시라고 전할까요?"

엄마는 한눈에 알아보았다. 앤드루가 살아온 하루하루, 앤드루가 떠나 있던 하루하루를 한꺼번에 보는 듯한 눈빛이었다. 엄마가 비단 치마를 사락거리며 홀에서 달려오는 소리가 들렸다.

"앤드루!"

앤드루에게 닿기도 전에 엄마의 볼은 젖어 있었다. 엄마를 번쩍 들어 올리며 앤드루 역시 울고 있었다. 앤드루는 엄마를 한껏 껴안았다.

마침내 집으로 돌아왔다.

앤드루 뒤로 나무에서 주머니쥐가 서로를 부르는 소리가 들렸다.

작가의 메모

주: 여러 인종, 종교, 고래잡이, 주머니쥐에 대해 이 책에 나오는 견해는 모두 18세기에 살았던 캐릭터들의 것이다. 작가는 그들과 견해를 같이 하지 않는다.

이 책의 사건들은 최대한 사실대로 풀어내려 애썼다. 정착지가 세워진 이후 처음 수십 년은 특별하고 매혹적인 시기다. 하지만 역사가와 저자가 '모르겠는걸.'이라고 말할 수밖에 없는 지점이 있다.

나는 이 책에서 행동과 동기를 최대한 해석하려 했지만 여전히 납득하기 어려운 부분이 많다. 나는 맞게 해석했다고 여기지만 틀린 부분도 있을지 모르겠다.

1780년대, 1790년대의 잉글랜드 문화나 에오라(역주: 뉴사우스웨일스 지방의 원주민) 문화를 속속들이 이해할 수는 없다. 행위의 이유나 풍습이 우리와 너무도 다른 사람들을 이해하기에는 우리가 그들과 너무 동떨어져 있기 때문이다.

그때에는 당시의 사건을 기록으로 남기는 일이 거의 없었다. 그 시기로부터 전해지는 책, 일기, 편지의 내용은 서로 모순되는 일이 많다. 많은 부분에서, 나는 여러 기록이 다 사실이 아닐 수도 있다는 걸 알면서도 한 가지를 선택해야 했다.

잉글랜드인이나 에오라인이나 서로를 이해하지 못하기는 마찬가지였다. 에오라인들은 잉글랜드 도끼를 원하고 잉글랜드인들은 에오라인의 카누나 창을 원했을지언정 그들은 대개 서로를 이해할 마음이 애초에 없었는지도 모른다.

정착지 초기 시대의 이야기를 엄마에게 처음 들었을 때, 나는 세 살 무렵이었다(나는 모래밭에서 보급품을 나눠 주는 시늉을 하며 놀았다). 십 년 전이라면 나는 그 시기에 대해 남아 있는 기록은 모조리 읽었노라고 말했을 것이다.

그 당시에는 얼마나 많은 자료가 잉글랜드에 남아 있을지 전혀 알지 못했다. 레이첼 터너의 주목할 만한 재판 기록이나 앤드루 화이트의 학교 기록과 같이, 최근까지도 미 출간되거나 접할 수 없었던 자료들이 잉글랜드에 남아 있었다. 베네롱이 구술한 편지가 발견됐듯 선원들의 기록도 여전히 발견되는 중이다.

난베리

이제 보면 내게 난베리와 앤드루 화이트는 최초의 현대적인 호주인으로서, 자신이 접한 유산의 양면을 성공적으로 받아들인 사례인 듯하다. 그들은 각자 잉글랜드 문화와 오스트레일리아 대륙 양쪽에서 필요한 것을 취했다. 두 사람 다 자신을 둘러싼 역경을 무릅쓰고 충만한 삶을 살았다고 생각한다. 주머니쥐 — 훌륭하게 적응하고 살아남은 또 다른 사례 — 처럼 그들은 승리자였다. 하지만 둘 다 내가 이 책에서 묘사한 아이, 어른과 달랐을지도 모른다. 나는 "잘 모르겠어요."라고 말할 만큼은 안다.

이 책에 나오는 사람들

모든 역사책은 탐정 소설이다. 역사 저술가들은 마치 탐정처럼 정보를 캐내고 그것을 잘 끼워 맞춰야 한다. 내가 이 책을 쓰기 시작했을 때에는 어느 의사가 주머니쥐를 길들이려 애쓴다는 단순한 이야기가 되리라 생각했다. 하지만 더 많은 자료가 — 특별한 내용일 때가 많은 데다 전혀 예상하지 못한 출처에서 — 계속 나타나 이야기에 살을 붙였다. 그 연구 조사의 자그만 부분이 이 책으로 결실을 맺었다.

화이트 의사, 난베리 화이트, 레이첼 터너, 앤드루 화이트, 토마스 무어, 발메인, 부룽, 콜비, 발룬데리, 베네롱, 필립 총독, 워터하우스 선장, 로스 소령, 그 밖에 다른 인물들도 상당수가 실존 인물이다.

마리아, 야갈리 그리고 앤드루의 친구인 가루디, 플리치, 론은 '이름만 지어준' 가상 인물일 뿐 실제로 존재했다 해도 이상하지 않은 인물들이다(나는 어느 원주민 소년이 앤드루와 친구로 지냈을지도 모른다는 정보를 발견하기까지 했지만 그 소년의 실제 이름을 이 책에 집어넣기에는 연관성이 너무 희박했다).

이 책에서 가장 믿기 어려운 부분들조차 실제로 있었던 일이다. 여자들을 경매에 붙이던 일, 백인 정착민들은 걸리지 않았지만 원주민들만 희생시킨 천연두, 선장들이 배급품을 빼돌리는 통에 죄수들이 굶주린 일, 필립 총독이 거의 살해될 뻔한 사건이 그러하다. 화이트 의사는 자신이 입양한 카디걸족 소년과 자신의 아들에게 실제로 같은 이름을 지어 주었다. 양자는 '앤드루' 말고 대개 난베리 화이트라는 이름을 썼던 듯하다.

실제의 시대를 배경으로 실존 인물에 대해 쓰는 것의 문제점 중 하나는 일어난 사건을 그대로 받아들여야 한다는 점이다. 오랜 시간이 흐른 지금 읽어 보면 우리에게 기이하게 느껴지더라도, 그리고 그게 사실이 아니었으면 하더라도 말이다. 이 책에서 베네롱은 술주정뱅이가 되었다. 베네롱은 어쩔 때는 잔혹하고 폭력적이면서도 종종 익살맞은 인물이다. 내가 베네롱을 그렇게 그리고 싶어서가 아니라 당시 기록에 베네롱이 그렇게 묘사되어 있다. 같은 필자들이 콜비, 아라바누, 난베리 그리고 정도는 덜하지만 발룬데리는 존중하고 경의를 표했으므로 인종이 다르다는 이유만으로 베네롱의 거드름을 비웃었을 것 같지는 않다.

그렇다. 단 한 사람 — 워터하우스 선장 — 만 부상을 입은 총독을 구하러 바닷가의 왔던 길을 되돌아갔다. 왜 다른 사람들이 총독을 도우러 달려가지 않았는지, 왜 해병들이 머스킷 총을 더 빨리 발사하려 하지 않았는지 나로서는 납득할 수 없지만, 상황이 실제로 그러했던 것 같다. 더욱 받아들이기 어려운 점은 당시에는 그 상황을 아무도 이상하게 여기지 않았던 듯했다는 것이다. 어쩌면 기록이 시사하는 것보다 그 모든 일이 훨씬 급박하게 일어났는지도 모르겠다. 아까도 언급했듯 나는 잘 모르겠다.

이 이야기에서 바꾸고 싶었던 부분은 많다. 화이트 의사가 레이첼에게 돌아오고 이 나라가 아름다우며 풍족하다는 것을 깨닫게 만들고 싶었고, 앤드루가 다시 난베리를 만나게 해 주고 싶었다(실제로 그랬을 수도 있다. 둘 다 삶의 대부분을 어떻게 보냈는지에 대해서는 기록된 것이 없으니까). 난베리를 행정 장관으로 만들거나 두 번째, 세 번째 선단의 선장과 럼주 부대의 장교들이 결국 각자 저지른 범죄에 대해 처벌받는 것도 좋았을 것이다.

하지만 그런 식으로 되지 않았다.

과거를 돌아보는 것이 늘 편한 일도 아니고, 과거가 늘 우리의 바람대로 전개됐던 것도 아니다. 바로 그런 이유로 과거를 있는 그대로 파악하려 애쓰는 것이 중요한 것이다.

존 화이트(1756/7~1832)

이 이야기의 상당 부분은 화이트 의사의 《뉴사우스웨일스로의 항해기》(1790년)를 토대로 한 것이다. 그 기록에 따르면 화이트 의사는 오스트레일리아를 끔찍하게 싫어해서 "…… 얼마나 험악하고 혐오스러운 땅인지 배설물이나 욕설이나 받아 마땅한 곳"이라 묘사했다.

화이트 의사는 비범한 사람으로 신사라는 지위에 대한 자의식이 있었고, (이 이야기가 시작하기 전에) 조수 의사인 발메인과 — 아마도 발메인이 제대로 예의를 갖추지 않았다는 이유로 — 결투를 벌일 만큼 오만했으며, 탁월하고 헌신적인 과학자이자 식물학자이고 동물학자였다. 화이트 의사는 첫 번째 선단과 잭슨항의 정착지에서 의무실의 책임자였기에, 지구의 반을 가로지르는 엄청난 항해에서 식사와 의료에 대한 선견지명으로 허약하고 굶주린 죄수들 상당수를 살릴 수 있었다. 이후 오십 년 동안 그렇게 생존율이 높았던 선박이나 선단은 없었다.

화이트 의사는 죄수들이 두 번째 선단과 이후 잉글랜드에서 파견된 선박의 끔찍한 환경을 거치며 질병과 기아로 죽어 가면서 시드니 타운에 실려 올 때마다 이들을 살리려 필사적으로 노력했다. 화이트 의사는 레이첼이 낳은 아들인 앤드루를 자신의 아이로 인정했고, 자신이 1794년에 잉글랜드로 돌아온 다음에도 레이첼 모자를 부양했으며, 앤드루가 일곱 살이 되자 앤드루를 자신에게 보내도록 했다.

화이트 의사는 1796년에 다시 정착지로 발령받게 되자 — 정착지에 레이첼과 앤드루와 난베리가 있었는데도 — 해군의 군의관 자리에서 물러났다. 하지만 그 지역의 원주민 중 대략 열에 아홉이 화이트 의사가 천연두라고 여긴 돌림병으로 죽어 나갔는데, 그때를 포함하여 정착지에서 최악의 시기에 화이트 의사가 머물렀음을 상기할 필요가 있다.

기껏 원주민 중 두 명을 살리는 데 그친 실패의 경험과 배에서 내린 죄수들의 끔찍한 사망률을 겪으며 화이트 의사는 자신의 일이 감당키 어려운 지옥처럼 느껴졌을 것이다. 나중에 화이트 의사는 정착지가 자신이 기억하는 감옥 구덩이보다는 훨씬 더 나은 곳이 되었을지도 모르겠다고 인정하기는 했다.

존 화이트는 1799년부터 시어네스에서 의사로 일하다가 1803년 이후에는 채텀 도크야드에서 일했다. 화이트 의사는 두 번 결혼했고 — 첫 번째 아내는 사망했다 — 딸 둘, 아니면 딸 둘과 아들을 하나 더 두었다(이 부분에서 기록이 엇갈린다). 1820년에 퇴직했으며 1832년 2월 20일에 워딩에서 일흔다섯 살의 나이로 사망했다.

화이트 의사는 주머니쥐를 키웠는가?

이 책을 쓰기 시작했을 때 나는 화이트 의사가 애완용으로 주머니쥐를 키웠다고 확신했다. 하지만 막상 당시의 편지와 일기를 살펴보자 애완용 주머니쥐에 대한 기록은 어디서도 찾을 수 없었다.

내가 왜 그런 생각을 하게 된 거지?

나도 모르겠다. 엄마가 그 시절에 대해 내게 들려준 여러 이야기 때문일지도 모르겠다. 엄마의 엄마로부터 그리고 엄마의 엄마의 엄마로부터, 가족의 이야기를 여러 대에 걸쳐 전해 온 집안 여자들이 들려주는 전설 그리고 정착지 초기 시대부터 전해지는 가족 일지, 게다가 그들이 알았던 저명인사들에 대한 악의적인 험담도 빼놓을 수 없겠다.

화이트 의사는 주로 정착지의 야생 동물을 다룬 책을 두 권 썼는데, 특히 새를 좋아했고 새 연구를 끔찍한 격무 뒤의 위안으로 삼았음이 분명하다. 화이트 의사의 글에 주머니쥐를 언급한 부분들이 있다. 주머니쥐를 길들이려 시도했지만 실패했다는 내용이다. 화이트 의사는 1798년 6월 즈음에는 분명 주머니쥐에 대단히 친숙해져 있었고 다른 새로운 동물들을 주머니쥐와 비교했다. 화이트 의사는 주머니쥐가 젖꼭지가 있는 새끼 주머니에 새끼를 담고 다닌다는 사실을 알고 있었다.

주머니쥐에 대해 언급한 한 대목에서 화이트 의사는 주머니쥐를 잉글랜드에서 번식시키려 여러 차례 노력했으며, 자신이 주머니쥐를 많이 가져왔고 친구들에게도 주머니쥐를 더 가져오도록 했다고 적었다. 화이트 의사가 주머니쥐를 상세히 연구한 것은 사실이지만 자신이 아는 것이 얼마 안 된다는 것 또한 인정했다.

레이첼 터너(1762~1838)

레이첼 터너는 잉글랜드 법원에서 최초로 변호를 받은 인물이다. 이 이야기에서 레이첼은 자신이 최초로 변호 받은 사람이라고 믿는 것으로 나온다. 레이첼은 젊고 열정이 넘쳤던 개로우 변호사의 변호를 받았다.

개로우 변호사의 변호는 잉글랜드 ― 그리고 오스트레일리아와 미국 ― 의 재판 방식을 결국에는 바꿨지만, 개로우 변호사가 변호하려 애썼던 처음 몇 차례 동안은 판사들이 그 사태를 법정 모독으로 간주하고 격분하는 바람에 의뢰인들에게 덕이 되기는커녕 해를 끼치는 결과를 초래하고 말았다.

레이첼 터너의 결백은 거의 확실하지만 유죄 판결을 받고 사형에 처해졌다. 그러나 조지 3세가 제정신으로 돌아왔다는 경사를 기념하기 위해 사형 선고가 칠 년간의 유형으로 바뀌었다. 레이첼 터너는 진실로 놀라운 여자였다. 젊은 시절의 역경을 극복하고 정착지에서 가장 부유한 ― 그리고 아마 가장 사랑받은 ― 여성이 되었고, 본인은 상상도 못 했을 큰 성공을 거두었다. 역설적으로 레이첼 터너는 화이트 의사와 결혼했다면 누렸을 부유함보다 훨씬 더 부유해졌으며, 훨씬 더 충만한 삶을 살았던 것이 확실하다. 레이첼 터너는 아름다운 강가의 커다란 저택에 살면서 정착지의 발전에 기여했고, 많은 사람들의 사랑과 존경을 한 몸에 받았다.

앤드루 더글라스 화이트(1793~1837)

앤드루 화이트는 아마도 오스트레일리아에서 태어나 귀환한 최초의 군인으로, 워털루의 영웅이 되었으며 마침내 고향으로 돌아왔다. 잉글랜드에 사는 의사의 새 가족은 앤드루 화이트를 받아들였고, 앤드루는 채텀 하우스 기숙 학교에서 공부한 최초의 학생이었다. 앤드루는 공학을 공부했으며, 졸업 후 워털루 전투에서 싸웠고, 이후 벨기에나 네덜란드의 저지대에서 군사 방어 시설에 관련된 일을 했던 것 같다. 그러다가 앤드루는 고향으로 여겼던 듯한 오스트레일리아로, 엄마에게로 돌아왔다.

나폴레옹과 네 장군 휘하의 프랑스군에 대항했던 악몽 같은 전투에서 살아남은 사람들은 거의 하나같이 영웅으로 간주되었던 듯하다. 하지만 앤드루 화이트가 공병으로 일하면서, 적에게 접근하기 위해서나 또는 포병이나 기병의 공격으로부터 영국군과 연합군을 보호하기 위해 터널을 뚫는 공사를 감독했다면, 앤드루는 실로 영웅적이었다고 봐야 할 것이다. 당시에는 워털루 참전 군인은 영국에서라면 누구에게나 술을 청할 수 있고, 술값을 치를 필요가 없다는 말이 돌았다. 오스트레일리아에서도 워털루 참전 군인이라면 영국과 다를 바 없이 존경받았다. 워털루에서 살아남은 자들이 공적으로건 사적으로건 얼마나 대접받고 특권을 누렸는지 현대의 독자들에게 전달하긴 쉽지 않다. 앤드루 더글라스 화이트의 삶에 대해서만도 책 한 권 분량은 써야 할 듯하다. 나는 앤드루에 대해 여기에 적기에는 너무 많은 정보를 갖고 있다.

앤드루는 1824년 7월에 다시 배를 타고 잉글랜드로 돌아갔다가 1833년에 오스트레일리아로 영구 귀국했다. 1835년에는 매리 앤 맥켄지와 결혼했다.

앤드루 화이트는 오스트레일리아에 온 다음에도 영국 육군 공병대에 남았다가 은퇴하여 치안 판사가 되었다. 아이를 낳았다는 기록은 없다. 하지만 내가 그저 기록을 못 찾았을 수도 있고 아니면 기록이 사라졌거나 애초에 공식적으로 기록된 적이 없었는지도 모른다.

같은 시기에 같은 곳에서 살았던 앤드루 화이트라는 사람의 딸이 위어(우연히도 내 시어머니의 처녀 때 성이기도 하다)라는 이름의 남자와 결혼했다는 기록을 찾기는 했다. 나는 앤드루가 오스트레일리아로 돌아온 다음에 실제로 어떻게 살았는지 자료를 계속 찾았다. 그 시기의 기록은 불완전하거나 부정확하거나 찾아내기가 매우 어렵기 일쑤였다. 그럼에도 내가 이 책을 쓰는 동안 알아낸 여러 사실 중 한 가지는 내가 결혼함으로써 앤드루, 화이트 의사, 레이첼 터너, 심지어는 난베리와도 먼 인척 관계가 되었다는 점이다. 앤드루는 자신의 엄마와 같이 아주 비범한 삶을 살았다. 친아버지가 아들로 인정하고 도와주었지만, 앤드루는 여전히 죄수의 사생아고 오스트레일리아 출신이라는 낙인으로부터 자유롭지 않았을 것이다. 출생은 초라했지만 앤

난베리

드루는 이를 극복하고 공학자, 장교, 영웅이 되었으며, 마침내 — 자료는 찾지 못했지만 바라건대 — 고향으로 돌아와 행복하고 충만한 삶을 살았다.

난베리(~1821)

〔난베리(Nanberry)의 스펠링은 Nanbree, Nanberry Buckenau, Nanbaree, 그리고 이 밖에도 여러 가지 변형으로 기록되어 있지만 같은 젊은이를 가리키는 것이 거의 확실하다. 단, 숄헤이번강에서 블란슈호를 탔던 넌베리(Nunberri)는 아마 다른 사람이었을 것이다.〕

정착지 초기에 오스트레일리아 원주민에 대한 기록은 대개 베네롱에 초점을 맞추고 있다. 베네롱은 두 문명 사이에 끼어 때때로 양쪽으로부터 경멸받으며, 여러 면에서 비극적인 삶을 살았던 인물이다.

난베리는 영리하고 온화하고 부지런했기 때문에 오히려 잊힐 뻔했다. 입이 거친 술주정뱅이가 영리한 젊은이보다는 주목을 끌기 쉬운 법이다.

난베리는 아홉 살이나 열 살 무렵에 화이트 의사에게 입양되었다. 하지만 화이트 의사가 정착지의 굶주린 아이들에게 익숙해져 있었고 원주민 소년들은 더 키가 크고 근육도 발달해 있었을 것이다. 그러므로 난베리가 실제로는 더 어린 나이였는지도 모른다.

자그마한 소년에게는 끔찍한 시기였을 것이다. 그러니 난베리가 자신을 보호해 준 사람에게 의지하고 '잉글랜드인이 되기로' 결심할 만도 하다. 아마도 시드니만 근방의 원주민 중 열에 아홉은 죽었을 것이다. 다른 원주민들은 전부 또는 대다수가 전염병을 피해 내륙 지방으로 달아났다. 그토록 엄청난 치사율에 맞서 원주민이 할 수 있는 일은 그뿐이었다. 난베리는 자신이 알고 있던 세계도 같이 죽어 버렸다고 느꼈을 것이다. 화이트 의사는 난베리를 죽음에서 그리고 어쩌면 기아에서 구해 냈고 난베리에게 머물 곳을 주었으며, 자신의 아들이라는 지위를 부여했다.

화이트 의사는 난베리를 입양했을 때 '앤드루 더글라스 케블 화이트'라는 이름을 지어 주었지만 아이는 죽을 때까지 양아버지의 성을 썼으면서도 이름은 난베리, 또는 난베리 버케나우를 고집했던 듯하다(난베리는 친구였던 발룬데리가 죽은 후에는 그 이름을 쓰지 않았다).

난베리는 언어에 재능이 있었던 것으로 보인다. 영어와 잉글랜드의 관습을 빨리 습득하여 정착지의 공식 통역사가 되었는데 그렇게 어린 꼬마가 맡기에는 예사롭지 않은 일이었다. 난베리는 영어를 너무 오래 쓴 나머지, 어느 단계에서는 원주민의 말을 잊어 버렸던 듯도 하다.

우리가 보기에 어른 전사가 난베리에게 거칠게 대했다고 느낄 법한 대목은 원주민의 입장에서 바라볼 필요가 있다. 오늘날에도 중요한 직위에 있는 어른이 아홉 살짜리 아이에게, 더군다나 자신의 문화를 무시하거나 심지어는 경멸하는 듯한 사람에게 이러저러한 지시를 받으면 불쾌하지 않을 사람은 없을 것이다.

난베리는 자신을 여러모로 아들로 대해 주던 화이트 의사가 빈자리를 남긴 채, 그리고 아마도 난베리를 보호자도 없이 정착지에 남겨 둔 채 잉글랜드로 돌아간 사실을 알게 되기 전까지는 잉글랜드인으로 남기로 결정했던 것으로 보인다. 그런데 느닷없이, 이렇다 할 귀띔도 없이 화이트 의사는 난베리의 삶에서 사라져 버렸다. 그 즈음 난베리가 현재의 시드니 왕립 식물원 근방으로 추정되는 곳에서 카디걸족의 전사로 성인식을 치르기로 결심한 것은 우연이 아니었다고 생각한다.

하지만 난베리는 화이트 의사와 함께 살고 있을 때에도 자신보다 몇 살 많은 젊은이였던 발룬데리와 '형제' 관계를 맺었고, 사람들이 발룬데리를 잡으려 하거나 발룬데리의 동료를 공격하려 하자 발룬데리에게 두 번이나 미리 알려 주었다.

난베리가 어떻게 살았는지 그 궤적을 쫓는 것은 쉽지 않았다. 아마도 난베리는 대개 조용히 일하고 있어서 편지나 신문에 등장하지 않았기 때문이기도 하지만, 난베리(다양한 스펠링으로)라는 이름뿐 아니라 화이트로도 알려져 있던 데다 정식으로 전사가 된 다음에는 다른 이름들도 종종 썼기 때문이었다. 난베리는 죽을 당시에도 난베리라는 이름과 더불어 여전히 화이트라는 성을 쓰고 있었다.

난베리는 1821년에 죽었는데 죽음의 원인은 알려지지 않았다. 1826년에서 1828년까지 필드오브마스(현재 시드니의 교외 지역인 라이드 일대)의 성직자였던 찰스 윈턴 목사는 난베리를 추장이라 불렀다. 하지만 이 호칭은 카디걸족에게는 무의미했으므로 추장이라는 호칭은 단지 잉글랜드에서 온 정착민들이 난베리를 부족 사람들에게 존경받는 훌륭한 인물로 여겼음을 의미하는 것이 아닌가 싶다.

난베리는 베네롱과 같은 무덤에 묻어달라고 했다. 베네롱 역시 제임스 스콰이어와 친구였고 난베리는 그곳이라면 자신이 존중받으며 묻히리라는 것을 알았기 때문이었을 것이다. 전에 베네롱이 난베리를 경멸했는데도 그 두 사람은 나중에 친구가 되었거나 적어도 각종 의례와 부족의 보복 전쟁에서 동료로 지냈다.

빗지빗지로 알려진 다른 원주민 역시 늘그막에 같은 곳에 묻어 달라고 했지만 실제로 그렇게 되었는지는 기록이 남아 있지 않은 듯하다. 제임스 스콰이어는 1822년에 죽었다.

이 이야기에서 난베리와 베네롱의 무덤에 쓰여 있다고 한 글귀는 오래도록 남아 있지 못했거나 — 단 한 건의 기록만 남아 있을 뿐이고, 1880년대가 되었을 때는 무덤 자리임을 알리는 표지물이 없었던 것으로 추정된다. 나무 명판이 실제로 있었다 해도 썩어 버렸거나 누가 치워 버렸을 수도 있다. — 아예 애초부터 없었는지도 모른다.

미첼 도서관에 베네롱과 그의 아내와 난베리가 묻혀 있는 것으로

난베리

알려진 무덤의 사진이 있다. 그 무덤은 라이드 어딘가에 있다. 난베리가 죽은 뒤 그 무덤에는 표지물이 확실하게 있었다. 라이드의 클리브스 공원에 있는 비석과 명판은 베네롱의 무덤임을 명시하고 있다지만 실제 무덤은 근처의 다른 곳에 있는 것으로 알려지고 있다. 정확한 장소는 여전히 비밀 사항이다. 그 무덤이 어디에 있든지 간에 난베리의 무덤도 아마 같이 있을 것이다.

난베리가 탔던 배를 알아내기 위해 선박과 여러 기록을 뒤져 봤지만 대부분의 경우 선원과 항해 시기와 각종 세부 사항에 대해서는 기록을 구할 수가 없거나 그 당시에 아예 작성되지 않았었다. 게다가 화이트라 불리던 선원이 적어도 두 명이라 같은 시기에 다른 배에 탄 기록이 남아 있기도 했다.

다시 밝히자면 정착지 시기의 기록은 치밀하지 않고 부정확한 것이 많다.

난베리가 최초로 선원이 된 원주민은 아니었다. 최초의 원주민 선원은 백인들의 정착지에서 '번들' 또는 '본넬'로 알려진 사람으로 역시 고아였고, 1791년 3월에 뉴사우스웨일스 부대의 윌리엄 힐 선장 휘하에서 서플라이호를 타고 노퍽섬까지 항해했다.

1810년경에는 몇몇 원주민들이 선원의 자격으로 어선 또는 고래나 물개를 잡는 배를 탔으며 (우리의 눈으로 보자면) 너무도 자그마한 돛단배를 타고 놀랍게도 대양을 횡단하기도 했다. 그들은 남빙양의 폭풍과 거친 바다 그리고 희망봉 앞의 집채만 한 파도를 무릅썼고, 돛을 부풀릴 바람이 전혀 없어 목이 말라 죽을 것만 같은 무풍대를 통과하거나 유빙을 지나치며 항해했다. 그들은 존중받고 대접받는 선원이었으며 백인 선원과 다를 바 없이 정기적인 급여를 받았고, 식량을 배급받았다. 오스트레일리아에 정박하거나 오스트레일리아의 바다에서 고래 또는 물개를 잡던 많은 배(대개는 미국 배)에서도 북미 원주민들과 아프리카계 미국인들이 선원으로 일했던 것으로 알려지고 있다.

그러나 난베리가 선원으로 일했던 시기와 관련된 새로운 사실들은 상당히 타당성이 있다. 1793년 10월 30일에 난베리는 영국 군함 리라이언스호의 선원으로 노퍽섬까지 항해했다. 난베리는 1800년에 영국 군함 브릴리언트호의 선원으로 기재되어 있다. 이 배는 의형제인 앤드루가 잉글랜드까지 타고 갔거나 적어도 케이프타운까지 타고 갔던 배로 앤드루는 그곳에서 다른 배로 갈아탔을 것이다. 나는 두 사람이 같은 배에 타고 있었던 것이 우연이었다고 생각하지 않는다. 보호자 없이 일곱 살짜리 아이를 보내기는 매우 먼 길이며 당시에는 더욱 그러했다. 숙련된 선원이었던 의형제보다 더 나은 적임자가 누가 있었으랴?

1802년에 난베리는 탐험가인 매튜 플린더스와 함께 영국 군함 인베스티게이터호에 올라, 오스트레일리아의 해안 전체를 한 바퀴 돌고 지도를 제작하는 임무에 착수했다. 그러나 난베리는 인베스티게이터호에 심하게 물이 새기 시작하자 넬슨호를 타고 시드니로 돌아왔다. 플린더스는 난베리를 '온화한 젊은이'라 말했다.

그러나 난베리의 이름이 등장하지 않는 대목도 난베리의 이름이 등장하는 대목만큼이나 흥미롭다. 구호품 담요를 받았거나 담배 배급을 받기 위해 줄섰던 원주민들의 명단에서는 난베리의 이름을 좀처럼 찾을 수 없다. 난베리가 행정 장관 앞에 잡혀 가서 술주정으로 고발당한 기록도 없다. 난베리가 어떤 범죄를 저질렀다거나 범죄의 희생자가 되었다는 기록도 전무하다. 경찰의 길안내를 맡은 적도 없고 땅이나 어선을 무상으로 불하받은 적도 없었는데, 이는 원주민들의 분노가 누적되고 노숙자로 전락하는 원주민이 늘어나는 상황을 완화시키고자 맥쿼리 총독이 시도한 유화책 중 하나였다. 맥쿼리 총독이 앞으로 잉글랜드인에게 친절하게 대하겠다고 약속한 원주민들을 죄다 기록한 명단에도 난베리의 이름은 없다.

난베리가 친밀한 가족 관계를 맺은 다른 전사들과 함께 전투에 참가한 기록은 여럿 있다. 여기에는 난베리와 베네롱이 코지 — 카우패스쳐스의 우두머리 — 라 불리는 남자를 창으로 찔렀던 전투도 포함된다. 난베리는 또한 콜린정이라 불리는 남자를 창으로 찔러 죽이기도 했다. 나는 내가 이 책에서 묘사한 난베리의 삶 — 선원으로 일하면서 항해를 나가는 사이사이에 자신의 부족과 머물면서 전투에 참여하는 생활 — 이 아마도 가장 정확한 모습이 아닐까 생각한다.

다시 말해 난베리는 잉글랜드인 사회의 일원으로서 그리고 정착지에서 벗어나 숲으로 들어갔을 때에는 카디걸족의 일원으로서, 독립적이고 성공적이고 행복하게 살았던 것으로 보인다.

난베리의 결혼에 대해서는 기록이 없지만 원주민의 결혼은 대개 기록되지 않았으므로 이상한 일은 아니다(그렇다고 '백인'의 결혼 기록이 딱히 많이 남아 있는 것도 아니다). 소피 버케나우가 1806년경에 태어났고 키싱 포인트에서 딸과 살고 있었다는 기록이 남아 있는데 키싱 포인트는 난베리가 머물렀던 곳으로 알려져 있다. 난베리가 죽은 다음에는 '난베리'나 '화이트'라는 이름을 쓰지 않았을 것이므로 난베리가 썼던 다른 이름을 쓴 것일 수도 있다. 하지만 역시나 추정일 뿐이다.

이 책을 쓰는 동안 우연히 놀라운 일을 접했는데(전혀 상상도 하지 못한 때와 장소에서 새로운 정보가 나타나곤 했다), 한 역사 학회에서 만난 어느 젊은 여자는 난베리가 자신의 조상이라고 말했다. 그 여자는 삼촌더러 내게 연락해서 더 자세한 이야기를 해 주도록 부탁하겠다고 약속했지만, 이 글을 쓰는 지금까지 그 삼촌으로부터 연락을 받지 못했다.

이제 난베리가 누군가의 조상으로 알려진다면, 난베리는 아이의 어머니뿐만 아니라 아버지도 누구인지 확실한, 일종의 공식적인 관계를 맺은 아내가 있었어야 마땅하다. 난베리에 대해 우리가 알고 있는 바는 얼마 안 되지만 난베리가 자신의 아이에 대해 무책임한 남자였을 것으로 보이지는 않는다.

나는 난베리가 현재 자신의 자손들에 대해 알았다면 자랑스러워했으리라 믿는다. 난베리는 성공적으로 정착지 사회의 일원이 되었으면서도 자신이 속한 부족의 유산 역시 지켜 낸 사람이었던 듯하다. 이는 비범한 사람이 이루어 낸 특별한 성취로 봐야 할 것이다.

월라라와레 베네롱(1764~1813)

베네롱이라 알려진 사람이 실제로 어떠했는지를 여기에서 다루기에는 내용이 너무 많다(사실 베네롱은 훨씬 길고 복잡한 이름을 갖고 있었으며 칭호는 특정한 경우에만 쓰였다). 베네롱은 허풍쟁이였고 난폭하게 굴 때가 많았는데 특히나 여성에게 그러했다. 하지만 한편으로는 지략이 뛰어나고 용감하고 호기심이 왕성했으며 놀랍도록 친절하고 인내심이 대단했다. 베네롱은 당시 백인 관찰자들 그리고 어쩌면 베네롱이 속한 부족 사람들이 생각했던 것보다 훨씬 복잡한 사람이었다. 베네롱이 어떤 사람이었는가에 대한 진실은 "잘 모르겠어요."라고 말할 수밖에 없는 사례에 속한다고 봐야 할 것이다.

베네롱은 잉글랜드에서 돌아온 후 알콜 중독에 빠진 것으로 보이는데 아마도 부상의 통증과 개인적 고통 때문이었을 것이다.

거의 모든 일기와 편지에서 베네롱은 정착지에 처음 감금되었을 때부터 이미 허풍쟁이이자 심지어는 어릿광대로 묘사된다. 하지만 베네롱은 발룬데리에게 궁극의 친절을 베풀었고 헌신적이었으며, 자신이 호기심의 대상으로 전시되다시피 했던 잉글랜드까지 가는 항해에서 육체적으로 그리고 정신적으로 살아남았다. 간단히 말하자면 베네롱은 몇 단락으로 요약해 버리기엔 너무 아까운 인물이다.

베네롱은 난베리가 죽기 훨씬 전인 1813년에 죽었고, 제임스 스콰이어라는 맥주 양조업자 소유의 오렌지 과수원에 묻혔다. 제임스 스콰이어는 베네롱과 친구로 지냈는데, 1795년에 파라마타강의 북쪽 기슭에 땅을 무상으로 불하받았다. 베네롱은 그곳에서 자주 야영했다고 전해진다. 베네롱은 알콜 중독뿐 아니라 말다툼하거나 싸우다가 입은 여러 차례의 부상으로 인해 죽었다고들 한다.

난베리와 베네롱이 제임스 스콰이어의 과수원에 묻혀 있다는 것은 밝혀졌지만 과수원과 무덤의 정확한 위치에 대해서는 논란이 있다. 무덤이 스콰이어의 정원에 있을 가능성도 배제할 수 없다. 앞에서 언급한 바와 같이 베네롱의 무덤은 — 따라서 아마 난베리의 무덤도 — 위치가 밝혀졌다. 이 글을 쓸 당시까지도 정확한 위치는 비밀 사항이었는데 아마 전사들이 계속 평화롭게 쉴 수 있도록 하려는 이유도 있을 것이다.

토마스 무어(1762~1839)

토마스 무어는 배의 목수로 윌리엄 레이븐의 브리타니아호를 타고 뉴사우스웨일스에 처음으로 도착했던 것으로 보인다. 1791년이나 1792년이었을 것으로 추정되는데, 배가 도착한 날짜나 정착지로 보급품을 더 실어오기 위해 희망봉으로 떠났던 날짜는 자료마다 다르다. 무어는 시드니에 정착해서 1797년에 레이첼 터너와 결혼하기 전에 여러 차례 항해를 했을 것이다(무어는 정착지에서 배를 만드는 목수로 일자리를 얻은 지 얼마 지나지 않아 결혼했던 듯하다. 그러므로 그들은 그 전에 만났을 것이다). 정착지에는 여전히 남자에 비하면 여자는 얼마 되지 않았다. 그리고 레이첼은 상대적으로 젊고 예뻤고 화이트 의사가 보내오는 수입이 있었다. 사생아를 키우고 있다 해도 레이첼은 남편 후보군에서 폭넓게 고를 수 있었을 것이다. 하긴 정착지의 특성상 그 후보군에서 레이첼의 마음에 드는 사람은 많지 않았을 것이다. 레이첼은 충동적인 성격은 아니었던 듯하므로, 무어가 신실하고 부지런하고 친절한 사람이라는 것을 파악했거나 아니면 무어를 그 전에 만난 적이 있었을 것이다. 1792년에 정착지는 좁은 동네였으므로 무어 자신이나 친구를 위해 의사의 도움이 필요했을 수 있다. 무어가 정착지에 자리를 잡기로 결심하기 전에 그들이 이미 만났을 개연성이 상당히 높은데, 무어가 그곳에 머물기로 결심한 데에는 레이첼이 한 이유가 되었을지도 모른다.

정착지에 머물기로 한 것이 무어에게는 재정적으로 대단히 훌륭한 선택이었다. 무어는 높은 급료를 받았다. 목공 기술은 수요가 높왔고 통찰력과 총명함을 지닌 사람에게는 많은 기회가 열려 있었다. 무어는 두 가지 다 갖추고 있었다.

토마스 무어와 레이첼 터너는 존슨 목사의 주례로 결혼했다. 둘 다 결혼 증명서에 서명 대신 남긴 표시는 X였다. 둘 다 읽고 쓸 수 없었기 때문이었을 것이다. 당시 사람들은 보통 읽을 줄은 조금 알았지만 글자를 쓰는 것은 전혀 훈련 받은 적이 없었다('문맹'인 엄마가 자식에게 쓰는 것을 가르칠 때, 자신들은 읽을 수만 있는 책의 단락을 자식에게 베껴 쓰게 했다는 기록이 많이 남아 있다). 둘 다 적어도 간단한 문서들은 읽을 수 있었고, 무어는 확실히 도면과 지도를 이해할 수 있었을 것이다. 그들이 관여한 일들을 고려한다면 둘 다 나중에 쓰는 법을 배웠을 가능성이 높다.

무어는 선박의 도편수가 되었고 탱크강가에 집과 삼 에이커에 달하는 과수원을 가지게 되었는데, 이는 무어가 상당한 지위를 누렸음을 보여 주는 동시에 무어가 정착지에 온 후 열심히 일해 왔다는 증거이기도 하다. 삼 에이커의 과수원이라면 대략 과실수 천 그루쯤 있을 터인데, 모두 다 묘목에서부터, 아니면 꺾꽂이를 해서, 아니면 케이프타운에서 매우 비싼 값에 사와 손으로 물을 주고 거름을 뿌리면서 길러야 했을 것이다. 무어는 결혼 후 처음 몇 년 동안 정착지까지 항해한 오래되고 낡은 정부 소유의 배들을 다시 조립하는 일을 주로 했다. 자신의 배를 직접 만들기도 했다.

난베리

무어는 1799년에 사백칠십 에이커의 땅을 다시 무상 불하받았고 그 땅을 경작할 죄수들도 더 할당받았지만, 여전히 배를 만드는 도편수로 일했다. 1807년이 되자 무어가 소유한 땅은 1,920에이커에 이르렀다. 무어는 도편수 일을 그만두고 조지스강가에 있는 자신의 땅에 무어뱅크라는 대저택을 새로 지어 이사했다. 사업의 수익이 점점 다변화되었으며 무어는 배에 양 떼를 싣고 잉글랜드에 두 번 갔다 오기도 했다. 무어는 조지스강 일대의 행정 장관으로 임명되었고 그 뒤 1821년에는 컴벌랜드 카운티 전체로 무어의 관할 지역이 확대되었다. 무어와 맥쿼리 총독은 리버풀을 건설하는 데 힘을 모아 일했고 맥쿼리 총독은 무어의 집에 머물기까지 하며 이주민들이 그 지역에 들어오도록 격려했다. 무어는 뉴사우스웨일스 은행(현재의 웨스트팩), 리버풀의 저축은행 그리고 잉글랜드와 외국의 성경 협회의 지부 설립을 도왔고, 홍수가 나 농작물이 피해를 입자 구호 활동에도 참여했다. 막상 자신은 매일같이 집안사람들을 위해 기도를 올리는 독실한 성공회 교도였으면서도, 교회 부속 학교뿐 아니라 최초의 천주교 예배당과 장로교회를 세우는 데에도 기여했다.

무어는 의붓아들인 앤드루 외에는 아이가 없었던 것으로 보인다. 레이첼이 무어와 결혼했을 때 나이는 서른다섯 살쯤이었다. 오늘날 서른다섯 살의 여성은 아이를 가지는 데 별 무리가 없겠지만, 레이첼은 몇 년에 걸친 오랜 시간 동안 육체적으로 극도의 시련을 겪었음을 감안해야 한다. 그 즈음 레이첼은 무탈하게 임신할 수 없는 상태였을 가능성이 높다.

토마스 무어 역시 비범한 사람으로 이 땅이 제공한 모든 기회를 남김없이 누렸고 다른 사람을 도왔던 사람이었다.

식민지 시대의 기록과 철자법

1700년대 후기에 귀족층의 남녀는 쓰는 법을 배웠지만 철자가 정확한 것이 딱히 중요하지는 않았다. 제대로 교육받은 신사조차 누군가의 이름을 같은 페이지에서 세 가지 다른 철자로 표기해 놓고도 대수롭게 여기지 않았을 것이다(제대로 교육받은 여성은 드물었다. 부유한 집 여자아이들은 쉬운 책을 읽고 쓸 수 있을 만큼 배웠고 음악, 그림, 춤 그리고 대개 불어를 공부했다. 여자의 '작은 뇌'로는 그 이상을 감당하지 못하리라 여겼다).

그래서 오래된 기록에서 사람들의 자취를 따라가기가 쉽지 않다. 당시의 기록은 대부분 사라져 버렸거나 기록되지 않았다. 결혼과 출생도 대부분 기록되지 않았다. 내 조상 중 몇 명이 그러했듯 어떤 사람들은 자신의 출신지와 전과자라는 이력을 고의적으로 속이거나 이름을 바꾸기도 했다. 게다가 ─ 오늘날과 다를 바 없이 ─ 때때로 사람들은 고의적으로 거짓 기록을 작성하거나 단순히 실수를 저지르기도 했다.

난베리

잉글랜드인

나는 이 책에서 이주민들을 영국인이 아니라 잉글랜드인이라고 불렀다. 아일랜드인, 스코틀랜드인, 웨일스인, 북미 원주민, 아프리카인도 소수 있기는 했지만 당시 정착지의 문화, 법률, 관습이 잉글랜드식이었기 때문이다. 아일랜드인과 웨일스인이 더 많이 유배되고 나서야 — 때로는 잉글랜드인에 대한 반란으로 인해 — 오스트레일리아에 문화적으로 상당한 영향력을 갖게 되었다. 후에 있었던 스코틀랜드의 고지대 강제 이주 — 잉글랜드인 부재지주들이 문중 땅을 사용하기 위해 부락민들을 집에서 내쫓고 그들의 집을 태워 없앴던 일 — 와 스코틀랜드의 빈곤 악화 역시 이 이야기의 배경보다 더 나중 시기에 일어난 일이다.

원주민의 언어와 땅

자동차, 다리, 항구의 터널이 있는 오늘날, 시드니만 주변 지역이 한때는 얼마나 광대하게 느껴졌을지 생각해 보기란 쉽지 않다. 카디걸, 다룽, 구링가이 같은 부족들은 각자 땅을 가지고 있었다. 그들 부족은 씨족보다는 큰 규모였지만 우리가 오늘날의 국가를 떠올리듯 서로 분리된 국가는 아니었다. 언어와 풍습을 상당 부분 공유했고 함께 모여 의례나 축제를 치렀으며, 보터니만에 이주민들이 도착한 사건 같은 소식은 당연히 공유했다. 그들은 대다수가 천연두로 희생되기 전부터 이미 '사람들'을 뜻하는 '에오라'로 알려져 있었던 듯하다.

이 책에 나오는 '원주민'의 말은 1788년에서 1820년 사이에 잉글랜드인이 기록한 것을 가져다 쓴 것이다. 그러므로 그 말이 아주 정확하지는 않을 것이다. 하지만 이 책에 나오는 많은 사건들과 마찬가지로 나는 원주민의 전통과 역사에 대해 내가 알고 있는 것과 균형을 잃지 않으며 그 시대의 문서 기록에 의존했다.

오스트레일리아 원주민들에게는 표음 문자가 없었다. 표음 문자는 말소리를 나타내는 기호가 있어서 문자를 보고도 처음 보는 말의 소리를 가늠할 수 있다. 가령 'b', 'oo', 'k'는 'book'이 될 것인데 이는 'book'이 무엇인지 모른다 하더라도 알아낼 수 있는 것이다. 원주민들도 기록에 쓰는 기호가 많이 있었지만 각 기호가 어떻게 발음되는지는 알 수 없다. 비록 원주민들은 힘차고 정확한 구전 역사 전통을 가졌을지라도 기록된 역사를 갖지는 못했다. 그래서 그들의 땅이 점령되고 질병이 퍼져 원주민 사회가 파괴되면서 그들의 구전 역사는 사라져 버렸다.

아프거나 죽은 사람들을 남겨 두고 떠나기

난베리와 가족이 아프고 죽어 가는 상태에서 남겨지는 상황은 냉담하게 느껴진다. 하지만 부족의 생존을 위해서는 어쩔 수 없는 선택이었으며 당시에 오스트레일리아의 원주민 사회에서만 있었던 관습도 아니었다.

오늘날 현대인들은 전염병 확산을 막기 위한 격리 구역이 있는 것에 익숙하고 감염을 막기 위해 의료계 종사자가 마스크와 장갑 그리고 병원 가운을 착용하는 것(그렇다고 완전히 안전하다고는 할 수 없지만)에 익숙하기 때문에 고작 몇백 년 전만 해도 문둥이는 사람들에게 자신을 피하라고 경고하기 위해 방울을 차고 다녔다는 사실을 잊기 십상이다. 천연두와 같은 바이러스성 질환이나 흑사병을 앓는 사람들은 집에 갇혀 있다가 스스로 회복되지 않으면 죽는 수밖에 없었다. 아마도 병 자체보다는 물이 없고 보살핌을 받지 못해 죽어 간 사람들이 더 많을 것이다.

난베리의 부족은 그 병이 새로 나타난 치명적인 질병이라는 것을 알아챘을 것이다. 병이 퍼지는 것을 막는 방법은 병에 걸린 사람들을 뒤로 하고 떠나는 것뿐이었다. 정착지의 병원에는 격리용 오두막을 두었으므로 화이트 의사는 그곳에 환자들을 안전하게 수용할 수 있었다. 화이트 의사 역시 천연두를 경미한 형태로 앓았거나 그보다는 예방 접종을 했을 개연성이 높으므로, 화이트 의사는 천연두에 걸리지 않을 것이라 생각했고 따라서 정착지에 병을 퍼뜨리는 일도 없을 것으로 여겼다.

이주민은 왜 천연두에 희생되지 않았을까?

이것은 역사의 수수께끼로 손꼽힌다. 천연두는 원주민에게 새로운 질병이었고 그 병에 대해 면역력이 없었다. 이주민의 상당수는 이미 천연두나 비슷한 종류인 우두에 걸렸다가 살아남은 사람이었거나 예방 접종을 받았거나 아니면 자연 면역력이 있는 부모에게서 태어난 사람들이었을 것이다. 그러나 적어도 아이들 일부는 천연두에 걸렸으리라 추정하는 것은 이상하지 않다. 잉글랜드에서도 여전히 많은 사람들이 천연두로 목숨을 잃을 때였다.

여기에 대해서는 많은 추론이 있었다. 의료 관련 자격증은 없지만 이 주제에 대해 많은 자료를 섭렵한 나의 추론은 다음과 같다. 그 병은 천연두가 아니라 잉글랜드인들이 접해 보지 못한, 훨씬 치명적인 형태의 우두였을지도 모른다는 것이다.

우두가 심각한 상태에서는 천연두같이 보일 수 있다(1930년대에는 잉글랜드의 의사들마저 그 두 가지를 혼동했다). 그 당시에 잉글랜드에서 소 치는 사람들 상당수가 우두를 옮기기 일쑤였고 정착지의 이주민 대부분은 어느 시기엔가 우두에 감염된 적이 있었을 것이다(심지어는 런던 한복판에도 신선한 우유를 공급하기 위해 젖소 떼가 있던 시절이었다).

정착지의 초기 시기에도 젖소가 있었으니 정착지의 아이들 역시 우두에 노출되었을 것이다. 우두는 증상이 가벼운 질병이었지만 천연두에 대해 상당한 면역력을 가질 수 있었다.

원주민들은 우두에 접할 기회가 없었을 것이다. 인도네시아나 아시아에서 온 무역상들도 젖소를 접한 적이 없었을 것이다. 나는 그 무서웠다던 '천연두'가 실은 우두였으며, 우두가 전혀 면역력이 없던 사람들에게 더할 수 없이 치명적으로 작용했던 것이 아닌가 생각한다. 하지만 앞에서 밝힌 바와 같이 나의 추론일 뿐이다. 게다가 나는 의학 전문가도 아니다.

굴 껍데기

난베리는 이 책에서 하얀 유령 여자들이 굴을 따서 알맹이는 버리고 껍데기만 챙겼다고 말한다. 정착지의 초기에는 굴 껍데기를 모아서 가루로 빻아 석회를 만들었다. 석회는 벽을 쌓을 때 벽돌끼리 접합시키는 데 쓰이거나, '엮은 윗가지 위에 흙을 바른' 집과 벽돌을 방수 처리하는 '석회 도료'로 사용되었다. 그러나 여자들이 굴을 먹기도 했을 것이다. 굴은 보급선이 오지 않아도 이주민들이 굶어 죽지 않도록 기여했던 토착 음식이었다. 석회 도료를 만드는 데 필요한 굴 껍데기가 충분히 모였다는 사실은 바닷가 전역에 굴이 엄청나게 많았음을 뜻한다(1960년대와 1970년대까지도 굴은 많았다).

초기 정착지의 집

오스트레일리아에서 1788년에서 1800년 사이에 지은 집은 남아 있지 않을 것이다. 비록 그 시기에 지었을 것으로 보이는 집이 서너 채 있다고는 하지만, 뒤에 다시 지어졌거나 대대적으로 수리된 것이라는 주장이 설득력이 있다. 이렇게 된 주된 이유는 정착지에 처음으로 지은 집들은 캐비지야자나무의 줄기로 지은 것이었거나 — 잘라내기는 쉽지만 쉽게 썩는 — 아니면 '엮은 윗가지 위에 흙을 바른' 집 — 작은 나무의 줄기를 엮은 후 사이사이에 진흙을 발라 벽을 만들었으므로 썩어 내리기 십상이고 폭풍우에 취약했다. — 이었기 때문이다. 심지어는 초기에 벽돌로 지은 집들도 벽돌과 기와지붕이 곧 바스러지는 통에 오래가지 못했다. 초기에 정착지에서 만든 벽돌은 조악했다.

정착지 초기의 주요 건물로 오래 남은 것 — 흔히 돌로 지은 — 들은 맥쿼리 총독 시기에 사암으로 지은 것이었다. 앤드루 화이트가 마침내 오스트레일리아로 돌아왔을 때 본 것이 그런 건물들이었을 것이다.

정착지와 에오라의 의술

당시 영국의 의술 상당 부분 — 신체 절단, 피 뽑기, 설사약 투여, 비소 투여, 포도주 대량 복용 — 은 환자를 치료하는 건지, 죽이는 건지 가늠하기 힘들었다. 하지만 존 화이트는 해군의 군의관으로서 심한 부상, 으스러진 팔다리 등을 다루는 데 능숙했을 것이다. 또한 화이트 의사는 환자가 투병 중일 때 세심하게 간호하면 회복하기 쉽다는 것을 알고 있었던 듯하다.

무엇보다도 화이트 의사는 선견지명이 있었다. 죄수들이 신선한 과일과 채소를 먹어야 한다고 고집했던 사람이 바로 화이트 의사였다. 당시에는 의사를 포함하여 사람들 대부분이 신선한 과일은 유해하며 특히나 아이들에게 해롭다고 여기던 시절이었다. 또한 화이트 의사는 원주민의 치료약을 수집하고 실험하여 대단히 효과적인 치료법을 발견하기도 했다.

그중 두 가지가 유칼립투스나무의 일종인 블러드우드에서 나는 수액과 유칼립투스나무에서 짠 기름이다. 둘 다 식민지 시기에 여러 질병에 쓰였다. 하지만 유칼립투스 기름을 약으로 쓰면 간에 문제를 일으킬 수 있다는 사실이 현재는 밝혀져 있다. 그런 이유로 나는 누군가 옛 치료법을 따라해 볼까 염려되어 두 가지 약재의 자세한 사용법은 기재하지 않았다.

필립 총독과 화이트 의사가 열심히 일한 덕분에 두 번째 선단이 도착하기 전까지 초기의 이주민들은 상대적으로 질병에 걸리지 않은 편이었다. 두 번째 선단 이후로 죄수를 실은 배는 도착할 때마다 정착지에 질병 또한 옮겨왔다. '첫 번째 선단 사람들'은 사고, 부상, 치통, 출산에 따른 각종 위험뿐 아니라 괴혈병에 시달렸는데 특히 채소를 먹기를 거부했거나 채소를 씹을 수 없을 정도로 이가 안 좋았던 사람들이 정도가 심했다. 그러나 두 번째 선단이 도착하기 전까지 오스트레일리아는 건강하게 살기에 매우 좋은 곳으로 간주되었다. 백인에 한해서는.

사르사 차

이 차는 오스트레일리아의 토종 관목인 '인디고페라 오스트랄리스'의 꽃으로 만들었다. 맛이 진짜 사르사와는 살짝 비슷한 정도일 뿐이었지만 화이트 의사는 늦겨울에서 초봄까지 꽃을 따서 말리게 하여 차로 우려 마셨다. 유럽산 사르사는 소화와 일부 질병에 효과가 있다고 알려져 있었는데 화이트 의사는 토종 사르사도 비슷한 효과가 있으리라 기대했던 것 같다. 나도 '인디고페라 오스트랄리스' 꽃으로 시험 삼아 차를 만들어 보았다. 맛은 거의 느껴지지 않았지만 마셨다고 병이 나지는 않았다. 그렇더라도 장기적으로는 독성에 의한 증상이 나타날 수도 있으니 독자 분들은 마시지 마시라.

뉴사우스웨일스 부대

'럼주 부대'는 내가 이 책에서 묘사한 것만큼이나 나빴다. 럼주 부대는 군대 관련 경험이나 교육을 받지 않거나 아예 못 받은 남자들로 구성되기도 했다(당시에 육군 장교가 되기 위해서는 본인이나 가족이 돈을 내야 했다. 그러나 해군에서는 돈이 없어도 능력만 탁월하면 진급할 수 있었다. 그렇다 해도 부유하거나 영향력 있는 친구 또는 가족의 입김이 필요하긴 했지만).

뉴사우스웨일스 부대원 전원은 그들의 말 그대로 지구 끝이라 여겼을 곳으로 자원해서 온 것이었다. 범죄자나 더 나은 일자리를 가질 수 없는 자에게는 구미가 당기는 일자리였다.

럼주 부대는 본인과 친구들이 땅과 돈을 차지하는 데에, 그리고 총독의 제지에서 벗어나는 데에 온 힘을 썼다. 그러나 한편으로는 부유해지려는 그들의 노력 ─ 농장, 상점, 해운 사업 ─ 으로 인해 정착지가 번창한 측면도 있다. 럼주 부대원 중에도 자신보다 더 흉악한 동료들에게 맞설 용기가 없거나 아니면 맞서지 않을 정도의 분별력을 가졌던 괜찮은 사람들이 있기는 했다.

주머니쥐

이 책에 나오는 주머니쥐는 흔하게 보이는 주머니여우로 화이트 의사의 묘사에 가장 부합하는 종류다.

주머니여우는 정원에 적응하여 행복하게 살아가는 몇 안 되는 야 생 동물이다. 게다가 주머니여우는 지붕과 천장의 공간에 사는 것도 아주 좋아한다.

주머니여우는 나무에서 — 아니면 집 천장에서 — 많은 시간을 보 내지만 캐코미슬이나 날다람쥐 같은 주머니쥐 종류와 달리 땅에서 도 먹이를 찾아다닌다. 주머니여우는 앞발을 작은 손처럼 쓸 수 있고 꼬리를 움켜쥘 수도 있다.

주머니여우는 무엇이든 먹는다. 물론 그중 주머니여우에게 안 좋 은 음식도 상당히 많을 것이다(인간 역시 상당수가 몸에 안 좋은 음식도 먹는 것과 마찬가지다). 주머니쥐는 쓰레기통에서도 음식을 주워 먹고, 나무 의 열매나 꽃도 먹고, 정원의 새 모이판에 남아 있는 것도 모조리 먹 어치운다. 하지만 주머니쥐가 좋아하는 식량은 — 어쨌든 이곳, 오스 트레일리아에서는 — 사과나무의 이파리와 새싹, 비파나무의 열매 와 꽃, 어린 유칼립투스나무의 이파리와 잎 끝인 듯하다. 그리고 달 팽이도 먹는다.

난베리

한번은 친구가 내게 전화해서 방금 전 주머니쥐가 부엌 식탁까지 올라와 타불리 샐러드를 다 먹어 치워 놓고도 여전히 배고픈 눈치였다며 투덜거렸다. 그 친구는 그러면 뭘 줘야 하는 거지?

다시 말하자면 주머니쥐는 적응력이 강하다. 만약 창밖에서 짜증 내는 울음소리가 들리거나 지붕 위에서 쿵쾅거리는 소리가 나도 괜찮다면 주머니쥐는 같이 지내기에 즐거운 동물이다. 하지만 화이트 의사가 발견했듯, 주머니쥐는 어느 야생 동물이나 마찬가지겠지만 결코 애완동물로 길들일 수 없다. 정원에서 지내는 주머니쥐와 친숙하게 지낼 수는 있겠지만 주머니쥐를 쓰다듬으려 하거나 껴안으려 하면 절대 안 되며, 주머니쥐가 부모 없이 사람 손에서 큰 경우라 하더라도 예외일 수 없다.

잭슨항 일대의 초기 정착지

첫 번째 선단은 그와 같은 규모로는 역사상 가장 긴 원정을 떠난 것으로, 열한 척의 배에 1,487명을 태우고 15,063마일을 항해했다. 도대체 왜 잉글랜드는 죄수를 태운 선단을 지구 반대편까지 보냈던 것일까?

영국은 인도, 중국, 한국, 일본과 교역하고, 미국의 북서 해안에서 나는 모피를 사기 위해서는 남반구에서 자국의 배에 필요한 물품을 공급할 기지가 필요했다. 또한 네덜란드와 전쟁이 터져 잉글랜드 선박이 남아프리카공화국의 케이프타운에서 필요한 물품을 공급할 기지가 필요했다. 게다가 프랑스는 잉글랜드를 인도에서 몰아내기 위해 전쟁을 준비하던 상황이었다.

또한 잉글랜드인들은 감옥에 있는 많은 범죄자들을 어딘가로 보낼 곳이 필요했다. 이는 수차례의 전쟁을 거치면서 증폭된 빈곤 때문이기도 했지만 또한 그 당시에 극심했던 여러 사회적 문제, 특히 알콜 중독이 야기했던 문제들 때문이기도 했다. 진이 음식보다 값이 쌌고 큰 도시의 가난한 동네에서는 술에 취해 길바닥에서 자는 사람들이 흔했다(부유한 주정뱅이들은 주로 집이나 사교 모임 장소에서 잤다). 오늘날의 기준으로 본다면 그 당시에는 사람들이 술을 어마어마하게 많이 마셨다. 그래서 늙고 아주 나이 들어 보이는 모습으로 아주 젊은 나이에 죽었다.

첫 번째 선단의 1,487명 중 759명은 죄수였고 13명은 죄수의 자식이었으며 252명은 해병과 그들의 처자식이었다. 210명은 영국 해군의 수병이었고 233명은 상선 선원들이었다. 출생, 죽음, 제대, 탈영 등으로 인해 이 수치는 다소 일관성이 부족하다. 기록이 부정확한 경우도 허다하다.

사기꾼 7명과 위조범 4명을 제외하면 죄수들은 거의 다 절도범 — 소매치기, 양 도둑, 밀렵꾼 — 이었다. 살인범이나 강간범은 없었다.

적어도 살인이나 강간으로 유죄 판결을 받은 사람은 없었다(두 번째 선단에는 살인범들이 있었다). 대개는 젊었지만 건강하지는 않았다. 잉글랜드를 떠나기 전엔 더럽고 질병이 창궐하는 감옥과 배(템즈강에 떠 있는 폐선) 안에서 굶주렸고, 첫 번째 선단의 배 안에서 새 옷을 받을 때까지 대개 누더기 차림이었다.

상당수는 손수건, 치즈 한 조각, 코담배 한 갑, 오이 넝쿨 열두 개, 또는 책처럼 하찮은 것들을 훔치다 유죄 판결을 받은 것이었다. 윌리엄 프란시스는《토바고 섬의 번영에 대한 요약 설명》이란 책을 훔쳤는데, 아마 읽으려고 훔친 게 아니라 팔려고 했을 것이다.

그러나 대다수는 사실 훨씬 많이 훔쳤을 것이었다. 당시에는 일 기니 이상 값이 나가는 물건을 훔치면 교수형을 당했다. 따라서 판사나 치안 판사가 보기에 범죄자에게 교화의 여지가 있다고 생각되면 범죄자가 훔친 물건 중 서너 가지만 훔친 것으로 유죄를 선고해서 해군으로 보내거나 새로운 땅으로 유배될 수 있도록 했다. 빵 한 조각을 훔친 죄로 유배된 가여운 사람들은 훌륭한 이야깃거리가 되겠지만, 하찮은 물건을 훔친 죄로 유배된 자들은 사실 훨씬 더한 것을 훔쳤을 개연성이 높은데도 다시 기회를 주고자 유배형을 선고했던 것이다.

그러나 첫 번째 선단이 상륙했을 때, 죄수들 여전히 정직하게 살 뜻이 없었을 것이다. 죄수들은 일하기보다는 훔치고자 했다. 죄수들과 함께 파견된 해병대 병사들은 급료에 포함된 술이 지급되지 않는

다고 툴툴거렸다. 해병대는 정착지의 치안 유지에도 관심 없고 치안 판사 노릇도 하려 들지 않았다. 해병대는 스스로를 프랑스군이나 원주민들의 공격에 대비해서 머무는 것뿐이라고 여겼다.

그런데 그때 정착지에 새로 보급품을 싣고 오던 배, 가디언호가 난파되었다.

이 이야기가 시작될 즈음, 정착지의 삶은 불결하고 위험하고 어려웠다.

게다가 많은 사람들이 굶주렸다. 물론 존슨 목사처럼 밭을 경작해서 옥수수나 감자 같은 야채를 재배하거나, 화이트 의사처럼 하루걸러 밤마다 낚시를 하러 가거나, 아니면 굴과 명아주를 따지 않은 경우의 이야기다.

먹거리를 어디에서 찾을 수 있는지 안다면 식량은 충분했다. 시드니 타운 근방의 원주민들은 별 문제없이 살고 있었던 데다 유약하고 굶주린 이주민들과 달리 키가 크고 근육질의 몸을 갖고 있었다. 그러나 이 이야기가 보여 주듯 잉글랜드인이 도착한 뒤 원주민의 삶은 곧 악몽으로 변하고 말았다.

이주민들은 굶주렸는가?

정착지의 '기아 사태'를 당시의 맥락 속에서 살펴보는 것은 중요하다. 공식적인 배급 식량으로 일주일 내내 고된 육체노동을 지탱하기에는 부족한 양이었다. 하지만 자연에서 나는 먹거리, 물고기와 사냥감 — 사냥감이 늘 풍부했던 것은 아닐지라도 — 뿐 아니라 자생하는 식물과 굴이 많았다. 야생의 시금치와 물냉이 같은 채소는 따기도 바쁠 정도로 빨리 자랐다(덥고 습한 날씨가 이 주 만 계속되면 야생 시금치 한 뿌리가 삼 미터는 족히 자랄 수 있었다. 우리 집 마당에서도 기르는데 기른다기보다는 스스로 알아서 자란다).

정착지에서 이주민들은 야채를 기를 땅과 도구를 지급받았지만 그 일에 도움이 되는 기술과 지식은 전수되지 않았다. 밭일을 시도해 본 사람조차 없었고 밭을 일군 사람은 더욱 적었다. 초기 이주민들은 어쨌든 도둑이자 범죄자였으며 대부분 일을 하는 것보다는 범죄를 저지르며 편히 사는 것을 선호하는 사람들이었다. 지배층에서 자란 해병들 역시 밭에서 손을 더럽히려 하지 않았고, 고기와 빵 그리고 무엇보다 술이 배급되지 않자 격분했다. 정착지의 식량 부족을 바라보는 시각은 해병들이 화가 나서 집에 써 보낸 편지를 토대로 했다.

정착지에서 실제로 굶어 죽은 소수는 중국까지 걸어가겠다며 삼 주 동안 배급 식량을 쌓아 두었던 사람처럼 미친 경우가 아니라면, 자신의 배급 식량을 도둑맞았거나 사기당해서 뺏긴 사람들이었다.

정착지의 기아에 대한 자료가 많지만 정착지가 살기에 좋은 곳이라는 언급도 여럿 발견된다. 밀은 흉작이었지만 옥수수의 작황은 훌룡했다. 감자의 작황은 실망스러웠고 특히나 건조한 날씨에는 더 심했지만 과실수나 개암나무나 포도나무는 호박이나 양배추 같은 야채가 그렇듯 빨리 자랐다. 식량이 부족했을 때에도 물고기 배급량은 일주일에 사점 오 킬로그램이었는데 이는 힘을 많이 쓰는 노동자라도 단백질을 섭취하기에 충분한 양이었고 여기에 더해 밀가루가 하루에 롤빵 한 덩이를 만들 양은 배급되었다. 배급 식량에 신선한 옥수수와 다른 야채와 과일을 더한다면 넉넉한 양이었다.

게다가 필립 총독을 포함하여 해병과 장교 대부분, 아니면 심지어는 전원이 희망봉에서 식량과 가축을 각자 사와 비축해 두고 있었다 (잉글랜드는 이주민들에게 암양을 보내 주었지만 숫양은 보내지 않았다. 하지만 새끼 양들이 태어난 것으로 보아 적어도 장교 한 명은 숫양을 사서 정착지에 데려왔을것이다).

암탉과 젖소와 염소도 있었다. 머지않아 젖소는 대부분 길을 잃고 흩어졌지만 ─ 몇 년 후 야생의 소 떼로 다시 발견됐을지언정 ─ 염소는 남았다. 얼마나 많았던지 밭까지 들어와 헤집고 다니는 골칫덩이가 되고 말았다. 따라서 버터는 없었더라도 염소젖으로 만든 신선한 치즈와 우유가 있었을 것이다. 그러나 냉장고, 통조림, 냉동고가 없던 그 시절에는 어느 농경 공동체든 어떤 식량은 구할 수 없는 시기도 있었다. 암탉이 알을 낳지 않거나 암소의 젖이 말라붙거나 폭우 또는 가뭄에 농사를 망치면 어쩔 수 없었다.

대체로 정착지에서 부족했던 것은 익숙한 음식 — 빵과 감자 — 그리고 그 당시 사람들의 어마어마한 주량을 채울 술이었다. 심지어 엄마가 아이가 울음을 그치게 하려고 진을 주기도 했고, 환자에게 약으로 포도주를 주기도 했다. 그들에게는 술이 부족한 것은 엄청난 상실로 여겨졌다.

죄수들은 잉글랜드를 떠나기 전에 배에서 새 옷을 넉넉히 받았다. 죄수들은 옷을 기워 입을 수 있도록 실과 바늘도 받았지만, 마리아가 알아차린 것처럼 죄수들 대부분은 바느질을 할 줄 몰랐다. 백 년 뒤, 여자아이들은 가족의 옷을 짓고 수선할 수 있도록 마을 학교나 '교구' 학교에서 바느질하는 법을 배웠다. 그때부터 1970년 무렵까지 여자아이들은 옷을 짓고 스웨터나 아기 옷을 뜨개질하는 법을 학교에서 배웠다. 그러나 첫 번째, 두 번째 그리고 세 번째 선단의 여자들 상당수는 바늘과 실을 어떻게 쓰는지 배운 적이 없었을 것이다.

알콜 중독

필립 총독이 떠난 후 럼주는 돈처럼 통용되었고 초기 정착지의 위안거리였다. 엄청난 양이 불법적으로 발효, 증류되었고 장교들이 들여와 팔기도 했다. 잉글랜드에서는 술에 취하는 것이 흔한 일이었는데 정착지에서는 더 심했다. 밀과 감자 같은 농작물이 식량으로 쓰이는 대신 술을 빚는 데 사용되었다. 대개의 경우 가정생활이라는 것은 존재하지 않았다. 오늘날의 관점으로는 그 당시에 알콜 중독으로 인해 얼마나 많은 공포와 사회적 정체가 야기되었는지 가늠하기란 쉽지 않다.

그다음에는 어떻게 되었는가?

대륙 가장자리에 붙어 있던 자그마한 정착지는 마을을 이루었고 뒤에 도시가 되었다. 정착지가 더 많이 건설되었다. 자유로운 이주민들이 새로 들어왔다. 금이 발견되자 더 많은 사람들이 들어왔다. 그리고 앤드루 화이트가 잉글랜드로 배를 타고 떠난 지 백일 년 뒤, 그 땅은 하나의 국가, 즉 오스트레일리아가 되었다.

하지만 그것은 내가 쓴 다른 책에서 다루는 주제다.

참고 문헌

이 책은 잉글랜드인들이 그 당시에 일어난 일을 기록한 것에 바탕을 두고 있다. 잉글랜드인들은 실제 일어난 일의 상당 부분을 오해한 것이 확실하다. 어떤 사람들은 편견을 가지고 보았고, 어떤 사람들은 거짓말을 했다. 때로는 그들의 기록이 좀처럼 해결되지 않는 질문거리를 남기기도 한다. 하지만 그들은 그곳에 있었다.

이 초기 문헌들은 처음에는 읽기가 쉽지 않을 것이다. 하지만 옛날식 문체에 익숙해지면 다른 시대에서 건너온 흥미로운 목소리를 들을 수 있다.

Collins, David, An Account of the English Colony in New South Wales, with Remarks on the Dispositions, Customs, Manners, etc. of the Native Inhabitants of that Country, Reed in association with the Royal Historical Society, Sydney, 1975 [first published 1798-1802].

Flinders, Matthew, A Voyage to Terra Austalis, G & W Nicol, London, 1814, vol. 1.

Fowell, Newton, Letter Received by John Fowell from Newton Fowell, 31 July 1790, State Library of NSW, Mitchell Library, MLMSS 4895/1/21.

Howe, George (ed.), The Sydney Gazette and New South Wales Advertiser, Sydney, 1803-1842.

Tench, Watkin, A Complete Account of the Settlement at Port Jackson, in New South Wales: Including an Accurate Description of the Colony; of the Natives; and of its Natural Productions, G Nicol and J Sewell, London, 1793.

White, John, Journal of a Voyage to New South Wales, J Debrett, London, 1790.

다른 훌륭한 참고 문헌들

Australian Archaeological Survey Consultants Pty. Ltd., The Waverley Council Area: an Aboriginal Perspective: a Report to the Waverley Council, The Council, Sydney, 1995.

Australian Dictionary of Biography, Melbourne University

난베리

Press, Melbourne, 1996.

Flood, Josephine, Archaeology of the Dreamtime: the Story of Prehistoric Australia and its People, Angus & Robertson, Sydney, rev. ed., 1995.

Harris, Alexander, Settlers and Convicts, or, Recollections of Sixteen Years' Labour in the Australian Backwoods / by an Emigrant Mechanic, Foreword by Manning Clark, Melbourne University Press, Melbourne, 1964 [first published 1847].

Holden, Robert, Orphans of History: the Forgotten Children of the First Fleet, Text Publishing, Melbourne, 2000.

Horton, David, Aboriginal Australia: Wall Map, Aborginal Studies Press for AIATSIS, Canberra, rev. ed., 2000.

Horton, David, (ed.), The Encyclopedia of Aboriginal Australia: Aboriginal and Torres Strait Islander History, Society and Culture, Aboriginal Studies Press for AIATSIS, Canberra, 1994.

Tindale, Norman B., Aboriginal Tribes of Australia: Their Terrain, Environmental Controls, Distribution, Limits and Proper Names, Australian National University Press,

감사의 글

Canberra, 1974.

《난베리 : 세상 끝, 호주 원주민 소년의 멸종기》는 쉽고 간단하게 쓸 수 있는 책이 아니었다.

처음에는 주머니쥐와 주머니쥐를 길들이려 하지만 실패하는 남자 — 화이트 의사 — 의 이야기로 시작되었다. 그 단계에서 나는 초기 식민지 시대의 일기와 편지를 다 읽은 상태였으며, 발견된 자료는 모조리 섭렵했다고 생각했다.

하지만 글을 쓰면서 더 많은 자료가 우리 집 현관문 앞으로 날아왔고 우연적인 일이 연달아 일어났다. 레이첼의 특별한 재판을 기록한 문서가 발견되고 더 많은 편지가 재발견되고, 그림이 나오고 차터하우스 학교의 학생과 선원의 명단이 줄줄이 나타났다. 레이첼과 함께 이 책은 더 깊은 차원으로 들어가게 되었다. 그리고 앤드루 화이트의 삶에 대해서도 더 많은 것을 알게 되자 책이 다시 바뀌며 앤드루가 영웅이 되어 나타났다. 하지만 차차, 느릿느릿, 또 다른 이야기가 떠올랐다. 이제는 중심에 자리 잡고 있는 난베리라는 인물로, 이 놀라운 아이는 '천연두'에 걸리고 온 가족이 희생되었을 뿐 아니라 부족 전체가 몰살되었을지도 모르는 상황을 견디고 살아남았다. 이야기는 결이 하나씩 더해지며 바뀌어 갔다.

늘 그렇듯 이 책 역시 여러 사람이 함께 노력한 결과다. 서로 모순되기 일쑤인 자료와 지금은 사라져 버린 지명 — 때로는 장소 자체도 사라져 버린 경우가 있다. — 을 가지고 씨름하며 과거를 재구성하려할 때는 길을 잃기 십상이다. 특히 자료가 다양한 곳에서 오는 것이라면 더욱 그러하다. 케이트 오도넬과 케이트 버닛은 시종일관 세심함과 통찰력을 발휘하여 실마리를 잡아 주었다. 리즈 켐프와 리사 베리먼의 혜안은 늘 그렇듯 이 이야기에서 진정한 핵심을 포착하는 데에 도움을 주었다. 리사는 내가 쓴 모든 역사 소설의 후견인이고 대모이자, 모니터 요원이면서 동시에 영감의 제공자다.

앤드루 더글라스 화이트에 대해 오랜 기간 동안 조사한 귀한 자료를 제공한 스티브 신에게도 깊은 감사의 마음을 전한다. 스티브 신은 관대하게도 그 자료를 아낌없이 나누어 주었고 내가 이 책에 사용할 수 있도록 허락해 주었다. 내가 워털루의 공병을 파악하는 데에 길잡이가 되어준 휴 그로건에게도 마음 깊이 감사를 표한다. 그리고 늘 그렇듯 노엘 프랫과 안젤라 마셜에게 감사한다. 그들은 난삽한 원고 뭉치가 책이 되도록 도와주었을 뿐 아니라 친절함, 깊고 넓은 지식, 헌신과 통찰력으로 내가 균형 감각과 정확성을 유지하며 내가 속하지 않은 문화에 대해 쓸 수 있도록 도와주었다. 안젤라 같이, 초고를 읽어 달라는 부탁을 받자 전 방위적 지식을 발휘해 "그런데 말이야, 난베리가 아마 배를 타고 숄헤이븐까지 가지는 않았을걸."이라는 메모와 함께 돌려주는 친구는 그리 많지 않다.

지난 일에 대해 글을 쓸 때 문제가 되는 부분들은 보통 자신이 잘 모른다는 사실을 '잘 모르는' 것이다(이 문장은 두 번 읽으면 이해가 될 것이다). 안젤라가 세심하게 주의를 기울여 준 덕분에, 내 책의 바탕이 되는 과거의 역사를 강박적으로 뒤적일 때 한 사람이 아니라 두 사람이 같이 한 것이나 다를 바 없었다. 그런 점에서, 내가 쓴 다른 책에서와 마찬가지로 안젤라의 도움에 대해 이루 말로 다 할 수 없는 고마움을 전한다.

난베리

옮긴이의 말

시드니의 오페라 하우스가 전 세계에서 관광객을 불러 모으고 사회 복지 선진국으로 회자되는 오스트레일리아도 한때 이런 시절이 있었다. 1788년, 첫 번째 선단의 군의관이었던 화이트 의사에게는 "얼마나 험악하고 혐오스러운 땅인지 배설물이나 욕설이나 받아 마땅한 곳"이었으며, 대대로 살아왔던 땅에서 백인이 옮긴 천연두로 가족이 몰살당한 난베리에게 이 시절은 '공포과 혼돈의 시기'였다. 하지만 한편에는 '최고의 항구와 좋은 목초지와 바닷속 고래 떼'에서 오스트레일리아 대륙의 무한한 가능성을 보았던 토마스 무어 같은 목수도 있었다. 이 작품은 1788년에서 1823년의 시기를 배경으로 오스트레일리아의 초기 식민지 시대를 정교하고 풍성한 모자이크로 재구성해 낸다.

작가는 기-승-전-결이라는 소설적 구성을 버리고 주요 인물이 각

챕터에서 자신의 시선으로 이야기를 풀어 놓는 방식을 택했다. 작가는 이야기를 "최대한 사실적으로 풀어내려 애썼다."고 밝혔으니 이러한 서술 방식은 여러 인물의 시선으로 치우침 없이 사태를 바라봄으로써 객관성을 확보하려는 의도에서 비롯됐을 것이다. 저자는 픽션과 논픽션의 경계선에서 균형을 잡고자 부단히 애쓴 것으로 보인다. 그 결과는 등장인물들이 잉글랜드와 오스트레일리아, (오스트레일리아의) 잉글랜드 문화와 원주민의 문화, 백인과 흑인 등 여러 경계선에서 분투했던 모습으로 형상화된다. 한편 이러한 서술 방식으로 인해 서사성이 약해지면서 독자들이 적극적으로 개입하여 전체적인 그림을 파악해야 하는 참여적 독법이 요구되기도 한다.

흥미로운 점은 작가가 누구의 목소리를 통해 이야기를 풀어가는가다. 흔히 역사는 승자의 역사라고 말하는데 이는 역사적 기록을 남기는 주체가 누구인가와 직결된다. 주요 등장인물 중 정착지 초기에 자유롭게 읽고 쓸 수 있었던 사람은 백인 – 상류층 – 남자인 화이트 의사가 유일하다. 의사는 책임감이 강하고 인간에 대한 연민에 충만했지만 레이첼을 두고 떠남으로써 자신의 신분적 질서에서 벗어나지 못함을 보여 준다. 작가는 이 책을 통해 흔히 기록의 대상이었을 뿐 역사에서 자신의 목소리를 낼 기회와 도구(문자)를 갖지 못했던 사회적 약자들에게 목소리를 부여한다. 레이첼과 마리아는 백인 –

하층민 – 여성의 시선으로 노동과 사랑, 자연과의 교감에 대해 이야기하며 난베리는 원주민 – 상류층(백인 의사의 양자) – 남자의 시선으로 잉글랜드인과 원주민 사이에서 정체성을 찾아 가는 과정을 보여 준다.

  등장인물 중 특히 난베리가 경계인으로서 살아가는 모습은 문화 충돌, 언어 장벽, 인종 문제 등 여러 가지 양상이 얽혀 흥미롭게 읽힌다. 단적으로, (인종적으로 차별받는 흑인인)난베리가 원주민의 관습에 따라 (성차별을 겪는 여성인) 레이첼을 무시하는 모습은 우리가 다른 문화를 접할 때 '옳음'과 '다름'을 판단하는 것이 그리 만만한 일이 아님을 보여 준다. 경계인으로서의 양상이 난베리처럼 극단적으로 나타나지는 않을지 몰라도 우리는 일상적으로 여러 경계를 경험한다. 앞에서 언급한 문화, 언어, 인종 외에도 학력, 경제력, 거주지, 나이 등 평생에 걸쳐 다양한 경계를 맞닥뜨리며 살아간다. 이 작품은 그 수많은 경계선 위에서 갈등을 극복하고 평화로운 공존으로 나아가는 길에 여러 번 멈춰 서서 들춰 보게 될 책이다.

난베리

재키 프렌치 글 | 김인 옮김

초판 인쇄일 2018년 5월 29일 | 초판 발행일 2018년 6월 1일
펴낸이 조기룡 | 펴낸곳 내인생의책 | 등록번호 제10-2315호
주소 서울시 마포구 독막로 37
전화 (02) 335-0449, 335-0445(편집) | 팩스 (02) 6499-1165
전자우편 bookinmylife@naver.com
편집 박종건 | 디자인 위하영

ISBN 979-11-5723-374-8 (43840)

이 도서의 국립중앙도서관 출판예정도서목록(CIP)은
서지정보유통지원시스템 홈페이지(http://seoji.nl.go.kr)와
국가자료공동목록시스템(http://www.nl.go.kr/kolisnet)에서 이용하실 수 있습니다.
(CIP제어번호: CIP 2018006544)